A Espada de
SHARPE

OBRAS DO AUTOR PUBLICADAS PELA EDITORA RECORD

1356
Azincourt
O condenado
Stonehenge
O forte
Tolos e mortais

Trilogia As Crônicas de Artur
O rei do inverno
O inimigo de Deus
Excalibur

Trilogia A Busca do Graal
O arqueiro
O andarilho
O herege

Série As Aventuras de um Soldado nas Guerras Napoleônicas
O tigre de Sharpe (Índia, 1799)
O triunfo de Sharpe (Índia, setembro de 1803)
A fortaleza de Sharpe (Índia, dezembro de 1803)
Sharpe em Trafalgar (Espanha, 1805)
A presa de Sharpe (Dinamarca, 1807)
Os fuzileiros de Sharpe (Espanha, janeiro de 1809)
A devastação de Sharpe (Portugal, maio de 1809)
A águia de Sharpe (Espanha, julho de 1809)
O ouro de Sharpe (Portugal, agosto de 1810)
A fuga de Sharpe (Portugal, setembro de 1810)
A fúria de Sharpe (Espanha, março de 1811)
A batalha de Sharpe (Espanha, maio de 1811)
A companhia de Sharpe (Espanha, janeiro a abril de 1812)
A espada de Sharpe (Espanha, junho e julho de 1812)

Série Crônicas Saxônicas
O último reino
O cavaleiro da morte
Os senhores do norte
A canção da espada
Terra em chamas
Morte dos reis
O guerreiro pagão
O trono vazio
Guerreiros da tempestade
O Portador do Fogo
A guerra do lobo
A espada dos reis
O senhor da guerra

Série As Crônicas de Starbuck
Rebelde
Traidor
Inimigo
Herói

BERNARD CORNWELL

A Espada de SHARPE

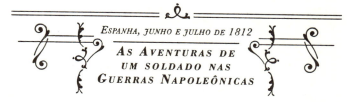

Espanha, junho e julho de 1812

As Aventuras de um soldado nas Guerras Napoleônicas

Tradução de
Alves Calado

1ª edição

EDITORA RECORD
RIO DE JANEIRO • SÃO PAULO
2021

EDITORA-EXECUTIVA
Renata Pettengill

SUBGERENTE EDITORIAL
Mariana Ferreira

ASSISTENTE EDITORIAL
Pedro de Lima

AUXILIAR EDITORIAL
Júlia Moreira

REVISÃO
Renato Carvalho e Mauro Borges

CAPA
Marcelo Martinez / Laboratório Secreto

ILUSTRAÇÃO DE CAPA
Soud

DIAGRAMAÇÃO
Abreu's System

TÍTULO ORIGINAL
Sharpe's Sword

CIP-BRASIL. CATALOGAÇÃO NA PUBLICAÇÃO
SINDICATO NACIONAL DOS EDITORES DE LIVROS, RJ

C835e

Cornwell, Bernard, 1944-
  A espada de Sharpe / Bernard Cornwell; tradução de Alves Calado. – 1ª ed. – Rio de Janeiro: Record, 2021.
  (As aventuras de um soldado nas guerras napoleônicas; 14)

  Tradução de: Sharpe's Sword
  Sequência de: A companhia de Sharpe
  Continua com: Sharpe's Enemy
  ISBN 978-85-01-40311-7

  1. Guerras napoleônicas, 1800-1815 – Ficção. 2. Ficção inglesa. I. Calado, Alves. II. Título. III. Série.

20-67738

CDD: 823
CDU: 82-311.6(410.1)

Meri Gleice Rodrigues de Souza – Bibliotecária – CRB-7/6439

Copyright © Bernard Cornwell, 1983

Texto revisado segundo o novo Acordo Ortográfico da Língua Portuguesa.

Todos os direitos reservados. Proibida a reprodução, no todo ou em parte, através de quaisquer meios. Os direitos morais do autor foram assegurados.

Direitos exclusivos de publicação em língua portuguesa somente para o Brasil adquiridos pela
EDITORA RECORD LTDA.
Rua Argentina, 171 – Rio de Janeiro, RJ – 20921-380 – Tel.: (21) 2585-2000, que se reserva a propriedade literária desta tradução.

Impresso no Brasil

ISBN 978-85-01-40311-7

Seja um leitor preferencial Record.
Cadastre-se no site www.record.com.br e receba informações sobre nossos lançamentos e nossas promoções.

Atendimento e venda direta ao leitor:
sac@record.com.br

Para Peggy Blackburn, com amor

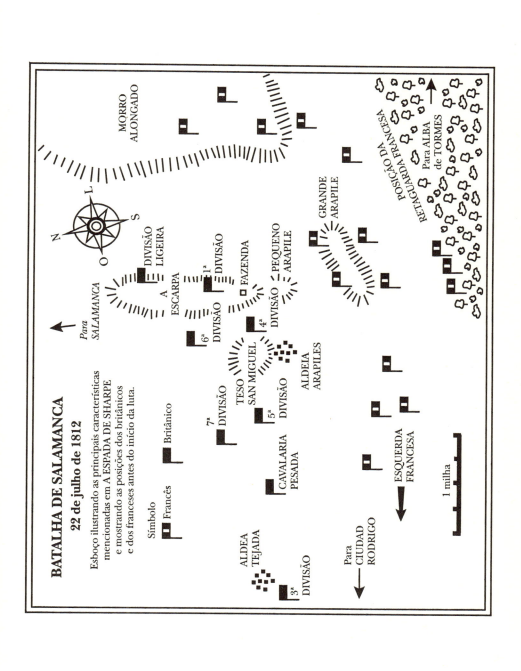

PRIMEIRA PARTE

De domingo, 14 de junho, a terça-feira, 23 de junho de 1812

PRÓLOGO

O homem alto a cavalo era um assassino.

Forte, saudável e implacável. Alguns achavam que era jovem demais para ser coronel da Guarda Imperial de Napoleão, mas ninguém se aproveitava de sua juventude. Um simples vislumbre de seus olhos claros de um jeito curioso, de cílios claros, olhos que davam ao rosto forte e bonito uma frieza mortal, era suficiente para fazer com que os homens prestassem respeito ao coronel Leroux.

Leroux era o homem do imperador. Ia aonde Napoleão mandava e realizava as tarefas de seu senhor com habilidade e eficiência, sem misericórdia. Agora se encontrava na Espanha, enviado pelo próprio imperador, e tinha acabado de cometer um erro. Sabia disso, xingava-se por causa disso, mas também planejava escapar da dificuldade que havia imposto a si mesmo.

Estava cercado.

Tinha cavalgado com uma escolta até uma aldeia miserável encolhida na borda da grande planície de Leon e lá encontrara o homem que buscava, um padre. Ele o torturou, arrancou sua pele centímetro a centímetro, e, no fim, claro, o padre falou. No fim, todos falam com o coronel Leroux. Mas desta vez ele demorou demais. No momento da vitória, no exato instante em que o padre não pôde mais suportar a dor e gritou o nome que Leroux viera de tão longe para descobrir, a cavalaria alemã irrompeu na aldeia. Os homens da Legião Alemã do Rei, que lutavam pela Inglaterra, atacaram ferozmente os dragões franceses, seus sabres se erguendo e baixando, os cascos dos cavalos ritmados por trás dos gritos de dor, e o coronel Leroux fugiu.

Levou um companheiro, um capitão da cavalaria que o escoltava, e juntos partiram desesperados para o norte, abrindo caminho por um grupo de alemães. Uma hora depois, pararam perto de um bosque à margem de um riacho súbito, de correnteza rápida, que seguia para o rio Tormes.

O capitão dos dragões olhou para trás.

— Nós os despistamos.

— Não despistamos.

O cavalo de Leroux estava coberto de suor branco, os flancos subindo e descendo, e o coronel sentiu o calor terrível do sol golpeando sua belíssima farda: casaca vermelha com debruns dourados, macacão verde reforçado com couro e botões de prata descendo por cada perna. Seu colbaque de pele preta, suficientemente grosso para suportar um golpe de espada na cabeça, pendia do arção da sela. A brisa leve não conseguia bagunçar o cabelo loiro grudado na cabeça por causa do suor. De repente, ele sorriu para o companheiro.

— Qual é o seu nome?

O capitão ficou aliviado com o sorriso. Sentia medo de Leroux, e essa cordialidade repentina, inesperada, era uma mudança bem-vinda.

— Delmas, senhor. Paul Delmas.

O sorriso de Leroux era cheio de charme.

— Bom, Paul Delmas, realizamos grandes feitos até agora! Vejamos se podemos despistá-los em definitivo, hein?

Lisonjeado pela familiaridade, Delmas sorriu também.

— Sim senhor.

Ele olhou para trás outra vez, e outra vez não viu nada além da pastagem descorada, silenciosa sob o calor. Nada parecia se mover, a não ser o capim que ondulava ao vento e um falcão solitário, as asas imóveis, que passeava tranquilamente pelo céu sem nuvens.

O coronel Leroux não se iludia com o vazio. Tinha visto o terreno morto enquanto cavalgava e sabia que os alemães, bons profissionais, estavam em algum lugar da planície, espalhando o cordão que impeliria os fugitivos para o rio. Também sabia que os britânicos marchavam para o leste, que alguns de seus homens estariam acompanhando o rio, e supôs que ele e seu companheiro estivessem sendo conduzidos para uma emboscada. Que fosse. Estava cercado, em menor número, mas não derrotado.

Ele não podia ser derrotado. Nunca foi derrotado, e agora, mais que nunca, precisava recuperar a segurança do exército francês. Tinha chegado muito perto do sucesso, e, quando completasse o serviço, iria ferir os britânicos como eles poucas vezes foram feridos nesta guerra. Sentiu prazer ao pensar nisso. Por Deus, iria feri-los! Fora mandado à Espanha para descobrir a identidade de El Mirador. Teve sucesso nesta tarde, e agora tudo o que faltava era levar El Mirador para alguma câmara de tortura e espremer do espião britânico o nome de todos os seus correspondentes na Espanha, na Itália e na França que lhe enviavam mensagens em Salamanca. El Mirador coletava informações de todo o império de Napoleão, e, embora os franceses conhecessem o codinome havia muito tempo, nunca descobriram sua identidade. Mas Leroux a descobrira, por isso precisava escapar desta emboscada, precisava levar seu prisioneiro de volta para a França, onde destruiria a rede de espiões britânicos que trabalhavam para El Mirador. Mas, primeiro, tinha de escapar deste cerco.

Deixou o cavalo entrar no frescor verde do bosque.

— Venha, Delmas! Ainda não terminamos!

Encontrou o que queria apenas alguns metros bosque adentro. Uma faia caída, o tronco podre, em frente a um emaranhado de espinheiros e folhas levadas pelo vento do último outono. Desceu do cavalo.

— É hora de trabalhar, Delmas! — Sua voz estava otimista e animada.

Delmas não sabia o que estavam fazendo e tinha medo de perguntar, mas seguiu o exemplo de Leroux e tirou a jaqueta. Ajudou o coronel a abrir espaço atrás do tronco, um esconderijo, e se perguntou quanto tempo precisariam ficar agachados no desconforto espinhento até que os alemães desistissem da caçada. Abriu um sorriso tímido para Leroux.

— Onde vamos esconder os cavalos?

Leroux desconsiderou a pergunta.

— Num minuto.

O coronel parecia estar medindo o esconderijo. Desembainhou a espada e cutucou os espinheiros. Delmas observou a espada. Era feita com requinte, uma espada pesada de cavalaria, de lâmina reta, forjada em Klingenthal, assim como a maioria das espadas da cavalaria francesa. Mas esta fora feita especialmente para Leroux pelo melhor artesão do vilarejo. Era mais longa que a maioria e mais pesada, pois Leroux era um homem alto e forte. A lâmina era linda, um brilho de aço na luz verde pintalgada da floresta, e o punho e a guarda eram feitos do mesmo aço. O cabo era envolvido por um fio de prata, a única concessão à decoração, mas, a despeito da simplicidade, a arma se proclamava uma bela espada assassina de equilíbrio requintado. Empunhar aquela espada, pensou Delmas, devia ser como saber o que o rei Artur sentiu ao tirar Excalibur da pedra lisa como um pedaço de seda cinzento no pátio da igreja.

Leroux se empertigou, parecendo contente.

— Alguma coisa atrás de nós, Delmas?

O capitão dos dragões se virou. Nada incomodava a paz das faias e dos carvalhos.

— Não, senhor.

— Continue olhando. Eles não estão muito atrás.

Leroux supôs que tinha dez minutos, e isso mais do que bastava. Sorriu para as costas de Delmas, mediu a distância e afundou a lâmina.

Queria que a morte fosse rápida, indolor e com o mínimo de sangue. Não queria que Delmas gritasse e alertasse alguém mais adiante entre as árvores. A lâmina, afiada como no dia em que deixou seu artesão, perfurou a nuca de Delmas. A força de Leroux, uma enorme força, fez com que atravessasse osso, medula e penetrasse no cérebro. Houve um leve suspiro, e Delmas tombou para a frente.

Silêncio.

Leroux imaginava que seria capturado e sabia que os britânicos não deixariam que fosse trocado por um coronel britânico preso pelos franceses. Ele era um homem procurado e tinha garantido isso pessoalmente. Trabalhava com o medo, espalhava o terror sobre seu nome e o gravava em todas as suas vítimas depois de mortas. Deixava um pedaço de pele intocado e nele talhava duas palavras. *Leroux fecit.* Como se fosse um escultor gabando-se de uma bela obra de arte, deixava sua marca: "Leroux fez isso."

Se fosse capturado, não poderia esperar misericórdia. Mas os britânicos não dariam a mínima para o capitão Paul Delmas.

Trocou de farda com o cadáver, agindo com a velocidade e a eficiência de sempre, e, quando terminou, enfiou sua farda, junto com o cadáver de Delmas, no esconderijo. Cobriu-os rapidamente com folhas e galhos de espinheiro, deixando o corpo para ser comido por animais. Espantou o cavalo de Delmas para longe, sem se importar para onde o animal ia, depois montou no seu, pôs o alto capacete de latão de Delmas e se virou para o norte, para o rio onde esperava ser capturado. Foi assobiando enquanto cavalgava, sem tentar esconder sua presença. Da cintura pendia a espada perfeita, e em sua cabeça estava o segredo que poderia cegar os britânicos. Leroux não podia ser derrotado.

O CORONEL LEROUX foi capturado vinte minutos depois. Jaquetas-verdes britânicos, fuzileiros, levantaram-se subitamente de esconderijos no bosque e o cercaram. Por um instante, Leroux pensou ter cometido um erro terrível. Sabia que os britânicos contavam com cavalheiros como oficiais, homens que levavam a honra a sério, mas o oficial que o capturou parecia tão durão e implacável quanto ele próprio. Era alto e bronzeado, com cabelo preto pendendo desgrenhado ao lado de um rosto com cicatrizes. Ele ignorou a tentativa de Leroux de ser agradável e ordenou que fosse revistado. O francês ficou alarmado quando um sargento enorme, maior ainda que o oficial, encontrou o pedaço de papel dobrado entre a sela e a manta. Fingiu que não falava inglês, mas trouxeram um fuzileiro que arranhava francês, e o oficial o interrogou sobre o papel. Era uma lista de nomes, todos espanhóis, e ao lado de cada um havia uma quantia de dinheiro.

— Comerciantes de cavalos. — Leroux deu de ombros. — Nós compramos cavalos. Somos da cavalaria.

O oficial fuzileiro alto ouviu a tradução e olhou para o papel. Podia ser verdade. Deu de ombros e enfiou o papel na mochila. Quando pegou a espada de Leroux com o sargento corpulento, o francês pôde ver a luxúria súbita em seus olhos. Curiosamente, para um homem da infantaria, o fuzileiro também usava uma espada pesada de cavalaria, mas, enquanto a de Leroux era bela e valiosa, a do oficial fuzileiro era barata e rudimentar. O oficial britânico ergueu a espada e sentiu o equilíbrio perfeito. Ele a desejava.

— Pergunte qual é o nome dele.

A pergunta foi feita e respondida.

— Paul Delmas, senhor. Capitão do 5º Regimento de Dragões.

Leroux notou os olhos pretos se voltando para ele. A cicatriz no rosto do fuzileiro lhe dava uma expressão zombeteira. Leroux podia reconhecer a competência e a dureza do sujeito, e reconheceu também a tentação do fuzileiro de matá-lo neste momento e tomar a espada para si. Observou a clareira ao redor. Os outros fuzileiros pareciam igualmente impiedosos e igualmente durões. Leroux falou de novo.

— Ele quer dar sua palavra de honra, senhor — traduziu o fuzileiro.

Por um instante o oficial fuzileiro não disse nada. Andou devagar em volta do prisioneiro, ainda segurando a bela espada, e, quando falou, o fez lenta e claramente.

— E o que o capitão Delmas estava fazendo sozinho? Oficiais franceses não viajam sozinhos, eles morrem de medo dos guerrilheiros. — Ele voltou para a frente de Leroux, que com seus olhos claros observava o oficial com cicatriz no rosto. — E você é presunçoso demais, Delmas. Deveria estar com mais medo. Você está aprontando alguma coisa. — Agora ele estava atrás de Leroux. — Acho que vou matá-lo.

Leroux não reagiu. Não piscou, não se mexeu, só esperou até o oficial fuzileiro estar outra vez à sua frente.

O oficial alto encarou os olhos claros como se pudessem lhe dar alguma pista para a charada do surgimento repentino do francês.

— Traga-o conosco, sargento. Mas vigie o desgraçado.

— Sim senhor! — O sargento Patrick Harper empurrou o francês para a trilha e foi atrás do capitão Richard Sharpe, saindo do bosque.

Leroux relaxou. O momento da captura era sempre o de maior perigo, mas o fuzileiro alto o estava levando para a segurança e, com ele, o segredo que Napoleão desejava. El Mirador.

CAPÍTULO I

— Que droga, Sharpe! Depressa, homem!

— Sim senhor. — Sharpe não tentou se apressar. Leu meticulosamente o pedaço de papel, sabendo que sua lentidão irritava o tenente-coronel Windham. O coronel bateu numa das botas com seu chicote de montaria.

— Não temos o dia todo, Sharpe! Há uma guerra a vencer.

— Sim senhor. — Sharpe repetiu as palavras em tom paciente, teimoso. Não iria se apressar. Essa era sua vingança contra Windham por ter deixado que o capitão Delmas desse sua palavra de honra. Inclinou o papel de modo que a luz do fogo iluminasse a tinta preta.

"Eu, o signatário, Paul Delmas, capitão do 5º Regimento de Dragões, feito prisioneiro pelas forças inglesas em 14 de junho de 1812, comprometo-me por minha honra a não tentar fugir nem me retirar do cativeiro sem permissão e a não passar nenhum conhecimento às forças francesas ou seus aliados até ter sido trocado, posto por posto, ou então liberado deste elo. Assinado, Paul Delmas. Testemunhado por mim, Joseph Forrest, major do Regimento de South Essex de Sua Majestade Britânica."

O coronel Windham bateu com o chicote de novo e o ruído soou alto no frio da madrugada.

— Que droga, Sharpe!

— Parece em ordem, senhor.

— Ordem! Que droga, Sharpe! Quem é você para dizer o que está em ordem! Santo Deus! Eu digo que está em ordem! Eu digo! Lembra-se de mim, Sharpe? Seu oficial comandante?

Sharpe abriu um sorriso largo.

— Sim senhor.

Entregou o texto da palavra de honra a Windham, que o pegou com cortesia exagerada.

— Obrigado, Sr. Sharpe. Temos sua generosa permissão para prosseguirmos?

— Vá em frente, senhor.

Sharpe abriu outro sorriso largo. Tinha passado a gostar de Windham nos seis meses em que o coronel vinha comandando o South Essex, uma consideração que também era demonstrada pelo coronel por seu teimoso e brilhante capitão da Companhia Ligeira. Mas agora Windham fumegava com impaciência.

— A espada dele, Sharpe! Pelo amor de Deus, homem! Depressa!

— Sim senhor. — Sharpe se virou para uma das casas da aldeia onde o South Essex tinha se alojado. O alvorecer era uma linha cinzenta no leste. — Sargento!

— Senhor!

— A espada do maldito francês!

— Sharpe! — O protesto do coronel Windham pareceu resignado.

Patrick Harper se virou e gritou para dentro de uma das casas:

— Sr. McDonald! A espada do cavalheiro francês, senhor, se puder fazer o obséquio!

McDonald, o novo alferes de Sharpe, de apenas 16 anos e desesperado em sua ânsia para agradar ao seu famoso capitão, saiu correndo da casa com a linda espada na bainha. Na pressa, tropeçou, Harper o segurou, depois foi até Sharpe e lhe entregou a espada.

Deus, como ele a desejava! Havia empunhado a arma durante a noite, sentindo o equilíbrio, conhecendo o poder do aço liso e reluzente, e desejara possuí-la. Era um objeto de beleza letal, forjada por um mestre, digna de um grande combatente.

— Monsieur? — A voz de Delmas era afável, educada.

Atrás de Delmas, Sharpe viu Lossow, capitão da Cavalaria Alemã e seu amigo, que tinha impelido Delmas até a armadilha preparada. Lossow também havia empunhado a espada e balançado a cabeça em admiração silenciosa diante da arma. Agora viu Sharpe entregá-la ao francês, sinal de que este dera sua palavra de honra e de que sua arma pessoal podia lhe ser confiada.

Windham deu um suspiro exagerado.

— Será que agora podemos começar?

A Companhia Ligeira marchou primeiro, atrás da cavalaria de Lossow, seguindo para a planície antes que o calor do dia ascendesse ao céu para cegá-los com suor e sufocá-los com a poeira quente e áspera. Sharpe ia a pé, diferentemente da maioria dos oficiais, porque sempre andara a pé. Entrara no Exército como soldado raso, usando a casaca vermelha dos regimentos de linha e marchando com um mosquete pesado no ombro. Mais tarde, muito mais tarde, dera o salto impossível de sargento para oficial, juntando-se aos fuzileiros de elite com sua característica jaqueta verde, mas ainda marchava a pé. Era um homem da infantaria e marchava como seus homens, carregando um fuzil assim como eles carregavam seus fuzis ou mosquetes. O South Essex era um batalhão de casacas-vermelhas, mas Sharpe, o sargento Harper e o núcleo da Companhia Ligeira eram todos fuzileiros, anexados por acaso ao batalhão, e mantinham com orgulho suas jaquetas verde-escuras.

A luz cinzenta inundou a planície, o sol sugerindo com uma tira vermelho-clara a leste o calor que viria, e Sharpe viu as silhuetas da cavalaria delineadas pelo alvorecer. Os britânicos marchavam para o leste, para invadir a Espanha ocupada pelos franceses, seguindo até a grande cidade de Salamanca. A maior parte do exército estava longe, ao sul, marchando por uma dezena de estradas, enquanto o South Essex, com os homens de Lossow e um punhado de engenheiros, tinha sido enviado para o norte com o objetivo de destruir um pequeno forte francês que guardava um vau no rio Tormes. O serviço fora cumprido, o forte abandonado pelo inimigo, e agora o regimento marchava para se reunir às tropas de Wellington.

Levariam mais dois dias para reencontrar o exército, e Sharpe sabia que seriam dias de calor implacável enquanto atravessavam a planície seca.

O capitão Lossow ficou para trás da cavalaria para acompanhar Sharpe. Ele assentiu para o fuzileiro.

— Não confio no seu francês, Richard.

— Nem eu.

Lossow não se sentiu desencorajado pelo tom seco de Sharpe. Estava acostumado ao seu mau humor matinal.

— Acho estranho um dragão ter uma espada reta. Ele deveria ter um sabre, não?

— Verdade. — Sharpe tentou parecer mais sociável. — Devíamos ter matado o desgraçado no bosque.

— É mesmo. É a única coisa que deveria ser feita com os franceses. Matá-los. — Lossow gargalhou. Como a maioria dos alemães do Exército britânico, vinha de uma região ocupada pelas tropas de Napoleão. — Eu me pergunto o que aconteceu com o segundo homem.

— Vocês o perderam.

Lossow reagiu ao insulto com um sorriso debochado.

— Nunca. Ele se escondeu. Espero que os guerrilheiros o peguem. — O alemão passou um dedo pelo pescoço, sugerindo como os guerrilheiros espanhóis tratavam seus prisioneiros franceses. Depois sorriu para Sharpe. — Você queria a espada dele, *ja*?

Sharpe deu de ombros, depois falou a verdade.

— *Ja*.

— Você vai tê-la, amigo! Vai tê-la!

Lossow riu e trotou adiante, de volta para seus homens. Acreditava mesmo que Sharpe deveria ficar com a espada, mas se a espada iria deixá-lo feliz era outra questão. Lossow conhecia Sharpe. Conhecia o espírito inquieto que impelia o fuzileiro através desta guerra, um espírito que o impelia de um feito a outro. Certa vez, Sharpe quis capturar um estandarte francês, algo jamais feito por um britânico, e o conseguiu em Talavera. Mais tarde, desafiou guerrilheiros, franceses e até seu próprio lado ao decidir levar o ouro através da Espanha, e, ao fazer isso, conheceu e desejou Teresa. Conquistou-a também e se casou com ela apenas dois meses atrás, depois de ser o primeiro homem a atravessar a brecha mortal em Badajoz. Lossow suspeitava que Sharpe costumava obter o que queria, mas os feitos jamais pareciam satisfazê-lo. Seu amigo, concluiu o alemão, era um sujeito que, em busca de um pote de ouro, encontrava dez e rejeitava todos porque não eram do formato que queria. Riu desse pensamento.

Marcharam por dois dias, acantonando cedo e partindo antes do alvorecer e, na manhã do terceiro dia, o alvorecer revelou uma mancha de poeira fina no céu, uma grande coluna de poeira que mostrava onde a força principal de Wellington cobria as estradas que levavam a Salamanca. O capitão Paul Delmas, saltando à vista em suas estranhas pantalonas vermelho-ferrugem e com o alto capacete de latão na cabeça, esporeou o cavalo e passou por Sharpe para observar a nuvem de poeira, como se esperasse ver por trás dela as massas de infantaria, cavalaria e artilharia que marchavam para desafiar as maiores forças da França. O coronel Windham seguiu o francês, mas puxou as rédeas perto de Sharpe.

— Ele é um excelente cavaleiro, Sharpe!

— Sim senhor.

Windham empurrou para trás seu chapéu bicorne e coçou a cabeça que ficava grisalha.

— Ele parece um sujeito bastante decente, Sharpe.

— O senhor falou com ele?

— Santo Deus, não! Não falo francês. Snap! Venha cá! Snap! — Windham gritava com um de seus foxhounds, companheiros eternos do coronel. A maior parte da matilha foi deixada em Portugal, no alojamento de verão, mas seis cães absurdamente mimados tinham vindo com o coronel. — Não, Leroy conversou com ele. — Windham quis dizer que o major americano falava francês, já que também era estrangeiro. Os americanos eram estranhos; para Windham, qualquer um que não tivesse verdadeiro sangue inglês era estranho. — Ele caça, sabia?

— O major Leroy, senhor?

— Não, Sharpe. Delmas. Veja bem, eles caçam de um jeito esquisito na França. Matilhas de umas porcarias de poodles. Acho que estão tentando nos copiar, mas não conseguem fazer isso direito.

— Provavelmente, senhor.

Windham olhou de relance para Sharpe para ver se o capitão não zombava dele, mas o rosto do fuzileiro permanecia neutro. O coronel tocou o chapéu de modo cortês.

— Não vou perturbá-lo, Sharpe. — E se virou para a Companhia Ligeira. — Muito bem, seus patifes! Marcha difícil, hein? Vai acabar logo!

Acabou ao meio-dia, quando o batalhão chegou às colinas perto do rio, com Salamanca na outra margem. Um mensageiro tinha chegado ordenando que o South Essex ficasse naquele ponto enquanto o restante do exército marchava mais para o leste, até os vaus que levaria os homens à margem norte. Os franceses tinham deixado uma guarnição na cidade, junto à comprida ponte romana, e o serviço do South Essex era garantir que ninguém da guarnição tentasse escapar atravessando o rio. Aquela tarde prometia ser tranquila, de descanso. A guarnição planejava ficar; a guarda na ponte não passava de um gesto formal.

Sharpe esteve em Salamanca quatro anos antes, com o exército malfadado de Sir John Moore. Viu a cidade no inverno, sob uma chuva de granizos e um futuro incerto, mas nunca a esqueceu. Agora estava no alto de um morro a menos de duzentos metros da extremidade sul da ponte romana, observando a cidade do outro lado da água. O restante do batalhão estava atrás dele, fora do campo de visão dos canhões franceses nos fortes, e só a Companhia Ligeira e Windham se encontravam com ele. O coronel tinha vindo olhar a cidade.

Era um lugar de pedra cor de mel, um tumulto de campanários e torres, igrejas e palácios, todos diminutos diante das duas catedrais no morro mais alto. A Catedral Nova, com três séculos de idade e duas torres com cúpulas, era gigantesca e serena à luz do sol. Esta cidade não era um local de comércio, como Londres, nem uma fortaleza com face de granito, como Badajoz, e, sim, um local de aprendizado, orações, graça e beleza, com poucos objetivos além de agradar. Era uma cidade de ouro acima de um rio de prata, e Sharpe se sentia feliz por estar de volta.

A cidade tinha sido pilhada, no entanto. Os franceses haviam destruído a parte sudoeste de Salamanca e deixado apenas três construções. As três foram transformadas em fortalezas, receberam fossos e muros, aberturas para o disparo de armas e parapeitos para canhões, e as antigas casas e igrejas, colégios e mosteiros haviam sido derrubados sem piedade para permitir um vasto campo de tiro para os três fortes. Dois deles ficavam voltados para a ponte, impedindo que os britânicos a usassem, e o terceiro ficava mais perto do centro da cidade. Todos os três, Sharpe sabia, precisariam ser tomados antes que os britânicos deixassem a cidade e perseguissem o exército francês que havia se retirado para o norte.

Ele olhou dos fortes para o rio, que corria devagar sob a ponte e entre árvores verdejantes. Águias-sapeiras, com a ponta das asas voltada para cima, planavam entre ilhas verdes. Sharpe olhou outra vez para a magnificência da catedral de pedras douradas e ficou ansioso para entrar na cidade. Não sabia quando isso iria acontecer. Assim que a outra extremidade da ponte estivesse sob o controle da 6ª Divisão, o South Essex marcharia três quilômetros para o leste, até o vau mais próximo, e depois iria para o norte se juntar ao restante do exército. Poucos homens das forças de Wellington veriam Salamanca antes que o exército de Marmont fosse derrotado, mas neste momento bastava para Sharpe observar a beleza intricada e serena do outro lado do rio e esperar que em breve, muito em breve, tivesse a chance de explorar suas ruas mais uma vez.

A boca do coronel Windham se repuxou num sorriso leve.

— Extraordinário!

— Extraordinário, senhor?

Windham apontou seu chicote de montaria para a catedral, depois para o rio.

— A catedral, Sharpe. O rio. Exatamente como Gloucester.

— Achei que Gloucester fosse plana, senhor.

Windham fungou diante do comentário.

— Rio e catedral. Bem parecido, realmente.

— É uma cidade linda, senhor.

— Gloucester? Claro que é! É inglesa. Ruas limpas. Não como esse lugar maldito.

Provavelmente Windham jamais se aventurou para além da rua principal de alguma cidade inglesa para explorar becos e pardieiros apinhados. O coronel era um homem do interior, com as virtudes de seu país e uma suspeita profunda contra tudo que fosse estrangeiro. Não era tolo, embora Sharpe suspeitasse que às vezes o tenente-coronel Windham gostava de bancar o tolo para evitar aquele que era o mais dolorido de todos os insultos ingleses: parecer inteligente a ponto de ser irritante. Windham se virou na sela e olhou para o batalhão, que descansava.

— Aí vem aquele francês.

Delmas saudou Windham. O major Leroy tinha vindo com ele e traduziu para o coronel.

— O capitão Delmas quer saber quando poderá ser mandado para o quartel-general, senhor.

— Está numa tremenda pressa, não é? — O rosto bronzeado e coriáceo de Windham fez uma careta, depois ele deu de ombros. — Acho que ele quer ser trocado antes que os malditos franceses voltem correndo para Paris.

Delmas estava inclinado na sela para deixar que um dos cães do coronel lambesse seus dedos. Leroy falou com ele enquanto Windham se remexia. O major se virou outra vez para o coronel.

— Ele ficaria grato por uma troca rápida, senhor. Disse que a mãe está doente e que está ansioso para ter notícias dela.

Sharpe expressou solidariedade e Windham rosnou para que ficasse quieto. O coronel observou o francês brincando com seus cachorros com olhar de aprovação.

— Não me importo, Leroy. Não faço a mínima ideia de quem vai escoltá-lo até o quartel-general. Quer dar uma corrida?

O major balançou a cabeça.

— Não senhor.

Windham se virou de novo e olhou para o batalhão.

— Acho que podemos perguntar a Butler. Ele costuma estar disposto. — Em seguida viu o alferes McDonald, muito mais perto. — O seu rapaz sabe cavalgar, Sharpe?

— Sim senhor. Mas não temos cavalos.

— Você tem umas ideias estranhas, Sharpe. — Windham não aprovava plenamente a crença de Sharpe de que um oficial de infantaria deveria andar a pé como seus homens. Fazia sentido alguns oficiais montarem. Eles conseguiam ver mais longe na batalha e ser vistos por seus homens, embora uma Companhia Ligeira lutasse a pé na linha de escaramuça e um homem a cavalo fosse um alvo fácil. Os oficiais de Sharpe usavam botas surradas. McDonald ouviu a conversa entre Sharpe e Windham e se aproximou, parecendo ansioso. O major Leroy desmontou de seu cavalo.

— Pode pegar minha égua. Não a force! — Leroy abriu sua algibeira e pegou um pedaço de papel dobrado. — Aqui está a palavra de honra do capitão Delmas. Entregue ao oficial do dia no quartel-general, entendido?

— Sim senhor. — McDonald estava empolgado.

Leroy ajudou o alferes a montar.

— Sabe onde fica o quartel-general?

— Não senhor.

— Nem você nem ninguém — resmungou Windham, e apontou para o sul. — Vá naquela direção até encontrar o exército, depois siga para o leste até encontrar o quartel-general. Quero você de volta até o crepúsculo, e, se Wellington convidá-lo para jantar, diga que tem compromisso.

— Sim senhor. — McDonald abriu um sorriso extasiado. — O senhor acha que ele me convidaria?

— Vá logo!

Windham respondeu à saudação de Delmas, que mais uma vez se virou para olhar para Salamanca, atento como se tentasse ver se alguma tropa britânica já teria voltado da jornada até os vaus e estivesse entrando nas ruas da cidade. Então, os olhos claros se voltaram para Sharpe. Delmas sorriu.

— *Au revoir, M'sieur.*

Sharpe sorriu também.

— Espero que a sífilis da sua mãe melhore.

Windham ficou na defensiva.

— Mas que desnecessário, Sharpe! O sujeito foi perfeitamente agradável! Francês, é claro, mas agradável.

Delmas trotou obedientemente atrás do alferes de 16 anos e Sharpe observou os dois se afastarem antes de se virar de novo para a estupenda cidade do outro lado do rio. Salamanca. Seria a primeira vitória sem derramamento de sangue na campanha de verão de Wellington, mas então Sharpe se lembrou de que não seria exatamente assim. As fortalezas improvisadas deixadas na cidade teriam de ser destruídas para que Wellington pudesse atravessar seus suprimentos e reforços pela longa ponte romana. A cidade de ouro precisaria ser conquistada com luta para que a ponte, construída tanto tempo atrás pelos romanos, pudesse servir a um exército moderno numa guerra moderna.

Sharpe ficou maravilhado por uma ponte tão antiga ainda estar de pé. Os parapeitos tinham ameias, como uma muralha de castelo, e quase no centro da ponte havia uma fortaleza pequena e bela, num arco acima da pista. Os franceses não guarneceram o forte minúsculo, deixando-o em posse de uma estátua de um touro. O coronel Windham também olhou para a ponte e balançou a cabeça.

— Que coisa medonha, hein, Sharpe?

— Medonha, senhor?

— Aquela porcaria tem mais arcos que ossos num coelho! Uma ponte inglesa teria apenas dois arcos, certo? Sem todo esse desperdício de pedra boa! Mesmo assim, acho que os espanhóis se consideraram muito espertos pelo simples fato de terem conseguido construí-la. O quê?

Leroy, com o rosto terrivelmente cheio de cicatrizes de Badajoz, respondeu em sua voz lacônica:

— Foram os romanos que construíram, senhor.

— Romanos! — Windham abriu um sorriso animado. — Toda porcaria de ponte neste país foi construída pelos romanos. Se eles não tivessem estado aqui, os espanhóis provavelmente jamais atravessariam um rio! — Ele riu da ideia. — É boa, essa! Vou escrevê-la para Jessica, em casa. — Largou as rédeas sobre o pescoço do cavalo. — Isso é perda de tempo. Nenhum francês idiota vai tentar cruzar a ponte. Mesmo assim, acho que os rapazes gostariam de um descanso. — Ele bocejou, depois olhou para Sharpe. — Sua companhia pode ficar de olho nas coisas, Sharpe.

Sharpe não respondeu. O coronel franziu a testa.

— Sharpe?

Mas ele estava dando as costas para o coronel, tirando o fuzil do ombro.

— Companhia Ligeira!

Por Deus! E o instinto não estava sempre certo? Sharpe já pegava a pederneira do fuzil, colocando-se à frente do cavalo de Windham, enquanto à direita, no pequeno vale que ia até a extremidade sul da ponte, estava Delmas.

Sharpe tinha visto a movimentação com o canto do olho, e então, num instante de choque, reconheceu as pantalonas largas e o elmo de latão. Só um fuzil poderia deter o francês a essa altura. Só um fuzil tinha o alcance para matar o fugitivo em quem os instintos de Sharpe tinham dito para não confiar. Que se dane a palavra de honra!

— Santo Deus! — O coronel Windham viu Delmas. — Santo Deus! A palavra de honra! Maldição!

Deus podia até amaldiçoar Delmas, mas só um fuzileiro poderia impedir que ele chegasse à ponte e à segurança dos fortes franceses do outro lado. Delmas, abaixado sobre o pescoço do cavalo, estava a pouco menos de cem metros dos fuzileiros e à mesma distância da entrada da ponte. Sharpe mirou no enorme cavalo, acompanhando o animal que galopava e encostando o dedo no gatilho, até que sua visão foi bloqueada pelo cavalo do coronel Windham.

— Vamos lá! — Com o sabre desembainhado, Windham, ladeado pelos cães de língua de fora, esporeava a montaria para ir atrás do francês.

Sharpe levantou o fuzil num movimento brusco, xingando Windham por bloquear o tiro, e ficou olhando desesperançado, enquanto o francês, que violara a própria palavra de honra, corria para a ponte e para a segurança.

CAPÍTULO II

O cavalo de Windham bloqueou os tiros dos fuzileiros durante alguns segundos cruciais, mas então o coronel desceu para a concavidade da encosta e Sharpe mirou de novo, disparou e começou a descer o morro antes mesmo de ver onde sua bala tinha ido parar. A pólvora da caçoleta ardia no rosto de Sharpe, que sentiu o cheiro acre da fumaça quando a atravessou correndo, e então ouviu uma fuzilaria disparada por seu punhado de homens.

Ele errara o alvo, mas um dos seus homens, provavelmente Hagman, acertou o cavalo de Delmas. O francês foi jogado para a frente, o cavalo tombou de joelhos, e a poeira subiu, escondendo o animal agonizante e o homem caído.

— Ordem de escaramuça! — gritou Sharpe, que não queria que seus homens se juntassem num alvo fácil para a artilharia francesa nas fortalezas do outro lado do rio. Ele corria depressa, balançando os braços para a esquerda e para a direita a fim de dizer aos seus homens que se espalhassem, enquanto adiante o tenente-coronel Windham se apressava na direção do caído Delmas.

O francês se levantou com dificuldade, olhou de relance para trás e começou a correr. Os cães uivavam, dando passos largos, enquanto Windham, com o sabre estendido à frente, trovejava atrás.

O primeiro canhão francês disparou da fortaleza mais perto do rio. O barulho soou seco acima da água, um estrondo que ecoou sombrio sobre a beleza do rio e da ponte, e então a bala caiu perto de Windham, quicou e subiu o morro. O cano dos canhões franceses devia estar frio, fazendo com que os primeiros disparos não caíssem muito longe, mas até mesmo uma bala quicando era perigosa.

— Espalhem-se! — gritou Sharpe. — Espalhem-se!

Mais canhões dispararam, os ruídos se misturando como trovões, e o vento de uma bala que quicava quase arrancou Windham do cavalo. O animal deu uma guinada, e somente a enorme habilidade de equitação de Windham o salvou. As esporas recuaram, a espada foi brandida mais uma vez, e Sharpe viu o francês em fuga parar e virar o rosto para o perseguidor.

Outro canhão disparou da fortaleza, com um som diferente desta vez, e a encosta pareceu saltar com pequenas explosões de terra onde as balas da metralha, espalhadas pelo rompimento da lata de estanho na boca do canhão, salpicaram o solo.

— Espalhem-se! Espalhem-se!

Sharpe corria com imprudência, saltando pelo terreno elevado. Jogou longe o fuzil, sabendo que um dos seus homens iria recuperá-lo, e desajeitadamente desembainhou a espada enorme e reta.

Windham estava com raiva. A honra fora pisoteada com a violação da palavra de Delmas e o coronel não se sentia disposto a oferecer misericórdia ao francês. Ouviu a metralha bater no chão, seguida por um ganido de agonia quando um dos seus cães levou um tiro, depois esqueceu tudo porque Delmas estava perto, encarando-o, e o coronel inglês estendeu o sabre curvo de modo que a ponta se cravasse com violência no peito do fugitivo.

Para Windham, Delmas pareceu ter golpeado cedo demais com a espada. Ele viu a lâmina baixar, estava preparando o braço para o choque do seu próprio sabre com a arma do inimigo, quando a bela espada de Delmas, como ele pretendera, golpeou violentamente a boca do cavalo de Windham.

O animal relinchou, virou-se de lado e empinou, enquanto Windham lutava para controlá-lo. Deixou o sabre pender pela alça de punho enquanto puxava as rédeas e via o sangue esguichar da boca do animal ferido. Em seu esforço, não viu o francês se mover para trás dele e brandir a espada e foi morto sem saber o que houve.

Sharpe viu. Gritou impotente, inutilmente, e viu o gume da grande espada acertar as costas do coronel.

Windham pareceu se arquear para longe do golpe. Mesmo na morte, seus joelhos apertaram o cavalo enquanto sua cabeça tombava, os braços ficavam frouxos e o sabre pendia inútil. O cavalo relinchou outra vez, tentando sacudir o morto para tirá-lo da sela. Fugiu do homem que o havia ferido, ainda escoiceando e sentindo dor. E então, quase misericordiosamente, uma carga de metralha lançou homem e cavalo numa confusão sangrenta no chão.

Os cães farejaram o homem morto e o cavalo agonizante. Os cascos do animal se debateram por um instante na terra seca, os cães ganiram e então a cabeça do cavalo tombou. O chão ressecado absorveu o sangue rapidamente.

Delmas estava mancando. A queda deve tê-lo machucado, mas mesmo assim ele corria, trincando os dentes por causa da dor, embora Sharpe estivesse se aproximando. Havia casas na extremidade sul da ponte, um pequeno posto avançado da cidade universitária do outro lado do rio, e Sharpe viu o francês desaparecer atrás de uma parede. Delmas estava quase chegando à ponte.

Outra metralha carregada de balas de mosquete castigou o chão, enchendo o ar de verão com seu estalo da morte, e então Sharpe viu Patrick Harper, o sargento gigantesco, passar correndo à sua direita com a arma de sete canos em mãos. Sharpe e Harper estavam chegando perto das casas, perto da segurança fornecida pelas paredes contra os canhões franceses na fortaleza, mas Sharpe teve uma súbita premonição de perigo.

— Ao largo, Patrick! Ao largo!

Os dois viraram à direita, ainda correndo, e, quando ultrapassaram a quina da casa, tendo um primeiro vislumbre da estrada que passava direto sobre o rio, Sharpe viu o francês ajoelhado apontando duas pistolas para o local onde esperava que seus perseguidores apareceriam.

— Abaixe-se!

Sharpe trombou com Harper, fazendo com que os dois caíssem e se ralassem na terra. Neste instante, as pistolas dispararam, e as duas balas passaram sibilando malignas acima das cabeças deles.

— Meu Deus! — Harper começava a se levantar. Delmas já havia se virado, e agora chegava mancando à ponte, correndo para a margem norte entre as três fortalezas.

Os dois fuzileiros correram. Estavam em segurança por um momento, escondidos dos artilheiros pelas casas, mas Sharpe sabia que assim que emergissem na ponte as metralhas começariam a golpear as pedras antigas. Levou Harper para a esquerda, para a pouca proteção que o parapeito baixo com ameias fornecia, mas, assim que pisaram na ponte, jogaram-se instintivamente no chão, cobrindo a cabeça, aterrorizados com a súbita tempestade de metralha que emaranhou o ar acima da ponte.

— Deus salve a Irlanda — murmurou Harper.

— Deus mate aquele filho da mãe. Venha!

Foram rastejando, mantendo-se abaixo do parapeito, a um ritmo lamentavelmente vagaroso, de modo que Sharpe pôde ver Delmas aumentando a distância. Em seu caminho, o francês parecia deixar uma tempestade de disparos, com lascas de pedra zunindo arrancadas da pista, o barulho de metal em pedra. No entanto, o francês permanecia intocado, seguro pela precisão do artilheiro, e Sharpe sentia que ele estava escapando.

— Abaixe-se, senhor! — Harper puxou Sharpe com a mão enorme sem cerimônia, e ele soube que a horrenda arma de sete canos estava sendo mirada acima de sua cabeça. Tapou os ouvidos com as mãos, abandonando a espada por um segundo, e esperou a explosão acima da cabeça.

Era uma arma horrenda, presente de Sharpe ao sargento, uma arma de fogo que somente um homem enorme poderia usar. Tinha sido feita para a Marinha Real, destinada a ser disparada do topo do mastro para os conveses apinhados dos navios inimigos, mas o coice maligno dos sete canos de meia polegada arrancava os marinheiros do cordame, fazendo-os cair com o ombro fraturado no convés. Patrick Harper, o enorme irlandês, era um dos poucos homens com a força bruta necessária para usá-la, e apontou os canos grossos para a figura de pantalonas que mancava embaixo do arco da pequena fortaleza.

Ele puxou o gatilho e a arma arrotou fumaça, balas e uma mecha acesa que caiu no pescoço de Sharpe. Era uma arma mortal à queima-roupa, mas a quase cinquenta metros, a distância de Delmas, seria sorte se uma bala o acertasse. Uma única palavra acima da cabeça de Sharpe revelou que o irlandês tinha errado.

— Venha!

Seis fuzileiros se arrastaram para a ponte atrás de Sharpe e Harper, enquanto o restante ficou na proteção das construções, recarregando freneticamente as armas na esperança de conseguir um tiro direto. Sharpe foi em frente, amaldiçoando a metralha que zunia por cima da ponte. Uma bala, ricocheteando loucamente no parapeito, acertou o salto da sua bota, arrancando um palavrão seu.

— Vamos ter de correr, Patrick.

— Meu Deus! — O sotaque de Donegal não pôde esconder seus sentimentos quanto a correr pela tempestade de balas. Harper tocou o crucifixo pendurado no pescoço. Desde que conheceu Isabella, a garota espanhola que salvou de um estupro em Badajoz, ficou mais religioso. Os dois podiam viver em pecado mortal, mas Isabella se certificou de que seu enorme homem prestaria respeitos à Igreja. — Diga quando, senhor.

Sharpe esperou que outra lata de metralha espalhasse seus projéteis na ponte.

— Agora!

Correram, a espada de Sharpe pesada no braço que balançava, e o ar pareceu tomado pelo som da morte. O medo cresceu dentro dele, medo desse jeito terrível de morrer, atingido por metralha e incapaz de revidar. Escorregou para a segurança do pequeno arco embaixo da fortaleza e caiu de encontro à parede.

— Céus!

Tinham sobrevivido, só Deus sabia como, mas ele não tentaria fazer isso de novo. O ar parecera denso de balas.

— Vamos ter de rastejar, Patrick.

— O que o senhor disser.

Daniel Hagman, o homem mais velho da companhia de Sharpe e o melhor atirador do batalhão, recarregou metodicamente seu fuzil. Ele era caçador ilegal em Cheshire, sua terra natal, mas foi pego em uma noite escura e deixou mulher e filhos para se juntar ao Exército e não ter de enfrentar a terrível justiça exercida pelos juízes. Não usou cartucho com pólvora grossa. Em vez disso, mediu a carga com a pólvora fina guardada em seu chifre de fuzileiro, em seguida escolheu uma bala e a socou no cano. Tinha enrolado a bala num pedaço de couro engordurado, que se prenderia aos sulcos do cano quando a arma disparasse e faria a bala girar, o que tornava a arma muito mais precisa que o mosquete de cano liso. Escorvou a arma, mirou, e se lembrou do fuzileiro Plunkett, que quatro anos antes havia mandado uma bala por espantosos oitocentos metros para matar um general francês. Plunkett era uma lenda em seu regimento, o 95º, porque o fuzil Baker não era considerado muito preciso a mais de duzentos metros. Neste momento, Hagman tinha um alvo desimpedido a menos de cem metros.

Sorriu. A essa distância podia escolher onde acertar, e escolheu a base da coluna, deixando a mira se assentar um pouco acima, soltando meia respiração, prendendo-a, depois apertando o gatilho.

A essa distância não podia errar. O fuzil deu um coice em seu ombro, a fumaça foi lançada da caçoleta e do cano, a pólvora queimada ardendo no rosto.

A metralha assobiou acima da ponte, mas quatro canhões dispararam ao mesmo tempo, e Hagman não soube o que aconteceu com sua bala. Ela não alcançou Delmas. Em algum lugar no caos de metal acima da ponte a bala se perdeu, um grande azar, e Delmas continuou vivo, ainda mancando para a segurança da margem oposta.

Mas ainda havia uma chance. As fortalezas eram construídas no alto do morro acima do rio, e, quando a ponte se aproximava da margem norte, os canhões não conseguiam enxergar a estrada. Em mais alguns metros, Sharpe sabia que poderia se levantar e correr em segurança, e Delmas também sabia disso. O francês se obrigou a prosseguir, ignorando a dor, recusando-se a ser derrotado, e conseguiu forçar o corpo dolorido a uma corrida lenta que o levou mais adiante ainda.

Então, pareceu que tudo estava perdido. Houve gritos à frente e Sharpe ergueu a cabeça, vendo fardas azuis correndo morro abaixo em direção à ponte. *Voltigeurs*! A infantaria ligeira francesa, as dragonas vermelhas nítidas ao sol. Sharpe xingou, pois sabia que aqueles soldados tinham saído da fortaleza para levar Delmas à segurança. Doze franceses desciam o morro, enquanto outros esperavam no topo.

Sharpe rastejou, forçando-se a prosseguir, a respiração rouca de Harper atrás dele. Agora alcançá-lo parecia de fato impossível. Os *voltigeurs* alcançariam Delmas muito antes de Sharpe ou Harper, mas ele não desistiria. Uma lasca de pedra, arrancada por uma bala de metralha, ressoou na bainha de metal da sua espada enquanto outra passava de raspão sobre seus dedos, arrancando sangue de um vermelho intenso.

Os *voltigeurs* estavam na extremidade da ponte, erguendo os mosquetes para a posição de disparo, e Delmas se encontrava a poucos metros. Uma bala de fuzil passou por Sharpe, que viu um *voltigeur* francês se abaixar para se esquivar do disparo, e então um francês tombou para a frente. Para a frente! Sharpe levantou a cabeça. Havia fumaça de mosquete vindo das casas da cidade que ficava perto da área devastada pelos franceses em volta da fortaleza.

— Olhe! — Ele apontou. — A 6ª deve ter chegado!

Não era a 6ª Divisão. Os mosquetes estavam sendo disparados pelos cidadãos de Salamanca, descarregando a raiva contra os franceses que tinham ocupado a cidade por tanto tempo. Os *voltigeurs* ficaram entre duas linhas de fogo — os fuzileiros disparando do outro lado da ponte e os espanhóis mirando por trás.

— Venha!

Os dois haviam alcançado a parte segura da ponte, a parte que não podia ser acertada pelos canhões, mas, no mesmo instante, Delmas chegou cambaleando aos braços de seus salvadores, que começavam a recuar, levando o fugitivo para as fortalezas.

Sharpe e Harper correram sem se importar com o que poderia acontecer, e o oficial *voltigeur* simplesmente fez seis homens darem meia-volta, alinhou-os e mandou que apontassem os mosquetes.

Sharpe e Harper se separaram automaticamente, Harper indo para a direita da ponte e Sharpe para a esquerda, de modo que o inimigo precisaria escolher entre dois alvos menores. Sharpe decidiu gritar, um berro de fúria incoerente que amedrontaria os inimigos, e pôde ouvir Harper berrando à direita.

Outra bala de fuzil passou por eles, acertando um francês no joelho, e seu grito súbito de dor deixou os outros nervosos. Dois deles estavam feridos, ambos se arrastando de volta para o morro. Atrás deles, os mosquetes espanhóis disparavam, à frente os fuzileiros atiravam pela longa extensão da ponte, entre os dois homens enormes que gritavam em desafio. Os quatro *voltigeurs* restantes puxaram o gatilho, querendo apenas recuar para a segurança das fortalezas.

Sharpe sentiu o vento das balas de mosquete, soube que não tinha sido atingido e estava com a enorme espada pronta para o primeiro golpe. Os escaramuçadores inimigos começaram a andar de costas, recuando atrás de Delmas, mas o oficial tentou segurá-los. Gritou para eles, puxou um, e, quando viu que era inútil, virou-se e empunhou sua espada longa e fina, esperando Sharpe.

Foi a coragem do oficial francês que fez os quatro homens se virarem. Seus mosquetes não estavam carregados, mas ainda tinham baionetas, que prenderam no cano da arma, porém já era tarde demais para salvar seu tenente.

Sharpe viu o medo nos olhos do homem; desejou que ele desse meia-volta e fugisse, mas o tenente insistiu em ficar. Ele se moveu para bloquear Sharpe, erguendo a espada para estocar, mas a enorme espada de cavalaria a empurrou de lado num golpe entorpecedor, barulhento. Em seguida, não querendo matar o sujeito, Sharpe fez uma investida com o ombro e mandou o oficial voando para trás, para a estrada na entrada da ponte.

Os quatro *voltigeurs* estavam voltando com a baioneta estendida. Sharpe se virou para eles exibindo os dentes, a espada preparada, mas de repente não conseguia se mover. O tenente francês tinha agarrado seu tornozelo e o estava segurando como se sua vida dependesse disso. Os *voltigeurs*, vendo aquilo, avançaram de repente para se aproveitar do desequilíbrio de Sharpe.

Foi um erro fatal. Patrick Harper, o irlandês, considerava-se amigo de Sharpe, apesar da disparidade de postos. Harper tinha uma força enorme, mas, assim como tantos homens fortes, era de uma gentileza e até mesmo de uma placidez tocantes. Não se incomodava em deixar o mundo seguir seu próprio curso, observando-o com um humor irônico, mas jamais em batalha. Foi criado ouvindo canções e histórias dos grandes guerreiros irlandeses. Para Patrick Harper, Cuchulain não era um herói imaginário do passado distante, e, sim, um homem real, um irlandês, um guerreiro a quem imitar. Cuchulain morreu aos 27 anos, a idade atual de Harper, e lutava com o mesmo espírito de Harper, inebriado por uma canção de batalha selvagem. Harper também conhecia essa alegria insana, sentia isso agora enquanto atacava os quatro homens e gritava com eles em sua língua antiga.

Brandia a pesada arma de sete canos como um porrete. O primeiro golpe derrubou um mosquete e uma baioneta, baixou sobre a cabeça de um francês, e o segundo derrubou dois homens. Harper começou a chutá-los, pisoteá-los, usando a arma como uma maça na qual colocava toda a sua enorme força. O quarto homem estocou com a baioneta, e Harper, tirando uma das mãos do porrete, puxou o mosquete com desprezo e deu uma joelhada no rosto do inimigo, que cambaleou. Os quatro estavam caídos.

O oficial francês, no chão, olhava atarantado. Sua mão frouxa soltou o tornozelo de Sharpe, salvando-o do golpe descendente da enorme espada. A essa altura, havia mais fuzileiros a caminho, seguros na parte da ponte que não podia ser atingida pelos artilheiros inimigos.

Harper queria mais. Estava subindo a encosta, desviando-se dos entulhos das casas que os franceses tinham explodido para criar uma barreira maior de terra arrasada para seus fortes. Passou pelos dois homens feridos, que, como os colegas abaixo, virariam prisioneiros, e Sharpe foi atrás do sargento.

— Para a direita! Patrick! Para a direita!

Sharpe não conseguia entender. Delmas, em segurança com os outros *voltigeurs*, não estava indo para as fortalezas. Em vez disso, mancava em direção à cidade, às casas com sacada de onde os espanhóis atiravam. Um oficial *voltigeur* discutia com ele, mas Sharpe viu o grande oficial dos dragões ordenar que o sujeito ficasse em silêncio. Dois outros *voltigeurs* foram destacados para ajudar Delmas, para praticamente carregar o sujeito que mancava subindo a encosta, e Sharpe não entendeu por que Delmas iria em direção aos tiros esparsos de mosquete disparados pelos civis. Era loucura! Delmas estava a metros da segurança dos fortes, e em vez disso tentava mergulhar numa cidade hostil, onde a qualquer momento a 6ª Divisão do Exército de Wellington entraria. Delmas estava até mesmo arriscando-se aos tiros de mosquete espanhóis. Quanto mais se aproximava deles, mancando, mais perigoso aquilo se tornava.

E então não havia mais perigo. Subindo atrás do dragão, Sharpe viu um padre alto e grisalho aparecer na sacada de uma das casas e, ainda que não conseguisse entender as palavras, ouviu o padre gritar num vozeirão. O sujeito erguia e baixava os braços, sem dúvida dizendo aos cidadãos que não atirassem. Padre maldito! Estava deixando Delmas entrar no emaranhado de becos, e os civis estavam lhe obedecendo. Sharpe xingou e redobrou os esforços para alcançar o grupo de franceses. Padre maldito!

Então, Sharpe teve de esquecer Delmas e o padre. Os outros *voltigeurs*, vendo a velocidade com que ele e Harper subiam o morro, foram mandados para baixo a fim de enfrentá-los. As primeiras balas levantaram poeira do entulho, e Sharpe precisou rolar, buscando proteção, porque o fogo dos mosquetes era pesado demais. Ouviu Harper xingar, procurou-o e viu o irlandês esfregando a coxa machucada por ter se jogado bruscamente atrás de um bloco de pedra. O sargento abriu um grande sorriso.

— Não teve alguém que disse que essa seria uma tarde tranquila?

Sharpe olhou para trás. Supôs que estava na metade da encosta, uns trinta metros acima do rio, e viu três dos seus fuzileiros arrebanhando os prisioneiros em um grupo. Outros quatro subiam atrás deles, e um, Parry Jenkins, gritava incoerentemente, apontando para trás de Sharpe. No mesmo instante Harper gritou:

— Na frente, senhor!

Os *voltigeurs*, talvez irritados com a ousadia do ataque dos fuzileiros, estavam decididos a pegar os dois homens isolados na encosta. Tinham disparado sua saraivada, e agora uma dúzia deles descia com baionetas para aprisioná-los ou acabar com Sharpe e Harper.

A frustração encheu Sharpe de raiva. Ele se culpou por ter deixado Delmas escapar. Devia ter insistido com o coronel Windham que o sujeito não era de confiança, e agora Windham estava morto. Precisava presumir que o pobre jovem McDonald também estava morto, assassinado aos 16 anos por um desgraçado que tinha violado a palavra de honra e agora escapava morro acima. Sharpe saiu de seu esconderijo com enorme fúria, empunhando a grande espada desequilibrada, e, enquanto partia ao encontro dos franceses, pareceu-lhe, como acontecia com frequência em batalha, que o tempo desacelerava. Via com clareza o rosto do primeiro homem, os dentes amarelos exibidos por trás do bigode hirsuto e o pescoço do sujeito, e soube aonde sua lâmina iria. Golpeou num arco, o aço sibilando, e a ponta afiada cortou a garganta do inimigo. Sharpe já trazia a lâmina de volta num golpe ascendente que jogou de lado o mosquete do segundo homem, desferindo um corte no antebraço do sujeito, fazendo-o largar a arma, impotente, enquanto a descida da espada atravessava sua barretina e seu crânio.

Harper observou por um instante, sorrindo, porque estava acostumado ao espetáculo temível de Richard Sharpe entrando feroz na batalha, e em seguida se juntou a ele. Deixou a arma de sete canos para trás e usou um pedaço de madeira enegrecida pelo fogo, com o qual golpeou os inimigos com dragonas vermelhas até que, com a coragem abalada, eles começaram a retornar atabalhoadamente morro acima. Harper olhou para seu capitão, cuja espada suja de vermelho tinha derrotado quatro homens em menos de meio minuto. Abaixou-se para pegar de volta a arma enorme.

— Já pensou em entrar para o Exército, Sr. Sharpe?

Sharpe não estava escutando. Olhava para as casas onde o padre impedira os civis de atirar, e agora sorria, porque o padre podia ser capaz de dar ordens a civis, mas não de comandar soldados britânicos. A 6ª Divisão havia chegado! Via as fardas vermelhas no alto do morro, ouvia os estalos dos mosquetes, e partiu encosta acima para descobrir onde estava Delmas. Harper o seguiu.

No topo, jogaram-se no chão. À direita as casas estavam salpicadas de fardas vermelhas, à esquerda ficavam os três fortes para onde os *voltigeurs* recuavam, e Delmas estava com eles! Tinha sido rechaçado pela 6ª Divisão e obrigado a ir para as fortalezas. Era uma espécie de vitória, supôs Sharpe, porque agora o francês traiçoeiro estava encurralado nos fortes. Olhou para trás e viu a margem do rio tomada por tropas britânicas que marchavam para o oeste ao longo da estrada junto ao Tormes para dar fim ao cordão em volta das três fortalezas. Delmas estava encurralado!

Os canhões franceses dispararam outra vez, metralha estourando sobre a terra arrasada e fazendo estardalhaço nas casas, estraçalhando janelas e postigos frágeis, tentando fazer com que as tropas britânicas recém-chegadas buscassem cobertura.

Sharpe olhou para Delmas. Viu quando ajudaram o sujeito a entrar no fosso diante da fortaleza mais próxima, a menor. Viu o elmo de latão aparecer de novo e o francês ser puxado para dentro de uma troneira de canhão. Viu seu inimigo entrar no forte. O desgraçado estava encurralado! A espada estava em Salamanca e ainda poderia pertencer a Sharpe.

Olhou para Harper.

— Acabou. O desgraçado escapou.

— Da próxima vez não vai conseguir, senhor.

Harper se virou e olhou para o rio. Um grupo de oficiais estava no abrigo das casas na margem oposta; outro grupo de homens, que não era atormentado pelos artilheiros franceses, carregava o corpo de Windham morro acima. Harper viu os cães de caça seguindo o triste cortejo. Enquanto olhava, os artilheiros dispararam outra vez contra a ponte. Permitiriam que os britânicos retirassem seus mortos, mas não que atravessassem o rio. Harper indicou a ponte com um aceno de cabeça.

— Acho que não podemos voltar, senhor.

— Pois é.

— Não é uma cidadezinha ruim para ficar encurralado, senhor.

— O quê? — Sharpe não estava prestando atenção. Pensava em Delmas. O francês tinha assassinado Windham e provavelmente McDonald. Um homem que matava enquanto estava sob a palavra de honra era um assassino.

— Eu disse que não é uma cidadezinha ruim...

— Eu ouvi, Patrick. — Sharpe olhou para o sargento, lembrando-se da luta. — Obrigado.

— Pelo quê? Acha que deveríamos nos juntar aos rapazes?

— Acho.

Eles desceram o morro para se juntar aos poucos fuzileiros que, como os dois, estavam desgarrados na margem norte do rio. Um deles tinha recuperado o fuzil de Sharpe, carregando-o ao atravessar a ponte. Devolveu-o ao capitão.

— O que faremos agora, senhor?

— Agora? — Sharpe prestou atenção. Conseguia ouvir pancadas rítmicas ao longe, um som sobreposto por uma melodia leve, metálica. — Ouviram isso?

Pararam para escutar. Parry Jenkins sorriu.

— É uma banda!

Sharpe pendurou o fuzil no ombro.

— Acho que deveríamos nos juntar a eles. — Supôs que a 6ª Divisão estivesse fazendo a entrada formal na cidade; bandas tocando e bandeiras tremulando, e apontou para a margem do rio a leste. — Para lá, homens, depois vamos subir para a cidade. — A rota os levaria para longe dos canhões franceses que apontavam para além do canto sudoeste devastado da cidade. — E escutem, rapazes! — Eles o encararam. — Fiquem juntos, entenderam? Não deveríamos estar aqui, e os prebostes desgraçados adorariam a chance de pôr as mãos num soldado de verdade. — Eles riram para Sharpe. — Venham!

Estava limpando o sangue da grande espada enquanto os guiava ao longo da margem do rio, e depois na subida de um beco íngreme que apontava para as duas catedrais no alto do morro. Estavam atrás das casas de onde os civis espanhóis dispararam contra Delmas, onde o padre havia interrompido os tiros, e Sharpe achou que reconhecia a figura alta e grisalha que subia à sua frente.

Acelerou o passo, deixando os fuzileiros para trás, e o som das suas botas na rua calçada de pedras fez o padre se virar. Era um homem alto e idoso, com uma expressão entretida e caridosa. Sorriu para Sharpe e olhou de relance para a espada.

— Você parece querer me matar, meu filho.

Sharpe não sabia exatamente por que tinha seguido o padre, a não ser para dar vazão à sua raiva pela interferência do sujeito na luta daquela tarde. O inglês perfeito do sacerdote o pegou de surpresa, e o tom calmo do sujeito o irritou.

— Eu mato os inimigos do rei.

O tom dramático de Sharpe provocou um sorriso no padre.

— Você está com raiva de mim, meu filho. É porque fiz os civis pararem de atirar? Não é? — Ele não esperou a resposta, apenas continuou em tom apaziguador. — Sabe o que os franceses farão com eles, se tiverem a oportunidade? Sabe? Já viu civis sendo encostados numa parede e fuzilados como cães doentes?

A raiva de Sharpe escorreu para sua voz.

— Em nome de Jesus! Somos nós que estamos aqui agora, não a porcaria dos franceses!

— Duvido que seja em nome d'Ele, meu filho. — O padre irritou Sharpe com seu sorriso constante. — E por quanto tempo vocês ficarão aqui? Se não derrotarem os principais exércitos franceses, vão correr de volta para Portugal, e então podemos esperar aqueles franceses outra vez nas nossas ruas.

Sharpe franziu a testa.

— O senhor é inglês?

— Louvado seja Deus, não! — Pela primeira vez o padre pareceu chocado com algo que Sharpe disse. — Sou irlandês, meu filho. Sou o padre Patrick Curtis, mas os moradores de Salamanca me chamam de *don* Patricio Cortes. — Curtis parou enquanto Harper passava por eles com os fuzileiros curiosos. Harper os levou rua acima. Curtis sorriu para Sharpe de novo. — Agora Salamanca é minha cidade, e essas pessoas são meu povo. Entendo o ódio que eles sentem pelos franceses, mas devo protegê-los caso os franceses voltem a dominar este lugar. Aquele homem que vocês estavam perseguindo. Sabe o que ele faria com as pessoas?

— Delmas? O quê?

Curtis franziu a testa. Tinha um rosto de traços fortes, com rugas profundas, dominado por enormes sobrancelhas grisalhas e fartas.

— Delmas? Não! Leroux!

Foi a vez de Sharpe ficar perplexo.

— Eu estava perseguindo um homem com capacete de latão. Um homem que mancava.

— Isso mesmo! Leroux. — Ele viu a surpresa de Sharpe. — Coronel da Guarda Imperial de Napoleão, Philippe Leroux. Ele é implacável, meu filho, especialmente contra civis.

A voz calma e informativa do padre não havia aplacado a fúria de Sharpe, que manteve a voz hostil.

— O senhor sabe um bocado sobre ele.

Curtis riu.

— É claro! Sou irlandês! Nós sempre estamos interessados nos negócios alheios. No meu caso, claro, também é o negócio de Deus saber sobre as pessoas. Mesmo pessoas como o coronel Leroux.

— E era meu negócio matá-lo.

— Assim como disse o centurião no Gólgota.

— O quê?

— Nada, meu filho. Só um comentário de mau gosto. Bom, capitão? — Curtis disse o posto em tom de pergunta e Sharpe assentiu com a cabeça. O padre sorriu. — É meu agradável dever lhe dar as boas-vindas a Salamanca, mesmo o senhor sendo inglês. Considere-se devidamente recebido.

— O senhor não gosta de ingleses? — Sharpe estava decidido a não gostar do padre idoso.

— Por que deveria? — Curtis continuou sorrindo. — A minhoca gosta do arado?

— Imagino que prefira os franceses, não? — Sharpe ainda estava convencido de que Curtis tinha interrompido os disparos para poupar o homem que dissera se chamar Delmas.

Curtis suspirou.

— Ora, ora! Esta conversa, se o senhor me perdoa, capitão, está ficando cansativa. Desejo-lhe um bom dia, meu filho. Creio que vamos nos encontrar em breve. Salamanca é uma cidade pequena.

Ele se virou e foi à frente de Sharpe, deixando o oficial fuzileiro irritado. Sharpe sabia que tinha sido derrotado pelo padre, que a calma de Curtis havia desviado com facilidade sua raiva. Bom, que se dane o padre e que se dane o coronel Philippe Leroux. Sharpe continuou andando, passando rapidamente por Curtis sem reparar nele, a cabeça ocupada com a necessidade de vingança. Leroux. O homem que tinha assassinado Windham e McDonald, violado sua palavra de honra, escapado de Sharpe e possuía uma espada digna de um grande lutador. Coronel Leroux — um inimigo digno desse verão de guerra e calor.

CAPÍTULO III

Sharpe ultrapassou seus homens e os levou pela lateral das duas catedrais, entrando em ruas apinhadas de pessoas prontas para comemorar a libertação da cidade. Cobertores tinham sido pendurados nas sacadas mais pobres, bandeiras, nas mais ricas, e mulheres se inclinavam por cima dos parapeitos das janelas e das balaustradas.

— *Viva ingles!*

Harper gritou em resposta:

— *Viva irlandes!*

Foram recebidos com vinho e flores, e a alegre multidão festiva acotovelava os fuzileiros que seguiam em direção à música e ao centro da cidade. Harper sorriu para Sharpe.

— O tenente deveria estar aqui!

O tenente de Sharpe, Harold Price, sentiria um ciúme tremendo. As moças eram lindas, sorridentes, e Price ficaria rasgado pela indecisão como um terrier sem saber que rato pegar primeiro. Uma mulher monstruosamente gorda pulou para dar um beijo no rosto de Harper e o irlandês a pegou nos braços, beijou-a feliz e a pousou no chão. A multidão aplaudiu, adorando aquilo, e uma criança foi entregue ao sargento, que a pegou, com as pernas magricelas se sacudindo, e a colocou nos ombros. Ela batucou no topo da sua barretina, acompanhando o som da banda, e riu para os amigos. Hoje era feriado em Salamanca. Os franceses tinham ido embora, para o norte com Marmont ou para suas três fortalezas cercadas, e Salamanca estava livre.

A rua se abriu num pátio com uma decoração linda de pedras esculpidas, e Sharpe se lembrou daquele lugar da sua visita anterior. Salamanca era uma cidade como Oxford ou Cambridge, uma cidade universitária, e o pátio fazia parte da universidade. As pedras das construções tinham sido esculpidas com a delicadeza de uma filigrana de prata, a habilidade dos canteiros era de tirar o fôlego, e ele viu seus homens olhando maravilhados para a pedra vívida. Não havia nada assim na Inglaterra, talvez em nenhum lugar do mundo, mas Sharpe sabia que o melhor de Salamanca ainda estava por vir.

Sinos tocavam em uma dezena de campanários, uma cacofonia de júbilo que se chocava desencontrada com a banda do Exército. Centenas de andorinhas giravam acima dos telhados, anunciando o fim da tarde, e ele foi em frente, assentindo e sorrindo para as pessoas. Notou na rua seguinte que as portas ainda tinham as marcas de giz deixadas pelos oficiais franceses acantonados. Esta noite era a 6ª Divisão que ocuparia aquelas casas, e seria mais bem recebida, porque os britânicos pagavam pelos quartos e pela comida. Os franceses tinham ido embora. E Sharpe sorriu porque Leroux estava encurralado nos fortes. Então se perguntou como seria possível dar um jeito de estar presente quando a 6ª Divisão os atacasse.

A rua terminava num espaço amplo, e Sharpe viu a ponta brilhante de baionetas balançando ritmicamente acima das cabeças da multidão, seguindo para uma passagem em arco. Harper pôs a menininha no chão, liberando-a para correr e se juntar às pessoas que ladeavam a rota do desfile, e os homens da Companhia Ligeira seguiram Sharpe em direção ao arco. Como todos os fuzileiros da companhia de Sharpe, Harper estivera ali antes, no verão de 1808, e se lembrava da Plaza Mayor, que ficava para além desse arco. Foi na Plaza Mayor que a 6ª Divisão se reuniu para o desfile formal que marcou a entrada dos britânicos em Salamanca.

Sharpe parou pouco antes do arco e olhou para Harper.

— Vou encontrar o major Hogan. Mantenha os rapazes juntos e me encontre aqui às dez horas.

— Sim senhor.

Sharpe olhou para os homens que estavam com Harper, todos patifes. Eram típicos bêbados, ladrões, assassinos e fugitivos que de algum modo haviam se tornado a melhor infantaria do mundo. Abriu um sorriso para eles.

— Podem beber. — Eles deram vivas irônicos em comemoração, e Sharpe levantou a mão. — Mas nada de brigas. Não deveríamos estar aqui, e os malditos prebostes adorariam encher vocês de pancada. Portanto fiquem longe de encrenca e mantenham os colegas longe de encrenca também, entenderam? Fiquem juntos. Podem beber, mas não vou carregar ninguém para casa hoje, portanto fiquem de pé.

Sharpe havia reduzido os regulamentos do Exército a três regras simples. Seus homens deveriam lutar como ele, com determinação. Não deveriam roubar, a não ser do inimigo ou se estivessem passando fome. E jamais deveriam ficar bêbados sem sua permissão. Eles sorriram para Sharpe e brindaram com as garrafas de vinho que haviam ganhado. De manhã estariam com dor de cabeça.

Deixou-os e abriu caminho pela multidão que ladeava o arco. Sabia exatamente o que esperar, mas ainda assim ficou sem fôlego ao parar um instante e simplesmente admirar o que achava ser o lugar mais lindo que já tinha visto; a Plaza Mayor de Salamanca. Fora concluída apenas trinta anos antes e levara setenta anos para ficar pronta, mas o tempo tinha sido bem gasto. A praça era formada por casas contínuas, cada uma com três andares acima da colunata em arcos, e cada aposento voltado para a praça se abria numa sacada de ferro fundido. A severidade do desenho das construções era suavizada pela ornamentação em arabescos, pelos brasões esculpidos e por uma balaustrada cravejada de pináculos que bordeava o céu. As casas se juntavam ao norte da praça num *palacio* esplêndido, mais alto que as casas e mais ornamentado, e, no lado leste, banhado pelos raios do sol que baixava, ficava o Pavilhão Real. A pedra de toda a praça estava dourada naquele fim de tarde, riscada por mil sombras lançadas por sacadas, postigos, relevos e pináculos. Andorinhas rendavam o ar do enorme espaço. A praça tinha dimensões régias. Manifestava grandeza, orgulho e magnificência, embora fosse um lugar público e pertencesse aos cidadãos de Salamanca. Mesmo a pessoa mais humilde podia andar e se demorar em sua glória, imaginando-se na residência de um rei.

Milhares de pessoas se amontoavam na imensidão da praça. Enfileiravam-se nas sacadas triplas, acenando com echarpes e bandeiras, aplaudindo e jogando flores no chão pavimentado. A multidão era densa na arcada sombreada sob os oitenta e dois arcos da colunata e seus gritos ameaçavam sufocar a banda que tocava embaixo do palácio, cuja música marcou a entrada solene e formal da 6ª Divisão.

Este era um momento a ser saboreado, um momento de glória, o momento em que os britânicos ocupavam a cidade. A Plaza Mayor tinha sentido esse momento, transformava-o numa celebração, mas bem no centro do barulho e das cores havia um homem silencioso que parecia quase desmazelado em seu cavalo alto. Não usava farda. Uma casaca azul simples, calças cinza e um chapéu bicorne sem adornos bastavam para Wellington. À frente do general marchavam suas tropas, os homens que o haviam seguido desde Portugal, atravessando os horrores violentos de Ciudad Rodrigo e Badajoz.

O 1º Batalhão do 11º Regimento, as jaquetas com acabamentos de um verde tão profundo quanto os vales do norte de Devon, de onde vinham. Eles eram seguidos pelos homens de Shropshire, de casaca vermelha com acabamentos em vermelho, as casacas dos oficiais enfeitadas de dourado. As espadas se ergueram para saudar o homem simples, de nariz adunco, que se mantinha em silêncio no meio da balbúrdia. O 61º estava ali, muito longe de Gloucestershire, e a visão dele fez Sharpe se lembrar da comparação repleta de escárnio que Windham fizera entre as duas cidades com catedrais. O coronel adoraria isso. Teria batido seu chicote de montaria ao ritmo da música e criticado as jaquetas desbotadas dos Queen's Royals, azuis sobre vermelho, a segunda infantaria da linha atrás dos Royal Scots, mas não faria isso a sério. Os homens da Cornualha do 32º entraram marchando, depois o 36º de Hereford, todos com bandeiras à mostra, bandeiras que se agitavam à brisa e exibiam as cicatrizes de mosquetes e canhões no tecido tingido de fumaça. As bandeiras eram cercadas pela alabarda dos sargentos, suas lâminas largas polidas até parecerem prata brilhante.

Cascos soavam na passagem em arco por onde Sharpe havia entrado, e Lossow, com a farda milagrosamente escovada, guiou a primeira tropa dos dragões ligeiros da Legião Alemã do Rei para dentro da praça. Seus sabres estavam desembainhados, cortando a luz, e os oficiais usavam peliças com acabamento em pele jogadas casualmente sobre as jaquetas azuis com debruns dourados. A praça parecia atulhada de soldados e mesmo assim não paravam de chegar mais e mais. As jaquetas marrons dos Caçadores portugueses, tropas ligeiras, cujas plumas verdes das barretinas balançavam ao ritmo da música. Havia jaquetas-verdes também, não fuzileiros do 95º, o antigo regimento de Sharpe, mas, sim, homens do 60º, os Fuzileiros Reais Americanos. Ele ficou observando-os entrar na praça e sentiu uma pontada de orgulho ao ver as fardas desbotadas e remendadas e a aparência surrada dos fuzis Baker. Os fuzileiros eram os primeiros a entrar em qualquer campo de batalha e os últimos a sair. Eram os melhores. Sharpe sentia orgulho da sua jaqueta verde.

Esta era apenas uma divisão, a 6ª, e fora da cidade, protegendo-a do exército francês, estavam as outras divisões da força de Wellington. A 1ª, a 3ª, a 4ª, a 5ª, a 7ª e a Divisão Ligeira, quarenta e dois mil homens da infantaria em marcha neste verão. Sharpe sorriu. Lembrou-se de Rolica, apenas quatro anos antes, quando a infantaria britânica tinha apenas treze mil e quinhentos homens. Ninguém esperava que eles vencessem. Tinham sido mandados a Portugal com um general inexperiente, e agora esse mesmo general saudava suas tropas que marchavam para dentro de Salamanca. Wellington havia levado dezoito canhões para Rolica, mas a batalha deste verão ouviria mais de sessenta canhões britânicos. Duzentos cavalarianos tinham desfilado em Rolica; agora eram mais de quatro mil. A guerra estava aumentando, espalhando-se pela península, penetrando na Europa, e havia boatos de que os americanos estariam batendo o tambor contra a Inglaterra, enquanto Napoleão, o orquestrador de tudo aquilo, olhava para o norte, para os mapas vazios da Rússia.

Sharpe não assistiu a todo o desfile. Em uma das oito ruas que levavam à praça, encontrou uma loja de vinhos e comprou um odre de vinho tinto que decantou cuidadosamente em seu cantil redondo, de madeira. Uma caló o observava, seus olhos pretos inescrutáveis, uma das mãos segurando um bebê ao seio, a outra mergulhada no fundo do avental, onde segurava as poucas moedas que tinha mendigado durante o dia. Sharpe deixou uma boa quantidade de vinho no odre e o jogou para ela, que o pegou e jorrou na boca do bebê. Uma barraca embaixo do arco da praça vendia comida, e Sharpe pegou um pouco de tripa cozida com molho apimentado. Enquanto bebia vinho e comia tripa, pensou na sorte de estar vivo neste dia, neste lugar, e desejou ser capaz de compartilhar esse momento com Teresa. Então, pensou no corpo de Windham, no sangue espalhado pelo chão seco, e esperou que os franceses trancados nos fortes estivessem ouvindo a banda e antevendo o cerco. Leroux iria morrer.

O desfile terminou, os soldados foram levados para longe ou dispensados, mas a banda continuou tocando, acompanhando a cerimônia noturna em que o povo de Salamanca encenava um imponente flerte. Os moradores andavam pela praça todas as noites. Os homens andavam em sentido horário na borda externa, e as moças, rindo e de braços dados, andavam em sentido anti-horário num círculo interno. Agora soldados britânicos se juntavam aos passeantes externos, olhando as jovens, chamando-as, enquanto os espanhóis, ciumentos, olhavam com frieza.

Sharpe não se juntou ao círculo. Em vez disso, foi pelas sombras profundas da arcada, passando pelas lojas que vendiam objetos finos de couro, joias, livros e sedas. Andava devagar, lambendo o alho dos dedos, e era uma figura estranha em meio à multidão festiva. Tinha empurrado a barretina para trás, deixando o cabelo preto cair sobre o topo da cicatriz comprida que ia do lado do olho esquerdo até a bochecha. Ela lhe dava uma expressão irônica, debochada, quando seu rosto estava em repouso. Somente uma gargalhada ou um riso suavizava o rigor da cicatriz. Sua farda era tão velha quanto a de qualquer fuzileiro. A bainha da espada longa estava surrada. Ele parecia o que era, um soldado lutador.

Estava procurando Michael Hogan, o major irlandês que servia no Estado-Maior de Wellington. Sharpe e Hogan eram amigos desde quase o começo desta guerra, e o irlandês seria uma boa companhia nesta noite de comemoração. Sharpe tinha outro motivo, também. Hogan era encarregado de reunir informações para Wellington, examinando os informes que chegavam de espiões e dos oficiais exploradores, e Sharpe esperava que o pequeno major de meia-idade pudesse responder a algumas perguntas sobre o coronel Philippe Leroux.

Sharpe ficou embaixo da colunata, dirigindo-se ao grupo de oficiais montados que se apinhavam em volta do general. Parou quando estava suficientemente perto para ouvir as risadas altas e as vozes confiantes.

Não viu Hogan. Encostou-se numa coluna e observou os homens montados, estupendos em suas fardas de gala completas. Não estava disposto a se juntar ao grupo que buscava favores em volta do general. Se Wellington tirasse meleca do nariz com os dedos, Sharpe sabia que haveria um bocado de oficiais dispostos a chupá-los para limpá-los se isso significasse mais um fio de ouro em suas fardas.

Inclinou o cantil, fechou os olhos e deixou o vinho rústico queimar a boca.

— Capitão! Capitão!

Abriu os olhos, mas não conseguiu ver quem tinha gritado, e presumiu que não fosse com ele. Então viu o padre, Curtis, abrindo caminho para fora do grupo de cavaleiros que cercavam Wellington. O maldito irlandês estava em toda parte. Sharpe não se moveu, a não ser para arrolhar o cantil.

Curtis foi até ele e parou.

— Encontramo-nos de novo.

— Como o senhor previu.

— Nunca duvide de um homem de Deus. — O padre idoso sorriu. — Eu esperava encontrá-lo aqui.

— Eu?

Curtis indicou os oficiais montados.

— Tem uma pessoa que ficaria aliviada, muito aliviada, em saber que Leroux está trancado em segurança nas fortalezas. Poderia fazer a gentileza de confirmar? — Ele gesticulou de novo, convidando Sharpe a acompanhá-lo, mas o fuzileiro alto não se mexeu.

— Eles não acreditam no senhor?

O padre idoso sorriu.

— Sou padre, capitão, professor de astronomia e história natural e reitor do Colégio dos Irlandeses, aqui. Infelizmente estas não são qualificações adequadas para questões de guerra. O senhor, por outro lado, é uma fonte digna de crédito neste assunto. Importa-se?

— O senhor é o quê? — Sharpe tinha pensado que o sujeito não passava de um padre intrometido.

Curtis abriu um sorriso gentil.

— Sou eminente, pavorosamente eminente, e estou pedindo que me faça uma gentileza.

Sharpe não se mexeu, ainda não querendo entrar no círculo de oficiais elegantes.

— Quem precisa da confirmação?

— Uma conhecida. Acho que o senhor não vai se arrepender da experiência. O senhor é casado?

Sharpe assentiu, sem entender.

— Sou.

— Pela Santa Madre Igreja, espero.

— Por acaso, sim.

— O senhor me surpreende e me agrada. — Sharpe não soube ao certo se Curtis estava provocando-o. As sobrancelhas fartas do padre se ergueram. — Isso ajuda, veja bem.

— Ajuda?

— Tentações da carne, capitão. Às vezes sou muito grato a Deus por ter me permitido ficar velho e imune a elas. Por favor, venha.

Sharpe o acompanhou, curioso, e Curtis parou de repente.

— Não tive o prazer de saber seu nome, capitão.

— Sharpe. Richard Sharpe.

Curtis sorriu.

— Sério? Sharpe? Ora, ora! — Ele não deu tempo para Sharpe reagir ao seu aparente reconhecimento. — Venha então, Sharpe! E não vá de pernas bambas.

Com essa sugestão misteriosa, Curtis encontrou um caminho por entre os cavalos e Sharpe foi atrás. Devia haver pelo menos vinte oficiais, mas não estavam amontoados em volta de Wellington, como Sharpe presumira. Estavam olhando uma carruagem aberta, voltada para o lado oposto de onde Sharpe tinha vindo, e foi para a lateral dessa carruagem que Curtis o levou.

Alguém ali era indecentemente rico, pensou Sharpe. Havia quatro cavalos brancos aguardando pacientemente nos tirantes, um cocheiro com peruca empoada sentado no banco e um lacaio, com a mesma libré, numa plataforma atrás. Os tirantes dos cavalos eram correntes de prata. A carruagem em si brilhava tanto com seu polimento que satisfaria o mais meticuloso sargento instrutor. As linhas da carruagem, que Sharpe supôs ser um novo modelo de caleça, eram destacadas em tinta prateada sobre azul-escuro. Um brasão decorava a porta, um escudo tão esquartelado que os pequenos símbolos contidos em seus muitos compartimentos eram indistinguíveis, a não ser se inspecionados de muito perto. A ocupante, no entanto, deixaria qualquer um atordoado à distância de um disparo de fuzil.

Tinha cabelos claros, o que era incomum na Espanha, pele clara, e usava um vestido de brancura ofuscante, de modo que parecia ser o objeto mais brilhante e luminoso em toda a praça dourada de Salamanca. Estava recostada nas almofadas, um braço pálido largado negligentemente na lateral da carruagem, e seus olhos pareciam lânguidos e divertidos, talvez até mesmo entediados, como se estivesse acostumada a uma abundante adulação diária. Segurava uma pequena sombrinha de renda branca para se proteger do sol da tarde que lançava uma sombra diáfana em seu rosto, mas não chegava a esconder a boca de lábios carnudos; os olhos grandes e inteligentes ou o pescoço fino e comprido que pareciam, depois da pele bronzeada e marrom do exército e de seus seguidores, ser feitos de uma substância de origem celestial. Sharpe tinha visto muitas mulheres bonitas na vida. Teresa era linda; Jane Gibbons, cujo irmão tentara matá-lo em Talavera, era linda; mas essa mulher estava em outro patamar. Curtis bateu à porta da carruagem. Sharpe mal percebia qualquer outra pessoa, até mesmo o próprio Wellington, e viu os olhos se virarem para ele enquanto ela ouvia a apresentação feita por Curtis.

— Capitão Richard Sharpe, tenho a honra de lhe apresentar *la marquesa* de Casares el Grande y Melida Sadaba.

Ela o encarou. Sharpe esperou que lhe oferecesse uma das mãos de luva branca, mas a mulher se limitou a sorrir.

— As pessoas nunca lembram o nome.

— *La marquesa* de Casares el Grande y Melida Sadaba. — Sharpe se maravilhou por dizer as palavras sem gaguejar.

Entendeu exatamente o que Curtis quis dizer com "ficar de pernas bambas". Ela ergueu uma sobrancelha, fingindo surpresa. Curtis estava lhe contando de Leroux, em espanhol. Sharpe ouviu o nome e a viu olhar para ele. Cada olhar era embasbacante. Sua beleza era como uma força física. As outras mulheres deviam odiá-la, supôs Sharpe. Os homens a seguiam como cachorrinhos. Ela havia nascido linda, e cada artifício que o dinheiro podia comprar incrementava ainda mais essa beleza. Era gloriosa, hipnotizante e, ele supôs, intocável por qualquer pessoa que não fosse nobre de sangue puro. E, como sempre acontecia ao ver algo que desejava, mas não tinha esperança de possuir, ele começou a sentir aversão. Curtis parou e ela olhou para Sharpe. Sua voz parecia entediada.

— Leroux está nas fortalezas?

Ele se perguntou onde ela teria aprendido inglês.

— Sim, senhora.

— Tem certeza?

— Sim, senhora.

Ela assentiu, dispensando-o, e pareceu a Sharpe que sua confirmação não tinha sido desejada nem bem-recebida. Então ela se virou para ele outra vez e levantou a voz.

— O senhor parece muito mais um soldado, capitão, que esses homens bonitos em seus cavalos.

Sharpe não deveria responder. A observação foi feita, suspeitou, apenas para irritar os admiradores galantes. Ela sequer se incomodou em ver o efeito que as palavras tinham provocado neles, meramente pegou um lápis com ponta de prata numa bolsinha e começou a escrever num pedaço de papel. Um dos homens aproveitou a deixa, um oficial de cavalaria afetado cujo sotaque inglês insinuava nascimento aristocrático.

— Qualquer brutamontes pode ser corajoso, senhora, mas uma rascadeira sempre melhora sua aparência.

Houve um momento de silêncio. *La marquesa* olhou para Sharpe e sorriu.

— Sir Robin Callard acha que o senhor é um brutamontes despenteado.

— Antes isso que um bichinho de estimação, senhora.

Ela fora bem-sucedida. Olhou para Callard e ergueu uma sobrancelha, e ele foi obrigado a ser corajoso. Encarou Sharpe com uma expressão de fúria.

— Você é insolente, Sharpe.

— Sim, ele é. — Era uma voz rouca. Wellington se inclinou para a frente. — Sempre foi. — O general sabia o que *la marquesa* estava fazendo e iria acabar com isso. Odiava duelos entre seus oficiais. — É o ponto forte dele. E o fraco. — O general tocou o chapéu. — Olá, capitão Sharpe.

— Senhor.

Sharpe se afastou da carruagem, ignorado por *la marquesa*, que dobrava seu pedaço de papel. Ele fora dispensado, até mesmo com desprezo, e sabia que um capitão maltrapilho com uma espada velha não tinha lugar entre aquelas pessoas perfumadas e elegantes. Sentiu o ressentimento subir azedo e denso. Wellington precisava de Sharpe quando havia uma brecha a ser atravessada em Badajoz, mas não agora! Não entre os iguais do lorde. Eles consideravam Sharpe um mero brutamontes que precisava de uma rascadeira, porém um brutamontes que chutava, gadanhava e arranhava para preservar o mundo privilegiado e luxuoso deles. Bom, que se danem. Eles podem ir para o inferno. Esta noite ele beberia com seus homens, que jamais sonhariam em ter tanto dinheiro quanto o valor de uma única corrente de prata dos tirantes da carruagem de *la marquesa*. Mas eram seus homens. Que a cadela e os homens que a farejavam se danassem. Sharpe provaria que não dava a mínima para eles.

— Sharpe?

Ele se virou. Um belo oficial de cavalaria, o cabelo tão dourado quanto o de *la marquesa*, a farda tão elegante quanto a de Sir Robin Callard, sorria para ele. O braço esquerdo do sujeito estava numa tipoia que cobria o azul e o prata da jaqueta, e por um segundo Sharpe achou que ele era o defensor de Callard que viera oferecer um duelo. Mas o sorriso do oficial de cavalaria era franco e amigável, a voz, calorosa.

— É uma honra conhecê-lo, Sharpe! Jack Spears, capitão. — Seu sorriso se alargou. — Fico feliz por você ter torcido o nariz de Robin. Ele é um desgraçadinho metido a besta. Aqui. — Spears entregou um pedaço de papel dobrado a Sharpe.

Sharpe o aceitou, relutante, pois não queria ter nenhuma relação com o círculo reluzente em volta da caleça azul e prateada. Desdobrou o bilhete escrito a lápis. "Vou dar uma pequena recepção hoje à noite, às 22 horas. Lorde Spears vai orientá-lo." Estava assinado simplesmente com "H".

Sharpe olhou para o cavalariano espantosamente bonito.

— H?

Spears riu.

— Helena, *la marquesa* de não-sei-o-quê e não-sei-o-que-lá, objeto de desejo de todo o Exército. Posso dizer a ela que você irá? — A voz dele era tranquila e amigável.

— O senhor é lorde Spears?

— Sou! — Spears soltou todo o seu charme em cima de Sharpe. — Pela graça de Deus e da conveniente morte de meu irmão mais velho. Mas pode me chamar de Jack, todo mundo chama.

Sharpe olhou de novo o bilhete. A letra dela era redonda, infantil, como a sua.

— Tenho outros compromissos hoje à noite.

— Outros compromissos! — O grito de espanto fingido de Spears fez alguns cidadãos de Salamanca que passeavam olhar com curiosidade para o jovem e belo oficial de cavalaria. — Outros compromissos! Meu caro Sharpe, o que poderia ser mais importante que tentar atravessar a brecha da bela Helena?

Sharpe ficou sem graça. Sabia que lorde Spears estava sendo amigável, mas seu encontro com *la marquesa* fez com que se sentisse maltrapilho e inadequado.

— Preciso encontrar o major Hogan. O senhor o conhece?

— Se conheço. — Spears riu. — Ele é meu senhor e mestre. Claro que conheço Michael, mas você não vai vê-lo esta noite, a não ser que siga uns trezentos quilômetros para o sul.

— O senhor trabalha para ele?

— Ele faz a gentileza de chamar aquilo de trabalho. — Spears riu. — Sou um de seus oficiais exploradores.

Sharpe olhou para o jovem lorde com novo respeito. Os oficiais exploradores cavalgavam muito atrás das linhas inimigas, usando farda completa de modo que não pudessem ser acusados de espionar, e contavam com cavalos rápidos, alimentados com milho, para tirá-los da encrenca. Eles mandavam de volta um montante de informações sobre os movimentos do inimigo, confiando suas mensagens e seus mapas a mensageiros espanhóis. Era uma vida solitária e corajosa. Spears gargalhou.

— Eu impressionei o grande Sharpe, que maravilha! Era importante falar com o Michael?

Sharpe deu de ombros. Na verdade, tinha usado o nome de Hogan como desculpa para evitar o convite de *la marquesa*.

— Queria perguntar a ele sobre o coronel Leroux.

— Aquele desgraçado. — Pela primeira vez havia algo além de diversão na voz de Spears. — Você devia tê-lo matado. — Evidentemente, Spears tinha escutado a breve conversa do padre com *la marquesa*.

— O senhor o conhece?

Spears tocou a tipoia.

— Quem você acha que fez isso? Ele quase me pegou numa noite escura, na semana passada. Eu me joguei de uma janela para escapar. — Spears sorriu novamente. — Não foi muito galante, mas eu não queria que a nobre linhagem dos Spears terminasse num antro pulguento na Espanha. — Bateu no ombro de Sharpe com a mão livre. — Michael vai querer falar com você sobre Leroux, mas, enquanto isso, meu caro Sharpe, esta noite você irá ao *palacio* Casares para beber o champanhe de *la marquesa*.

Sharpe balançou a cabeça.

— Não, milorde.

— Milorde! Milorde! Me chame de Jack! Agora diga que você vai!

Sharpe amassou o papel e fez uma bolinha. Estava pensando em Teresa, sentindo-se nobre por rejeitar o convite.

— Não vou, milorde.

Lorde Spears ficou observando Sharpe se afastar, atravessando os jovens que passeavam na Plaza Mayor, e sorriu.

— Aposto dez contra um que você vai, meu amigo, dez contra um.

CAPÍTULO IV

Sharpe queria ir à casa de *la marquesa*; a tentação o acompanhou durante toda a noite, mas ele se manteve longe. Disse a si mesmo que fazia isso porque não queria ir, mas a verdade, e ele sabia, era que sentia medo da zombaria dos amigos espirituosos e elegantes de *la marquesa*. Ficaria deslocado.

Em vez disso bebeu, ouvindo as histórias de seus homens e expulsando o único preboste que tentou questionar a presença deles na cidade. Ficou vendo-os apostarem em brigas de galo, e depois perder o dinheiro porque as melhores aves tinham sido alimentadas com passas cheias de rum, e fingiu que preferia estar com eles em vez de com qualquer outra pessoa. Eles ficaram satisfeitos, ele sabia, e sentiu vergonha pela farsa. Viu mais um galo morto ser tirado da rinha banhada em sangue e pensou na mulher luminosa de cabelos dourados e pele branca.

Nada retinha o pequeno grupo de fuzileiros em Salamanca, e assim, na manhã seguinte, eles marcharam cedo até o morro de San Cristóbal, onde o grosso do exército esperava os franceses. Marcharam com dor de cabeça e de garganta, deixando a cidade para trás e indo para o lugar ao qual pertenciam.

Todos esperavam uma batalha. Os franceses tinham sido manobrados para fora de Salamanca, porém Marmont havia deixado as guarnições nas três fortalezas, e era óbvio até mesmo para o soldado mais raso que, assim que o marechal francês recebesse reforços do norte, voltaria para resgatar seus homens encurralados na cidade. Os britânicos esperavam por ele, querendo que atacasse o grande morro alongado que barrava a estrada para a cidade, o morro atrás do qual Sharpe juntou seus homens ao South Essex.

McDonald estava morto, já enterrado, assassinado por um golpe da espada de Leroux entre as costelas. O major Forrest, em comando temporário depois da morte de Windham, balançou a cabeça com tristeza.

— Lamento de verdade pelo garoto, Richard.

— Eu sei, senhor. — Sharpe mal tivera tempo de conhecer o alferes. — Quer que eu escreva aos pais dele?

— Você faria isso? Eu escrevi para a mulher de Windham. — Forrest se barbeava com um balde de lona. — Uma carta parece inapropriada demais. Que coisa! — Forrest era um homem gentil, até mesmo afável, e não era adequado para o negócio da guerra. Sorriu para Sharpe. — Fico feliz com seu retorno, Richard.

— Obrigado, senhor. — Sharpe sorriu. — Olhe aquilo.

Isabella, pequena e gordinha, estava escovando a jaqueta de Harper ao mesmo tempo que o recebia de olhos marejados de lágrimas. Todo o batalhão estava acantonado no pasto, as esposas e os filhos acompanhando, e, pelo que Sharpe podia ver, a leste e a oeste, outros batalhões esperavam atrás do morro alongado. Ele foi até o alto do morro e olhou para a grande planície ao norte, luminosa com papoulas e centáureas. Era por cima daquelas flores, do capim queimado de sol, que o inimigo viria. Viria para esmagar o único exército que a Inglaterra tinha na Espanha, um exército contra cinco exércitos franceses. Sharpe olhou para o horizonte desfocado pelo calor procurando a fagulha de luz reveladora, refletida por espada ou elmo, que o informaria sobre a vinda do inimigo.

Eles não apareceram naquele dia nem no outro, e, à medida que as horas passavam, Sharpe começou a esquecer os acontecimentos de Salamanca. O coronel Leroux perdeu importância, até *la marquesa* de cabelos dourados se tornou um sonho remoto. Sharpe fazia seu serviço como comandante da companhia e preenchia o tempo com o ritmo cotidiano da vida de soldado. Os livros precisavam ser mantidos em dia, havia castigos a impor, recompensas a distribuir, disputas a resolver, e sempre a tarefa de manter homens entediados em seu nível mais alto. Esqueceu Leroux, esqueceu *la marquesa*, e, no terceiro dia no morro de San Cristóbal, teve bons motivos para esquecer.

Era um dia perfeito, o tipo de dia de verão do qual uma criança poderia se lembrar para sempre, um dia em que o sol brilhava num céu reluzente e se derramava nas papoulas e nas centáureas espalhadas de modo luxuriante entre o trigo que amadurecia. Uma brisa fraca roubava o veneno do sol e fazia as plantações ondularem, e, naquele palco perfeito, naquele cenário de ouro, vermelho e azul, o exército inimigo chegou.

Parecia quase um milagre. Um exército marchava em dezenas de estradas, os flancos distantes um do outro, e numa campanha de verão não era comum que um homem visse mais que meia dúzia de regimentos. Mas de repente, sob a ordem de um general, as unidades espalhadas se uniram numa grande formação pronta para a batalha, e Sharpe, no alto do morro refrescado pelo vento, viu Marmont realizar o milagre.

A cavalaria veio primeiro, os peitorais de aço e a lâmina das espadas refletindo o sol em lampejos selvagens nos espectadores britânicos. Os cavalos deixavam trilhas de trigo pisoteado salpicado de flores.

A infantaria vinha atrás, serpentes de homens de jaqueta azul que pareciam encher a planície, espalhando-se a leste e a oeste, e, no meio deles, os canhões. A artilharia francesa, ramo pessoal de Napoleão, formou suas baterias a plena vista do morro alongado e levantou os canos ardentes da posição de viagem para a de disparo. O major Forrest, olhando ao lado de seus oficiais, sorriu.

— Há um número suficiente deles.

— Em geral há, senhor — disse Sharpe.

Hussardos, dragões, lanceiros, couraceiros, caçadores, guardas, granadeiros, *voltigeurs*, escaramuçadores, infantaria, artilharia, bandas, engenheiros, enfermeiros, cocheiros, estado-maior, todos impelidos pela batida dos tambores até esse lugar onde se tornavam um exército. Cinquenta mil homens trazidos até esse trecho de terra com metade do tamanho de uma paróquia do interior da Inglaterra, um trecho de terra que poderia ficar bem adubado com seu sangue. Fazendeiros espanhóis diziam que as plantações cresciam duas vezes mais nos anos posteriores a uma batalha.

Os franceses não conseguiam ver os britânicos. Viam alguns oficiais no topo do morro, viam o clarão de luz de alguma luneta apontada para eles, porém Marmont precisava adivinhar onde as tropas de Wellington estavam escondidas atrás do morro. Teria de adivinhar onde atacaria, sabendo o tempo todo que suas belas tropas poderiam subir a escarpa do morro e subitamente enfrentar a infantaria de casacas-vermelhas, capaz de disparar seus mosquetes Brown Bess mais rápido que qualquer exército no mundo. Marmont precisaria adivinhar onde atacar, e generais não gostam de adivinhar.

Naquele primeiro dia não tentou adivinhar. Nem no segundo. E parecia que os dois exércitos haviam se juntado apenas para ficar paralisados. A cada noite homens das companhias ligeiras britânicas desciam o morro na direção dos franceses para atuar como piquetes contra um ataque noturno, porém Marmont não arriscou seus exércitos no escuro. Em uma das noites, Sharpe também foi. O barulho do exército francês era como o de uma cidade, suas luzes eram uma vastidão de fogueiras espalhadas tão luxuriosamente quanto as papoulas e as centáureas. À noite fazia frio, já que o terreno elevado não retinha o calor do dia, e Sharpe tremia, Leroux e *la marquesa* esquecidos, esperando que a batalha irrompesse na crista alongada.

Na segunda-feira, depois de um desjejum cedo, a estrada para Salamanca estava apinhada de pessoas que vinham para observar os dois exércitos. Algumas estavam a pé e outras a cavalo ou em carruagens. A maioria se acomodou confortavelmente num morro ao lado da aldeia de San Cristóbal e ficou irritada porque os exércitos não estavam lutando. Talvez porque os espectadores tinham chegado, parecia haver um sentimento de urgência maior nas linhas britânicas, e Sharpe ficou olhando enquanto seus homens se preparavam mais uma vez para a batalha. Pederneiras foram reacomodadas no retalho de couro preso na mandíbula do cão dos fuzis, apertadas com parafuso, água quente foi derramada nos canos que já estavam limpos, e Sharpe sentiu o medo que todo homem sente antes de uma batalha.

Alguns temiam a cavalaria, e na mente ensaiavam o trovão de mil cascos, a poeira rolando como névoa marinha e atravessada pelas lâminas brilhantes que podiam cortar a vida de um homem ou, pior, arrancar seus olhos e deixá-lo na escuridão pelo resto da vida. Outros temiam os tiros de mosquete, a loteria de uma bala perdida vindo nas saraivadas implacáveis que incendiariam o capim seco com mechas acesas e assariam os feridos no chão. Todos temiam a artilharia, tossindo a morte nos disparos em forma de leque. Era melhor não pensar nisso.

Cem mil homens, à frente e atrás da crista do morro, sentiam medo naquele dia perfeito de calor, papoulas e centáureas. A fumaça das fogueiras francesas à noite pairava numa névoa que seguia para oeste, enquanto os artilheiros preparavam seus instrumentos de matança. Sem dúvida lutariam neste dia. Havia homens nos dois exércitos que desejavam uma batalha, buscando no combate a morte que iria libertá-los das dores dos corpos doentes. Os espectadores queriam ver uma luta. Por que outro motivo teriam percorrido dez longos e calorentos quilômetros desde Salamanca?

Sharpe esperava uma batalha. Tinha ido até um regimento de dragões e dado uma gorjeta ao armeiro para afiar a espada longa. Agora, ao meio-dia, estava dormindo. A barretina cobria seu rosto, e ele sonhou que estava deitado, um cavaleiro passando perto, o som de cascos nítido no sonho. Não podia se levantar, mesmo sabendo que o cavalariano queria matá-lo, e no sonho ele lutou e então sentiu a ponta da lança na cintura e se sacudiu de lado, torcendo-se desesperadamente. Acordou de súbito, e um homem gargalhava acima dele.

— Richard!

— Meu Deus! — O cavalo não tinha sido um sonho. Estava a um metro dele, com o cavaleiro apeado e rindo. Sharpe se sentou, sacudindo o sono dos olhos. — Meu Deus, o senhor me deu um susto! — O major Hogan o havia acordado batendo com a bota em seu cinto.

Sharpe se levantou, bebeu a água tépida do cantil e só então sorriu para o amigo.

— Como vai, senhor?

— Como o bom Senhor permite. E você?

— Entediado com essa espera. Por que o filho da mãe não ataca? — Sharpe olhou para sua companhia, a maior parte cochilando ao sol, assim como os homens das outras nove companhias do South Essex. Alguns oficiais andavam pela frente das linhas sonolentas. Todo o exército britânico parecia dormir, a não ser umas poucas sentinelas na linha do horizonte.

O major Hogan, com seu bigode grisalho manchado de amarelo pelo rapé no qual era viciado, olhou Sharpe de cima a baixo.

— Você está me parecendo bem. Espero que esteja mesmo, porque preciso de você.

— Precisa de mim? — Sharpe colocava sua barretina preta, pegando o fuzil e a espada. — Para quê?

— Venha dar uma volta. — Hogan pegou o cotovelo de Sharpe por um segundo e o levou para longe da Companhia Ligeira, subindo a longa encosta que levava à crista do morro. — Tem notícias do coronel Leroux para mim?

— Leroux? — Por um breve instante Sharpe ficou perdido. Os acontecimentos de Salamanca pareciam ter ocorrido fazia tanto tempo, até mesmo longe dali, e neste momento sua mente estava preocupada com a batalha que seria travada no morro de San Cristóbal. Estava pensando em escaramuçadores, em fuzileiros, e não no coronel francês alto e de olhos claros que se encontrava nas fortalezas da cidade. Hogan franziu a testa.

— Você o conheceu?

— Sim. — Sharpe deu uma risada pesarosa. — Conheci o desgraçado. — E contou a Hogan da captura do oficial dragão, da palavra de honra, da fuga do sujeito e finalmente como o havia perseguido morro acima. Hogan ouviu com atenção.

— Tem certeza?

— Que ele está nos fortes? Tenho.

— Verdade? — Hogan tinha parado, olhava atentamente para Sharpe. — Certeza absoluta?

— Eu o vi subir e entrar. Ele está lá.

Hogan não disse nada enquanto chegavam ao alto do morro. Ficaram lá, no ponto onde o chão descia íngreme até a grande planície onde os franceses estavam reunidos. Dava para ver uma carreta de munição avançando até a bateria mais próxima e Sharpe teve de lutar contra o pensamento de que sua própria morte poderia estar naquela carroça.

Hogan suspirou.

— Maldição, gostaria que você o tivesse matado.

— Digo o mesmo.

Hogan encarou o exército francês, e Sharpe suspeitou que não o estivesse vendo de fato. O major estava pensativo, até mesmo preocupado, e Sharpe se limitou a esperar enquanto ele tirava do bolso um pedaço de papel. Hogan o entregou a Sharpe.

— Estou carregando isso há dois meses.

O papel não significava nada para Sharpe. Tinha grupos de números escritos como palavras num parágrafo curto. Hogan deu um sorriso irônico.

— É um código francês, Richard, um código muito especial. — Ele pegou o papel de volta. — Temos um sujeito capaz de ler esses códigos, um tal de capitão Scovell, tremendamente inteligente.

Sharpe se perguntou qual seria a história por trás daquele pedaço de papel. Um mensageiro francês emboscado por guerrilheiros? Ou um dos espanhóis que tentavam transportar mensagens por território hostil, com o papel escondido no salto da bota ou numa bengala oca, quem sabe um homem capturado e morto para que o pedaço de papel pudesse chegar a Hogan? Sharpe sabia que os franceses mandariam quatro ou cinco mensagens idênticas, pois imaginavam que a maioria seria interceptada e entregue aos britânicos.

Hogan olhou os números.

— Uma coisa é decodificar essas mensagens, Richard, outra é entendê-las. Este é o código do próprio imperador! Que tal? — Ele sorriu num triunfo compreensível diante da vitória de Scovell. — Esta mensagem foi enviada pelo próprio sujeito ao marechal Marmont, e vou lhe contar o que diz. — Ele leu os números como se fossem palavras. — "Estou lhe mandando o coronel Leroux, meu homem de confiança. Forneça tudo o que ele requisitar." É isso, Richard! Eu consigo ler, mas não consigo entender. Sei que um tal de coronel Leroux está aqui para fazer um serviço especial, um serviço para o próprio imperador, mas qual é o serviço? E ainda ouvi mais coisas. Alguns espanhóis foram torturados, esfolados vivos, e o filho da mãe assinou o próprio nome neles. Por quê? — Hogan dobrou o papel. — Houve outra coisa. Leroux pegou Colquhoun Grant.

Isso chocou Sharpe.

— Ele o matou?

— Não, capturou-o. Não estamos exatamente alardeando esse fracasso.

Sharpe conseguia entender o sofrimento de Hogan. Colquhoun Grant era o melhor oficial explorador inglês, colega de lorde Spears, que cavalgava com ousadia nos flancos das forças francesas. Grant era uma perda grave para Hogan e um triunfo para os franceses.

Sharpe não disse nada. À direita pôde ver, a menos de um quilômetro, o general e seu estado-maior reunidos no horizonte da montanha. Um ajudante de campo tinha acabado de deixar o pequeno grupo e estava esporeando o cavalo pela encosta em direção às linhas britânicas. Sharpe se perguntou se algo estaria para acontecer.

Os franceses começaram a se movimentar, ainda que não muito enfaticamente. Bem à frente de Sharpe e Hogan, ao pé da escarpa do morro alongado, havia um outeiro que atrapalhava a lisura da planície onde os franceses estavam reunidos. Dois batalhões inimigos tinham avançado lentamente e agora se enfileiravam na crista do outeiro. Não eram ameaça para o morro alongado e, tendo tomado o cume minúsculo, pareciam contentes em permanecer lá. Dois canhões de campanha os acompanhavam.

Hogan os ignorou.

— Preciso impedir Leroux, Richard. Esse é o meu serviço. Ele está pegando meus melhores homens, matando-os se forem espanhóis e capturando-os se forem britânicos, e é esperto demais. — Sharpe ficou surpreso com o tom soturno da voz do amigo. Em geral, Hogan não costumava ficar deprimido com reveses, mas dava para ver que o coronel Philippe Leroux tinha deixado o major irlandês desesperadamente preocupado. Hogan olhou para Sharpe de novo. — Você o revistou?

— Sim.

— Conte de novo o que encontrou. Conte tudo.

Sharpe deu de ombros. Tirou a barretina e deixou a brisa fraca refrescar a testa. Falou sobre aquele dia na floresta, sobre a atitude arrogante do prisioneiro. Mencionou a espada, falou da suspeita de que Leroux fingia não entender inglês. Hogan sorriu disso.

— Você estava certo. Ele fala inglês como a porcaria de um nativo. Continue.

— Não há mais nada. Contei tudo! — Sharpe olhou para trás do morro, para ver para onde o ajudante de campo havia cavalgado, e de repente uma urgência. — Olhe! Estamos nos movendo! Meu Deus! — Ele enfiou a barretina de volta na cabeça.

O South Essex, junto com outro batalhão, tinha sido posto em atividade. Os homens haviam se levantado, formado fileiras e agora subiam o morro em companhias. Iriam atacar! Sharpe olhou para o norte, para o outeiro, e soube que Wellington estava respondendo ao movimento francês com um movimento próprio. Os franceses seriam expulsos do outeiro e o South Essex era um dos dois batalhões que deveriam expulsá-los.

— Preciso ir!

— Richard! — Hogan segurou seu cotovelo. — Pelo amor de Deus. Mais nada? Nenhum papel? Nenhum livro? Nada escondido no capacete, quero dizer, meu Deus, ele devia ter alguma coisa!

Sharpe estava impaciente. Queria estar com seus homens. A Companhia Ligeira seria uma das primeiras a atacar e Sharpe iria comandá-la. Já estava esquecendo Leroux e pensando apenas nos escaramuçadores inimigos que enfrentaria em alguns minutos. Estalou os dedos.

— Não, sim. Sim. Havia uma coisa. Meu Deus! Um pedaço de papel, ele disse que eram comerciantes de cavalo ou algo assim. Era só uma lista!

— Você ainda o tem?

— Está com meus pertences. Lá embaixo. — Ele apontou para o lugar que o South Essex havia deixado. O batalhão se encontrava na metade da encosta, com a Companhia Ligeira já se adiantando. — Preciso ir, senhor!

— Posso procurar o papel?

A espada de Sharpe

— Pode!

Sharpe começou a correr, liberado por Hogan. A bainha e o fuzil batiam no seu corpo enquanto ele se apressava até seus homens. O invólucro de couro das bandeiras dos regimentos estava sendo retirado, de modo que elas se desenrolavam na brisa fraca, com as borlas de um amarelo brilhante em contraste com a bandeira do Reino Unido. Sentiu uma pontada de emoção, pois as bandeiras dos regimentos eram o orgulho de um soldado. Eles iam lutar!

— Eles vão lutar? — *La marquesa* de Casares el Grande y Melida Sadaba tinha vindo a San Cristóbal esperando uma batalha. Lorde Spears viera junto, seu cavalo perto da caleça elegante, enquanto a própria marquesa era acompanhada por uma mulher desalinhada, de meia-idade, que parecia murchar no calor em seu grosso vestido de sarja. *La marquesa* usava branco e estava com a sombrinha frágil erguida para se proteger do sol.

Lorde Spears repuxou a tipoia para deixá-la confortável.

— Não, minha cara. É só uma redistribuição de tropas.

— Creio que você está errado, Jack.

— Aposto dez guinéus que não.

— Você já me deve o dobro disso. — *La marquesa* tinha em mãos uma pequena luneta de prata, que apontou para os dois batalhões britânicos. Marchavam em direção à crista do morro. — Mesmo assim aceito, Jack. Dez guinéus. — Ela deixou a luneta no colo e pegou um leque de marfim, com o qual refrescou o rosto. — Todo mundo deveria ver uma batalha, Jack. É parte da formação de uma mulher.

— Está certa, minha cara. Primeira fila para a matança. Academia de Lorde Spears para Jovens Damas, batalhas arranjadas, nossa especialidade: mutilações.

O leque se fechou com um estalo.

— Você é um chato, Jack, e só um pouquinho divertido. Ah, olhe! Alguns deles estão correndo! Devo aplaudir?

Lorde Spears percebeu que havia perdido outros dez guinéus que não possuía, mas não demonstrou pesar.

— Por que não? Hip-hip...

— Urra! — exclamou *la marquesa*.

Sharpe soprou seu apito, mandando os homens se espalharem na frouxa corrente de escaramuça. As outras nove companhias lutariam nas fileiras, unidas pela disciplina, mas os homens dele lutavam em pares, escolhendo o próprio terreno e sendo os primeiros e encontrar o inimigo. Agora ele estava na crista do morro, com o capim comprido sob as botas, e sua linha de escaramuça descia em direção ao inimigo. Mais uma vez se esqueceu de Leroux e da preocupação de Hogan, pois agora estava fazendo o serviço pelo qual o Exército lhe pagava. Era um escaramuçador, um homem que travava batalhas entre os exércitos, e a paixão pelo combate começava a ferver por dentro, aquela curiosa emoção que diluía o medo e o levava a impor sua vontade ao inimigo. Estava empolgado, ansioso, e liderava seus homens a passo rápido morro abaixo, até onde combateria os escaramuçadores inimigos, os *voltigeurs*, que vinham ao seu encontro. Esse era seu mundo agora, esse pequeno terreno elevado entre a escarpa e o outeiro, um minúsculo pedaço de pasto quente ao sol, decorado com flores. Lá encontraria seu inimigo e lá venceria.

— Espalhem-se! Continuem em movimento! — Sharpe ia para a guerra.

CAPÍTULO V

Wellington não queria atacar. Via pouco sentido em mandar seu exército para a planície, mas estava frustrado com a relutância francesa em atacá-lo. Tinha mandado dois batalhões contra os dois batalhões inimigos no outeiro, na esperança de provocar uma reação de Marmont. Queria atrair os franceses para o morro alongado, forçar a infantaria deles a subir a encosta íngreme e enfrentar os canhões e os mosquetes que apareceriam de repente para lançar o inimigo cansado no caos e no horror, de volta para o lugar de onde tinha vindo.

Esses pensamentos estavam distantes de Richard Sharpe. Seu trabalho era muitíssimo mais simples, meramente atacar uma companhia ligeira inimiga e derrotá-la. Os britânicos, diferentemente dos franceses, atacavam em linha. Os franceses gostavam de atacar em colunas, grandes blocos de homens impelidos como aríetes contra a linha inimiga, colunas impulsionadas pelos tambores no meio, marchando sob os orgulhosos estandartes de águia que tinham conquistado a Europa. Mas esse não era o estilo do exército de Wellington. Os dois batalhões de casacas-vermelhas formaram uma linha com duas fileiras e marcharam, as fileiras oscilando por causa do terreno irregular, seguindo até a linha defensiva dos franceses, com três fileiras, rompidas apenas onde os canhões de campanha esperavam para disparar.

A companhia de Sharpe estava à frente da linha britânica.

Sua tarefa era bastante simples. Seus homens precisavam enfraquecer a linha inimiga antes que o ataque britânico chegasse ao alvo. Fariam isso atirando contra os oficiais, contra os artilheiros, atrapalhando o moral dos franceses. Para impedi-los, os franceses mandaram seus próprios escaramuçadores. Sharpe conseguia vê-los com clareza, homens de jaqueta azul, cinturões brancos cruzados no peito e ombreiras vermelhas, homens que avançavam correndo em pares e esperavam a Companhia Ligeira. O suor escorria pela espinha de Sharpe.

Sua Companhia Ligeira estava em menor número que os escaramuçadores inimigos, mas ele tinha uma vantagem em relação aos franceses. A maioria dos homens de Sharpe, como os inimigos, empunhava um mosquete, que, apesar de rápido para recarregar e disparar, era impreciso a não ser à queima-roupa. Mas Sharpe também tinha seus fuzileiros de jaqueta verde, os matadores a longa distância, cujos fuzis Baker, de carregamento lento, dominariam esta luta. As hastes de capim eram grossas, dificultando seus passos, raspando na bainha de metal pesada à cintura. Ele olhou para a direita e viu Patrick Harper andando tranquilamente, como se andasse nas colinas de seu amado Donegal. O sargento, em vez de olhar para os franceses, espiava um falcão que pairava acima deles. Harper era fascinado por pássaros.

Os artilheiros franceses, avaliando seu alcance, colocaram fogo nos furos de escorva, e os dois canhões de campanha escoicearam na conteira, soltaram fumaça numa nuvem imunda e dispararam suas balas contra a colina oposta. Os artilheiros tinham mirado a uma distância curta de propósito, pois uma bala de canhão podia causar mais dano se quicasse na altura da cintura do inimigo. Eles chamavam isso de "raspada", e Sharpe viu a bala cuspir capim, terra e pedras ao passar. Ela raspou entre seus homens e bateu no morro, raspando de novo antes de acertar uma fileira do South Essex atrás.

— Fechar! Fechar! — Sharpe ouviu os sargentos gritando.

O barulho começaria agora. Tiros, gritos, berros. Sharpe ignorou tudo. Ouvia os canhões, mas só olhava para seus inimigos. Um oficial *voltigeur*, com o sabre à cintura, estava espalhando seus homens e apontando na direção de Sharpe, que abriu um sorriso largo.

— Dan?

— Senhor? — Hagman parecia animado.

— Está vendo aquele filho da mãe?

— Vou pegá-lo, senhor! — O oficial francês já estava praticamente morto. Era sempre assim. Procurar os líderes, oficiais ou soldados, e matá-los primeiro. Depois disso, o inimigo hesitaria.

Richard Sharpe era bom nisso. Era o que fazia havia dezenove anos, toda a sua vida adulta, na verdade, mais de metade da vida, e se perguntava se algum dia seria bom em outra coisa. Será que conseguiria criar coisas com as mãos? Poderia ganhar a vida plantando, ou era apenas isto? Um matador num campo de batalha, legitimado por uma guerra para a qual sabia que tinha talento. Estava avaliando a distância entre os escaramuçadores, escolhendo o momento, mas parte de sua mente se preocupava com a chegada da paz. Será que poderia ser soldado em tempos de paz? Será que iria comandar seus homens contra tumultos por causa da fome na Inglaterra ou contra os compatriotas de Harper em sua ilha devastada? Mas não havia sinal de que esta guerra terminaria. Ela havia durado toda a sua vida, a Grã-Bretanha contra a França, e se perguntou se duraria a vida de sua filhinha, Antónia, que ele via tão pouco. Faltavam vinte segundos.

Os canhões estavam em seu ritmo, as balas maciças golpeando os agressores, e em alguns segundos eles trocariam para metralha, espalhando morte pela encosta. O trabalho de Harper era impedir isso.

Dez segundos, supôs Sharpe, e viu um francês se ajoelhar e levar o mosquete ao ombro. O mosquete estava apontado para ele, mas a distância era grande demais para preocupar. Por um segundo, Sharpe pensou no pobre alferes McDonald que tanto quisera se distinguir na linha de escaramuça. Maldito Leroux.

Cinco segundos, e Sharpe via o capitão oponente olhando nervoso para os lados. A fumaça dos canhões começou a se adensar, o barulho martelando nos tímpanos de Sharpe.

— Agora!

Tinha perdido a conta das vezes que fizera isso.

— Vão! Vão! Vão!

Era ensaiado. A Companhia Ligeira partiu correndo, a última coisa que o inimigo esperava, foi para a esquerda e para a direita, confundindo sua mira, diminuiu a distância para colocar pressão no nervosismo inimigo. Os fuzileiros pararam primeiro, a arma maligna apoiada no ombro, e Sharpe ouviu o primeiro estalo que lançou o oficial inimigo girando para trás, mãos para cima, sangue espirrando de repente. Então, Sharpe estava de joelhos, o fuzil no ombro, quando viu o sopro de fumaça onde estivera o homem que mirava nele, e soube que a bala de mosquete havia passado longe. Apontou o fuzil para o alto do morro. Procurou o coronel inimigo, viu-o a cavalo, mirou devagar, apertou o gatilho e sorriu ao ver o francês cair da sela. Este seria o último tiro de Sharpe nesta batalha. Agora lutaria usando seus homens como arma.

 Mais fuzis espocaram, disparando na mancha de fumaça em volta do canhão mais próximo. Se conseguissem matar os artilheiros seria ótimo, mas pelo menos as balas assobiando em volta do canhão diminuiriam a velocidade dos disparos e poupariam um pouco o South Essex daquela metralha terrível.

— Sargento Huckfield! Vigie à esquerda!

— Senhor!

Os homens lutavam em pares. Um disparava enquanto o outro recarregava, e os dois buscavam alvos um para o outro. Sharpe viu quatro inimigos caídos, dois se arrastando para trás, e percebeu que homens ilesos corriam para ajudar os feridos. Isso era bom. Quando os ilesos iam ajudar os colegas, significava que estavam buscando uma desculpa para abandonar a batalha.

 Os mosquetes de Sharpe disparavam rápido a essa altura, seus homens avançavam, vários passos de cada vez, e o inimigo recuava. O canhão de campanha voltado para o South Essex tinha diminuído a velocidade dos disparos e Sharpe sorriu porque não tinha mais nada a fazer. Seus homens estavam lutando como ele esperava, usando a inteligência, forçando o inimigo a recuar, e Sharpe olhou para trás, para ver onde se encontrava o batalhão britânico principal.

 O South Essex estava a cinquenta metros, avançando com firmeza, e nos mosquetes havia baionetas reluzentes ao sol. Atrás deles, na encosta do morro, os corpos derrubados pelos canhões.

— Fuzis! Vão para a linha principal! Matem os oficiais!

Fazer viúvas neste campo! Matar oficiais, derrubar o moral do inimigo. Sharpe viu Hagman mirar e atirar, e os outros fuzileiros o acompanharam. O tenente Price estava direcionando o fogo dos mosquetes, mantendo os escaramuçadores inimigos recuados e liberando os fuzileiros para disparar por cima da cabeça deles. Sharpe sentiu uma pontada de orgulho de seus homens. Eles eram bons, bons demais, e estavam mostrando aos espectadores como uma Companhia Ligeira deveria lutar. Gargalhou.

Estavam ao pé da encosta agora, com as tropas ligeiras do inimigo impelidas para trás, para suas próprias linhas, e em alguns segundos o South Essex iria alcançar sua Companhia Ligeira. Faltavam menos de cem metros para iniciarem o ataque.

Sharpe tirou o apito do coldre, esperou alguns segundos e depois soprou o sinal para formar companhia. Ouviu os sargentos repetindo o sinal, e viu seus homens virem correndo para ele, pois a tarefa de escaramuça estava completa. Agora iriam se formar à esquerda da linha de ataque e avançar como as outras companhias. Os homens correram até ele, desembainhando baionetas, e ele lhes deu tapas no ombro, disse que tinham feito um bom trabalho. Então, a companhia se formou, marchando, subindo o outeiro sobre o sangue dos inimigos.

O canhão de campanha tinha parado de atirar. A fumaça estava se dissipando.

Sharpe andava à frente de seus homens. A grande espada raspou na boca da bainha ao ser sacada.

A linha francesa apontou os mosquetes.

Botas farfalhavam no capim. Estava quente. A fumaça de pólvora ardia nas narinas dos homens.

— Pelo que vamos receber... — disse uma voz.

— Silêncio nas fileiras! Cerrar!

— Mantenha a posição, Mellors! Que raios você acha que está fazendo? Entre na linha, seu filho da mãe inútil!

Botas no capim, a linha francesa parecendo girar noventa graus para a direita enquanto os mosquetes retornavam aos ombros. A boca dos canos, mesmo a oitenta metros, parecia gigantesca.

— Levante a baioneta, Smith! Você não está fazendo colheita na porcaria do campo!

Sharpe ouvia os sargentos.

— Firmes, rapazes, firmes!

Os oficiais franceses estavam com as espadas erguidas. A fumaça do canhão já havia se dissipado, e Sharpe viu que o canhão de campanha fora retirado. Tinha sido levado para trás, para longe da infantaria.

— Lutem como homens, rapazes!

Setenta metros, e as espadas francesas baixaram. Sharpe percebeu que eles tinham disparado cedo demais. A fumaça ondulou ao sair das centenas de mosquetes, o som era como a queda de estacas enormes, e o ar ficou denso com as pancadas das balas.

A linha de ataque foi sacudida pelas balas. Alguns homens caíram para trás, outros cambalearam, mas a maioria se manteve de pé. Sharpe sabia que o inimigo estaria recarregando as armas freneticamente, atrapalhado com cartuchos e varetas, e instintivamente acelerou o passo, de modo que o South Essex diminuísse a distância antes que o inimigo as tivesse recarregado. Os outros oficiais também se apressaram, e a linha de ataque começou a ficar irregular. Os sargentos gritavam:

— Isso não é a porcaria de uma corrida de obstáculos! Atenção à formação!

Cinquenta metros, quarenta, e o major Leroy, cuja voz era duas vezes mais alta que a de Forrest, berrou para o South Essex parar.

Sharpe conseguia ver algumas varetas sendo socadas nos mosquetes inimigos. Os franceses olhavam nervosos para o inimigo tão perto.

Leroy encheu os pulmões.

— Apontem os mosquetes!

Apenas a Companhia Ligeira não estava com as armas recarregadas. As outras miraram com os mosquetes, e sob cada cano a baioneta de quarenta centímetros apontava para os franceses.

— Fogo!

— E atacar! Vamos!

O estrondo daquela saraivada, a fumaça, e então os casacas-vermelhas foram liberados da disciplina dos sargentos. Ficaram livres para levar as baionetas morro acima e trucidar o inimigo que fora despedaçado pelos tiros disparados de perto.

— Matem os desgraçados! Vão! Para cima deles! — E a empolgação os carregou encosta acima, gritando feito loucos, querendo somente chegar aos homens que os tinham ameaçado durante a longa marcha de aproximação. Sharpe correu à frente de seus homens com a espada longa preparada.

— Alto! Formar! Depressa!

O inimigo tinha ido embora. Fugindo das baionetas, como Sharpe imaginara que faria. Os batalhões inimigos corriam a toda a velocidade de volta para o exército principal, e os casacas-vermelhas foram deixados no controle do outeiro onde estavam os mortos e feridos franceses. A pilhagem já havia começado, mãos treinadas pegando roupas e dinheiro das baixas. Sharpe embainhou sua espada sem sangue. Tinha sido um serviço bem-feito, mas agora se perguntava o que viria em seguida. Mil e duzentos soldados britânicos ocupavam o outeiro, as únicas tropas britânicas numa planície povoada por mais de cinquenta mil franceses. Não era da sua conta. Acomodou-se para esperar.

— Eles fugiram! — *La marquesa* parecia desapontada.

Lorde Spears sorriu.

— Foi só uma batalha de dez guinéus, minha cara. Por duzentos você ganha todo o espetáculo: matança, desmembramento, pilhagem e até um pouco de estupro.

— É aí que você entra, Jack?

Spears riu.

— Esperei demais por esse convite, Helena.

— Você terá de esperar um pouco mais, meu caro. — Ela sorriu. — Aquele era Richard Sharpe?

— Sim. Um herói genuíno, e tudo isso por dez guinéus.

— Que duvido que verei algum dia. Ele é mesmo um herói? — Seus olhos enormes estavam voltados para Spears.

— Santo Deus, é! Totalmente genuíno. O pobre coitado deve ter vontade de morrer. Ele tomou uma Águia, foi o primeiro a entrar em Badajoz e há boatos de que explodiu Almeida.

— Que delícia! — Ela abriu o leque. — Você tem um pouco de inveja dele, não tem?

Spears gargalhou, porque a acusação não era verdadeira.

— Eu desejo ter uma vida longa, muito longa, Helena, e morrer na cama com alguém muito jovem e de uma beleza de tirar o fôlego.

Ela sorriu. Seus dentes eram de um branco incomum.

— Eu gostaria muito de conhecer um herói de verdade, Jack. Convença-o a ir ao palácio.

Spears se remexeu na sela, fazendo uma careta de repente por causa da dor no braço na tipoia.

— Está com vontade de chafurdar com a ralé, Helena?

Ela sorriu.

— Se estiver, Jack, vou pedir seus conselhos. Só o traga a mim.

Ele sorriu e prestou continência.

— Sim, senhora.

Os franceses não admitiriam ser induzidos à batalha. Não fizeram nenhuma tentativa de tirar os britânicos do outeiro. Marmont não conseguia enxergar atrás do morro alongado, e temia, sensatamente, atacar Wellington numa posição escolhida pelo inglês.

A fumaça se afastou do outeiro, dissipando-se num calor tremeluzente sobre a grama. Homens deitados bebiam a água salobra dos cantis. Algumas pequenas chamas ardiam, provocadas pelos tiros de mosquete, mas ninguém se mexeu para apagá-las. Alguns homens dormiam.

— É só isso? — O tenente Price franziu a testa na direção dos franceses.

— Quer mais, Harry? — Sharpe sorriu para seu tenente.

— Eu meio que esperava mais. — Price riu e se virou, olhando para o morro. Um oficial do Estado-Maior descia a encosta a cavalo numa velocidade imprudente. — Aí vem um garoto chique.

— Provavelmente vamos ser recuados.

Harper soltou um bocejo enorme.

— Talvez eles venham nos oferecer entrada grátis no bordel dos oficiais.

— Isabella mataria você, Harps! — Price riu do pensamento. — Você deveria ser descomprometido, como eu.

— É a sífilis, senhor. Eu não conseguiria viver com isso.

— E eu não consigo viver sem isso. Olá! — Price franziu a testa porque o oficial do Estado-Maior, em vez de cavalgar para as bandeiras onde o oficial-comandante do batalhão seria encontrado, foi direto para a Companhia Ligeira. — Temos visita, senhor.

Sharpe foi se encontrar com o oficial, que o chamou a trinta metros de distância:

— Capitão Sharpe?

— Sim!

— O senhor foi convocado ao quartel-general. Agora! Tem cavalo?

— Não.

O rapaz franziu a testa diante da resposta, e Sharpe percebeu que ele estava pensando em entregar o próprio cavalo para fazer cumprir rapidamente a ordem do general. O pensamento não demorou muito diante da subida íngreme. O oficial sorriu.

— O senhor terá de andar! O mais rápido que puder, por favor.

Sharpe sorriu para ele.

— Filho da mãe. Harry?

— Senhor?

— Assuma! Diga ao major que fui chamado para ver o general!

— Sim senhor! Dê minhas saudações a ele!

Sharpe se afastou da companhia, passou entre as pequenas chamas no capim e subiu a encosta salpicada com os papéis de cartuchos de seus escaramuçadores. Leroux. Tinha de ser Leroux que estava levando Sharpe de volta para a cidade. Leroux, seu inimigo, o homem que possuía a espada que ele tanto desejava. Sorriu. Ela ainda seria sua.

CAPÍTULO VI

Wellington estava com raiva, os oficiais ao redor, nervosos com sua irritabilidade. Viram Sharpe ir até o general e prestar continência.

Do alto de sua sela, Wellington pareceu contrariado.

— Por Deus, o senhor demorou, Sr. Sharpe.

— Vim o mais rápido que pude, milorde.

— Maldição! O senhor não tem cavalo?

— Sou um homem da infantaria, senhor.

Era uma resposta insolente, que fez os aristocráticos ajudantes de campo de Wellington lançarem olhares intensos para o fuzileiro desgrenhado e enérgico com cicatriz no rosto e armas surradas. Sharpe não ficou preocupado. Conhecia o homem. Tinha salvado a vida do general na Índia e, desde então, havia um elo estranho entre os dois. O elo não era de amizade, jamais, mas de necessidade. Sharpe precisava de um patrono, ainda que distante, e Wellington, com relutância, às vezes tinha necessidade de um soldado implacável e eficiente. Tinham respeito um pelo outro. O general olhou amargamente para Sharpe.

— Então eles não lutaram?

— Não, senhor.

— Maldita seja a alma francesa dele. — Referia-se ao marechal Marmont. — Eles marcham por toda essa distância só para fazer pose? Malditos! Então o senhor conheceu Leroux? — perguntou ele, exatamente no mesmo tom em que tinha amaldiçoado os franceses.

— Sim, milorde.

— Seria capaz de reconhecê-lo?

— Sim, milorde.

— Ótimo. — Wellington não parecia nem um pouco satisfeito. — Ele não pode escapar de nós, compreendido? O senhor deve capturá-lo. Entende?

Sharpe entendeu. Ele iria voltar a Salamanca e, de uma hora para outra, seu serviço se tornou preparar uma armadilha para o coronel francês de olhos claros que estava deixando até mesmo Wellington preocupado.

— Entendo, senhor.

— Graças a Deus alguém entende — disse o general com rispidez. — Estou deixando-o sob as ordens do major Hogan. Ele parece ter a capacidade de colocar o senhor na linha, só Deus sabe como. Tenha um bom dia, Sr. Sharpe.

— Milorde? — Sharpe levantou a voz, pois o general já estava indo embora.

— O que foi?

— Tenho uma companhia inteira capaz de reconhecê-lo, senhor.

— É mesmo? — O mau humor de Wellington o havia levado a um sarcasmo desajeitado. — Quer que eu prive o South Essex de uma companhia ligeira só para facilitar sua vida?

— São três fortalezas, milorde, um longo perímetro, e um homem não pode ter olhos em toda parte.

— Por que não? É isso que esperam de mim. — Wellington gargalhou, rompendo o mau humor de modo extraordinariamente súbito. — Certo, Sharpe, pode levá-los. Mas não o perca. Entendeu? Você não pode perdê-lo. — Os olhos azuis deixavam clara a mensagem.

— Não vou perdê-lo, senhor.

Wellington deu um leve sorriso.

— Ele é todo seu, Hogan. Senhores!

Os oficiais do Estado-Maior trotaram obedientemente atrás do general, deixando Hogan sozinho com Sharpe.

O irlandês riu discretamente.

— Você tem um respeito profundo pelos oficiais superiores, Richard, é o que o torna um soldado tão bom.

— Eu teria chegado mais cedo se aquele filho da mãe tivesse me emprestado o cavalo.

— Ele provavelmente pagou duzentos guinéus pelo animal. Acha que o cavalo vale mais que você. Por outro lado, aquele pangaré custa dez libras. Pode pegá-lo emprestado. — Hogan apontou para seu serviçal, que trazia um cavalo de reserva até eles. Ele tinha previsto que Sharpe iria chegar a pé e esperou enquanto o fuzileiro montava desajeitadamente. — Desculpe pelo pânico, Richard.

— Há algum pânico?

— Por Deus, se há. Foi seu pedaço de papel que o provocou.

Sharpe detestava cavalgar. Gostava de estar no controle do próprio destino, mas os cavalos pareciam não compartilhar desse desejo. Instigou-o com cautela, esperando que acompanhasse o passo do animal de Hogan e, de algum modo, conseguiu se manter ao lado dele.

— A lista?

— Ela não pareceu familiar?

— Familiar? — Sharpe franziu a testa. Só se lembrava de uma lista de nomes espanhóis com quantias de dinheiro ao lado. — Não.

Hogan olhou para trás, certificando-se de que o serviçal estava longe o bastante para não ouvir suas palavras.

— A letra era minha, Richard.

— Sua? Santo Deus! — Sharpe remexeu desajeitadamente as rédeas e sua bota direita saiu do estribo. Jamais entendeu como as pessoas faziam cavalgar parecer fácil. — Como, em nome do inferno, Leroux conseguiu uma lista com a sua letra?

— Essa, sim, é uma pergunta para animar uma manhã monótona. Como, em nome do inferno, ele conseguiu? Comerciantes de cavalos! — Ele disse as últimas palavras com escárnio, como se Sharpe fosse culpado de alguma coisa.

O fuzileiro conseguiu colocar o pé de volta no estribo.

— Então, o que era?

— Nós temos informantes, certo? Centenas deles. Quase todo padre, médico, prefeito, sapateiro, ferreiro e qualquer um que você queira mencionar nos manda notícias sobre os franceses. Marmont não pode soltar um peido sem recebermos dez mensagens sobre isso. Algumas, Richard, são mensagens muito boas, e outras nos custam dinheiro. — Hogan fez uma pausa quando passaram por uma bateria de artilharia. Respondeu à saudação de um tenente e voltou a olhar para Sharpe. — A maior parte faz isso por patriotismo, mas alguns precisam de dinheiro para manter a lealdade intacta. Aquela, Richard, era minha lista de pagamentos para o mês de abril. — Hogan parecia e soava ressentido. — Significa, Richard, que alguém no nosso quartel-general está trabalhando para os franceses, para Leroux. Deus sabe quem! Temos cozinheiros, lavadeiras, cavalariços, escriturários, serviçais, sentinelas, qualquer um! Meu Deus! Eu achava que simplesmente tinha perdido aquela lista, mas não.

— E...?

— E...? E Leroux fez daquela lista seu trabalho. Matou a maioria deles de maneiras horrendas, o que já é bastante ruim, mas a notícia realmente ruim ainda está por vir. Um dos homens naquela lista, um padre, por acaso sabe de algo que eu preferiria que não soubesse. E agora acho que Leroux tem noção disso.

Sharpe não disse nada. Seu cavalo trotava feliz, seguindo para o oeste pela trilha que levava para trás do morro. Ele deixaria Hogan contar sua história infeliz em seu próprio ritmo.

O major irlandês enxugou o suor do rosto.

— Leroux, Richard, está bem perto de nos prejudicar muito. Podemos nos dar ao luxo de perder alguns padres e prefeitos, mas não é isso que Leroux deseja. Podemos nos dar ao luxo de perder Colquhoun Grant, mas também não foi para isso que Leroux veio para cá. Há uma pessoa, Richard, que não podemos nos dar ao luxo de perder. É essa pessoa que Leroux veio pegar.

Sharpe franziu a testa.

— Wellington?

— Ele também, talvez, mas não. Não é Wellington. — Hogan deu um tapa numa mosca, irritado. — Essa é a parte que eu não deveria lhe contar,

Richard. Mas vou contar um pouco, só o suficiente para você saber como é importante impedir que aquele desgraçado saia dos fortes. — Ele fez outra pausa, reunindo os pensamentos. — Eu lhe disse que temos informantes por toda a Espanha. Eles são úteis, Deus sabe como, mas temos informantes muito mais valiosos que esses. Temos homens e mulheres na Itália, na Alemanha, na França, na própria Paris! Pessoas que odeiam Bonaparte e querem nos ajudar, e de fato ajudam. Um regimento de lanceiros sai de Milão e nós ficamos sabendo em duas semanas, sabemos para onde vão, a qualidade de seus cavalos, e até o nome da amante do coronel. Se Bonaparte dá uma bronca num general, nós ficamos sabendo, se ele pede um mapa da Patagônia, idem. Às vezes acho que sabemos mais sobre o império de Bonaparte do que ele, e tudo isso, Richard, por causa de uma pessoa que por acaso mora em Salamanca. E é essa pessoa, Richard, que Leroux veio encontrar. E, assim que a encontrar, ele vai torturá-la, vai descobrir o nome dos correspondentes por toda a Europa, e ficaremos cegos de repente.

Sharpe sabia que não deveria perguntar quem era a pessoa. Esperou. Hogan deu um sorriso irônico.

— Quer saber quem é? Bom, não vou dizer. Eu sei, Wellington sabe e alguns espanhóis sabem porque são responsáveis por mandar as mensagens para Salamanca.

— O padre sabia?

— Sabia. O padre da minha lista sabia, e agora está morto, que Deus tenha sua alma. A maioria dos mensageiros não sabe o nome verdadeiro, só o codinome. El Mirador.

— El Mirador. — Sharpe repetiu as palavras.

— Isso. El Mirador, o melhor espião a serviço da Grã-Bretanha. O nosso trabalho é impedir que Leroux encontre El Mirador. E o modo mais fácil, Richard, é você impedi-lo. Ele vai tentar escapar, eu sei, e tenho um palpite sobre quando.

— Quando?

— Durante nosso ataque às fortalezas. Não dá para escapar em nenhum outro momento. Os fortes estão cercados, mas no tumulto de uma luta, Richard, ele terá planos prontos. Impeça-o!

— Só isso? Impedi-lo? Capturá-lo?

— Só. Mas não o subestime. Capture-o e o entregue a mim, e prometo que o coronel Leroux não verá a luz do dia de novo até o fim desta guerra. Vamos trancá-lo tão bem que ele desejará nunca ter nascido.

Sharpe ficou pensando. Não seria difícil. A 6ª Divisão tinha isolado os fortes, e mesmo num ataque o cordão de homens continuaria cercando a área arrasada. Só seria necessário que Sharpe, ou alguém de sua companhia, reconhecesse Leroux entre os prisioneiros. Abriu um sorriso largo para Hogan, querendo animá-lo.

— Considere feito.

— Se é você que vai fazer, Richard, vou considerar. — Era um belo elogio.

Tinham cavalgado até perto do morro onde os espectadores haviam se reunido. Sharpe olhou para a direita e viu uma figura sorridente vindo até eles num cavalo enérgico, bem montado. Mesmo com apenas uma das mãos, lorde Spears era um cavaleiro melhor do que Sharpe jamais seria. O lorde estava muito animado.

— Michael Hogan! Pelo bom Senhor! O senhor está carrancudo feito um vigário! Onde está o seu espírito irlandês? Sua atitude despreocupada de quem não dá a mínima para a labuta cotidiana?

Hogan olhou com certo carinho para o cavalariano.

— Jack! Como vai o braço?

— Totalmente curado, senhor. Como no dia em que nasceu. Estou mantendo-o na tipoia para o senhor não me mandar de volta para o trabalho. Richard Sharpe! Vi sua companhia em ação. Eles estavam famintos!

— Eles são bons.

— E vocês dois estão convidados para um piquenique. Agora. — Ele sorriu.

— Um o quê? — Hogan franziu a testa.

— Um piquenique. É uma palavra francesa, mas acredito que logo todos a estaremos usando. Para vocês, camponeses que não falam francês, significa um repasto simples e leve feito ao ar livre. Temos frango, presunto, salsichas temperadas, um bolo delicioso e, o melhor de tudo, vinho. Nós, claro, somos eu e *la marquesa* de Casares el Grande y Melida Sadaba. Vocês dois foram convidados especificamente.

Hogan sorriu. Parecia que Sharpe ter aceitado a responsabilidade por Leroux havia tirado um peso de seus ombros.

— *La marquesa*! Já era hora de eu me associar à aristocracia!

— E eu? — Spears pareceu chateado. — Não sou suficientemente nobre para o senhor? Santo Deus! Quando meus ancestrais comeram o fruto proibido no Éden, insistiram em que ele fosse servido numa bandeja de prata. Você vem? — Esta última pergunta foi dirigida a Sharpe.

Sharpe deu de ombros. Hogan insistia em ir, por isso foi obrigado a segui-lo, e, ainda que parte dele quisesse rever *la marquesa*, outra grande parte sua estava com medo do encontro. Odiava ser tentado por coisas que não podia ter, e sentia que ficava cada vez mais rabugento enquanto subia o morro atrás de Hogan e Spears.

La marquesa os viu chegar. Levantou a mão lânguida num cumprimento.

— Capitão Sharpe! Enfim aceitou um dos meus convites!

— Estou com o major Hogan, senhora. — Assim que disse isso, arrependeu-se. Queria dizer que não viera de livre vontade, que não era escravo dela, mas suas palavras fizeram parecer que precisara ser forçado à companhia de *la marquesa*. Ela sorriu.

— Devo agradecer ao major Hogan. — Ela virou sua beleza abundante para o irlandês. — Nós já nos encontramos, major.

— De fato, senhora. Em Ciudad Rodrigo, eu me lembro.

— Igualmente. O senhor foi muito charmoso.

— Em geral, os irlandeses são, senhora.

— Uma pena os ingleses não terem aprendido com os vizinhos. — Ela olhou para Sharpe, que ainda sofria em seu cavalo desconfortável. Sorriu de novo para Hogan. — O senhor passa bem?

— Sim, senhora, obrigado. E a senhora? Seu marido?

— Meu marido, ah! — Ela abanou o rosto. — O pobre Luis está na América do Sul, reprimindo uma rebelião em uma de nossas colônias. Parece uma coisa tão tola! Vocês estão aqui para libertar nosso país, enquanto Luis se ocupa fazendo o oposto em outro lugar. — Ela riu, depois olhou de novo para Sharpe. — Meu marido, capitão Sharpe, é um soldado como o senhor.

— É mesmo, senhora?

— Bom, não exatamente como o senhor. É muito mais velho, mais gordo e se veste muito melhor. Além disso, é general, de modo que talvez não seja exatamente como o senhor. — Ela deu um tapinha no banco de couro da caleça, entre si mesma e a acompanhante suada. — Tenho vinho, capitão, por que não se junta a mim?

— Estou bastante confortável, senhora.

— Não é o que parece, mas se insiste... — Ela sorriu. Como Sharpe lembrava, era de uma beleza ofuscante. Era um sonho, algo de fineza e requinte, alguém de quem Sharpe se ressentia por achar sua beleza avassaladora. Ela continuou sorrindo para ele. — Jack me disse que o senhor é um verdadeiro herói, capitão Sharpe.

— De jeito nenhum, senhora. — Ficou se perguntando se deveria buscar sua companhia e pedir desculpas ao major Forrest, que ficaria tremendamente infeliz por perder suas tropas ligeiras.

Lorde Spears deu uma gargalhada.

— Não é herói! Ouçam só! Adoro isso!

Sharpe franziu a testa, sem graça, e olhou para Hogan pedindo ajuda. O irlandês sorriu para ele.

— Você capturou uma Águia, Richard.

— Com Harper, senhor.

— Ah, meu Deus! O herói modesto! — Lorde Spears estava se divertindo. Imitou a voz relutante de Sharpe: — Foi um acidente. A Águia simplesmente caiu do mastro, bem nas minhas mãos. Na hora eu estava colhendo flores silvestres. Depois me perdi em Badajoz. Achei que estava indo para a procissão da igreja e por acaso subi por uma brecha na muralha. Foi muito esquisito. — Spears gargalhou. — Que inferno, Richard! Você já até salvou a vida do par!

— A vida de Arthur? — perguntou *la marquesa*. Ela olhou com interesse para Sharpe. — Quando? Como?

— Na Batalha de Assaye, senhora.

— Batalha de Assaye! O que foi isso? Onde?

— Na Índia, senhora.

— E o que aconteceu?

— O cavalo dele levou o golpe de uma lança, senhora. Por acaso, eu estava lá.

— Ah, que Deus nos ajude! — O sorriso de Spears foi amigável. — Ele só lutou contra milhares de pagãos malditos e diz que estava lá por acaso.

A vergonha de Sharpe era nítida. Ele olhou para Hogan.

— Devo buscar minha companhia, senhor?

— Não, Richard, não deve. Isso pode esperar. Estou com sede, você está com sede, e a senhora está fazendo a gentileza de oferecer vinho. — Ele fez uma reverência para *la marquesa*. — Com sua permissão, senhora? — Ele estendeu a mão para a garrafa que a acompanhante segurava.

— Não, major! Jack servirá. Ele tem os modos de um serviçal, não é, Jack?

— Você me considera um escravo, Helena. — Spears pegou a garrafa animado, enquanto Hogan trazia uma taça para Sharpe. O cavalo de Sharpe havia se afastado um pouco da carruagem, procurando capim mais verde, e Sharpe ficou satisfeito por se afastar dos ouvidos de *la marquesa*. Bebeu o vinho rapidamente, descobrindo que estava sedento, e encontrou Hogan junto ao seu cotovelo. O irlandês lhe ofereceu um sorriso compassivo.

— Ela colocou você em retirada total, Richard. Qual é o problema?

— Eu não pertenço a este lugar, senhor, pertenço? Aquele é o meu lugar. — Ele indicou com a cabeça o ponto morro abaixo onde o South Essex relaxava no outeiro. Os franceses não estavam se movendo.

— Ela é só uma mulher tentando ser amigável.

— É. — Sharpe pensou em sua esposa, a beldade morena que desprezaria esse luxo aristocrático. Olhou para *la marquesa*. — Como ela fala inglês tão bem?

— Helena? — Até mesmo Hogan parecia conhecê-la suficientemente bem para usar o primeiro nome, notou Sharpe. — Ela é meio inglesa. Pai espanhol e mãe inglesa, e foi criada na França. — Hogan tomou seu vinho. — Os pais foram mortos durante o Terror, uma coisa muito feia, e Helena conseguiu escapar para ficar com um tio na Espanha, em Saragoça. Então se casou com *el marqués* de Casares el Grande y Melida Sadaba e ficou rica feito as montanhas. Casas por toda a Espanha, uns dois castelos e uma amizade muito boa para nós, Richard.

— O que vocês estão conversando? — A voz dela chegou aos dois, e Hogan virou seu cavalo.

— Negócios, senhora, apenas negócios.

— Estamos em um piquenique, não em um refeitório de oficiais. Venham aqui!

Ela fez com que Spears servisse mais vinho a Sharpe, que bebeu com a mesma rapidez de antes. O cálice de cristal era ridiculamente pequeno.

— Está com sede, capitão?

— Não, senhora.

— Tenho muitas garrafas. Um pouco de frango?

— Não, senhora.

Ela suspirou.

— O senhor é difícil de agradar, capitão. Ah! Lá está Arthur!

Wellington estava mesmo voltando para o oeste, pela trilha atrás do morro alongado.

Spears se virou na sela para olhar o general.

— Aposto dez contra um que ele vem aqui em cima ver você, Helena.

— Eu ficaria surpresa se não viesse.

— Sharpe! — Spears sorriu para ele. — Quer apostar dois guinéus que ele não vem?

— Não faço apostas.

— Eu faço! Meu Deus! Metade da porcaria da fortuna já se foi.

— Metade? — *La marquesa* gargalhou. — Toda ela, Jack. Toda ela e muito mais. O que você vai deixar para seu herdeiro?

— Não sou casado, Helena, portanto nenhum dos meus bastardos pode ser descrito como herdeiro. — Ele jogou um beijo para ela. — Se ao menos seu caro marido morresse, eu estaria de joelhos diante de você. Acho que formaríamos um belo casal.

— E quanto tempo a minha fortuna duraria?

— Sua beleza é sua fortuna, Helena, e ela está em segurança para sempre.

— Que bonito, Jack, e que inverdade!

— As palavras foram ditas pelo capitão Sharpe, minha cara, eu só repeti.

Os enormes olhos azuis se viraram para Sharpe.

— Que bonito, capitão Sharpe.

Ele estava ruborizando após a mentira de Spears e escondeu isso puxando as rédeas com firmeza e olhando os franceses inativos. Lorde Spears o acompanhou e falou baixinho:

— Você gosta dela, não é?

— É uma linda mulher.

— Meu caro Sharpe — Spears se inclinou e guiou o cavalo do fuzileiro por alguns passos —, se você a deseja, tente. — Ele gargalhou. — Não se preocupe comigo. Ela não olha para mim. Nossa Helena é muito discreta e não vai admitir Jack Spears alardeando pela cidade que pôs os pés em sua cama. Você deveria montar um ataque, Sharpe!

Sharpe ficou com raiva.

— Quer dizer que os amantes vindos da ala dos serviçais ficam quietos por gratidão?

— Palavras suas, meu amigo, não minhas.

— Verdade.

— E, se quer saber, talvez você tenha razão. — Spears continuava amigável, mas suas palavras saíam baixas e intensas. — Algumas pessoas acham a carne da ala dos serviçais melhor que o corte fino servido no salão de banquetes.

Sharpe olhou para o belo rosto.

— *La marquesa?*

— Ela consegue o que quer, você consegue o que eu quero. — Ele sorriu. — Estou lhe fazendo um favor.

— Sou casado.

— Que Deus me ajude! Você reza toda noite? — Spears riu alto, depois se virou, porque o som de cascos pressagiava a chegada de Wellington à frente de seu Estado-Maior. O general puxou as rédeas, tirou o chapéu bicorne e lançou um olhar frio para Spears e Sharpe.

— Você está bem escoltada, Helena!

— Querido Arthur! — Ela lhe ofereceu a mão. — Você me desapontou!

— Eu? Como?

— Vim ver uma batalha!

— Todos viemos. Se tem alguma reclamação, deve se dirigir a Marmont. O sujeito se recusa por completo a atacar!

Ela fez beicinho.

— Mas eu queria tanto ver uma batalha!

— E verá, e verá. — Ele deu um tapinha no pescoço do cavalo. — Aposto que os franceses vão sair de fininho hoje à noite. Eu lhes dei uma chance e eles a recusaram, portanto amanhã vou tomar aqueles fortes.

— Os fortes! Posso assistir do palácio!

— Então reze para Marmont sair de fininho esta noite, Helena, porque, se ele o fizer, eu montarei um ataque total para você. Toda a batalha que você puder desejar!

Ela bateu palmas.

— Então vou dar uma recepção amanhã à noite. Para comemorar sua vitória. Você virá?

— Comemorar minha vitória? — Wellington parecia positivamente brincalhão na presença dela. — Claro que vou!

Ela fez um gesto com a mão indicando todos os cavaleiros reunidos em volta da caleça elegante.

— Todos vocês devem ir! Até o senhor, capitão Sharpe! O senhor deve ir!

O olhar de Wellington encontrou Sharpe. O general deu um sorriso de lábios apertados.

— Amanhã à noite o capitão Sharpe estará ocupado.

— Então ele irá quando a ocupação terminar. Vamos dançar até o amanhecer, capitão.

Sharpe sentiu, embora não soubesse se era intencional, uma zombaria sutil nos olhos que o observavam. Amanhã. Amanhã ele enfrentaria Leroux, amanhã lutaria contra aquela espada, e sentia o desejo de lutar.

Derrotaria Leroux, aquele coronel que tinha provocado um arrepio de medo nos britânicos. Iria enfrentá-lo, lutaria contra ele e o arrastaria daqueles fortes como refém. Amanhã, ele lutaria, e aqueles aristocratas metidos a besta assistiriam do palácio de *la marquesa*. De repente, Sharpe soube que recompensa queria por enfrentar o coronel Philippe Leroux. Não só a espada, pois a obteria de qualquer jeito como espólio de guerra. Era outra coisa. Teria a mulher. Sorriu para ela pela primeira vez e assentiu.

— Amanhã.

CAPÍTULO VII

Batedores da cavalaria exaustos voltaram à cidade na madrugada de terça-feira. O exército de Marmont tinha ido para o norte durante a noite. Os franceses haviam abandonado a guarnição dos fortes na cidade e decidiram aguardar, na esperança de, em algum momento do verão, pegar Wellington desprevenido e travar uma batalha mais em seus próprios termos.

As fortalezas já não tinham mais serventia para Wellington. Haviam fracassado em trazer Marmont à batalha para resgatá-las e impediam que seus comboios de suprimentos usassem a longa ponte romana, por isso seriam destruídas. *La marquesa* teria sua batalha, e Sharpe precisaria procurar Leroux entre os prisioneiros.

Se houvesse prisioneiros. Tinha parecido uma promessa tranquila o general promover um ataque contra as três construções, mas Sharpe acreditava que os defensores não cederiam com facilidade. Ele havia observado com atenção as construções desgarradas na terra arrasada, e, quanto mais olhava, menos gostava.

O terreno arrasado era dividido por uma ravina profunda que corria para o sul, em direção ao rio. À direita da ravina ficava o maior forte francês, o San Vincente, e à esquerda os fortes La Merced e San Cayetano. Um ataque a qualquer um dos três seria assolado por tiros de canhão disparados pelos outros.

As três construções serviam como convento até os franceses expulsarem as freiras e transformarem este canto da cidade numa fortaleza. Já fazia quase uma semana que os conventos estavam sob fogo dos canhões britânicos, mas a artilharia havia causado danos notavelmente pequenos. Os franceses tinham preparado bem as construções.

Com o material das casas demolidas que antes cercavam os conventos, eles construíram um *glacis* grosseiro, uma escarpa artificial no terreno que fazia ricochetear as balas sólidas lançando-as por cima das obras defensivas. Tinham muros reforçados por trás do fosso profundo que cercava cada convento, e por cima das plataformas de artilharia e dos abrigos para as tropas fizeram coberturas enormes, grossas. Cada cobertura era como uma caixa gigante cheia de terra, destinada a absorver os obuses dos morteiros britânicos que caíam do céu deixando um rastro de fumaça. As guarnições francesas estavam cercadas, encurraladas, mas uma invasão britânica seria difícil.

Sharpe fez sua companhia entrar em formação, não totalmente por acaso, diante do *palacio* Casares. Os portões enormes estavam abertos, revelando o pátio central no meio do qual uma fonte espirrava água num laguinho elevado. O pátio era pavimentado, cheio de flores em vasos ornamentados, e Sharpe olhou pelas sombras da passagem em arco para a grande porta acima dos degraus convencionais. A casa parecia deserta. Esteiras grossas de palha trançada estavam baixadas nas janelas, bloqueando o sol, e a água na fonte era o único sinal de movimento na grandiosa e rica casa.

Acima do portão, no muro alto e vazio, o brasão que decorava a porta da caleça estava esculpido em uma pedra de um dourado claro. Acima disso, bem acima, Sharpe viu plantas crescendo no topo do muro, talvez evidência de uma sacada ou mesmo de um jardim suspenso. Era de lá que *la marquesa* teria vista, por cima dos telhados, da terra arrasada e dos fortes. Não que fosse ver muita coisa. O ataque seria feito às últimas luzes do dia. Sharpe preferiria um ataque noturno, mas Wellington não confiava neles, lembrando-se da proximidade entre desastre e sucesso que a noite trouxera em Seringapatam, tanto tempo atrás.

Deu as costas para a casa, virou-se para sua companhia e soube que estava obcecado por aquela mulher. Parecia ridículo, uma ambição de proporções impossíveis, mas agora não tinha escapatória. O serviço era matar Leroux, proteger a figura desconhecida de El Mirador, mas sua mente não se afastava de *la marquesa*.

— Senhor? — Harper ficou em posição de sentido. — Companhia pronta para inspeção, senhor!

— Tenente Price!

— Senhor?

— Armas, por favor.

Sharpe confiava em seus homens. Nenhum deles iria para a batalha com armas imprestáveis. Price podia olhá-las, puxar as pederneiras aparafusadas, sentir gumes de baionetas, mas não encontraria nada. Sharpe ouviu as tropas de assalto sendo formadas. Todas eram tropas ligeiras, as melhores de cada batalhão, e estavam se reunindo bem longe da terra arrasada, esperando que a erupção súbita do ataque pegasse os franceses de surpresa. Os canhões de cerco continuavam disparando. Quatro peças de dezoito libras tinham sido arrastadas através dos vaus e trazidas à cidade. Os enormes canhões de ferro golpeavam os fortes.

— Ouçam bem — falou baixo. — Não estamos aqui para heroísmos. Não é nosso trabalho capturar os fortes, entenderam? — Eles assentiram. Alguns sorriram. — Esse é o papel das outras companhias ligeiras. Nosso trabalho é encontrar um homem, o homem que nós capturamos. Por isso, vamos ficar atrás do ataque. Se pudermos, vamos nos mover pela lateral, fora da linha de tiro. Não quero baixas. Fiquem de cabeça abaixada. É ordem de escaramuça o tempo todo. Se capturarmos os fortes, nosso serviço é revistar os prisioneiros. Esquadrões normais. Não quero ninguém agindo sozinho. Não há nenhuma porcaria de recompensa, portanto não banquem os heróis. E lembrem-se: esse filho da mãe matou o jovem McDonald e o coronel Windham. Ele é perigoso. Se o encontrarem, ou se acharem que encontraram, amarrem o desgraçado. E vou pagar dez guinéus pela espada dele.

— E se ela valer mais, senhor? — Era a voz de Batten. Batten, que vivia se lamuriando, reclamando, jamais satisfeito. Harper fez menção de ir até ele, mas Sharpe levantou a mão.

— Ela vale mais, Batten, provavelmente vinte vezes mais, mas, se você vendê-la a qualquer pessoa que não seja eu, vou colocá-lo para cavar latrinas pelo resto da porcaria da guerra. Está claro?

Os outros sorriram. Um soldado raso dificilmente poderia ter esperanças de vender uma espada valiosa no mercado aberto. Seria acusado de roubá--la, e a pena por roubo podia ser enforcamento. Alguns sargentos pagariam mais, porém não muito mais, e lucrariam em Lisboa. Dez guinéus era uma quantia grande, mais do que um ano de soldo depois das deduções, e a companhia sabia que era uma oferta justa. Sharpe levantou a voz outra vez.

— Nada de baionetas. Armas carregadas, mas com pederneiras abaixadas. Não queremos que eles saibam que estamos a caminho. Basta um mosquete disparar e eles vão nos dar metralha na janta. — Sharpe olhou para Harper. — Virar à direita, você sabe aonde vamos.

Harper manteve a voz baixa.

— Virar à direita!

— Capitão Sharpe! — Era o major Hogan, correndo para a bateria principal onde os canhões de dezoito libras ressoavam.

— Senhor! — Sharpe ficou em posição de sentido e prestou continência. Diante da companhia os dois eram formais, corretos.

— Boa sorte! — Hogan sorriu para os homens. Eles o conheciam bem, pois os fuzileiros tinham passado semanas com ele antes de serem anexados à força ao South Essex, os casacas-vermelhas se lembravam dele de Badajoz ou de noites em que ele viera procurar o companheirismo de Sharpe. O major irlandês olhou para Sharpe, deu as costas para os homens e fez um gesto resignado. — Boa sorte para você.

— O negócio não está bom?

— Não. — Hogan fungou. — Algum idiota bagunçou o suprimento de munição. Temos umas quinze balas para cada canhão! De que diabo isso adianta?

Sharpe sabia que ele estava falando das grandes peças de dezoito libras.

— E os morteiros?

Hogan tinha pegado sua caixa de rapé e Sharpe esperou enquanto ele inalava a enorme pitada de sempre. Hogan espirrou.

— Deus misericordioso! — E espirrou de novo. — Malditos morteiros! Não estão causando nem um arranhão na porcaria do lugar! Cento e sessenta balas para seis canhões. Não é assim que se administra uma guerra!

— O senhor não está esperançoso.

— Esperançoso? — Hogan esperou enquanto um canhão de dezoito libras disparava uma bala de seu precioso estoque de munição cada vez menor. — Não. Mas nós convencemos o par a atacar só o forte do centro. Estamos disparando contra ele.

— O San Cayetano?

Hogan assentiu.

— Se conseguirmos pegá-lo, podemos colocar nossas baterias lá e atacar os outros. — Ele deu de ombros. — Surpresa é tudo, Richard. Se eles não nos esperarem... — E deu de ombros outra vez.

— Leroux pode não estar no San Cayetano.

— Provavelmente, não. Provavelmente está no grande. Mas nunca se sabe. Talvez todos se rendam se o do meio cair.

Sharpe refletiu que poderia ser uma longa noite. Se os outros fortes decidissem que resistir era inútil, as negociações de rendição poderiam durar horas. Supôs que haveria uns mil homens nas três guarnições e seria difícil revistá-los no escuro. Olhou com pesar para o *palacio* Casares atrás dele. Havia uma chance, uma boa chance, de que jamais conseguisse chegar a tempo. Hogan captou seu olhar.

— Foi convidado?

— Para a comemoração? Fui.

— Assim como toda a porcaria da cidade. Só espero que haja alguma coisa para comemorar.

Sharpe sorriu.

— Vamos surpreendê-los. — Olhou em volta e, ao ver sua companhia sendo levada para um beco, fez um gesto para as costas de seus homens. — Preciso ir.

Trezentos e cinquenta homens, as companhias ligeiras de duas brigadas da 6ª Divisão, estavam apinhados numa rua que passava atrás das casas voltadas para a terra arrasada. Era a passagem oculta mais próxima ao forte do centro, o San Cayetano, mas ninguém, a não ser um punhado de oficiais, tinha permissão de olhar o terreno que precisariam cobrir. Surpresa era tudo. Havia vinte escadas, cada qual cercada pela equipe que a carregaria, e esses homens seriam os primeiros a correr os duzentos metros até o fosso do forte. Pulariam na escavação e encostariam as escadas na paliçada.

Sharpe ouvia os estalos de fuzis que espantavam as andorinhas que voavam no crepúsculo. Os fortes estavam cercados por fuzileiros havia seis dias, desde que o exército entrara em Salamanca. Os soldados viviam no desconforto de buracos rasos na área devastada, atirando contra as troneiras francesas. Os sons da noite eram normais. Os franceses não poderiam ter detectado nada incomum no ritmo do cerco. Os grandes canhões disparavam intermitentemente, os fuzis estalavam, e, à medida que a luz se esvaía, também se esvaía o som dos tiros. Tudo indicava, esperava Sharpe, uma noite pacífica nos três fortes construídos no morro acima do vagaroso rio Tormes.

Um grande sargento com cicatrizes no rosto puxou o degrau de uma das escadas. Ele se dobrou e rachou, e o sargento cuspiu mal-humorado numa parede.

— Porcaria de madeira verde!

Harper estava carregando a arma de sete canos, medindo cuidadosamente a pólvora de seu chifre de fuzileiro. Sorriu para Sharpe.

— Encontrei aquele padre irlandês quando o senhor estava conversando com o major, senhor. Ele nos desejou sorte.

— Curtis? Como raios ele sabe? Achei que isso fosse segredo.

Harper deu de ombros, depois bateu com a coronha da enorme arma no chão.

— Ele provavelmente viu esse pessoal marchar, senhor. — Balançou a cabeça para as companhias ligeiras. — Elas de fato não parecem ter vindo para um baile do regimento.

Sharpe se sentou e esperou, a cabeça encostada na parede, o fuzil carregado entre os joelhos. Nesta tarde perfeita de verão, com a luz se desbotando num verde translúcido, parecia estranho pensar na guerra vasta e secreta que lançava sombra sobre a guerra de canhões e espadas. Como o padre soube que o ataque aconteceria nesta noite? Haveria espiões em Salamanca que também sabiam? E que já poderiam ter alertado as fortalezas? Sharpe supôs que era uma possibilidade. Talvez os franceses estivessem preparados, esperando ansiosos o primeiro ataque que estraçalhariam com metralha.

Sharpe tinha visto apenas um espião francês. Era um espanhol pequeno, alegre e generoso, que fingia ser vendedor de limonada nas redondezas de Fuentes d'Onoro. Descobriram que era cabo de um dos regimentos espanhóis que lutavam pelos franceses. Sharpe viu o sujeito ser enforcado. Morreu com dignidade, um sorriso nos lábios, e Sharpe se perguntou que coragem era necessária para ser um homem assim. El Mirador, supôs, tinha essa coragem. Vivia em Salamanca sob a ocupação francesa, e mesmo assim havia mandado sua torrente de informações para as forças britânicas em Portugal. Esta noite, Sharpe lutaria por esse homem corajoso, El Mirador. Olhou para a luz cada vez mais desbotada e soube que o ataque começaria logo.

— Sharpe? — Um oficial superior olhava para ele. Sharpe se levantou rapidamente e prestou continência.

— Senhor?

— General-brigadeiro Bowes. Estou no comando esta noite, mas soube que você tem ordens próprias, não é? — Sharpe assentiu. Bowes olhou com curiosidade para a figura estranha, vestida meio como oficial e meio como fuzileiro. Pareceu satisfeito. — Fico feliz por estarem conosco, Sharpe.

— Obrigado, senhor. Espero que possamos ser úteis.

Bowes indicou abruptamente o forte escondido.

— Há uma trincheira grosseira nos primeiros setenta metros. Isso vai nos dar cobertura. Depois, estamos nas mãos de Deus. — Ele olhou com franca admiração para o festão na manga de Sharpe. — Você tem experiência com esse tipo de coisa.

— Badajoz, senhor.

— Aqui não vai ser tão ruim. — Bowes foi em frente. Os atacantes estavam se levantando, ajeitando as jaquetas, verificando obsessivamente os últimos detalhes antes da luta. Alguns tocavam seus talismãs pessoais, outros faziam o sinal da cruz, e a maioria tinha no rosto a expressão de animação forçada que escondia o medo.

Bowes bateu palmas. Era um homem baixo, de compleição forte, e subiu num bloco de montaria posto ao lado de uma das casas.

— Lembrem-se, rapazes! Silêncio! Silêncio! Silêncio! — Esta era a primeira batalha da 6ª Divisão na Espanha, e os homens ouviam ansiosos, querendo impressionar o restante do exército. — Primeiro, as escadas. Atrás de mim!

Sharpe alertou que seus homens deviam esperar. Harper lideraria o primeiro esquadrão, depois o tenente Price, enquanto o sargento McGovern e o sargento Huckfield levavam os outros. Sorriu para eles. Huckfield era novo na companhia, desde Badajoz, promovido de uma das outras companhias. Sharpe se lembrou de quando, como soldado, Huckfield tentou comandar o motim antes de Talavera. Ele devia a vida a Sharpe, mas a troca fora boa. Era um homem, resistente e cheio de escrúpulos, bom com números e com os livros da companhia, e a lembrança daquele dia longínquo, três anos antes, quando Huckfield quase levou o batalhão ao motim, estava desbotada e parecia irreal.

A rua se esvaziou, os atacantes partiram para a terra arrasada, e Sharpe continuou esperando. Não queria que sua companhia se misturasse com as outras. Quase prendeu a respiração, tentando ouvir o primeiro tiro, mas a noite estava silenciosa.

— Certo, rapazes. Fiquem em silêncio.

Foi andando primeiro, pela passagem entre as casas, e o chão desceu até um buraco íngreme que se abrira quando os sapadores explodiram uma das baterias de flanco. Os canhões de nove libras estavam silenciosos atrás de suas faxinas.

Conseguia ver as outras companhias à frente, apinhadas na trincheira rasa. Ela não tinha sido feita para o ataque; na verdade, não passava de restos de um beco; mas oferecia cobertura porque as casas destruídas dos dois lados formavam barrancos de entulho. Não ousou levantar a cabeça para olhar o San Cayetano. Havia uma esperança de que os franceses estivessem cochilando, sem esperar encrenca, mas Sharpe não tinha motivos para acreditar que as sentinelas estariam menos atentas por causa da noite calma.

Uma escada bateu no entulho, bem adiante, e pedras soltas caíram e fizeram barulho. Sharpe congelou, os sentidos aguçados para qualquer reação inimiga, mas a noite continuou silenciosa. Havia um fraco ruído ao fundo, incessante, e ele percebeu que era a água batendo nas colunas dos arcos da ponte. Uma coruja piou ao sul do rio. A luz era de um cinza perolado, o oeste encharcado de carmim, o ar quente depois do calor do dia. O povo de Salamanca, ele sabia, estaria passeando nos círculos pomposos na grande praça, tomando vinho e conhaque, e seria uma noite de suntuosa beleza na cidade. Wellington estava esperando, temendo que a surpresa estivesse perdida, e de repente Sharpe pensou em *la marquesa*, lá em seu telhado ou sacada, observando as sombras que escureciam na terra arrasada. Um sino tocou marcando nove e meia.

Ouviu um som raspado e um estalo adiante, e soube que os atacantes estavam calando as baionetas, prontos para correr da cobertura e atravessar o terreno cheio de entulho em direção ao San Cayetano. O tenente Price atraiu seu olhar e indicou a baioneta de um de seus homens. Sharpe meneou a cabeça. Não queria que as lâminas revelassem a posição de sua companhia, bem atrás, e em nada lhes interessava atacar o forte.

— Vão! — A voz de Bowes rompeu o silêncio, houve um som atabalhoado de pés e a rua afundada à frente de Sharpe ficou movimentada com corpos que subiam e passavam pelo entulho. Esse era o momento de perigo, a primeira aparição, porque, se os franceses estivessem prontos, esperando-os, os canhões dispariam agora, dizimando o ataque.

Eles dispararam.

Os canhões dos fortes eram pequenos, alguns eram velhos e capturados, de quatro libras, mas até mesmo um canhão pequeno carregado com metralha é capaz de destruir um ataque. Sharpe conhecia os números muito bem. Uma metralha de quatro libras era uma lata de estanho cheia de balas, sessenta ou oitenta em cada lata. Quando disparada, a lata estourava na boca do canhão e as balas se espalhavam como chumbinho de espingarda num cone largo. A trezentos metros do cano, o cone teria uns trinta metros de largura, poucas chances de acertar um homem sozinho na linha de tiro, mas não se os canos de várias armas se entrecruzassem. O San Cayetano, à frente do ataque, tinha apenas quatro canhões, mas o San Vincente, do outro lado da ravina, o maior forte, podia colocar outros vinte no flanco do ataque britânico.

Todos dispararam. Primeiro um, seguido alguns segundos depois pelos outros. O som das peças era diferente, mais grave que o usual, de algum modo mais sólido. Sharpe olhou pasmo para Harper.

— Estão usando carga dupla!

Harper assentiu e deu de ombros. Duas latas em cada canhão, digamos que setenta balas em cada, e vinte e quatro canhões disparando. Sharpe ouviu o inferno de metal que se entrecruzava no meio do entulho e tentou pensar nos números. Pelo menos três mil balas de mosquete tinham recebido o ataque, dez para cada homem, e no silêncio depois da saraivada ele ouviu os gritos dos feridos, e em seguida o matraquear dos mosquetes nas troneiras francesas. Não enxergava nada. Olhou para a companhia.

— Fiquem aí!

Subiu o entulho na rua, rolou pelo alto e encontrou cobertura atrás de um anteparo de madeira. Bowes estava vivo, a espada empunhada, à frente do ataque.

— Avante! Avante!

Equipes de homens com escadas, milagrosamente vivos, saíram do chão onde tinham mergulhado em busca de abrigo e começaram a passar com dificuldade por cima das pedras amontoadas. Cada escada tinha dez metros, difícil de carregar no terreno coberto pelas sombras, mas os homens estavam se movendo. Atrás deles, mais figuras avançavam para a massa escura do San Cayetano.

Os atacantes comemoravam, ainda confiantes apesar da primeira descarga esmagadora, e para Sharpe era um milagre que tantos tivessem sobrevivido em meio aos cones ruidosos. Deslizou o fuzil à frente, ergueu a mira e então os segundos disparos franceses soaram.

Essa saraivada foi mais descoordenada que a primeira. Os artilheiros estavam carregando o mais depressa que podiam, com apenas uma lata de metralha, e as equipes mais rápidas disparavam primeiro. As balas estrondeavam vindo das troneiras, atingiam as pedras, faziam girar mortos e feridos numa desordem de corpos flácidos, e Sharpe xingou os franceses. Eles sabiam! Eles sabiam! Não houve surpresa! Tinham colocado cargas duplas nos canhões, estavam prontos para acender os pavios, e o ataque não tinha chance. As metralhas estouravam e espalhavam sua morte pelos atacantes, canhão após canhão, os disparos vindo sozinhos ou em pequenos grupos, e as balas de chumbo martelavam como chuva nas pedras, na madeira e nos corpos no terreno arrasado.

Os dois fortes estavam cercados de fumaça. O terceiro, à esquerda de Sharpe, permanecia em silêncio, como se seus canhões, de modo insultuoso, não fossem necessários. Conseguia ouvir os franceses comemorando o trabalho, enquanto os artilheiros erguiam as armas, carregavam e disparavam, carregavam e disparavam, e as chamas atravessavam o fosso, partiam a fumaça e lambiam atrás da metralha devastadora.

— Fuzis!

Não havia muito que pudessem fazer, mas qualquer coisa era melhor que ser um espectador dessa matança. Gritou de novo:

— Fuzis!

Seus fuzileiros se lançaram por cima da borda do entulho. Ele havia treinado uns seis casacas-vermelhas a usar os Bakers, armas deixadas por homens mortos nos últimos três anos, e eles também estavam ali. Harper se jogou ao seu lado, sobrancelhas erguidas, e Sharpe indicou o forte mais próximo.

— Mirem nas troneiras!

Eles podiam matar um ou dois artilheiros, o que não era muito, mas era alguma coisa. Ouviu os primeiros disparos, disparou também quando a fumaça revelou um alvo, mas o ataque estava terminado. Os britânicos ainda não sabiam. Os homens continuavam avançando, ombros erguidos como se atravessassem uma tempestade, e deixavam mortos e feridos no chão. Gritos rasgavam o som áspero dos canhões, e a cada nova descarga de metralha Sharpe rezava para que uma bala acabasse com os gritos. Bowes ainda estava de pé, avançando, brandindo a espada contra os artilheiros. Por todo lado, os sobreviventes se recusavam a desistir. Estavam espalhados, menos suscetíveis à chuva de chumbo, mas eram muito poucos para ter esperança de vitória. Uma das equipes de escada conseguiu chegar ao fosso. Sharpe viu os homens pularem dentro, ouviu os mosquetes disparando da paliçada. Então percebeu o brigadeiro delineado contra a mortalha de fumaça que se espalhava, e Bowes foi atingido. Pareceu dançar, os pés escorregando para mantê-lo de pé, e sua espada caiu quando ele pressionou a barriga com as mãos. Sua cabeça se inclinou para trás num grito silencioso, mais disparos o lançaram para a frente, e ele ainda tentou se levantar, mas então foi como se toda uma carga de metralha esmagasse a figura que estremecia e a jogasse estatelada no chão. De repente, não havia nenhum homem correndo pelo terreno arrasado.

Os atacantes tinham se jogado no chão, derrotados, e os franceses começaram a zombar, gritar insultos, e o fogo dos canhões foi parando.

Não havia mais homens para lançar no ataque, a não ser a companhia de Sharpe, e ele não iria sacrificá-la aos artilheiros. Em Badajoz, o exército continuou atacando, repetidamente, diante de um fogo pior que este e num espaço menor, até ficar claro para Sharpe que nem mesmo toda a metralha do mundo poderia continuar matando a torrente de homens que se derramava pelas brechas. Este ataque havia começado com trezentos e cinquenta homens, e não restava nenhum. Estava acabado.

A fumaça dos canhões transformou o crepúsculo numa noite falsa e os franceses jogaram por cima do parapeito uma carcaça acesa, palha compactada e encharcada de óleo amarrada com lona. Vieram gritos da terra arrasada:

— Recuar! Recuar!

Alguns homens se arriscaram a levar tiros, eles se levantaram e correram. Os franceses permaneceram em silêncio. Mais homens reuniram coragem, e os sobreviventes, pouco a pouco, começaram a recuar. Os franceses não atiraram, satisfeitos com a desistência dos britânicos, e homens pararam para pegar os feridos. Sharpe olhou para seus fuzileiros

— Recuem, rapazes.

Eles estavam em silêncio, deprimidos. Estavam acostumados à vitória, não à derrota, mas Sharpe sabia que tinham sido traídos. Olhou para Harper.

— Eles sabiam da nossa vinda.

— Provavelmente. — O enorme irlandês estava travando a pederneira do fuzil não disparado. — Tinham canhões com carga dupla. Eles sabiam.

— Queria pegar o filho da mãe que contou.

Harper não respondeu. Fez um gesto à frente e Sharpe viu um homem cambaleando no entulho, vindo na direção deles. Tinha os debruns vermelhos do 53º, o regimento de Shropshire, e seu rosto estava da cor da farda. Sharpe se levantou, pendurou o fuzil no ombro e gritou para o sujeito.

— Aqui! Venha para cá!

O homem pareceu não ouvir. Andava, quase bêbado, cambaleando nas pedras, e Sharpe e Harper correram até ele. O homem gemia. Escorria sangue da cabeça.

— Não estou enxergando!

— Você vai ficar bem! — Sharpe não conseguia ver o rosto do sujeito debaixo do sangue. As mãos dele, tendo largado o mosquete, apertavam a barriga. Parecia ouvir a voz de Sharpe, a cabeça ensanguentada inclinada na direção do som, e então caiu em seus braços. As mãos se afastaram e o sangue escorreu para a jaqueta e para o macacão de Sharpe. — Tudo bem, rapaz, está tudo bem!

Puseram-no no chão, e o homem começou a engasgar. Harper o virou, enfiou o dedo em sua garganta para limpá-la e balançou a cabeça para Sharpe. O soldado de Shropshire vomitou sangue, gemeu e murmurou de novo que não estava enxergando. Sharpe pegou o cantil dele e derramou água em seus olhos. O sangue, que escorria de um ferimento de metralha na testa, foi se limpando aos poucos.

— Você vai ficar bem!

Os olhos se abriram e se fecharam imediatamente quando um espasmo de dor o sacudiu e o sangue pareceu jorrar da barriga. Harper rasgou a farda do sujeito.

— Deus salve a Irlanda! — Era um milagre ele ainda estar vivo.

— Aqui! — Sharpe tirou a faixa de oficial da cintura e a entregou a Harper, que a passou por baixo do corpo do sujeito, pegou-a do outro lado e a amarrou como uma bandagem rudimentar em volta do ferimento horrível. Olhou para Sharpe.

— Cabeça ou pernas?

— Pernas.

Segurou os tornozelos do soldado e os dois o levantaram e o carregaram com dificuldade de volta para as casas. Havia outros homens mancando nas pedras. Os franceses se mantinham em silêncio.

Colocaram o sujeito na rua, novamente cheia de gente, e Sharpe gritou pelos homens da banda. O soldado lutava pela vida, o ar arranhando a garganta, e parecia impossível que sobrevivesse aos ferimentos. Sharpe gritou de novo:

— Músicos!

Um oficial, a farda sem nenhuma mancha de poeira ou sangue, os acabamentos em vermelho e os cordões dourados novos e impecáveis, olhou para além de Sharpe.

— Dale. Sem mosquete — ditava para um escriturário de óculos.

— O quê? — Sharpe se virou e olhou para o tenente. Harper ergueu os olhos para o céu, depois olhou para o sargento McGovern. Os dois sargentos sorriram. Conheciam Sharpe e sua raiva.

— Verificação de equipamentos. — O tenente olhou para o fuzil de Sharpe, depois para a grande espada, depois para o ombro do fuzileiro. — Se me der licença, senhor.

— Não. — Sharpe virou a cabeça bruscamente para o ferido. — Está planejando multá-lo?

O tenente procurou uma rota de fuga ou alguém que o apoiasse, depois suspirou.

— Ele perdeu o mosquete, senhor.

— Foi quebrado por um tiro francês. — A voz de Sharpe saiu baixa.

— Tenho certeza de que o senhor vai colocar isso por escrito, senhor.

— Não. O senhor é que vai — retrucou Sharpe. — O senhor esteve no combate, não esteve?

O tenente engoliu em seco, nervoso.

— Não senhor.

— Por quê?

— Recebi ordens de ficar aqui, senhor!

— E ninguém ordenou que tornasse miserável a vida dos que lutaram, não é? Em quantas batalhas o senhor já esteve, tenente?

O olhar do tenente girou pelo círculo de rostos fechados, interessados. Ele deu de ombros.

— Senhor?

Sharpe estendeu a mão para o cabo escriturário e arrancou o caderno da mão dele.

— Você vai escrever "destruído pelo inimigo" para tudo, entendeu? Tudo. Inclusive as botas que eles perderam na semana passada.

— Sim senhor. — O tenente pegou o caderno com Sharpe e o entregou ao escriturário. — Você ouviu o homem, Bates. "Destruído pelo inimigo." — O tenente recuou.

Sharpe ficou olhando enquanto ele se afastava. Não havia dado vazão à raiva, queria atacar alguma coisa, alguém, porque os homens tinham morrido por causa de uma traição. Os franceses estavam preparados, alertados sobre o ataque, e bons homens foram jogados fora. E gritou de novo:

— Músicos!

Dois músicos, fazendo seu serviço de campo de batalha, cuidar dos feridos, aproximaram-se e se agacharam perto do ferido, Dale. Puseram-no desajeitadamente numa maca. Sharpe interrompeu um deles antes que fosse embora.

— Onde fica o hospital?

— No Colégio dos Irlandeses, senhor.

— Cuidem dele.

O homem deu de ombros.

— Sim senhor.

Pobre Dale, pensou Sharpe, traído em sua primeira batalha. Se sobrevivesse, ficaria inválido fora do Exército. O corpo destruído, inútil, seria mandado para Lisboa e lá teria de apodrecer nos cais até os burocratas se certificarem de sua prestação de contas em relação a todo o seu equipamento. Qualquer coisa que faltasse seria cobrada de seu soldo miserável, e só quando a conta estivesse paga ele seria posto num transporte imundo e mandado para um cais inglês. Seria largado lá, com baixa do Exército, mas, se tivesse sorte, receberia um documento que prometia reembolsar qualquer supervisor paroquiano que o alimentasse durante a viagem até sua casa. Em geral, os supervisores ignoravam o papel e chutavam o inválido para fora de sua jurisdição com uma ordem de mendigar em outro lugar. Talvez a morte fosse melhor para Dale do que ter de enfrentar tudo isso.

O tenente Price, cauteloso com a raiva de Sharpe, prestou continência.

— Dispensados, senhor?

— Dispensado e vá se embebedar, tenente.

Price deu um sorriso de alívio.

— Sim senhor. Formação de manhã?

— Não muito cedo. Nove horas.

Harper ainda sentia a raiva reprimida dentro de Sharpe, mas era o único homem que não temia a fúria do capitão. Assentiu para a farda de Sharpe.

— O senhor não está planejando ir a nenhum jantar formal esta noite, não é?

A farda estava encharcada com o sangue de Dale, escuro no tecido verde, e Sharpe xingou. Espanou-a inutilmente. Tinha planejado ir ao *palacio* Casares, então pensou em como *la marquesa* havia desejado uma batalha, e a recebera, e agora ela poderia ver o estado em que ficava um soldado de verdade, em vez das confecções de ouro e prata daqueles que se diziam lutadores. A farda de Harper também estava coberta de sangue, mas ele tinha Isabella o esperando. De repente, Sharpe se sentiu cansado de estar sozinho e desejou a mulher de cabelos dourados; sua raiva era tamanha que iria usá-la para levá-lo ao palácio e ver o que acontecia. Olhou para o sargento irlandês.

— Vejo você de manhã.

— Sim senhor.

Harper ficou observando Sharpe se afastar e soltou a respiração presa.

— Alguém quer arrumar uma encrenca.

O tenente Price olhou para o sargento enorme.

— Devemos ir com ele?

— Não senhor. Acho que ele está atrás de uma briga. Aquele tenente não lhe ofereceu uma, por isso ele vai atrás de outra. — Harper sorriu. — Vai voltar em algumas horas, senhor. Só deixe que ele esfrie a cabeça. — Harper levantou o cantil para brindar com Price e deu de ombros. — A uma noite feliz, senhor. Uma porcaria de noite feliz.

CAPÍTULO VIII

A decisão de Sharpe, de ir à casa de *la marquesa*, minguava à medida que ele se aproximava do *palacio* Casares. No entanto, tinha dito a Harper que só voltaria de manhã, e não poderia encarar a hipótese de retornar cedo com o rabo entre as pernas, por isso seguiu em frente. Mas, a cada passo, ficava mais preocupado com o estado de sua farda.

As ruas ainda estavam repletas de homens das companhias ligeiras que esperavam a dispensa, enquanto as últimas listagens eram feitas. Os feridos, em macas e carroças, eram levados para a faca dos cirurgiões, e muitos mortos continuavam no terreno arrasado. Os vivos não feridos estavam de pé com expressão amarga, raivosa, e os cidadãos de Salamanca passavam correndo pelas sombras, desviando o olhar, torcendo para que os soldados não descontassem a raiva nos civis indefesos.

O portão em arco do *palacio* Casares estava escancarado, tremeluzindo à luz das tochas de resina. Sharpe, como os cidadãos temerosos, mantinha-se à sombra do lado oposto da rua. Encostou-se na parede e ajeitou a jaqueta encharcada de sangue. Fechou os botões de cima e tentou forçar o colarinho alto, que perdera a rigidez havia tempo, a se manter em uma forma decente em volta do pescoço. Queria vê-la.

O corredor era iluminado por velas, sua luz partida pela fonte no meio do pátio. O laguinho estava cercado pelas silhuetas de farda britânica, fardas de oficiais, e ainda que a maioria parecesse estar tomando ar, fumando um charuto no frescor da noite, outros vomitavam desamparados na calçada de pedras. A derrota não parecia ter afetado a comemoração. O pátio estava cercado de luz, as janelas antes encobertas chamejando com velas, e música chegava suave até a rua. Não era a batida animada de música marcial, nem o som gutural das tavernas de soldados, e, sim, o tilintar agudo, precioso, da música dos ricos. Música cara como um lustre de cristal, e Sharpe soube que, se atravessasse a rua, passasse pelo arco alto e chegasse ao corredor, iria se sentir tão estrangeiro e deslocado como se tivesse mergulhado na corte do rei da Tartária. A casa estava iluminada como se fosse um festival, os ricos se divertiam, e era como se os mortos despedaçados pela metralha a menos de meio quilômetro jamais tivessem existido.

— Richard! Pelas tripas dos santos vivos! É você? — Lorde Spears estava junto ao portão e acenou com um charuto. — Richard Sharpe! Venha cá, seu cachorro!

Sharpe sorriu, apesar do humor, e atravessou a rua.

— Milorde.

— Quer parar de me chamar disso? Você fica parecendo a porcaria de um merceeiro! Meus amigos me chamam de Jack, meus inimigos me chamam do que quiserem. Você vem? Está convidado. Não que isso faça diferença, todos os filhos da mãe da cidade estão aqui.

Sharpe indicou a farda.

— Não estou em condições adequadas.

— Meu Deus! O que é condição adequada? Eu estou bêbado feito um arcebispo, a cabeça espalhada pelos quatro ventos. — Era perceptível que Spears estava ligeiramente tonto. O cavalariano passou o braço livre pelo de Sharpe, com o charuto entre os dentes, e guiou o fuzileiro para o pátio. — Vamos dar uma olhada em você. — Ele parou Sharpe na luz, virou-o e o olhou de cima a baixo. — Você deveria mudar de alfaiate, Richard, o sujeito é um ladrão! — E sorriu. — Um pouco de sangue, só isso. Venha cá! — Ele jogou o charuto no laguinho e pegou água com a mão boa, jogando-a na farda de Sharpe e esfregando. — Como foi lá?

— Sangrento.

— Dá para ver! — Ele estava abaixado sobre um dos joelhos, batendo no macacão de Sharpe. — Me custou uma bolsa cheia.

— Como?

Spears levantou os olhos e sorriu.

— Apostei cem que você entraria no forte antes da meia-noite. Perdi.

— Dólares?

Spears se levantou e inspecionou o serviço.

— Dólares espanhóis, Richard? Sou um cavalheiro. Guinéus, seu tolo.

— Você não tem cem guinéus.

Lorde Spears deu de ombros.

— É preciso manter as aparências. Se soubessem que estou falido feito uma puta virgem, iriam me matar.

— E está?

Spears assentiu.

— Sim, sim. E nem tenho os recursos de uma para compensar a perda. — Ele inclinou a cabeça, ainda inspecionando Sharpe. — Nada mau, Richard, nada mau. As armas dão um toque rude na aparência, mas acho que podemos melhorar você. — Ele passou os olhos pelo pátio e viu Sir Robin Callard, completamente bêbado, tombado em um vaso de flores. Spears sorriu. — Por minha alma, o maldito do Robin Callard nunca aguentou bebida. — Foi até o oficial caído. — Eu estudei com esse suíno metido a besta. Ele costumava mijar na cama. — Spears se abaixou e puxou Callard. — Robin? Querido Robin?

Callard engasgou, jogou-se para a frente, e Spears empurrou a cabeça dele para baixo, entre os joelhos. Assim que o curvou, arrancou dos ombros dele a peliça de cavalaria, depois puxou o plastrão. Estava preso com alfinete. A cabeça de Callard subiu e tombou, ele fez um protesto bêbado, mas Spears baixou a cabeça dele outra vez, puxou o plastrão com mais força e o soltou. Spears voltou para Sharpe.

— Aqui. Use isto.

— E ele?

— Que reclame com a lua. Use isso, Richard, e jogue fora amanhã. Se o desgraçadinho acordar e quiser de volta, vamos empurrá-lo de cabeça na fossa. Ele vai achar que voltou para casa.

Sharpe prendeu o plastrão no pescoço e depois colocou a peliça, vermelho-escura com acabamento de pele preta, de modo que a manga pendia frouxa à sua esquerda. O efeito arrancou um sorriso de Spears, que gargalhou quando Sharpe pendurou o fuzil na vestimenta decorativa.

— Você está arrebatador. Vamos encontrar algo para arrebatar?

O corredor estava apinhado de oficiais e pessoas da cidade. Spears abriu caminho entre eles, gritando para amigos, acenando indiscriminadamente. Olhou para Sharpe, atrás dele.

— Já comeu?

— Não.

— Tem um cocho ali! Se fosse você, eu me refestelaria!

Sharpe se viu numa sala enorme, iluminada por mil velas, e nas paredes havia grandes quadros a óleo, escuros, exibindo homens em armaduras solenes. Uma mesa ocupava toda a extensão da sala, junto a uma parede, e estava coberta com uma toalha branca e incontáveis pratos. Metade da comida ele nem ao menos reconnecia; aves pequenas, marrons do forno, pingando um molho claro e pegajoso, e ao lado um prato de frutas estranhas fabulosamente decoradas com folhas de palmeira e reluzindo com gelo que serviçais suados reabasteciam enquanto corriam de um lado para o outro por toda a extensão da mesa. Sharpe pegou um peito de ganso, deu uma mordida e descobriu que estava morrendo de fome. Pegou mais um para comer enquanto olhava a multidão estranha.

Metade era de oficiais. Havia britânicos, alemães, espanhóis e portugueses, e as cores das fardas cobriam toda uma paleta de pintor. O restante eram civis com roupas suntuosas e soturnas, e o número de homens, supôs Sharpe, era cinco vezes superior ao de mulheres. E cem vezes maior que o de mulheres bonitas. Um grupo de oficiais dragões britânicos tinha inventado um jogo na outra ponta da sala, atirando pães como se fossem obuses de morteiros por cima da multidão, fazendo-os cair indiscriminadamente sobre um grupo de espanhóis sóbrios que fingiam que o canhonaço de pão era mera imaginação. Spears gritava para eles enquanto disparavam, corrigindo a mira, anunciando a queda dos projéteis. Depois, encantado com o jogo, atirou um frango assado inteiro em um homem do grupo. Eles gritavam as ordens de fogo:

— Limpar cano! Carregar! Escorvar! Para trás! Fogo!

O frango voou, girando e pingando, e enfim caiu, acertando de raspão a mantilha alta e o cabelo cuidadosamente arrumado de uma matrona espanhola. Ela se inclinou ligeiramente para a frente, parecendo não ouvir os gritos de comemoração dos dragões, e seus companheiros olharam em silêncio para o interior arruinado de seu cabelo alto, exposto e cheio de arames. Pareceu sair um pouco de poeira dos restos. Um dos homens se abaixou, arrancou uma asa do frango e começou a comê-la.

Spears acenou para Sharpe.

— Meu Deus, Richard, não é divertido?

Sharpe abriu caminho pela multidão.

— O general está aqui?

— O que você acha? — Spears indicou os oficiais de cavalaria. — Eles não ousariam fazer isso, se ele estivesse. Não: dizem que ele não virá. Está lambendo as feridas, por assim dizer.

Sharpe foi apresentado aos oficiais de cavalaria, um redemoinho de nomes, bonomia, rostos não memoráveis, e então Spears o empurrou pela porta, de volta ao corredor, e subiram uma escadaria enorme que se separava em duas grandes curvas dos dois lados de uma estátua. A estátua, de uma donzela decorosa segurando um jarro de água, tinha sido coroada com uma barretina inglesa.

Sharpe havia pensado que o salão com a comida devia ser o aposento principal do palácio, mas no topo da escada foi levado por uma porta até outro salão que o deixou sem ar. Era do tamanho de um salão de treino de cavalaria, ladeado por pinturas enormes, encimado por um teto de gesso intricado e iluminado por grandes lustres, cada qual um universo de velas. O cristal piscava e ofuscava, reluzia e balançava acima das fardas dos oficiais, prata e ouro, galões e correntes, e acima dos vestidos e das joias das mulheres.

— Meu Deus! — As palavras foram arrancadas dele involuntariamente.

— Deus mandou pedir desculpas. — Spears sorriu. — Gosta?

— É incrível!

— Ela se casou com um dos diabos mais ricos da Espanha, e o mais chato de todos. — De repente, Spears fez reverência para um civil de meia-idade. — Milorde!

O civil assentiu sério para Spears.

— Milorde. — Era inglês, gorducho, com rosto raivoso. Olhou para Sharpe, examinando-o de cima a baixo com um monóculo erguido. A farda de Sharpe ainda estava molhada de água e sangue. — Quem é você?

Spears ficou na frente de Sharpe.

— É Callard, milorde. Lembra-se dele?

O lorde tirou Spears do caminho.

— Precisamos manter as aparências, Callard, e você é uma desgraça. Retire-se e troque de roupa.

Sharpe sorriu.

— Eu arranco a traqueia do seu pescoço gordo se você não levar essa bunda gorda porta afora em dois segundos. — O sorriso havia disfarçado uma raiva terrível que atingiu o sujeito. Por um segundo, o homem gordo pareceu prestes a protestar, e então saiu correndo, o traseiro indo de um lado para o outro, deixando Sharpe com raiva e lorde Spears rolando de rir.

— Meu Deus, você é precioso, Sharpe. Sabe quem ele era?

— Não dou a mínima.

— Estou vendo. Lorde Benfleet. Um dos nossos políticos que veio imbuir alguma coragem nos espanhóis. Você vai gostar de saber que o apelido dele é lorde Bundafleet. Venha. — Ele segurou o cotovelo de Sharpe e o conduziu até o topo da escada. — Quem nós conhecemos aqui? Quem mais você pode aborrecer?

Havia uma orquestra tocando num tablado montado num grande arco encimado por uma vieira banhada a ouro. Os músicos, de cabeça baixa e peruca, pareciam fazer rapapés obsequiosos para a massa de convidados. Entre as pessoas nos cantos do salão, Sharpe viu batinas escuras de elegantes homens da Igreja, rostos vermelhos de bebida e comida boa. Um dos rostos não estava vermelho. Sharpe viu as sobrancelhas fartas e depois a mão erguida em reconhecimento na outra ponta do salão. Spears notou o gesto.

— Você o conhece?

— Curtis. É professor da universidade aqui.

— É a porcaria de um traidor.

— O quê? — Sharpe ficou espantado com a severidade súbita na voz de Spears. — Traidor?

— A porcaria de um irlandês. Deus sabe, Richard, alguns irlandeses são razoáveis, mas outros me deixam de estômago revirado. Esse é um deles.

— Por quê?

— Ele lutou contra nós, não sabia? Quando os espanhóis estavam do lado dos franceses, ele era capelão de um navio da Marinha. Ofereceu-se como voluntário assim que soube que lutariam contra os ingleses. Ele até alardeia isso!

— Como você sabe?

— Certa noite o par convidou um bocado de supostos cidadãos eminentes para jantar, com a maldita eminência irlandesa entre eles, e eles se sentaram e reclamaram da qualidade da comida. Ele deveria ser morto a tiros.

Sharpe olhou para além das pessoas que dançavam, para Curtis, que escutava um oficial espanhol. O irlandês parecia mesmo surgir nos lugares mais inesperados. Tinha impedido os cidadãos de atirar em Leroux, e nesta tarde mesmo dissera a Harper que sabia do ataque que iria acontecer. Um irlandês que não sentia amor pelos ingleses. Sharpe afastou o pensamento. Estava vendo espiões em toda parte, quando tudo que importava era a derrota completa de Leroux.

Não se sentia confortável naquele salão. Este não era o seu mundo. Os músicos, que tinham feito uma breve pausa, voltaram a tocar, e os homens fizeram reverência para as damas, levaram-nas para a pista e lorde Spears sorriu para ele.

— Você dança?

— Não.

— De algum modo achei que diria isso. É muito simples, Richard. Você mantém os pés em movimento, finge saber o que está fazendo e puxa a cintura fina delas com firmeza para o seu ventre. Basta circular o salão uma vez e você saberá se teve sorte. Deveria experimentar! — Ele mergulhou na multidão e Sharpe virou de costas, pegou um cálice com um serviçal de passagem e encontrou um canto onde poderia ficar bebendo o vinho.

Estava deslocado. Não eram só as roupas. Qualquer homem, ele supôs, poderia fazer com que um alfaiate o vestisse como um lorde, mas não era só uma questão de dinheiro. Como seria possível aprender qual, entre uma dezena de garfos e facas, deveria pegar primeiro? Ou como dançar? Ou como ter uma conversa leve com uma marquesa, galhofar com um bispo ou mesmo dar ordens a um mordomo? Diziam que isso estava no sangue de nascimento, ordenado por Deus, mas carreiristas como Napoleão Bonaparte tinham vindo de nascimento baixo e subido até o pináculo reluzente do país mais rico do mundo. Ele havia perguntado uma vez ao major Leroy, o legalista americano, se não existia distinção social nos incipientes Estados Unidos, mas o major riu, cuspiu um pedaço de charuto e entoou com solenidade:

— "Consideramos essas verdades autoevidentes, que todos os homens são criados iguais." Sabe o que é isso?

— Não faço a mínima ideia.

— A Declaração de Independência dos rebeldes. — Leroy cuspiu outro pedaço de tabaco. — Metade dos filhos da mãe que assinaram tinha escravos, a outra metade preferiria correr um quilômetro a trocar um aperto de mão com um carrasco. Não. Eu lhes dou cinquenta anos e todos vão querer títulos. Barões de Boston e duques de Nova York. Isso vai acontecer.

E, parado nos estilhaços de miríades de chamas de velas refletidas, Sharpe supôs que Leroy estava certo. Se você pegasse cada pessoa neste salão e as abandonasse, ao estilo Robinson Crusoé, numa ilha deserta, dentro de um ano haveria um duque, cinco barões e o restante seria de servos. Até os franceses tinham trazido de volta a aristocracia! Primeiro a haviam assassinado, assim como assassinaram os pais de *la marquesa*, e agora Bonaparte estava transformando seus marechais em príncipes disso e duques daquilo, e seu pobre e honesto irmão fora feito rei da Espanha!

Sharpe olhou para os rostos suados sobre os colarinhos justos, as coxas grossas apertadas por fardas militares, as roupas ridículas das mulheres. Se tirasse o dinheiro da equação, pensou, eles se pareceriam com todo mundo, mais fracos, talvez, mais pelancudos, no entanto o dinheiro e o nascimento lhes davam algo que faltava a ele. Uma segurança? Facilidade de se mover pelas águas ricas da sociedade? Mas ele deveria se incomodar com isso? Poderia sair do Exército, quando a guerra terminasse, e Teresa teria uma casa para ele em Casatejada, no meio dos campos amplos que eram propriedade da família dela. Jamais precisaria repetir "milorde" ou "senhor", nem se sentir diminuído por um idiota elegante. Sentiu uma raiva dentro de si diante da injustiça da vida e ao mesmo tempo uma determinação de um dia fazer com que eles o respeitassem. Que todos apodrecessem!

— Richard! Está indo embora?

Spears saiu girando da pista de dança, subiu os dois degraus até onde Sharpe estava e lhe trouxe uma jovem pequena e de cabelos escuros e bochechas cobertas de ruge.

— Diga olá a Maria.

Sharpe fez uma leve reverência.

— *Señorita*.

— Nós somos formais. — Spears sorriu para ele. — Você não vai embora, vai?

— Estava indo.

— Você não pode ir, meu caro amigo! Não pode, de forma alguma. Você terá de ver *la marquesa*, pelo menos. Pressione os lábios em seus dedos refinados, murmure "encantado" e elogie seu vestido. Diga que eu falei que ela estava linda. — Ele não a vira, embora a tivesse procurado nos dois salões.

Spears ficou prostrado numa resignação fingida.

— Você é um cachorro chato, não é, Richard? Não me diga que o herói de Talavera, o conquistador de Badajoz, está se arrastando de volta para sua cama solitária para rezar pelos cães mancos e pelos órfãos! Divirta-se! — Ele indicou a jovem. — Você a quer? Não vai achar mais limpa do que ela, provavelmente. Verdade! Pode tê-la. Há mais um monte ali. — Maria, que obviamente não falava uma palavra de inglês, olhava com devoção para o belo rosto de Spears.

Sharpe se perguntou por que Spears era tão amigável. Talvez o lorde precisasse de um braço forte para protegê-lo dos credores de jogo, ou talvez, como ele próprio tinha acusado *la marquesa*, gostasse da companhia de pessoas socialmente inferiores. O que quer que fosse, não importava.

— Estou indo. Foi um dia longo.

Spears deu de ombros.

— Se você precisa ir, Richard... Se precisa mesmo ir... Eu tentei.

— Obrigado, milorde.

Sharpe olhou uma última vez para o salão de baile, para as pessoas reluzentes circulando sob os grandes lustres, e soube que havia sido um idiota em vir a este lugar. *La marquesa* não seria sua recompensa. Mesmo vir já fora presunção demais. Assentiu para Spears, virou-se e foi para o patamar da escada. Parou atrás da estátua com a barretina na cabeça, encarou o enorme teto pintado e não conseguiu se imaginar possuindo um centésimo da centésima parte de toda aquela riqueza. Voltaria e contaria isso a Harper.

— *Señor?* — Um serviçal havia aparecido ao seu lado. O homem era altivo, usava libré e tinha um olhar arrogante.

— Sim?

— Por aqui, *señor.* — O homem puxou a manga de Sharpe em direção a uma tapeçaria pendurada na parede.

Sharpe se soltou, rosnou e viu nos olhos do serviçal que ele se assustou.

— *Señor! Por favor!* Por aqui!

De repente ocorreu a Sharpe que o homem só sabia essas palavras em inglês, palavras que recebera a ordem de dizer. E só uma pessoa dava ordens nesta casa. *La marquesa*. Seguiu o sujeito até a tapeçaria pendurada. O serviçal deu uma olhada no patamar, certificando-se de que ninguém os observava, e puxou rapidamente um canto pesado do grande tecido. Atrás havia uma porta baixa, aberta.

— *Señor?*

Havia urgência na voz dele. Sharpe se abaixou sob o lintel, e o lacaio, ainda no patamar, deixou a tapeçaria tombar de volta ao lugar. Sharpe estava sozinho, totalmente sozinho, numa escuridão bolorenta e absoluta.

CAPÍTULO IX

Ficou parado, imóvel, o ar mais frio de um lado do rosto, o som da festa abafado pela tapeçaria grossa. Estendeu lentamente a mão esquerda, encontrou a porta aberta e a fechou. As dobradiças estavam bem lubrificadas. Ela se moveu sem nenhum ruído até a fechadura estalar. Então, Sharpe se encostou nela, deixando os olhos se acostumarem lentamente à escuridão.

Estava num pequeno patamar quadrado entre duas escadas. À direita os degraus desciam para a escuridão absoluta; à esquerda subiam, e no topo dava para ver um quadrado claro que poderia ser o céu noturno, só que curiosamente pintalgado e sem estrelas. Foi para a esquerda, subindo devagar, as botas raspando nos degraus de pedra, até que saiu numa sacada ampla.

Neste momento, entendeu por que não havia estrelas visíveis. O lado aberto e o teto da sacada eram cobertos por uma tela de treliças com retículas pequenas, densas com trepadeiras, o que tornava a sacada confortavelmente fresca. As hastes das plantas tinham sido acomodadas de modo a deixar grandes aberturas entre elas. Foi até a abertura mais próxima e encostou o bico da barretina na treliça para olhar para fora. A treliça se mexeu. Ele recuou rapidamente, então percebeu que a tela era uma série de portas com dobradiças que podiam ser abertas permitindo que o sol inundasse as pedras do piso. A cidade se espalhava abaixo dele, com o luar cinzento em telhas e pedras, a claridade de chamas avermelhando algumas construções.

A sacada estava deserta. Havia esteiras de palha no centro, formando um caminho entre vasos com pequenos arbustos plantados e bancos de pedra sustentados por leões esculpidos agachados. Andou lentamente pela extensão da sacada e seu olhar captou estranhos clarões de luz intermitentes à direita. Pareciam vir do piso da sacada, no ponto em que encontrava a parede do *palacio*. Parou, agachou-se, e percebeu que as luzes vinham de uma série de janelas minúsculas que davam para o salão de baile abaixo. Eram como buracos para espionar. Do outro lado dos vidros do tamanho de um palmo havia túneis que deviam atravessar pedra e reboco, e cada um revelava um pequeno pedaço do grande salão de baile. Pelo buraco, Sharpe viu lorde Spears circular, com a peliça em volta dos ombros de Maria e seu braço bom em algum lugar embaixo da peliça. Sharpe se levantou e continuou andando.

A sacada virava à direita e Sharpe parou na quina. As esteiras no novo trecho estavam cobertas por tapetes, e havia portas fechadas que davam para o interior do palácio. Nos fundos, encostada em uma parede vazia, Sharpe viu uma mesa posta com comida e vinho. Os cristais e as louças piscavam refletindo a luz de uma única vela, protegida por um vidro num nicho da parede. Havia apenas duas cadeiras à mesa, ambas vazias, e Sharpe sentiu seu instinto se agitar, um alarme de perigo, e se perguntou por que tinha sido convidado ao que parecia uma festa bem pequena. Não fazia sentido, apesar da explicação de Spears, que *la marquesa* de Casares el Grande y Melida Sadaba convidasse o capitão Sharpe para essa sacada particular, cara e luxuosa.

No meio da sacada, havia uma enorme luneta de latão montada sobre um pesado tripé de ferro. Sharpe foi até ela, empurrou uma porta de treliça ao lado do instrumento e notou, como tinha imaginado, que ela apontava para o campo de batalha daquela noite. O terreno arrasado estava claro ao luar, as fortalezas escuras, e Sharpe viu com nitidez a ravina que passava entre o San Vincente e os fortes menores. O alto do pátio do San Vincente estava tingido pelo brilho do fogo, e ele soube que os franceses estavam comemorando a vitória em volta da fogueira, mas também temendo o ataque seguinte. Existiam outras chamas, pequenas tochas sendo carregadas na terra arrasada, onde homens procuravam mortos e feridos. Os franceses os ignoravam. Sharpe estremeceu de repente. Sem motivo, lembrou-se dos mortos sendo queimados depois do ataque a Badajoz, apenas algumas semanas antes. Havia corpos demais para enterrar, por isso foram empilhados em camadas, com madeira entre os cadáveres despidos, e as fogueiras arderam lúgubres. Lembrou-se de como os mortos da camada de cima se sentaram no calor, quase como se estivessem vivos e implorando para serem salvos. Então, os corpos de baixo também começaram a se dobrar na grande fogueira. Como se tentasse esquecer aquela visão, Sharpe fechou a porta de treliça com um estalo alto.

— O que o senhor está pensando? — A voz soou rouca. Quando ele se virou, *la marquesa* estava parada junto à mesa, perto de uma porta que tinha sido aberta em silêncio, onde se encontrava também uma serviçal oferecendo um xale. *La marquesa* balançou a cabeça e a serviçal desapareceu, fechando a porta tão silenciosamente quanto quando a abrira. *La marquesa* era uma luz na escuridão. Seu cabelo dourado parecia reluzir para Sharpe, tecido com um resplendor diáfano, e o vestido tinha um branco luminoso. Deixava ombros e braços nus, e ele conseguia ver as sombras das clavículas. Sentiu vontade de pôr as mãos naquela pele clara e fina, porque, num *palacio* de objetos inestimáveis e lindos, ela era o mais perfeito de todos. Sharpe se sentiu desajeitado.

— Aconselharam-me que elogiasse seu vestido.

— Meu vestido? Imagino que tenha sido Jack Spears, certo?

— Sim, senhora.

— Ele sequer me viu. — Ela se inclinou por cima da mesa e acendeu um pequeno charuto na vela. Sharpe ficou maravilhado. Estava acostumado às mulheres do Exército fumando seus cachimbos de barro curtos, mas nunca tinha visto uma mulher com um charuto. Ela soprou uma nuvem de fumaça que subiu para a treliça. — Mas eu vi os senhores, os dois. O senhor estava carrancudo no salão de baile, odiando tudo aquilo, e ele se perguntava onde poderia encontrar um quarto vazio para levar aquela garota boba. O senhor fuma?

— As vezes. Agora não, obrigado. — Sharpe indicou os buracos de espionar. — A senhora olha por ali?

Ela balançou a cabeça.

— O palácio é repleto de buracos para espionar, capitão. Tem um monte de passagens secretas.

Foi até ele, os pés silenciosos nos tapetes. Sua voz soava diferente para Sharpe, aquela não era a mulher empolgada e entusiasmada em San Cristóbal. Esta noite ela falava com cuidado, com autoridade, e todos os traços de ingenuidade e os olhos arregalados haviam sumido. Sentou-se num banco com almofadas.

— O tataravô de meu marido construiu o *palacio*, e era um homem muito desconfiado. Casou-se com uma mulher mais jovem, como eu, e temia que ela fosse infiel, por isso construiu as passagens e os buracos para espionar. Ele a acompanhava por toda a construção, ela na luz e ele na escuridão, e, tudo que ela fazia, ele via — disse *la marquesa* como se fosse uma história de interesse para o ouvinte, mas, depois tanto repetida, entediante para ela. Deu de ombros, soprou fumaça para cima e olhou para Sharpe. — Essa é a história.

— Ele viu alguma coisa que não deveria ter visto?

La marquesa sorriu.

— Dizem que ela descobriu as passagens e contratou dois pedreiros. Um dia, esperou o marido entrar num túnel comprido em volta da biblioteca. Ele só tem uma saída. — Os olhos dela estavam enormes na penumbra. Sharpe olhava para *la marquesa*, fascinado com a linha do pescoço, com as sombras na pele acima do vestido branco e cavado, com a boca larga. Ela bateu o charuto para as cinzas caírem. — Ela deu um sinal e os pedreiros fecharam a entrada, depois assentaram pedras por cima. Então fez com que os serviçais lhe satisfizessem, um por um, dois por dois, o tempo todo ouvindo o marido gritando e arranhando o outro lado da parede. Ela dizia que eram ratos e mandava que continuassem. — *La marquesa* deu de ombros. — É só uma história absurda, claro, não é verdade. O orgulho desta casa não permitiria isso, mas o povo de Salamanca a conta, e sem dúvida os corredores existem.

— É uma história pesada.

— É. Dizem que ela morreu estrangulada pelo fantasma do marido e que esse será o destino de cada senhora desta casa que seja infiel ao esposo. — Ela olhou para Sharpe ao dizer as últimas palavras, e havia uma curiosa hostilidade em sua expressão, talvez um desafio.

— A senhora diz que a história não é verdadeira?

Ela deu um sorriso de lado, como quem diz um segredo.

— Que indelicadeza de sua parte, capitão Sharpe! — *La marquesa* tragou o charuto, endurecendo a ponta vermelha do tabaco. — O que lorde Spears lhe contou sobre mim?

Sharpe ficou espantado com a pergunta direta, pela sugestão de que estava lhe ordenando que respondesse. Balançou a cabeça.

— Nada.

— Isso não parece coisa de Jack. — Ela tragou o charuto outra vez. — Ele lhe disse que pedi que fizesse com que o senhor viesse até aqui?

— Não.

— Eu pedi. Não está curioso em saber por quê?

Ele se encostou na treliça.

— Estou curioso, sim.

— Graças a Deus! Estava começando a pensar que não havia nenhum sentimento humano em seu corpo. — A voz dela estava ríspida. Sharpe se perguntou que tipo de jogo era aquele. Olhava-a quando ela lançou o charuto nas pedras do piso da sacada, provocando uma chuva de fagulhas como uma caçoleta de mosquete disparado na noite. — O que acha, capitão?

— Não sei por que estou aqui, senhora.

— Ah! — A voz ganhou um tom de deboche. — O senhor me encontra sozinha, ignorando todos os convidados, para não mencionar os bons costumes, com uma mesa arrumada com vinho, e não pensa nada?

Sharpe não gostava de ser tratado como brinquedo.

— Sou apenas um humilde soldado, senhora, não conheço os costumes dos superiores.

Ela riu, e seu rosto se suavizou de repente.

— O senhor diz isso com uma arrogância tão deliciosa! Eu o deixo desconfortável?

— Se isso lhe agrada, sim.

Ela assentiu.

— Agrada. Então, me diga o que Jack Spears sussurrou para o senhor. — A inflexão de ordem tinha voltado à sua voz, como se ela falasse com seu postilhão.

Sharpe estava cansado daqueles jogos. Respondeu com a voz tão ríspida quanto a dela:

— Que a senhora tem gostos baixos.

Ela reagiu ficando muito imóvel e tensa. Estava inclinada para a frente no banco, as mãos segurando a borda, e Sharpe se perguntou se ela iria gritar para os serviçais e expulsá-lo. Então, ela se recostou, relaxando, e gesticulou com uma das mãos indicando a elegante sacada.

— Eu achava que tinha gostos bastante elevados. O pobre Jack acha que todo mundo é igual a ele. — Sua voz havia mudado de novo, desta vez falando com uma tristeza suave. Levantou-se e foi até a treliça, abrindo uma das portas. — A batalha esta noite foi patética.

O assunto anterior parecia esquecido, como se nunca tivesse existido. Sharpe se virou para olhá-la.

— Foi.

— Por que o par ordenou o ataque? Parecia não haver esperança.

Sharpe se sentiu tentado a dizer que ela queria uma batalha, que havia quase implorado a Wellington, mas esta mulher nova, firme e direta, não era alguém que ele gostaria de irritar, pelo menos neste momento.

— Ele sempre foi impetuoso nos cercos. Gosta de acabar logo.

— O que significa muitas mortes? — Seus dedos estavam tamborilando na moldura da treliça.

— Sim.

— O que vai acontecer agora? — *La marquesa* olhava para os fortes, e Sharpe, para o perfil dela. Era a coisa mais linda que já tinha visto.

— Vamos ter de cavar trincheiras. Teremos de fazer tudo do jeito certo.

— Onde?

Ele deu de ombros.

— Provavelmente na ravina.

— Mostre.

Ele foi para o lado dela, sentindo seu perfume, sua proximidade, e se perguntou se ela seria capaz de detectar seus tremores. Pôde ver um pente de prata prendendo o cabelo no alto, depois desviou o olhar e apontou para a ravina.

— Pelo lado direito, senhora, perto do San Vincente.

Ela virou o rosto para ele, a apenas alguns centímetros de distância, e seus olhos estavam violeta ao luar que lançava sombras sob os malares altos.

— Quanto tempo isso leva?

— Pode ser feito em dois dias.

La marquesa manteve o rosto erguido e os olhos voltados para os dele. Sharpe tinha consciência do corpo dela, dos ombros nus, de sombras escuras que prometiam maciez.

Ela se virou abruptamente para longe e foi até a mesa.

— O senhor não comeu.

— Um pouco, senhora.

— Venha se sentar. Sirva um pouco de vinho para mim. — Havia perdizes assadas, codornas recheadas com carne e pimentão e pequenas fatias de frutas, que ela disse serem marmelo mergulhado em xarope e açúcar. Sharpe tirou a barretina, deixou o fuzil encostado na parede e se sentou. Não tocou na comida. Serviu vinho para ela e levou a garrafa ao próprio cálice. Ela o encarou, meio sorrindo, e falou numa voz distante, curiosa:

— Por que não me beijou naquela hora?

A garrafa tilintou perigosamente no cálice. Ele a repousou na mesa.

— Não quis ofendê-la.

La marquesa ergueu uma sobrancelha.

— Um beijo é ofensivo?

— Se não for desejado.

— Então uma mulher deve sempre demonstrar que deseja ser beijada?

Sharpe estava se sentindo desesperadamente desconfortável, deslocado num mundo que não entendia. Tentou descartar o assunto.

— Não sei.

— Sabe, sim. O senhor acha que é sempre a mulher que deve convidar o homem, não é? E então isso o deixa sem culpa. — Sharpe não disse nada, e ela gargalhou. — Esqueci. O senhor é apenas um humilde soldado e não entende os costumes dos superiores.

Sharpe observou a beldade do outro lado da mesa e tentou se convencer de que era apenas mais uma mulher, e ele um homem, e que não havia nada além disso. Poderia se comportar como se ela fosse uma mulher como qualquer outra que já conhecera, mas não conseguia. Esta era uma marquesa aparentada com imperadores, e ele era Richard Sharpe, que não tinha nenhum parente a não ser a filha. A diferença era como uma tela entre os dois, e ele não conseguia afastá-la. Outros poderiam, mas não ele. Deu de ombros internamente.

— Isso mesmo, senhora, não entendo.

Ela pegou outro charuto na caixa em cima da mesa e se inclinou sobre a vela no nicho para acendê-lo. Sentou-se e observou a brasa do charuto como se nunca tivesse visto aquilo antes. Sua voz estava suave outra vez.

— Desculpe, capitão Sharpe. Não tive a intenção de ofender. — Ela o encarou. — Quantas pessoas entendem? Quantas o senhor acha que vivem assim? Uma em cada cem mil? Não sei. — Ela olhou para os tapetes grossos, os cristais na mesa. — O senhor acha que sou afortunada, não acha? — *La marquesa* sorriu consigo mesma. — E sou. Mas falo cinco línguas, capitão, e tudo que esperam que eu faça com elas é pedir as refeições diárias. Olho num espelho e sei exatamente o que o senhor vê. Abro minhas portas e todos aqueles belos oficiais do Estado-Maior entram feito uma torrente e me lisonjeiam, jogam charme, me divertem, e todos querem algo de mim. — *La marquesa* sorriu, e Sharpe sorriu também. Ela deu de ombros. — Sei o que eles querem. E há os meus serviçais. Querem que eu seja frouxa, que não exija nada. Querem roubar minha comida, meu dinheiro. Meu confessor quer que eu viva como freira, que dê dinheiro para as obras de caridade dele, e meu marido quer que eu viaje para a América do Sul. Todo mundo quer alguma coisa. E agora eu quero uma coisa.

— O quê?

Ela tragou o charuto olhando-o através da fumaça.

— Quero que o senhor diga se vai haver uma batalha.

Sharpe gargalhou. Tomou um gole de vinho. Fora trazido a esta sacada para dizer a ela algo que qualquer oficial, britânico, espanhol, alemão ou português, poderia contar? Olhou para *la marquesa*. O rosto dela estava sério, aguardando, por isso assentiu.

— Sim, tem de haver. Não viemos até aqui por nada, e não consigo ver Marmont abrindo mão do oeste da Espanha.

Ela falou com cautela:

— Então por que Wellington não atacou ontem?

Ele quase havia esquecido que fora na véspera que tinham se sentado no alto do morro observando os dois exércitos.

— Ele queria que Marmont o atacasse.

— Isso eu sei. Mas não foi o que aconteceu, e o par estava em maior número, então por que não atacou?

Sharpe estendeu a mão e cortou um pedaço de perdiz. A pele estava crocante e com mel. Fez um gesto com a fatia de carne na direção das luzes dos buracos para espionar.

— Há uma dezena de generais lá embaixo, três dezenas de oficiais do Estado-Maior, e a senhora veio perguntar a mim? Por quê?

— Porque me agrada! — Sua voz ficou repentinamente ríspida. Ela parou para dar um trago no charuto. — O senhor acha que é por quê? Se eu perguntar a um deles, vou receber um sorriso educado, um charme e ouvirei que não devo preocupar a cabeça com questões militares. Por isso estou perguntando ao senhor. Por que ele não atacou?

Sharpe se recostou, respirou fundo e se lançou em seus pensamentos.

— Ontem os franceses estavam de costas para uma planície. Marmont poderia ter recuado interminavelmente, em boa ordem, e a batalha pararia ao anoitecer. Teria havido, hum... — Sharpe deu de ombros — ... digamos que quinhentos mortos de cada lado. Se nossa cavalaria fosse melhor, poderia haver mais, porém isso não decidiria nada. Os exércitos ainda precisariam lutar de novo. Wellington não quer uma série de escaramuças inconclusivas. Quer encurralar Marmont, quer que ele esteja num lugar onde não haja como fugir, ou onde esteja mal posicionado, e então poderá esmagá-lo. Destruí-lo.

Ela observou a paixão súbita em Sharpe, a crueldade no rosto enquanto ele imaginava a batalha.

— Continue.

— Não existe mais nada. Nós tomamos os fortes e depois vamos atrás de Marmont.

— O senhor gosta dos franceses, capitão Sharpe?

Pareceu-lhe uma pergunta curiosa, a pergunta errada. Certamente ela queria dizer: o senhor desgosta dos franceses? Fez um gesto de indecisão.

— Não. — E sorriu. — Não desgosto deles. Não tenho motivo para desgostar deles.

— E mesmo assim o senhor luta contra eles.

— Sou um soldado. — Não era tão simples assim. Ele era soldado porque não havia escolha. Tinha descoberto muitos anos antes que era capaz de fazer o serviço, e fazê-lo bem, e agora não conseguia imaginar outra vida.

Os olhos dela estavam curiosos, enormes e curiosos.

— O senhor luta em nome de quê?

Ele balançou a cabeça, sem saber o que dizer. Se dissesse "pela Inglaterra" pareceria algo pomposo, e Sharpe suspeitava que, se tivesse nascido francês, lutaria pela França com a mesma habilidade e ferocidade com que servia à Inglaterra. Pelas bandeiras? Talvez, porque elas eram o orgulho do soldado, e o orgulho era algo valioso para um soldado, mas supunha que a resposta verdadeira era que lutava por si mesmo, para impedir que deslizasse de volta para o nada onde havia começado. Encarou-a.

— Por meus amigos. — Foi a melhor resposta em que conseguiu pensar.

— Amigos?

— Eles são mais importantes num campo de batalha.

Ela assentiu, então se levantou e andou pela sacada deixando uma esteira de fumaça.

— O que o senhor acha da acusação de que Wellington não consegue travar uma batalha atacando? Só uma batalha defensiva?

— Assaye.

Ela se virou.

— Onde ele atravessou um rio diante do inimigo?

— Ontem a senhora não sabia nada sobre Assaye.

— Ontem eu estava em público. — O charuto reluziu de novo.

— Ele sabe atacar. — Sharpe estava impressionado com a inteligência dela, com seu conhecimento, mas também estava perplexo. Havia algo felino em *la marquesa*. Tinha movimentos silenciosos, belos, mas tinha garras, ele sabia, e agora sabia que era inteligente o bastante para usá-las com habilidade. — Acredite, senhora, ele sabe atacar.

Ela assentiu.

— Eu acredito. Obrigada, capitão Sharpe, era só isso que eu queria saber.

— Só?

La marquesa se virou para a treliça e abriu uma das janelas.

— Quero saber se os franceses vão voltar a Salamanca. Quero saber se Wellington vai lutar para impedir isso. O senhor disse que sim. Não estava se gabando, não estava tentando me impressionar, ofereceu o que eu queria: uma opinião profissional. Obrigada.

Sharpe se levantou, sem saber se a visita estava terminada e se estava sendo dispensado. Foi na direção dela.

— Por que queria saber?

— Isso importa? — Ela ainda encarava as fortalezas.

— Estou curioso. — Ele parou atrás dela. — Por quê?

Ela olhou para a mesa.

— O senhor esqueceu seu mosquete.

— Fuzil. Por quê?

La marquesa se virou para ele e lançou um de seus olhares hostis.

— Quantos homens o senhor matou?

— Não sei.

— Verdade?

— Verdade. Sou soldado há dezenove anos.

— O senhor sente medo?

Ele sorriu.

— É claro. O tempo todo. O medo só piora, não melhora.

— Por quê?

— Não sei. Às vezes penso que é porque, quanto mais se envelhece, mais coisas se tem pelas quais viver.

Ela riu.

— Qualquer mulher vai lhe dizer o contrário.

— Não, qualquer mulher, não. Algumas, talvez. Alguns homens também. — Ele indicou o som distante da festa. — Os oficiais da cavalaria não gostam de envelhecer.

— De repente o senhor está muito sábio para um humilde soldado. — Ela estava zombando. Levou o charuto à boca e a fumaça pairou entre os dois.

La marquesa ainda não havia respondido à sua pergunta e ele ainda não entendia por que fora trazido a esta sacada onde as folhas se agitavam na brisa noturna.

— A senhora poderia ter feito a mil pessoas nesta cidade as perguntas que me fez e ter obtido as mesmas respostas. Por que eu?

— Já falei. — Ela apontou para o fuzil dele com o charuto. — Agora por que não pega o fuzil e vai embora?

Sharpe não disse nada. Não se moveu. Em algum lugar na cidade soaram vozes exaltadas, provavelmente soldados bêbados brigando, um cachorro uivou para a lua em outra rua, e ele viu o olhar dela se fixando em sua bochecha.

— O que são essas manchas pretas?

Sharpe estava se acostumando às perguntas súbitas que não tinham relevância para a conversa anterior. Ela parecia gostar de provocá-lo, deixá-lo quase com raiva, depois desviá-lo com alguma irrelevância. Sharpe passou a mão na bochecha direita.

— Manchas de pólvora, senhora. A pólvora explode na caçoleta do fuzil e é jogada para cima.

— O senhor matou alguém hoje?

— Hoje, não.

Estavam a apenas meio metro de distância e Sharpe sabia que qualquer um dos dois poderia ter se afastado. Mas ficaram imóveis, desafiando um ao outro, e ele soube que *la marquesa* o estava desafiando a tocá-la. De repente, ficou tentado a violar as regras. Sentiu-se instigado a ir embora, exatamente como Marmont fizera ao simplesmente se afastar do exército de Wellington, mas não podia. Os lábios carnudos, os olhos, os malares, a curva do pescoço, as sombras acima do vestido com babados de renda o haviam arrebatado. Ela franziu a testa.

— Qual é a sensação? De matar um homem.

— Às vezes boa, às vezes indiferente, às vezes ruim.

— Quando é ruim?

Ele deu de ombros.

— Quando é desnecessário. — Ele balançou a cabeça, lembrando-se dos pesadelos. — Houve um homem em Badajoz, um oficial de artilharia francês.

Ela queria mais. Inclinou o rosto.

— Continue.

— A luta havia terminado. Tínhamos vencido. Acho que ele queria se render.

— E o senhor o matou?

— Matei.

— Como?

Sharpe indicou a espada grande.

— Com isso.

Não foi simples assim. Ele golpeou repetidamente o sujeito, retalhou, estripou o cadáver em sua enorme fúria até que Harper o fez parar.

Ela meio se virou de costas para ele e olhou para a comida quase intocada na mesa.

— O senhor gosta de matar? Acho que gosta.

Sharpe sentia o coração batendo no peito como se ele tivesse se expandido. Batia oco, soando nos tímpanos, e soube que era uma mistura de medo e empolgação. Olhou o rosto dela, em perfil contra o luar partido, e a beleza era avassaladora. Era injusto que uma pessoa pudesse ser tão linda. E sua mão, quase por vontade própria, subiu lentamente até que o dedo estivesse sob o queixo dela, e ele virou o rosto para si.

Ela lhe ofereceu uma expressão calma, de olhos arregalados, depois se afastou, deixando o braço dele suspenso no ar. Sharpe se sentiu idiota. O rosto dela era hostil.

— O senhor gosta de matar?

Havia sido obrigado a tocá-la para que ela pudesse recuar e fazer com que ele se sentisse idiota. *La marquesa* o levara ali para obter sua pequena vitória, e ele reconheceu a derrota. Virou-se, foi até o fuzil, pendurou-o no ombro e começou a voltar pela sacada sem dizer uma palavra. Não olhou para *la marquesa*. Passou por ela, sentindo o cheiro de tabaco do charuto.

— O coronel Leroux gosta de matar, capitão.

Por um segundo quase continuou andando, mas o nome do inimigo o fez parar. Virou-se.

— O que a senhora sabe de Leroux?

Ela deu de ombros.

— Moro em Salamanca. Os franceses estiveram nesta casa. Seu trabalho é matá-lo, não é?

Sua voz estava desafiadora outra vez, impressionando-o com o conhecimento, e outra vez ele teve a sensação de estar envolvido num jogo do qual só ela sabia as regras. Pensou em Leroux nos fortes, no cordão de homens espalhados pela terra arrasada, em sua própria companhia acantonada. Tinha um serviço simples e o estava tornando complicado.

— Boa noite, senhora. Obrigado pela refeição.

— Capitão?

Ele continuou andando. Virou na quina, passou pelas luzes dos buracos de espionagem e sentiu a liberdade chegando. Seria fiel a Teresa, que o amava, e acelerou o passo em direção à escada secreta.

— Capitão! — Agora ela estava correndo, os pés descalços batendo nas esteiras de palha. — Capitão! — Puxou-o pelo cotovelo. — Por que está indo embora?

Ela o havia provocado antes, zombado dele por não beijá-la, recuado quando ele a havia tocado. Agora segurava seu braço e estava implorando, os olhos examinando seu rosto em busca de alguma confirmação. Sharpe odiava esses jogos.

— Vá para o inferno, senhora. — Ele a envolveu com o braço esquerdo, meio que a levantou e lhe deu um beijo na boca. Esmagou-a, beijando para doer, e, quando viu os olhos dela se fecharem, largou-a. — Pelo amor de Deus! Se eu gosto de matar? O que eu sou? A porcaria de um troféu para sua parede maldita? Vou me embebedar, senhora, em algum pardieiro pulguento nesta porcaria de cidade e talvez leve uma prostituta comigo. Ela não vai ficar me fazendo perguntas. Boa noite!

— Não! — Ela o segurou de novo.

— O que a senhora quer? Economizar meu dinheiro? — Estava sendo rude, sentia-se magoado. Ela era mais linda do que ele imaginaria que uma mulher poderia ser.

— Não. — Ela balançou a cabeça. — Quero que o senhor, capitão, me salve do coronel Leroux. — *La marquesa* disse isso quase com amargura, e então, como se envergonhada pelo beijo, virou-se e se afastou dele.

— Quer o quê?

Ela continuou andando, de volta à quina e ao lado iluminado da sacada. De novo o tinha surpreendido, mas desta vez Sharpe sentiu que não era um jogo. Foi atrás.

La marquesa estava parada junto à luneta, olhando através da treliça, e Sharpe deixou o fuzil encostado na parede e se aproximou.

— Diga por quê.

— Tenho medo dele. — Ela ficou olhando para longe.

— Por quê?

— Ele me mataria.

Houve silêncio, e para Sharpe foi como um grande abismo sobre o qual estava suspenso em cima de um fino gume de espada. Bastaria um movimento em falso e o instante seria perdido, estaria acabado, e era como se ele e ela estivessem sozinhos acima da noite escura. Viu a sombra entre as escápulas dela, uma sombra escura que descia até as rendas intricadas do vestido. E pareceu não haver nada nesta terra tão misterioso, apavorante ou frágil quanto uma mulher bonita.

— Ele mataria você?

— Sim.

Sharpe levantou a mão direita, lentamente, e encostou o dedo comprido na escápula de *la marquesa*, um toque tão suave que poderia ser uma mecha do cabelo dourado. Desceu o dedo pela pele quente e seca, e ela não se mexeu.

— Por que ele mataria você?

A ponta de seu dedo explorou as saliências da coluna. Ela continuou sem se mexer e ele deixou os outros dedos descerem, depois os subiu lentamente para o pescoço. Ela estava completamente imóvel.

— Você parou de me chamar de "senhora".

— Por que ele mataria a senhora?

Seus dedos estavam na nuca de *la marquesa*, onde podiam sentir os fios de cabelo que tinham escapado dos pentes de prata. Moveu a mão à direita, bem lentamente, deixando os dedos traçarem e acariciarem a curva do longo pescoço. Ela começou a se virar, e a mão dele, como se com medo de romper alguma coisa muito frágil, saltou a um centímetro da pele. Ela parou, esperou até ser tocada de novo, e se virou para encará-lo.

— Seus amigos o chamam de Dick?

Ele sorriu.

— Não mais, há muitos anos. — Seu braço estava tenso por causa do esforço de mantê-lo imóvel, pairando acima da pele dela, e Sharpe esperou que ela voltasse a falar, sabendo que havia feito uma pergunta irrelevante de repente porque estava pensando. Ela parecia alheia à sua mão, mas ele sabia que não estava, e seu coração ainda martelava no peito. O instante continuava ali. Os olhos de *la marquesa* se viraram para os dele.

— Sinto medo de Leroux — disse ela, categoricamente.

Sharpe deixou a palma da mão baixar sobre a curva do pescoço de *la marquesa*. Ela continuou parecendo indiferente. Os dedos se enrolaram na nuca.

— Por quê?

Ela fez um gesto indicando a sacada.

— Sabe o que é isso?

Ele deu de ombros.

— Uma sacada.

Por alguns segundos ela não disse nada. A mão de Sharpe estava leve como uma pluma em seu pescoço, e ele podia ver as sombras se movendo na pele enquanto ela respirava. Podia sentir a batida do próprio coração. Ela umedeceu os lábios.

— Uma sacada, mas um tipo especial de sacada. Daqui dá para ver muito longe, e ela foi construída para isso.

Seus olhos, confiantes e sérios, estavam voltados para os dele. Falava com simplicidade, como se estivesse se dirigindo a uma criança, para que ele entendesse. Era algo que, percebeu Sharpe, ainda com a mão em seu pescoço, adicionava mais uma face a essa mulher notável, que mudava como água, porém algo em seu tom de voz dizia que ela não estava mais brincando. Se existia uma marquesa de verdade, era esta.

— Dá para ver as estradas do outro lado do rio, e foi para isso que ela foi construída. O tataravô de meu marido não queria espionar só dentro de casa. Gostava de olhar a esposa quando ela saía do palácio, por isso construiu essa sacada como uma torre de vigia. Isso não é incomum na Espanha, e elas têm essa treliça por um motivo especial. Ninguém consegue enxergar o interior, Sr. Sharpe, mas nós conseguimos ver o lado de fora. É um tipo especial de sacada. Em espanhol, sacada é *balcon*, mas isto não é um *balcon*. O senhor sabe o que é?

A mão de Sharpe estava absolutamente imóvel. Ele não sabia a resposta, mas podia adivinhar. A palavra quase tropeçou quando a disse, mas falou em voz alta:

— *Mirador?*

Ela assentiu.

— *El Mirador.* O mirante. — Ela encarou seu rosto. Pôde ver a pulsação latejando no rosto dele ao lado da cicatriz da espada. Os olhos de Sharpe estavam sombrios. *La marquesa* ergueu uma sobrancelha como se fizesse uma pergunta. — O senhor sabe, não sabe?

Ele mal ousava falar, mal ousava respirar. Moveu a mão, deslizando-a suavemente pelas costas dela para que a ponta dos dedos tocasse a pele da coluna. O vento agitou as folhas em volta.

Ela franziu a testa ligeiramente.

— Você sabe?

— Sim, eu sei.

La marquesa fechou os olhos e pareceu suspirar, então ele a puxou com a mão e ela veio, com muita facilidade, para seu peito. O cabelo estava embaixo do queixo dele, o rosto aninhado na farda rústica, e a voz estava baixa e implorando.

— Ninguém pode saber, Richard, ninguém. Não diga a ninguém que você sabe, nem mesmo ao general! Ninguém pode saber. Promete?

— Eu prometo. — Sharpe a manteve perto, com o espanto daquilo na cabeça.

— Estou com medo.

— Foi por isso que me quis aqui?

— Foi. Mas não sabia se podia confiar em você.

— Pode confiar.

La marquesa inclinou a cabeça para perto da dele, e Sharpe viu que os olhos dela brilhavam.

— Tenho medo dele, Richard. Ele faz coisas terríveis com as pessoas. Eu não sabia! Nunca soube que seria assim.

— Eu sei.

Ele se inclinou, e o rosto dela não se mexeu. Beijou-a, e de repente os braços de *la marquesa* o estavam envolvendo, e ela se agarrou a ele e o beijou impetuosamente, como se quisesse sugar sua energia. Sharpe continuou segurando-a, os braços envolvendo o corpo esguio, e pensou no que seu inimigo faria com aquela mulher perfeita, linda, de ouro, e se desprezou por ter desconfiado dela, pois agora sabia que era mais corajosa que ele. *La marquesa* tinha levado sua vida solitária no *palacio* cercada por inimigos, sempre correndo o risco de ter uma morte terrível. El Mirador!

Sua mão pressionou as costas dela e, através da renda, pendendo nas bordas, sentiu os ganchos do vestido. Passou a mão entre os ganchos, sentiu a pele, e então apertou o gancho de baixo entre o indicador e o polegar, dedos mais usados para a pressão da pederneira na mola, e o gancho saiu da alça, então passou a mão para o segundo, apertou de novo, ele se abriu, e *la marquesa* afundou o rosto no peito dele, ainda agarrada. Sharpe não podia acreditar que isso estava acontecendo, que ele, Richard Sharpe, estava neste *mirador*, nesta noite, com esta mulher, e passou a mão para o último gancho, comprimiu-o através da alça e sentiu o metal raspando ao se mover. Ela pareceu se enrijecer em seus braços. Sharpe congelou.

La marquesa olhou para ele, e seus olhos examinaram seu rosto, como se precisasse de alguma confirmação de que aquele homem poderia mesmo mantê-la longe da longa Klingenthal de Leroux. Deu um leve sorriso.

— Pode me chamar de Helena.

— Helena? — O gancho se soltou, ele moveu a mão e sentiu as laterais do vestido caírem. Colocou a mão de volta, acariciou e comprimiu a curva luxuriosa da cintura. A pele parecia seda.

O sorriso dela desapareceu, e toda a rispidez estava de volta.

— Me solte! — A voz saiu como uma ordem, alta. — Me solte!

Como foi idiota! Ela queria proteção, não isso, e agora ele a havia ofendido imaginando o que não era para ser. Soltou-a, recolhendo a mão, e ela se afastou. O rosto dela mudou de novo. Riu dele, riu de sua confusão. Tinha dado a ordem para ficar livre e deixar o vestido, leve como paina, cair no chão. Estava nua por baixo do vestido e voltou para ele por cima das dobras de tecido.

— Desculpe, Richard.

Ele a envolveu com os braços, a pele comprimida contra sua farda, o cinto da espada, a bolsa de munição. Ela se agarrou a ele. Sharpe olhou para a escuridão do San Vincente e jurou que o inimigo jamais iria alcançá-la, jamais, enquanto houvesse ar em seu corpo ou enquanto seu braço pudesse levantar a espada pesada cujo punho estava frio no flanco dela. Helena passou uma perna em volta da dele, levantou-se e o beijou de novo. Ele esqueceu tudo. A companhia, os fortes, Teresa; tudo foi levado embora, lançado longe por este instante, por esta promessa, por esta mulher que travava sua própria guerra solitária contra os inimigos dele.

Ela pôs os pés no chão e segurou a mão de Sharpe com uma expressão séria e inocente.

— Venha.

Ele a seguiu, obediente, na noite escura de Salamanca.

SEGUNDA PARTE

De quarta-feira, 24 de junho,
a quarta-feira, 8 de julho de 1812

CAPÍTULO X

Sharpe se pegou ressentido com o progresso da trincheira que estava sendo cavada na ravina. Sabia que, assim que a escavação chegasse ao ponto médio entre os fortes San Vincente e San Cayetano, o segundo ataque seria iminente. O segundo ataque não poderia fracassar. O suprimento de munições para os canhões pesados tinha sido restaurado, carroça após carroça havia atravessado o vau de San Marta e entrado rangendo na cidade, cada uma carregada com enormes balas sólidas. Os canhões disparavam incessantemente, dilacerando as defesas, e, para piorar para os franceses, os artilheiros esquentavam as balas até que ficassem incandescentes, o que fazia com que se alojassem nas pedras antigas dos conventos e provocassem incêndios que os franceses tentavam desesperadamente controlar.

Durante quatro noites Sharpe assistiu ao bombardeio, a cada noite olhando do *mirador*. As balas incandescentes rasgavam a escuridão, chocando-se com os fortes meio desmoronados. Os incêndios queimavam, eram abafados, depois queimavam outra vez, e só a madrugada trazia uma folga para os defensores. Em certas noites parecia a Sharpe que ninguém poderia sobreviver aos golpes dados nos fortes. As balas deixavam um rastro por cima da terra arrasada, enquanto, lá em cima, o pavio dos obuses dos morteiros girava e soltava fumaça, depois mergulhavam para explodir em chamas escuras e trovão. Os estalos das chamas rivalizavam com os dos fuzileiros, aproximando-se cada vez mais, e cada manhã mostrava mais danos; mais troneiras escancaradas, os canhões deslocados, esmagados, inúteis. Wellington estava com pressa. Queria tomar os fortes para poder marchar para o norte atrás de Marmont.

Quando os fortes caíssem, Sharpe sabia que iria para o norte. A Companhia Ligeira iria se juntar de novo ao regimento e ele deixaria Salamanca, deixaria *la marquesa*, deixaria El Mirador. E cada instante, marcado pelo aumento vagaroso da trincheira dos atacantes, era precioso para ele. Saía do *palacio* toda manhã, seguindo pela escadaria secreta que dava para um beco ao lado do estábulo, e toda tarde voltava quando a única perturbação da sesta de Salamanca era o som dos artilheiros esmagando os fortes.

Os homens da Companhia Ligeira estavam perplexos, sobretudo Patrick Harper, mas Sharpe não lhes contou nada e eles só podiam especular para onde seu capitão ia toda noite. Na primeira manhã em que voltou, ele havia se banhado, estava de farda limpa, remendada e passada, mas não deu explicação. A cada manhã exercitava a companhia, fazendo-a marchar para o campo e repassando as evoluções do processo de escaramuça. Exigia esforço dos homens, não querendo que ficassem frouxos devido à estada nesta cidade frouxa. A cada tarde os liberava de suas obrigações, enquanto ia, em segredo e cautelosamente, para a pequena porta no beco do estábulo. Atrás da porta, a escada levava ao andar de cima, privado, onde só os empregados de maior confiança de *la marquesa* tinham permissão de entrar, e onde, quase para incredulidade de Sharpe, ele se via afundado num caso passional.

Tinha perdido o medo dela. Helena não era mais *la marquesa*, agora era El Mirador. E, apesar de ainda ser uma mulher impecável, também era uma pessoa que ele escutava com avidez. Ela falava sobre a própria vida, contando com amargura da morte dos pais.

— Meus pais nem eram franceses, mas eles os pegaram. Mataram-nos. Aquela escória.

Seu ódio à revolução era total. Sharpe havia deduzido a idade dela pelas histórias contadas. Tinha 10 anos quando a turba foi pegar seus pais, portanto agora estava com 28, e nos anos intermediários havia estudado as forças de um mundo que tirara a vida de seus pais. Falava com ele sobre política, ambições, e mostrava cartas da Alemanha com relatos de Napoleão reunindo um grande exército, que, segundo ela, era destinado à Rússia. Também tinha notícias do outro lado do Atlântico, notícias que falavam de uma iminente invasão dos Estados Unidos ao Canadá. Sharpe, sentado no *mirador*, tinha a sensação de assistir a todo um mundo atraído para um turbilhão de chamas e balas como aquelas que martelavam, incessantes, lá embaixo.

Acima de tudo, Helena falava de Leroux, de sua famosa selvageria, e do medo de que ele escapasse. Sharpe sorriu.

— Ele não pode escapar.

— Por quê?

Sharpe indicou a terra arrasada.

— Está totalmente cercado. Ninguém consegue passar, nem um rato!

Esta era sua única certeza, de que as tropas ligeiras que cercavam os fortes sitiados estavam vigilantes demais, eram densas demais no terreno, para que Leroux passasse despercebido. Leroux, como Hogan tinha dito, tentaria escapar no caos do ataque bem-sucedido. O problema de Sharpe seria destrinchar aquele caos e reconhecer o francês alto.

Helena deu de ombros.

— Ele vai se disfarçar.

— Eu sei. Mas não pode esconder a própria altura, e ele tem um ponto fraco.

— Um ponto fraco? — Ela ficou surpresa.

— A espada. — Sharpe sorriu, sabendo que estava certo. — Ele não vai querer perder aquela espada, ela é parte dele. Se eu vir um homem alto com aquela espada, não vou me importar se estiver vestido como general de divisão britânico. Será ele.

— Você parece muito seguro.

— E estou. — Ele tomou o vinho branco fresco e pensou no júbilo de possuir aquela espada. A Klingenthal seria dele em uma semana, mas com ela viria a perda desta mulher.

A perda seria secreta, como tinha de ser, mas havia ocasiões em que ele queria gritar a felicidade que sentia do alto dos telhados, e havia ocasiões em que isso era difícil de disfarçar. Certa manhã, foi para o acantonamento da companhia, atravessando a grande praça, e um grito soou numa das sacadas superiores.

— Sharpe! Seu patife! Fique aí!

Lorde Spears acenou para ele, virou-se para entrar no prédio e reapareceu logo depois numa das portas da arcada. Saiu bocejando à luz do amanhecer e parou.

— Por Deus, Richard! Você parece quase humano! O que fez consigo mesmo?

— Só limpei a farda.

— Só limpei a farda! — imitou lorde Spears, depois deu uma volta ao redor do fuzileiro, espiando-o. — Você andou se engraçando com alguma donzela, não foi? Meu Deus, Richard, acha que eu não consigo ver um pecado a mil passos de distância? Quem é ela?

— Ninguém. — Sharpe riu, sem graça.

— E você está animado demais para essa hora da manhã. Quem é?

— Já falei, ninguém. O senhor acordou cedo.

— Acordei cedo? Ainda nem fui para a cama. Estava jogando baralho de novo. Acabei de perder as terras da Irlanda para um sujeito chato.

— Verdade?

Spears riu.

— Verdade. Não é engraçado, eu sei, mas, meu Deus — ele deu de ombros —, mamãe vai ficar chateada. Desculpe, mãe.

— O senhor ainda tem alguma coisa?

— A casa da viúva. Alguns hectares em Hertfordshire. Um cavalo. O sabre. O nome da família. — Ele riu outra vez, depois passou o braço bom pelo de Sharpe e o levou através da praça. Sua voz estava séria, implorando. — Com quem você esteve? Alguém. Você não estava em casa ontem à noite, e aquele seu sargento enorme e apavorante não sabia do seu paradeiro. Onde estava?

— Por aí.

— Acha que nós, Spears, somos idiotas? Que não sabemos? Que não podemos ser solidários com um colega pecador? — Ele parou, soltou o braço e estalou os dedos. — Helena! Seu filho da mãe! Você esteve com Helena!

— Não seja ridículo!

— Ridículo? Bobagem. Ela nem apareceu naquela festa dela, supostamente estava adoentada, e não foi vista desde então. Nem você. Santo Deus! Seu desgraçado sortudo! Admita!

— Não é verdade. — Até mesmo para Sharpe a resposta pareceu débil.

— É verdade. — Spears sorria deliciado. — Certo, se não é verdade, com quem você estava?

— Já falei, com ninguém.

Spears respirou fundo e berrou para as janelas fechadas da praça:

— Bom dia, Salamanca! Tenho um anúncio a fazer! — Ele sorriu para Sharpe. — Vou contar a eles, Richard, a não ser que você admita a verdade para mim. — Ele respirou fundo de novo.

Sharpe o interrompeu.

— Dolores.

— Dolores? — O sorriso de Spears se alargou.

— É filha de um sapateiro. Gosta de fuzileiros.

Spears gargalhou.

— Não diga! Dolores, a filha do sapateiro? Vai me apresentar?

— Ela é tímida.

— Ah! Tímida. Como, diabos, você a conheceu, então?

— Eu a ajudei na rua.

— Claro! — Spears fingiu crença total. — Você estava indo alimentar os cães vadios ou ajudar os órfãos, certo? E simplesmente a ajudou. Ela havia deixado cair os sapatos, é?

— Não fique zombando. Ela só tem uma perna. Algum filho da mãe serrou os cinco centímetros de baixo da perna de pau.

— Uma filha de sapateiro perneta? Economiza um bocado de dinheiro do pai, sem dúvida. Você é um mentiroso, Richard Sharpe.

— Juro.

Spears respirou fundo outra vez e berrou:

— Richard Sharpe comeu Dolores! A filha manca do sapateiro! — Ele deu uma gargalhada com a própria piada e fez reverência para alguns trabalhadores atônitos que desmontavam os tapumes usados na tourada do dia anterior. Passou o braço pelo de Sharpe outra vez e baixou a voz.

— Como está *la marquesa*?

— Como é que eu vou saber? Não a vejo desde que estivemos em San Cristóbal.

— Richard! Richard! Você é esperto demais para mim. Gostaria que admitisse. Mesmo que não seja verdade, seria um escândalo delicioso.

— Não vejo como isso impediria o senhor de espalhá-lo.

— Verdade, mas ninguém acredita em mim! — Spears suspirou, e subitamente ficou sério. — Deixe-me fazer mais uma pergunta.

— Diga.

— Já ouviu falar de El Mirador?

— El Mirador?

Em sua surpresa, Sharpe parou de andar. Spears também parou.

— Já ouviu, não é?

— Só de nome. — Sharpe desejou não ter traído a surpresa.

— De nome? Ligado a quê?

Sharpe parou para pensar numa resposta. Passou por sua mente que isso poderia ser algum tipo de teste, arranjado por *la marquesa,* para ver se ele era mesmo digno de confiança. Isso o fez recordar, como se tivesse esquecido, do segredo total que precisava cercá-la. Deu de ombros.

— A nada. Ele é um dos líderes da *guerrilla*?

— Como El Empecinado? — Spears balançou a cabeça. — Não, ele não é guerrilheiro. É um espião aqui em Salamanca.

— Nosso ou deles?

— Nosso. — Spears mordeu o lábio, depois se virou para Sharpe. — Pense! Tente se lembrar! Onde foi que você ouviu o nome?

Sharpe foi pego de surpresa pela veemência súbita, mas teve uma inspiração.

— O senhor se lembra do major Kearsey? Acho que foi ele que mencionou, mas não lembro por quê. Foi há dois anos.

Spears xingou. Como lorde Spears, Kearsey fora oficial explorador, mas estava morto, varrido das ameias de Almeida quando Sharpe explodiu o paiol.

— Como o senhor sabe sobre ele? — perguntou Sharpe.

Spears deu de ombros.

— Como oficial explorador, ouço boatos.

— Por que isso é tão importante agora?

— Não é, mas eu gostaria de saber. — Ele sacudiu o braço na tipoia. — Quando isto estiver curado, voltarei a trabalhar e precisarei de amigos em toda parte.

Sharpe voltou a andar.

— Não em Salamanca. Os franceses terão ido embora.

Spears acompanhou seu passo.

— Só por enquanto, Richard. Primeiro precisamos derrotar Marmont, caso contrário vamos voltar para Portugal com o rabo entre as pernas. — Ele olhou para Sharpe. — Se ouvir alguma coisa, vai me contar?

— Sobre El Mirador?

— Isso.

— Por que não pergunta a Hogan?

Spears bocejou.

— Talvez pergunte, talvez pergunte.

Ao meio-dia, Sharpe foi até a bateria principal e ficou observando os artilheiros esquentando as balas maciças em suas fornalhas portáteis. Sabia que o ataque estava próximo, talvez até mesmo no dia seguinte, e isso marcaria o fim de suas visitas ao *palacio* Casares. Desejou que os artilheiros não fossem tão dedicados. Viu-os apertando o fole fixo num dos lados da forja, enquanto outros homens jogavam pás de carvão na outra extremidade. No centro ficava a fornalha de ferro fundido, rugindo ao calor do meio-dia, as chamas escapando por baixo do revestimento. Sharpe ficou impressionado pelos homens conseguirem trabalhar naquele calor, debaixo do sol. Demorava quinze minutos para esquentar cada bala de dezoito libras até que o brilho vermelho ficasse profundo no ferro e a bala pudesse ser tirada do cadinho com pinças compridas e rolada cuidadosamente até o berço de metal, carregada por dois homens até o canhão. O cano era carregado com pólvora e depois com um grande chumaço de pano encharcado que impedia que a bala aquecida acendesse a carga. Ela era socada com rapidez, os homens ansiosos para preservar o calor incandescente, depois o canhão troava e a bala deixava um traço de fumaça pequeno, fino, em sua trajetória direta até as arrasadas defesas francesas. A essa altura, praticamente nenhum canhão inimigo respondia. Sharpe sabia que o ataque seguinte encontraria pouca resistência. Perguntou-se se Leroux já estaria morto, o corpo espalhado com os outros mortos no cerco, e que assim esses artilheiros já teriam feito seu trabalho.

Encontrou *la marquesa* escrevendo em uma pequena escrivaninha no seu quarto de vestir. Ela sorriu para ele.

— Como está o progresso?

— Amanhã.

— Com certeza?

— Não. — Ele não podia esconder o pesar da voz, mas sentiu que ela o compartilhava, e ficou pensando nisso. — O par vai decidir amanhã, mas não precisaremos esperar. Vai ser amanhã.

Ela pousou a pena, levantou-se e lhe deu um beijo breve no rosto.

— Então amanhã você vai pegá-lo?

— A não ser que já esteja morto.

Ela foi até o *mirador* e abriu uma das portas de treliça. Havia dois incêndios no San Vincente, pálido ao sol forte, e o San Cayetano soltava fumaça onde um incêndio fora apagado pelos defensores. Ela se virou de volta para Sharpe.

— O que você fará com ele?

— Se ele não resistir, será um prisioneiro.

— Você vai permitir que ele assine uma palavra de honra?

— De novo, não. Ele vai ser algemado. Violou a palavra de honra. Não será trocado, não será bem-tratado, só vai ser mandado para a Inglaterra, para uma prisão, e mantido lá até o fim da guerra. — Sharpe deu de ombros. — Quem sabe? Talvez ele possa ser julgado por homicídio, pois matou homens quando estava sob a palavra de honra.

— Então amanhã estarei em segurança?

— Até que eles mandem outro para encontrá-la.

Helena assentiu. Sharpe já estava acostumado com ela, com seus gestos, com seus súbitos sorrisos ofuscantes, e tinha esquecido a mulher coquete e provocadora que havia conhecido em San Cristóbal. Aquele era o rosto público, disse ela, enquanto ele via o rosto particular e imaginava se iria vê-la de novo, no futuro, e veria o rosto público cercado por oficiais aduladores, sentindo um ciúme terrível, intenso. Ela sorriu.

— O que vai acontecer com você depois disso?

— Vamos nos juntar ao exército.

— Amanhã?

— Não. Talvez no domingo. — Em dois dias. — Vamos marchar para o norte e atrair Marmont para a batalha.

— E depois?

— Quem sabe? Talvez Madri.

Ela sorriu de novo.

— Nós temos uma casa em Madri.

— Uma casa?

— É bem pequena. Não tem mais que sessenta cômodos. — Ela riu. — Você seria muito bem-vindo, mas infelizmente ela não tem entradas secretas.

Era irreal, Sharpe sabia. Os dois jamais falavam sobre o marido dela ou sobre Teresa. Eram amantes secretos, Sharpe e uma dama, e precisariam permanecer secretos. Tinham recebido esses poucos dias, essas noites, mas o destino iria separá-los; ele indo para uma batalha, ela, para a guerra secreta de cartas e códigos. Tinham esta noite, a batalha de amanhã e depois, com sorte, só mais uma noite, a última, e em seguida estariam nas mãos do destino. Ela se virou para olhar mais uma vez para a fortaleza.

— Você vai lutar amanhã?

— Vou.

— Posso olhar. — Ela indicou a luneta no pesado tripé. — Vou olhar você.

— Vou me esforçar para não me sentir tentado a fazer algo imprudente por causa disso.

Ela sorriu.

— Não seja imprudente. Quero você amanhã.

— Posso trazer Leroux acorrentado.

Ela riu com um toque de tristeza.

— Não faça isso. Lembre-se de que pode ser que ele ainda não saiba quem é El Mirador. Pode descobrir e depois escapar.

— Ele não vai escapar.

— É. — Ela estendeu a mão para a dele e o levou para a sombra do *palacio*. Sharpe baixou um postigo com venezianas por causa do sol e se virou para vê-la na cama com dossel preto. Helena estava linda, pálida contra a escuridão, frágil como alabastro. Ela sorriu. — Pode tirar as botas, capitão Sharpe. Hora da sesta.

— Sim, senhora.

Naquela tarde, Sharpe a abraçou enquanto ela dormia e parecia tomar um susto a cada tiro dos grandes canhões. Beijou sua testa, ajeitando para trás o cabelo dourado, e ela abriu os olhos, sonolenta, aproximou mais o corpo do dele e murmurou. Só estava meio acordada.

— Vou sentir sua falta, Richard, vou sentir sua falta.

Ele a tranquilizou, como faria com uma criança, e soube que também sentiria falta dela, mas o destino era inexorável. Lá fora, para além da veneziana, da treliça, os canhões apressavam o destino dos dois, que se agarravam um ao outro como se a pressão dos corpos pudesse ficar gravada em suas memórias para sempre.

CAPÍTULO XI

— Onde raios você esteve? — Hogan estava sendo truculento, suando no calor.
— Aqui, senhor.
— Procurei você ontem à noite. Maldição, Richard! Você poderia ao menos avisar às pessoas aonde vai! E se fosse importante?
— E era, senhor?
— Por acaso, não — admitiu Hogan de má vontade. — Patrick Harper ouviu falar que você estava com a filha de um sapateiro. Doris, ou sei lá o quê, e que ela não tem perna.
— Sim senhor.
Hogan abriu sua caixa de rapé.
— Que droga, Richard, seu casamento é coisa sua, mas você é um baita sortudo em ter Teresa. — Ele fungou violentamente para esconder os sentimentos. Sharpe esperou o espirro, que veio, e Hogan balançou a cabeça. — Pelo sangue de Deus! Não vou dizer nada.
— Não há o que dizer, senhor.
— Espero que não, Richard, espero que não. — Hogan fez uma pausa, ouvindo o chiado quando uma bala incandescente foi socada contra a bucha encharcada. O canhão disparou, lançando seu estrondo nas casas, mandando a fumaça amarga para onde os dois oficiais conversavam. — Teve notícias de Teresa, Richard?
— Faz um mês que não, senhor.

— Ela está perseguindo os homens de Caffarelli. Ramon escreveu para mim. — Ramon era irmão dela. — Sua filha está bem e linda em Casatejada.

— Que bom, senhor. — Sharpe não tinha certeza se Hogan estava tentando fazer com que ele se sentisse culpado. Talvez devesse se sentir, mas não era o caso. Ele e *la marquesa* eram temporários demais, o relacionamento condenado a uma duração tão curta que, de algum modo, não afetava seus planos de longo prazo. E não conseguia se sentir culpado por proteger El Mirador. Era seu trabalho.

Hogan olhou para a companhia de Sharpe, em formação na rua, e grunhiu dizendo que estavam com boa aparência. Sharpe concordou.

— O descanso fez bem a eles, senhor.

— Você sabe o que fazer?

— Sei, senhor.

Hogan enxugou a testa. O sol do meio-dia estava calcinando a cidade. Ele repetiu as ordens, apesar da resposta de Sharpe.

— Vá atrás do ataque, Richard. E ninguém deve sair, entendeu? Ninguém, a não ser que você tenha visto o rosto. E, quando encontrar o filho da mãe, traga-o para mim. Se eu não estiver aqui, estarei no quartel-general.

— Sim senhor.

A companhia entrou na trincheira nova, que seguia, em segurança, pela ravina em direção ao Tormes. Acima as balas continuavam ribombando, ainda se chocavam com as fortalezas, e as tropas de ataque estavam animadas e confiantes. Desta vez não poderiam falhar. O San Cayetano fora tão atacado que uma parede estava praticamente caída, e ele seria o primeiro forte a sofrer o ataque. Seria um ataque diurno, nos ecos dos canhões de cerco, e as tropas estavam animadas porque a maioria dos canhões franceses se encontrava em silêncio. Um tenente fuzileiro comandaria a Esperança Vã, mas nem ele nem seus homens pareciam tensos e perdidos como outras Esperanças Vãs. Uma Esperança Vã esperava morrer. Seu trabalho era atrair o fogo inimigo, esvaziar os canhões defensivos antes que o ataque principal irrompesse pela brecha. Os voluntários sorriram para Sharpe. Reconheciam-no e invejavam o distintivo com a coroa de louros no braço.

— Não vai ser como Badajoz, senhor.

— Não, vocês vão ficar bem.

Do outro lado da ravina Sharpe conseguia ver as águas prateadas do Tormes correndo em silêncio para o mar distante. Seus homens vinham pescando em suas longas tardes de descanso e sentiriam falta das trutas. Sharpe viu Harper olhando para a água.

— Sargento?

— Senhor?

— Que negócio foi esse que ouvi sobre Doris? Algo que você disse ao major Hogan.

— Doris, senhor? — Harper pareceu inocente, depois avaliou que Sharpe não estava chateado. — Quer dizer Dolores, senhor. Posso ter dito alguma coisa.

— Como você ficou sabendo?

Harper puxou a pederneira de sua arma de sete canos.

— Eu, senhor? Acho que lorde Spears estava procurando o senhor um dia desses. Ele pode ter mencionado. — Harper sorriu para Sharpe com ar conspiratório. — Ouvi dizer que ela não tem pernas, senhor.

— Ouviu errado. Não é verdade.

— Não senhor. Claro que não é. — Harper assobiou desafinado e olhou para o céu sem nuvens.

Houve uma agitação na trincheira, gemidos enquanto os homens se levantavam e fixavam as baionetas longas nos mosquetes, e Sharpe percebeu que o canhoneio havia parado. Era hora do ataque, mas não tinha nem um pouco da tensão da investida anterior, quando os mesmos batalhões foram estraçalhados pelos canhões franceses. Hoje seria fácil, dizia o instinto, porque as balas malignas e esquentadas, disparadas dos grandes canhões, tinham transformado as fortalezas num inferno para suas guarnições. O tenente fuzileiro desembainhou o sabre, acenou para sua Esperança Vã e subiu a trincheira. No alto dela, vendo que não vinham tiros do inimigo, parou. Sinalizou para seus homens se abaixarem.

— Parem! Parem!

— Que diabo é isso? — Um tenente-coronel abriu caminho pela trincheira. Seu pescoço estava apertado por uma gravata alta e grossa, o rosto vermelho e brilhando no calor. — Continue, homem!

— Eles estão se rendendo, senhor! Uma bandeira branca!

— Santo Deus! — O coronel subiu a trincheira e olhou para o San Cayetano, depois para o San Vincente. — Santo Deus!

As tropas britânicas na trincheira zombaram dos franceses e gritaram insultos.

— Lutem, seus patifes! Estão com medo?

O coronel berrou com eles.

— Silêncio! Silêncio!

Só o San Cayetano exibia uma bandeira branca, os outros fortes estavam em silêncio, sem defensores aparentes nas janelas. Sharpe se perguntou se seria um truque, algum ardil tramado por Leroux para ganhar a liberdade. Mas, se era, não conseguia entender. Quer fossem derrotadas por baionetas ou simplesmente se rendessem, as guarnições francesas ainda estariam à mercê dos captores, e Sharpe ainda poderia revistar as fileiras em busca do homem alto de olhos frios com a longa espada Klingenthal. A companhia se acomodou na trincheira. Boatos correram de um lado para o outro pela escavação dizendo que os franceses só queriam mandar seus feridos para fora, depois que o inimigo queria tempo para negociar a rendição. Alguns homens dormiram, roncando baixinho, e o silêncio da tarde, sem os disparos de canhão, pareceu notavelmente pacífico para Sharpe. Ele olhou para a esquerda e viu, acima dos telhados, a treliça escura do *mirador*. Havia um quadrado preto que evidenciava onde *la marquesa* estaria olhando pela luneta. Ele queria que esta tarde acabasse, que os prisioneiros fossem formados e Leroux estivesse acorrentado em segurança no quartel-general. Depois poderia voltar à pequena porta, subir a escadaria de pedra e passar sua última noite em Salamanca no *palacio* Casares.

Um oficial que falava francês levou um porta-voz até o parapeito da trincheira e gritou para o San Cayetano. Traduções rudes foram passadas pela trincheira. Os franceses queriam receber ordens do comandante do San Vincente, mas Wellington recusava. Os britânicos atacariam em cinco minutos, e a guarnição tinha uma escolha. Lutar ou se render. Para reforçar a mensagem, os canhões de dezoito libras dispararam uma última saraivada, e Sharpe ouviu chamas rugindo e estalando atrás dele enquanto o San Vincente pegava fogo outra vez. O oficial do San Cayetano gritou para os britânicos, o oficial britânico que falava francês gritou também, e então outra mensagem percorreu a trincheira, gritada para o homem com o porta-voz. A ordem foi ouvida com clareza da trincheira. O inimigo tinha desperdiçado tempo suficiente na discussão. Deveriam remover a bandeira branca, pois o ataque estava a caminho. A ordem foi passada em francês, o tenente-coronel desembainhou a espada, virou-se para a trincheira cheia de homens e gritou para prosseguirem.

Os homens comemoraram. As baionetas estavam caladas, eles queriam vingança e se lançaram pela ravina, ignorando a Esperança Vã que agora era apenas parte do ataque principal, e Sharpe foi com eles. Nenhum canhão disparou nas troneiras francesas. O San Vincente, quando Sharpe se virou para olhá-lo, ardia em chamas. Os artilheiros no maior forte francês estavam ocupados com o fogo, e não com as armas, e o ataque não foi perturbado por metralha. A bandeira branca tinha sumido do San Cayetano, levada para as defesas destroçadas, e em seu lugar havia uma fileira de soldados de infantaria franceses. Os inimigos estavam imundos, sujos de fumaça e poeira, e apontaram os mosquetes para o ataque. Entreolhavam-se, sem saber com certeza se haviam se rendido ou não, mas a visão dos atacantes, vindo num enxame sem uma formação rígida pelo entulho, fez com que se decidissem. Dispararam.

Foi uma saraivada pequena, pouco eficaz, e só serviu para ferir um punhado de homens e instigar os outros. Houve gritos de comemoração descoordenados, os primeiros casacas-vermelhas estavam no fosso coberto até a metade pela alvenaria caída, e então subiram pela brecha grosseira seguindo para o forte.

Não havia espírito de luta nos franceses. Os soldados de infantaria jogaram os mosquetes no chão antes que os atacantes os alcançassem. Foram ignorados, tirados do caminho, e as tropas se lançaram no interior do convento. A construção ainda soltava fumaça, mostrando onde houvera incêndios, e agora estava repleta de britânicos decididos a saquear. Sharpe parou na borda do *glacis* e olhou para trás. O esquadrão do sargento McGovern estava ali, onde deveria estar, então Sharpe pôs as mãos em concha.

— Impeçam qualquer um de sair! Entenderam?

— Sim senhor!

Sharpe sorriu para Harper.

— Vamos caçar.

Desembainhou a espada, imaginando se esta seria a última vez que usaria aquela arma, e pulou no fosso. A subida até as defesas foi fácil, graças ao desmoronamento da parede do convento no fosso, e Sharpe subiu correndo pelas pedras, com um fio de esperança de que Leroux estivesse nesta primeira construção. Ele poderia estar em qualquer uma das três. Os franceses não tinham conseguido sair dos fortes graças ao círculo de companhias ligeiras, mas não houvera como impedir que eles se deslocassem entre os fortes na escuridão da noite.

— Deus Salve a Irlanda! — bradou Harper, e fez uma pausa no topo.

O San Cayetano parecia um necrotério cujos cadáveres foram esmagados e queimados. Os prisioneiros que não estavam feridos se reuniam no pátio central, mas deixaram nas ameias, nas plataformas de tiro e ao lado dos canhões os restos medonhos da guarnição. A ânsia por vingança dos atacantes foi contida pelo horror. Os casacas-vermelhas se ajoelhavam perto dos feridos, oferecendo água, e todo soldado conseguia imaginar como tinha sido a vida nessas últimas horas de fogo, sob o bombardeio contínuo dos canhões. Havia um homem mais perto da brecha, numa maca onde Sharpe supôs que fora posto para ser levado rapidamente ao hospital, e a figura horrenda aos berros parecia resumir o sofrimento da guarnição. Era um oficial de artilharia, e a farda azul simples lembrou a Sharpe o homem que ele havia matado em Badajoz. Este soldado não viveria muito tempo. Metade de seu rosto era uma máscara de sangue, uma massa disforme onde já houvera um olho, e a barriga parecia ter sido rasgada por uma lasca de madeira ou de ferro que tinha deixado as tripas, azuladas em meio ao sangue denso, expostas ao céu e às moscas. Ele arfava, berrava, gritava pedindo socorro, e até os homens acostumados ao sofrimento e à morte súbita achavam a agonia insuportável e passavam longe do ferido. Entre os gritos o homem ofegava, gemia e chorava. Dois soldados de infantaria franceses, incólumes, estavam agachados com ar temeroso ao lado do oficial. Um segurava a mão dele. O outro tentava conter o terrível ferimento azul e vermelho que havia manchado a farda de sangue onde não tinha sido queimada pelo fogo. Sharpe olhou para o oficial de artilharia.

— Seria mais rápido matá-lo com um tiro.

— Ele e outros dez, senhor. — Harper indicou com um aceno outros homens, alguns quase tão feridos quanto aquele, alguns queimados de tal forma que o rosto nem era mais humano.

Sharpe subiu de volta para o topo da brecha e gritou para McGovern:

— Os feridos vão sair! Deixem que eles se levantem!

Já havia carroças esperando na ponta da trincheira, ao lado da bateria principal, para levar os franceses ao hospital de campanha. Sharpe os verificou, um por um, depois olhou os prisioneiros no pátio. Leroux não estava lá. De algum modo, Sharpe não ficou surpreso. Esperava que Leroux estivesse no forte principal, o San Vincente, e se apressou ao começar a busca no San Cayetano, porque sabia que o ataque aos outros fortes começaria em breve. Subiu correndo a escada para dentro do convento, escancarando portas de cômodos vazios, tossindo ao se apressar por corredores cobertos de fumaça para explorar cômodos ameaçados pelas chamas, mas o forte estava deserto. Os franceses eram prisioneiros, lá embaixo, e os únicos homens nos cômodos de cima eram soldados britânicos revirando as posses de seus ex-inimigos. Sharpe olhou com atenção até mesmo para esses sujeitos, porque não estava excluída a possibilidade de Leroux ter se disfarçado com uma farda britânica, mas ele não estava lá.

Sharpe ouviu um grito vindo de baixo e correu para o único cômodo que ainda não tinha revistado. Estava vazio como os outros, a não ser por uma luneta, montada como a de *la marquesa*, num tripé, que um pequeno soldado galês estava tentando levantar.

— Deixe isso!

O homem pareceu ofendido.

— Desculpe, senhor.

Sharpe viu as marcas do tripé no piso de madeira e, cuidadosamente, alinhou a luneta de novo nas marcas antigas. Supôs que talvez tivesse sido usada para receber mensagens de telégrafo, quando o exército francês estivera perto da cidade, mas não tinha certeza. Olhou pelo instrumento, viu o céu vazio e baixou o tubo de metal. A luneta apontava para uma janela minúscula. Qualquer pessoa que a usasse nas marcas do tripé poderia ver pouquíssima coisa por aquele espaço minúsculo. Um trecho de céu, então a luneta se firmou e Sharpe viu o quadrado escuro, e em seguida o círculo de luz que sabia se tratar da lente engastada em latão da luneta de *la marquesa*. Abriu um sorriso. Alguém tentou vigiar *la marquesa* em seu *mirador*, e ele não podia culpá-lo, porque deve ter sido um inferno ficar preso neste forte minúsculo. Algum oficial havia ajustado a luneta suficientemente para trás, de modo a não refletir nenhuma luz reveladora. O sujeito deve ter rezado e esperado por um vislumbre daquela beleza perfeita para aliviar o inferno que despedaçava os intestinos de um homem. Ficou ali por um instante, esperando vê-la, mas não havia nenhum sinal de *la marquesa*. Lembrou-se do grito vindo de baixo e indicou a luneta.

— Pode ficar com ela, soldado.

Desceu correndo a escada, juntando-se a Harper, que tinha revistado os cômodos de novo. Alguém tinha gritado porque encontraram o paiol francês. A construção pegava fogo, e sob seus pés havia barris de pólvora prontos para fazê-los em pedacinhos. Um oficial britânico tinha organizado uma corrente de homens, e os barris foram erguidos, passados pelo pátio e empilhados no fosso. Sharpe atravessou a corrente humana, ignorando seus protestos, mas Leroux não estava no porão.

Os outros dois fortes ainda não tinham se rendido, mas os britânicos andavam abertamente e sem se preocupar no espaço do lado de fora do San Cayetano. Nenhum canhão francês disparava, nenhuma metralha rasgava o ar. O sargento Huckfield tinha trazido seu esquadrão para se juntar ao de McGovern, e ambos prestaram continência quando Sharpe saiu da brecha. McGovern balançou a cabeça duramente.

— Nenhum sinal dele, senhor?

— Não. — Sharpe embainhou a espada. O tenente Price estava esperando na trincheira, pronto para ir até o San Vincente, e Sharpe pensou na longa tarde à frente. Queria voltar para *la marquesa*, queria terminar essa tarefa, e começou a se ressentir da longa busca no calor. Olhou para Huckfield. — Leve seus homens para o La Merced. Aguardem-me lá. — Não esperava que Leroux estivesse no forte menor, mas ele precisava ser revistado. Virou-se para McGovern. — Deixe quatro dos seus homens aqui, para o caso de ele estar escondido. O restante vai para o grande.

— Senhor, eu ficaria mais feliz com seis.

— Então que sejam seis. — Sharpe pensou no que poderia acontecer se Leroux tivesse encontrado um esconderijo nas ruínas incendiadas. — Você também fica, Mac.

— Senhor. — McGovern assentiu, sério.

Meu Deus, como estava quente! Sharpe tirou a barretina e secou o rosto. Sua jaqueta estava desabotoada, balançando livremente. Ele desceu a ravina, olhando para o San Vincente, e enquanto olhava viu as tropas portuguesas começando sua escalada em direção à grande fortaleza em chamas. Que os filhos da mãe se rendam rápido, pensou, e se apressou com o suor encharcando a nova camisa de linho fino que *la marquesa* lhe dera. Teria de tomar banho no *palacio*, pensou, e se lembrou do luxo inacreditável da enorme banheira, enchida por vários serviçais, e da estranha sensação de ficar imerso em água quente. Sorriu com a lembrança, e Patrick Harper se perguntou no que seu capitão estaria pensando.

Os portugueses não encontraram resistência. As pequenas figuras saltaram no fosso, subiram pelas plataformas dos canhões, e nenhum mosquete foi disparado. Os franceses não aguentavam mais. Sharpe olhou para os próprios esquadrões.

— Venham!

O ar era sufocante. Perto do grande forte estava ainda mais quente por causa dos incêndios que grassavam pela construção sem serem contidos. Alguns franceses, ignorados pelos portugueses, já estavam saltando das defesas, e Price levou seu esquadrão para impedir a fuga. Sharpe subiu correndo o *glacis* grosseiro, o calor queimando, depois levou o esquadrão de

Harper para as grandes defesas, encontrando o mesmo quadro que tinham visto antes. Os feridos precisavam de atenção, os vivos se rendiam, os mortos fediam nas pedras e nas madeiras caídas. Os portugueses já estavam tirando os barris de pólvora do porão, rolando-os para a segurança, enquanto outros arrebanhavam prisioneiros e saqueavam as mochilas francesas. Não havia sinal de Leroux. Três franceses enormes foram tirados das fileiras e encarados por Sharpe, que tentava encaixar os rostos à sua imagem mental, mas nenhum era Leroux. Um tinha lábio leporino, e ele não conseguia imaginar o coronel da guarda imperial forjando aquela desfiguração; um era velho demais; e o terceiro parecia algum tipo de simplório que sorria com uma boa vontade débil demais para o oficial fuzileiro. Não era Leroux. Sharpe olhou para as construções em chamas, depois para Harper.

— Teremos de fazer uma busca.

Procuraram. Olharam cada cômodo onde era possível entrar e tentaram olhar até aqueles em que nenhum ser humano poderia permanecer vivo. Sharpe cambaleou na borda de um piso quebrado em certo momento, encarando impotente um incêndio violento que subia, quentíssimo, e ouviu o barulho de grandes pedaços de madeira caindo, sabendo que ninguém poderia sobreviver ali. Pôs a mão na bolsa de munição e o couro estava quente demais ao toque. Voltou, subitamente temendo que a munição de fuzil explodisse, e sentiu as primeiras agitações da dúvida, da frustração. Estava encharcado de suor, sujo, e o sol ainda ardia sobre a construção que parecia mais uma fornalha, os prisioneiros se amontoavam lá fora e Sharpe xingou Leroux.

Price ofegou no calor.

— Não o vi, senhor.

Sharpe apontou para um grupo separado.

— Quem são eles?

— Feridos, senhor.

Olhou os feridos. Até fez um homem tirar uma bandagem suja da cabeça e desejou não tê-lo feito. O sujeito estava terrivelmente queimado e não era Leroux. Sharpe observou a cena no *glacis*.

— Quantos prisioneiros?

— Quatrocentos aqui, senhor. Pelo menos.

— Revistem de novo!

Marcharam pelas fileiras parando diante de cada homem, e os prisioneiros franceses os olhavam com ar embotado. Alguns eram altos, e esses foram tirados das fileiras e postos em um grupo separado, mas não deu em nada. Uns não tinham dentes, outros não eram da mesma idade; alguns eram parecidos, mas não eram Leroux.

— Patrick!

— Senhor?

— Encontre aquele oficial que fala francês. Peça a ele que venha me ver.

O oficial veio e ajudou de boa vontade. Perguntou aos prisioneiros se conheciam o alto coronel Leroux ou então o capitão Delmas, e a maioria deu de ombros, porém um ou dois ofereceram ajuda e disseram que se lembravam de um tal capitão Delmas que tinha lutado bem em Austerlitz, e um se lembrava de um Leroux que fizera parte da guarda da cidade de Pau. O sol queimava forte, refletia nas pedras quebradas, e o suor escorria pelos olhos de Sharpe, fazendo-os arder. Era como se Leroux tivesse desaparecido da face da terra.

— Senhor? — Harper apontou para o outro lado da ravina. — O forte pequeno se rendeu.

Atravessaram a ravina outra vez e, agora que o terceiro forte se rendera, os feridos trazidos do San Cayetano e do San Vincente tiveram permissão de atravessar a trincheira. Sharpe se perguntou quantos teriam morrido esperando no sol escaldante. O oficial de artilharia cujas tripas tinham sido abertas por um estilhaço ainda vivia, o rosto com a sujeira sangrenta onde houvera um olho se balançava para trás e para a frente, e Sharpe viu Harper tocar o crucifixo enquanto olhava a maca sendo carregada para as carroças que esperavam. Ele só estava ali pela graça de Deus, pensou Sharpe, e os dois subiram a ravina indo para o La Merced.

Leroux não estava lá. Leroux não estava em forte nenhum, e Sharpe e Harper foram de novo para o San Vincente, percorrendo o amplo e ardente terreno arrasado, e de novo examinaram os prisioneiros no *glacis*. Leroux não estava lá. Por mais que Sharpe se esforçasse, não conseguia fazer nenhum rosto combinar com o coronel inimigo. Olhou frustrado para o oficial que falava francês.

— Alguém tem de saber!

O tenente-coronel estava impaciente. Queria que os prisioneiros fossem levados, liberar seus homens do serviço de vigiá-los no calor da tarde, mas Sharpe, teimoso, voltou a andar pelas fileiras. Enxugou o suor dos olhos, examinou os rostos, mas sabia que não adiantava. Assentiu relutante para o coronel.

— Acabei, senhor.

Não tinha acabado. Procurou de novo no convento em chamas, desceu para o frescor do porão enorme que servira de paiol, mas não havia sinais do fugitivo. Foi Harper que finalmente admitiu o que Sharpe não queria admitir.

— Ele não está aqui, senhor.

— É.

Mas Sharpe não desistiria. Se Leroux tinha escapado, e ele não conseguia imaginar como, *la marquesa* corria perigo. O francês poderia demorar dias, semanas ou apenas horas antes de agir. Sharpe pensou no corpo dela nas mãos daquele homem e golpeou com a espada um armário aberto, como se ele pudesse esconder um compartimento falso. Deixou a fúria se aplacar.

— Reviste os mortos.

Era possível que Leroux estivesse entre os mortos, mas Sharpe suspeitava que o coronel alto e inteligente não teria se exposto ao fogo de artilharia. Ainda assim, precisava revistar os cadáveres.

Os mortos fediam. Alguns estavam mortos havia dois dias, insepultos no calor, e Sharpe puxou os corpos da pilha. Quanto mais se aproximava da base, mais certeza tinha de que Leroux não estava lá. Saiu de novo para o *glacis* e olhou os outros dois fortes. La Merced estava vazio, sua guarnição marchando para o cativeiro, e só McGovern com seu pequeno piquete montava guarda ao San Cayetano. Sharpe olhou para o esquadrão de Harper. Estavam cansados, esgotados, e ele sinalizou para se sentarem. Tirou a jaqueta e a entregou ao tenente Price.

— Vou dar mais uma olhada no San Cayetano.

— Sim senhor. — Price estava coberto de poeira riscada de suor.

Apenas Harper acompanhou Sharpe, e pela quarta vez subiram a ravina. Os dois fuzileiros altos foram lentamente até o primeiro forte a cair. O sargento McGovern não tinha visto nada. Seus homens haviam revistado a construção outra vez, mas ele jurou que estava vazia, e Sharpe assentiu.

— Volte para o tenente Price, Mac. Mande um homem para trazer o sargento Huckfield de volta.

La Merced havia recebido pouquíssimo bombardeio e não tinha cadáveres, portanto a única esperança que restava era nos mortos do San Cayetano. Sharpe e Harper entraram lentamente no pátio medonho e olharam a pilha abominável. Não havia o que fazer, a não ser procurar.

Os cadáveres pendiam frouxos, de modo pouco natural, após serem puxados da pilha. Sharpe olhou cada rosto, todos estranhos. Depois foi até um dos parapeitos menos danificados e olhou para o outro lado do rio junto com Harper. As colinas limpas e verdes estavam pálidas ao sol. Olhou para as mãos sujas de terra e do sangue da morte e xingou furiosamente.

Harper ofereceu seu cantil e não disse nada. Sabia o que Sharpe estava pensando; que a Companhia Ligeira tinha conseguido um serviço fácil, uma tarefa que dera aos homens dias junto ao rio e noites nas tavernas, e em troca havia fracassado na única coisa que fora solicitada.

Os homens de Huckfield se enfileiraram embaixo do parapeito e o sargento olhou para Sharpe, oferecendo ajuda. Sharpe balançou a cabeça.

— Não há nada aqui! Podem ir. Nós nos juntamos a vocês em um minuto.

— E agora, senhor? — Harper se sentou no parapeito.

— Não sei. — Ele olhou para o forte pequeno, La Merced, e se perguntou se deveria revistá-lo de novo, mas sabia que o lugar estava vazio. Poderia esperar os incêndios terminarem de destruir o San Vincente e revirar as cinzas procurando um corpo. Por Deus! É isso que faria! E demoliria os malditos conventos, pedra por pedra maldita, até encontrar o francês. Sua camisa nova estava manchada e fedendo, grudada ao peito com suor. Pensou em *la marquesa*, no frescor de seus aposentos, na banheira que o esperava e no vinho resfriado no *mirador*. Balançou a cabeça. — Ele não pode ter escapado. Não pode!

— Ele já escapou antes. — Harper ofereceu um consolo frio.

Sharpe pensou na pele lisa e sedosa de *la marquesa* sendo arrancada do corpo, centímetro por centímetro, e a ideia de Leroux torturando-a o obrigou a fechar os olhos.

Harper encheu a boca de água e cuspiu no fosso.

— Podemos procurar de novo, senhor.

— Não, Patrick. Não adianta. — Ele se levantou e desceu cansado a escada até o pátio. Odiava admitir o fracasso, mas não achava que outra busca revelaria algo. Parou, esperando Harper, e olhou para um cadáver francês que fora estripado. O homem estava nu, o ferimento o havia aberto de modo que a coluna estava visível através da barriga, mas Sharpe não enxergava nada. Estava só olhando, os pensamentos martelando. Harper viu o olhar e também se virou para o cadáver.

— Engraçado isso.

— O quê? — Sharpe foi arrancado do devaneio.

Harper assentiu para o cadáver.

— Aquele outro pobre coitado foi estripado assim. Só que sobreviveu.

— Pois é. — Sharpe deu de ombros. — Ferimentos são engraçados. Você se lembra do major Collett? Não tinha nenhuma marca. Outros pobres coitados vivem depois de terem metade dos órgãos arrancados. — Ele só estava jogando conversa fora, tentando esconder a decepção. Afastou-se, mas Harper continuava encarando o cadáver. — Você vem, Patrick?

Harper se agachou e espantou as moscas com a mão.

— Senhor? — Sua voz estava preocupada. — O senhor diria que este aqui tinha o conjunto completo? Sei que ele está um horror, está mesmo, mas...

— Ah, Deus do céu! Jesus Cristo! — Sharpe sabia que as tripas do cadáver podiam ter se perdido numa explosão. Podiam ter sido jogadas para os cães vadios que percorriam a terra arrasada à noite. Ou podiam ter sido retiradas para criar o disfarce perfeito. — Ah, meu Deus!

Eles começaram a correr.

CAPÍTULO XII

Correram, forçando-se a passar por cima das pedras, tropeçando no entulho das casas arruinadas, pegando a rota mais curta para a cidade. O cordão de tropas ligeiras, ainda posicionadas, olhava atônito para os dois homens enormes, um de camisa manchada e molhada segurando uma espada enorme, o outro carregando uma arma de sete canos, vindo em sua direção. Um homem levantou um mosquete e interpelou, inseguro.

— Saiam da frente! — O grito de Sharpe convenceu os piquetes de que os dois eram britânicos.

Sharpe entrou primeiro no beco de onde fora lançado o ataque abortado, quatro dias antes. Civis estavam apinhados nas ruas, esperando um vislumbre da empolgação que acontecia na terra arrasada, mas abriram caminho às pressas diante dos homens armados. Graças a Deus, pensou Sharpe, o caminho até o Colégio dos Irlandeses, para onde os feridos eram levados, era uma descida.

Mas o homem que certamente havia empilhado as tripas de outro em cima da barriga, que tinha se sujado de sangue e fuligem, que havia buscado o disfarce num ferimento tão terrível que ninguém pensaria que seria capaz de sobreviver nem acharia que valeria a pena se preocupar com ele, tinha uma grande dianteira sobre os dois. Trinta minutos, talvez até quarenta, e Sharpe sentiu uma fúria cega diante da própria estupidez. Não confie em nada, não confie em ninguém! Reviste todo mundo, no entanto a visão do oficial de artilharia estripado o fez virar o rosto com horror e pena. Foi o primeiro oficial que viu dentro do primeiro forte, e agora estava convencido de que era Leroux. Que agora podia estar livre na cidade.

Viraram à esquerda, a respiração saindo arfante e úmida, e Sharpe percebeu que ainda tinham chance. Não era muito, mas isso o impelia. A multidão estava contendo as carroças que carregavam os feridos, zombando do inimigo, e soldados britânicos continham as pessoas usando mosquetes. Sharpe abriu caminho até a carroça mais próxima e gritou para o cocheiro.

— Esse é o primeiro lote?

— Não, companheiro. Meia dúzia já foi. Só Deus sabe como conseguiram passar.

O cocheiro tinha confundido Sharpe com um soldado raso. Vira o fuzil pendurado no ombro e, sem a jaqueta nem a faixa de cintura, Sharpe não portava nenhuma indicação de posto, a não ser a espada. Ele olhou para Harper.

— Venha!

Gritou com a multidão, empurrou-a, os dois evitaram ser esmagados perto dos feridos e continuaram correndo ladeira abaixo. À frente Sharpe viu as outras carroças vazias nos degraus do colégio. Guardas barravam a porta, ignorando os pedidos de civis que pareciam querer entrar e terminar o serviço que o bombardeio britânico havia começado. Afora os civis, em sua maioria rapazes com facas compridas e finas, não havia agitação no Colégio dos Irlandeses. Nenhum grito, nenhuma perseguição, nenhum sinal de que um homem ferido tivesse subitamente recuperado a saúde plena e aberto caminho até uma liberdade dúbia em meio às vingativas ruas de Salamanca.

Sharpe subiu os degraus de dois em dois e abriu caminho na multidão que enchia o pequeno terraço em frente ao grande portão. Um guarda o interpelou, viu a espada e o fuzil e abriu espaço para os dois passarem. Eles bateram ao portão.

Harper parecia exausto. Balançou a cabeça, bateu de novo na madeira reforçada com ferro e olhou para Sharpe.

— Espero que o senhor esteja certo. — A companhia foi deixada no San Vincente, sem saber para onde tinham ido o capitão e o sargento mais antigo.

Sharpe bateu com a guarda de aço da espada.

— Abram!

Uma pequena porta se abriu no portão e um rosto olhou para fora.

— Quem é?

Sharpe não respondeu. Passou, curvando-se para atravessar a pequena entrada, e um pátio se abriu à sua frente. Seria um lugar lindo, um refúgio de paz numa cidade pacífica, um poço cercado por um gramado que, por sua vez, era cercado por dois andares de claustros com pedra esculpida. Neste dia, porém, era onde reuniam os moribundos, o pátio repleto com os primeiros feridos franceses, que tinham vindo se juntar aos homens que eles próprios haviam ferido quatro noites antes. O pátio estava lotado de homens sangrando, de enfermeiros, e Sharpe parou na arcada procurando desesperadamente o oficial de artilharia que parecia tão terrivelmente ferido.

— O que vocês querem? — Um sargento truculento saiu da guarita do portão. — Quem são vocês?

— Oficial francês ferido. Cadê ele? — O tom de Sharpe deixou claro ao sargento que estava falando com um oficial.

O sargento deu de ombros.

— Os cirurgiões ficam logo ali adiante, senhor, do outro lado do pátio. A ala dos oficiais é no andar de cima. Como ele é?

— Estava com as tripas de fora. Numa maca.

— Tente com os cirurgiões, senhor.

Sharpe olhou de relance para o claustro de cima. Estava em sombras profundas, mas dava para ver dois ou três guardas britânicos entediados, os mosquetes pendurados no ombro, e sem dúvida havia prisioneiros oficiais feridos nas sombras. Olhou para Harper com sua arma enorme.

— Procure lá em cima, Patrick. E tome cuidado. Peça ajuda a um daqueles guardas.

Harper sorriu e sopesou a arma enorme.

— Não creio que o seu sujeito vá tentar algo idiota.

Ele foi até uma das escadas em curva que levavam à ala dos oficiais. Sharpe andou entre os feridos, seguindo para os gritos que indicavam onde os cirurgiões trabalhavam.

Toldos foram dispostos no gramado para impedir que o sol assasse os feridos. Uma fila constante de homens tirava água do poço usando o balde suspenso numa intricada gaiola de ferro. Sharpe andou em zigue-zague, olhando os homens nas macas, examinando os rostos dos soldados nas sombras mais profundas dos claustros e indo até o trecho de gramado sem sombra onde tinham sido colocados os primeiros mortos, fracassos do bisturi ou que morreram antes de chegar à mesa manchada de sangue. Seu instinto dizia que Leroux estava naquele lugar, mas não tinha como ter certeza, e meio esperou encontrar o oficial de artilharia ferido deitado no pátio. Não o encontrou, e se virou para as salas dos cirurgiões.

O coronel Leroux esperava no claustro superior. Agora só precisava de duas coisas: um cavalo e uma capa comprida e simples para esconder a aparência de necrotério da farda, e as duas coisas deviam estar esperando por ele às três horas no beco atrás do Colégio dos Irlandeses. Desejou ter pedido que trouxessem mais cedo, porém nunca havia suspeitado que as negociações de rendição seriam interrompidas rapidamente pelos britânicos. Espiou por entre as colunas de pedra da balaustrada e reconheceu a figura alta do oficial fuzileiro de cabelos escuros. Sharpe não estava de jaqueta, mas ainda era facilmente identificável por causa da espada longa e do fuzil. Leroux tinha ouvido um relógio na cidade marcar a meia hora, então supôs que faltariam dez minutos para a hora cheia, e precisaria se arriscar torcendo para que o cavalo e a capa tivessem sido trazidos cedo. Até agora, pelo menos, tudo dera certo. Foi um estorvo ficar preso nos fortes em vez de estar com um de seus agentes na cidade, mas a fuga foi meticulosamente planejada, e até agora corria bem. Foi um dos primeiros a entrar no hospital, e o cirurgião que aguardava no pátio mal olhou para ele. O homem sinalizou para o andar de cima porque estava óbvio que nenhum cirurgião poderia salvar o oficial de artilharia tremendamente ferido. Ele poderia ser deixado para morrer à sombra do claustro superior, onde ficava a ala dos oficiais. Leroux viu Sharpe entrar nas salas dos cirurgiões e sorriu sozinho; tinha alguns instantes.

Estava desconfortável. Tinha empilhado os intestinos de um morto em cima da barriga e enfiado as entranhas na faixa de cintura da farda emprestada, de modo que a massa luzidia, molhada e gelatinosa ficasse no lugar. Tinha se sujado de sangue, encharcado o cabelo loiro até ficar embolado e rígido, depois colocou um pedaço irreconhecível de carne em cima do olho esquerdo. Tinha queimado partes da farda. A Klingenthal estava embaixo dele, desembainhada, e havia rezado para que Sharpe se demorasse nas salas dos cirurgiões. Cada minuto era precioso. Então, ouviu a interpelação amistosa do guarda no topo da escadaria curva.

— Sargento, em que posso ajudar?

Leroux ouviu o recém-chegado silenciar o guarda, e seu instinto lhe disse que isso significava perigo, por isso gemeu, rolou de lado e deixou as tripas caírem de cima dele. As moscas protestaram. Enfiou a mão e soltou as entranhas frias, depois limpou o olho esquerdo. Parecia grudado, fechado, e ele precisou cuspir na mão e esfregar de novo; enfim, pôde enxergar direito. Era hora de se mexer.

Tudo aconteceu terrivelmente depressa. Num instante, um homem parecia estar morrendo, gemendo debilmente, e no outro estava se levantando e em sua mão havia uma espada longa e cinza. Ele parecia algo saído do poço do inferno, algo que tinha rolado, chafurdado e nadado em sangue. Livrou-se da rigidez do braço com um movimento da espada e soltou a voz num grande grito de guerra. *Em nome do imperador!*

Harper estava olhando para o outro lado. Ouviu o grito, virou-se e o guarda estava entre ele e a figura demoníaca. Harper gritou para o sujeito sair da frente, tentou forçá-lo a ir para o lado com os canos grossos de sua arma enorme, mas a sentinela tentou estocar a figura medonha debilmente com a baioneta. A Klingenthal defletiu o ataque e voltou cortando numa linha diagonal que subiu pelo rosto do guarda, que gritou e caiu para trás, em cima da arma de sete canos. O impacto fez Harper puxar o gatilho, e a arma enorme disparou. As balas atingiram inúteis as pedras do piso, ricochetearam na balaustrada, e o coice da arma gigantesca, um coice capaz de arrancar um homem do topo da plataforma de luta de um navio de guerra, fez Harper girar para trás.

O sargento tentou recuperar o equilíbrio. Atrás dele havia apenas a escada, e ele estava bem no alto, na parte interna da curva, onde os degraus eram mais curtos. Estava caindo, e sua mão direita balançou procurando apoio. O guarda, gritando porque não conseguia enxergar, caiu aos pés de Harper e se agitou buscando segurança. Seu braço foi parar atrás dos tornozelos do enorme sargento, e Harper estava caindo.

A mão de Harper agarrou a balaustrada e a segurou com toda a sua força, então viu o oficial francês vindo até ele, a espada tentando atingir seu peito, a lâmina parecendo acelerar enquanto a força do francês era posta na estocada.

A lâmina o acertou. A ponta atingiu entre as minúsculas coxas esculpidas do crucifixo de Harper. Ele soltou a balaustrada, deu um grito de surpresa e advertência, e suas pernas ficaram presas pelo guarda. Sacudiu o braço inutilmente em busca de equilíbrio e depois caiu para longe da espada. Tombou.

Sua cabeça bateu no oitavo degrau de cima para baixo. O som pôde ser ouvido em todo o pátio, um estalo seco. A cabeça pareceu quicar, o cabelo castanho-claro balançando, o sangue já pingando, e então a cabeça pendeu outra vez e o corpo de Harper escorregou até ficar preso na curva da escada, onde ele permaneceu de braços e pernas abertos e sangrando, a cabeça para baixo, na escada de pedra lavada.

Leroux se virou para o outro lado e gritou para os franceses feridos ficarem fora do caminho. Correu para a esquerda, o trajeto mais curto até os fundos do colégio, e dois guardas, espantados, juntaram-se e ergueram os mosquetes. Um deles se ajoelhou, puxando a pederneira para trás, e Leroux parou. Estavam longe demais para que fizesse uma investida. Então, um homem disparou e a bala passou inofensiva pelo francês, mas o outro não atirou, esperou, e Leroux deu meia-volta. Iria pelo caminho mais longo, esperando não deparar com nenhum guarda. A sensação da espada na mão era maravilhosa, como uma coisa viva, e ele riu de prazer.

Sharpe estava dentro das salas dos cirurgiões quando ouviu o eco retumbante da arma de sete canos, virou-se e correu, saltando por cima dos corpos largados na grama. Viu Harper cair, viu o corpanzil quicar nos degraus e gritou com uma fúria rudimentar que tirou do caminho os enfermeiros do hospital. Subiu a escada curva de três em três degraus e pulou por cima do corpo de Harper, do qual escorria sangue que empoçava no degrau abaixo. O sargento estava silencioso e imóvel.

Sharpe chegou ao alto da escada enquanto Leroux voltava, passando por onde havia golpeado Harper. Sentiu uma raiva imensa. Não sabia se Harper estava vivo ou morto, mas sabia que estava ferido, e Harper era um homem que daria a vida por ele, era um amigo, e agora Sharpe estava diante do sujeito que tinha ferido seu amigo. O capitão fuzileiro subiu os últimos degraus em curva, o rosto aterrorizante de fúria, e sua espada enorme soou no ar quando desferiu um golpe com as costas da mão no francês. Leroux aparou o ataque. A mão esquerda de Leroux segurava o punho direito, colocando toda a força na Klingenthal, e as lâminas se chocaram.

Sharpe sentiu o golpe de aço em aço como uma marretada entorpecendo o braço direito. Ficou rígido com o esforço, e o coice das lâminas conteve sua corrida, ameaçou derrubá-lo para trás, mas Leroux também tinha sido parado, abalado pelo encontro das duas espadas. O coronel francês ficou atônito com a força do ataque, com a força que vinha contra ele e que ainda o ameaçava.

A Klingenthal estocou enquanto o eco do primeiro golpe clangoroso ainda voltava do outro lado do pátio. Sharpe aparou a estocada, com a ponta para baixo, depois virou sua lâmina pesada com tamanha velocidade que Leroux saltou para trás, e a ponta da espada de Sharpe errou o rosto do francês por uns dois centímetros. De novo e de novo, e Sharpe sentia a torrente de júbilo porque tinha o controle sobre a velocidade e a força deste homem, enquanto Leroux aparava os golpes desesperadamente, recuando, e a Klingenthal só podia bloquear os ataques da velha espada de cavalaria. Então o calcanhar de Leroux tocou em pedra, ele estava contra a parede e não tinha como escapar de Sharpe. O francês olhou para a direita, viu para onde precisava ir, então viu o rosto de Sharpe franzido com o esforço de um último golpe em arco que iria cortá-lo ao meio. Ergueu a Klingenthal, também em arco, um movimento que não devia nada à ciência da esgrima, apenas um meneio mortal em sua última defesa. As lâminas cantaram no ar, a Klingenthal passou por Sharpe e o golpe do fuzileiro foi aparado.

As lâminas se encontraram, gume com gume, e outra vez o choque estremeceu nos braços, sacudiu os corpos, mas não houve nenhum clangor, nenhuma música áspera, e Sharpe estava caindo porque o som foi seco, e sua espada, que estivera em cada campo de batalha durante quatro anos, partiu-se com o impacto do belo, sedoso e cinzento aço da Klingenthal. Sharpe a sentiu partir, sentiu o choque se transformar numa queda brusca e viu a metade de cima de sua lâmina se partir e cair como se o aço não passasse de açúcar queimado. Ela se quebrou, cinza e lascada, e a ponta caiu com força nas lajes de pedra do piso. A Sharpe restou um cabo e um cotoco serrilhado e bruto. Jogou-se nas pedras, rolou para cima de Leroux e deu um golpe ascendente com o cotoco no meio das pernas do francês, mas Leroux riu aliviado, afastou-se e levantou a espada, com a ponta para baixo, para o golpe mortal.

O guarda que não tinha disparado sua arma virou correndo a esquina do claustro, empurrou com o cotovelo dois oficiais franceses feridos e gritou para o homem ensanguentado com a espada em posição. O guarda apontou o mosquete, Leroux o viu, abandonou Sharpe e correu. O fuzileiro arremessou o fragmento de espada inútil, errou e rolou para ficar de pé, tirando o fuzil do ombro.

— Ei! — O protesto do guarda se perdeu enquanto seu mosquete disparava. Ele levantou o cano enquanto a pederneira soltava fagulhas e conseguiu por pouco evitar Sharpe, que tinha irrompido em sua linha de tiro. A bala passou por Sharpe, que sentiu o deslocamento de ar no rosto, passou por Leroux e se achatou na parede ao fundo. Leroux estava correndo, sem inimigos à frente, a longa Klingenthal empunhada.

O braço de Sharpe estava lento, entorpecido pelo choque das lâminas, e ele puxou desajeitadamente a pederneira do fuzil. Leroux tinha alcançado uma porta no fim do claustro e puxou a maçaneta, depois bateu à porta. Ela continuou fechada. Estava encurralado outra vez.

Sharpe se levantou. A pederneira voltou e a sensação da mola pesada se comprimindo era satisfatória. Ela se encaixou no lugar com um estalo. O fuzil estava pronto e ele foi na direção de Leroux, que ainda batia à porta a apenas vinte passos de distância. Sharpe apontou o cano.

— Parado!

O francês se abaixou para enfiar a mão na bota, e neste instante a porta se abriu. Sharpe viu a mão subir e nela uma pistola com cano octogonal. Soube que Leroux tinha uma pistola de duelos. Gritou, começou a correr, e então o padre irlandês, Curtis, estava parado junto à porta. Leroux empurrou o velho para o lado, entrou, e Sharpe gritou para o padre sair do caminho. A porta estava se fechando, e Sharpe não teve tempo de mirar, apenas puxou o gatilho, e a bala do fuzil arrancou uma lasca comprida da borda da porta. Tinha errado.

Leroux abriu a porta de novo e sua mão direita subiu lentamente, o cano da pistola parecendo encurtado, então sorriu e baixou a mão, apontando a pistola para Sharpe. O fuzileiro viu a chama na caçoleta, jogou-se para o lado, viu a fumaça brotar diante de Leroux e sentiu um grande golpe sacudir seu corpo. Então tudo pareceu estar acontecendo na metade da velocidade normal. A porta se fechou atrás de seu inimigo. Sharpe ainda estava correndo, o fuzil caindo, fazendo barulho, quicando, e a dor enchia o mundo inteiro, mas ele continuava tentando correr. Houve um grito de pura agonia, um grito que atravessou o pátio, e Sharpe não soube se era seu, mas ainda estava tentando correr. Então, um joelho bateu nas lajes do piso e ele continuou tentando, suas mãos apertaram o sangue fresco e quente, de um vermelho vivo. Estava gritando, caindo, escorregou nas pedras, ainda tentando correr, e o sangue esguichou para trás, foi espalhado em leque e manchado por suas pernas, que se sacudiam, e o grito continuou.

Parou de deslizar ao pé da porta, abraçou-se, comprimido contra um mundo de dor que jamais poderia ter imaginado, gritou ainda mais alto inutilmente e o sangue brotou entre os dedos que apertavam a barriga como se pudessem entrar nele e arrancar o horror que o rasgava. Então, abençoadamente, parou de gritar e ficou imóvel.

O relógio da catedral deu o toque das três horas.

CAPÍTULO XIII

O soldado Batten estava aborrecido e deixou isso claro para o restante da companhia:
— Ele não liga a mínima, não é? Sabem o que eu quero dizer? — Ninguém respondeu. Esperavam no *glacis* do forte San Vincente, o tenente Price encarava seu relógio e olhava de relance para o forte San Cayetano vazio. Batten esperou uma resposta. Coçou a axila. — Ele era uma porcaria de um soldado raso, e é isso que ainda deveria ser. Fica fazendo a gente esperar. — Ninguém respondeu, e Batten se sentiu encorajado pelo silêncio. — Sempre sumindo, já notaram? Nossa companhia não é boa o bastante para ele, não, não para o idiota do Sr. Sharpe. Sabem o que eu quero dizer? — Ele olhou em volta em busca de apoio.

O sargento Huckfield tinha ido procurar Sharpe. Os homens conseguiam ver sua casaca vermelha subindo a ravina em direção ao San Cayetano. Um ou dois dos homens dormiam. Price se sentou num enorme bloco de alvenaria e dobrou a jaqueta de Sharpe ao seu lado. Estava preocupado.

O soldado Batten limpou o nariz com o dedo e lambeu o resultado preso na unha.

— Podemos ficar aqui sentados a porcaria da noite toda, e ele nem se importa.

Daniel Hagman abriu um olho.

— Ele impediu que você fosse pendurado pela droga do pescoço há dois anos. Não deveria ter se dado o trabalho.

Batten gargalhou.

— Eles não podiam me enforcar. Eu era inocente. Ele não se importa, o Sharpe. Esqueceu de nós, até que precise da gente de novo. Deve estar sentado com o Harps enchendo a cara. Isso não é justo.

O sargento McGovern, lento e escocês, levantou-se e se espreguiçou. Marchou formalmente até o soldado Batten e chutou seus tornozelos.

— De pé.

— Por quê? — Batten passou para o tom de surpresa exasperada que era sua principal defesa contra um mundo exasperante.

— Porque vou arrebentar a porcaria da sua cara.

Batten se afastou do escocês e olhou para as costas do tenente Price.

— Ei! Tenente, senhor!

Price não se virou, apenas disse:

— Prossiga, sargento.

Os homens gargalharam. Batten olhou para McGovern.

— Sargento?

— Cale a droga da boca.

— Mas, sargento...?

— Cale a boca ou fique de pé.

Batten se acomodou no que considerava uma dignidade ferida, mas justa. Ocupou-se com a narina direita, mantendo suas observações longe dos ouvidos da companhia. O sargento McGovern foi até o tenente e ficou em posição de sentido. Price levantou os olhos.

— Sargento?

— Isso está meio estranho, senhor.

— Sim. — Os dois viram Huckfield atravessar o fosso do forte central. De repente, Price percebeu que McGovern, sempre formal, ainda estava em posição de sentido. — Fique à vontade, sargento. À vontade.

— Senhor! — McGovern deixou os ombros baixarem meio centímetro. — Obrigado, senhor.

Price olhou seu relógio. Quinze para as quatro. Não sabia o que fazer, e se sentia desamparado sem Sharpe ou Harper para guiá-lo. Sabia que o sargento escocês estava sugerindo que uma decisão precisava ser tomada, e sabia que McGovern estava certo. Olhou para o San Cayetano, viu a casaca vermelha de Huckfield aparecer num parapeito, em seguida desaparecer, e depois de uma longa espera Huckfield voltou ao topo da brecha e abriu as mãos vazias. Price suspirou.

— Vamos esperar até as cinco, sargento.

— Sim senhor.

O major Hogan tinha esperado Sharpe, primeiro no início da ravina, depois no quartel-general, mas o destino do coronel Leroux não era a única preocupação do irlandês. Agora que os fortes foram tomados, Wellington estava ansioso para sair da cidade. Queria informes do norte, do leste, e Hogan trabalhou até o fim da tarde.

Foi só às seis e meia que o tenente Price, estarrecido por estar indo ao quartel-general por iniciativa própria, entrou na sala de Hogan. O major levantou os olhos, sentiu cheiro de encrenca e franziu a testa.

— Tenente?

— É o Sharpe, senhor.

— O capitão Sharpe?

Price assentiu, arrasado.

— Ele sumiu, senhor.

— Nada de Leroux? — Hogan quase tinha se esquecido de Leroux. Presumira que agora o francês fosse problema de Sharpe, enquanto ele podia se concentrar em descobrir que novas tropas estavam se juntando a Marmont. Price balançou a cabeça.

— Nada de Leroux, senhor.

Price resumiu os acontecimentos da tarde.

— O que vocês fizeram desde então?

Não era muita coisa. O tenente Price havia revistado o San Cayetano de novo, depois o La Merced, e depois tinha levado a companhia de volta para o acantonamento, na esperança de que Sharpe pudesse ter ido para lá. Nada de Sharpe, nem de Harper, só um perdido tenente Price. Hogan olhou para o relógio.

— Santo Deus! Ele sumiu há quatro horas?

Price confirmou com a cabeça. Hogan gritou:

— Cabo!

Uma cabeça surgiu junto à porta.

— Senhor?

— Os informes diários chegaram?

— Sim senhor.

— Alguma coisa estranha, afora os fortes? Depressa, homem!

Não demorou muito. Um tiroteio e um confronto no hospital, um francês tinha escapado e a guarda da cidade fora alertada, mas não havia sinal do fugitivo.

— Venha, homem! — Hogan vestiu a jaqueta, pegou o chapéu e levou o tenente Price até o Colégio dos Irlandeses.

O sargento Huckfield, que tinha ido com Price até a porta do quartel--general, juntou-se aos dois, e foi quem bateu ao portão ainda fechado contra a vingança do povo da cidade. Não demoraram muito para ouvir a história dos guardas na guarita. Houve uma perseguição. Um homem estava ferido, provavelmente na ala dos oficiais. Quanto ao outro? Os guardas deram de ombros.

— Não sabemos, senhor.

Hogan apontou para Price.

— Ala dos oficiais. Procurem-nos. Sargento?

Huckfield se retesou.

— Senhor?

— A ala das outras patentes. Encontre o sargento Harper. Vá!

Leroux em liberdade. O pensamento assombrou Hogan. Não podia acreditar que Sharpe tivesse fracassado, precisava encontrar o fuzileiro porque, pensou, certamente Sharpe poderia esclarecer o episódio. Não era possível que Leroux estivesse livre!

Os cirurgiões ainda estavam trabalhando, agora com os homens menos feridos, tirando lascas de pedra que o bombardeio havia arrancado e lançado nos defensores franceses. Hogan foi de sala em sala e ninguém conseguia se lembrar de um capitão fuzileiro. Um deles se lembrou do sargento Harper.

— Está fora de si, senhor.

— Quer dizer, louco?

— Não. Desmaiado. Só Deus sabe quando vai se recuperar.
— E o oficial dele?
— Não vi nenhum oficial, senhor.

Será que Sharpe ainda estava atrás de Leroux? Era uma esperança, pelo menos, e Hogan se agarrou a ela. O sargento Huckfield encontrou Harper, sacudiu o ombro do enorme irlandês, mas Harper continuava morto para o mundo, roncando, incapaz de dizer qualquer coisa.

O tenente Price desceu a escada curva. Hesitava, quase incapaz de falar. Hogan ficou impaciente.

— O que foi?
— Ele não está aqui, senhor.
— Tem certeza?

Price assentiu, respirou fundo.

— Mas levou um tiro, senhor. Muito feio.

Hogan sentiu um arrepio se espalhar pelo corpo. Houve silêncio por alguns segundos.

— Um tiro?
— Feio, senhor. E não está na ala dos oficiais.
— Ah, meu Deus. — Huckfield balançou a cabeça, não querendo acreditar.

Hogan tinha se agarrado à ideia de Sharpe estar vivo, caçando Leroux, de poder ajudá-lo, e simplesmente não conseguia se ajustar à nova informação. Se Sharpe tinha levado um tiro e não estava na ala dos oficiais, então estava...

— Quem viu o que aconteceu?
— Mais de dez franceses feridos, senhor. Eles contaram aos oficiais britânicos. E o padre.
— Padre?
— Lá em cima, senhor.

Hogan correu, o mesmo caminho por onde Sharpe havia corrido, subiu a escada de dois em dois degraus, a espada raspando na pedra, e foi até os aposentos de Curtis. Pareceu a Price e Huckfield, deixados do lado de fora, que ele passou muito tempo lá dentro.

Curtis contou sua história, o que havia para contar, de como tinha aberto a porta e encontrado um oficial francês.

— Parecia terrivelmente ferido. Sangue da cabeça aos pés. Ele me empurrou para dentro, virou-se e disparou, depois fechou a porta. Fugiu pela janela. — Ele indicou a janela alta que dava para a rua dos fundos. — Havia um homem lá, com um cavalo de reserva e uma capa.

— Então ele escapou.

— Sem a menor dificuldade.

— E Sharpe?

Curtis juntou as mãos com força, depois estendeu os braços como se rezasse.

— Ele gritou, gritou terrivelmente. Depois parou. Eu abri a porta de novo. — Ele deu de ombros.

Hogan mal ousou dizer a palavra.

— Morto?

Novamente, Curtis deu de ombros.

— Não sei. — Não existia muita esperança na voz do velho.

Hogan insistiu em repassar a história, pressionando, como se pudesse surgir algum detalhe que de alguma forma modificasse o final, mas foi com expressão dura que saiu pela porta de Curtis e desceu lentamente a escada curva. Não deu explicações a Price, apenas voltou até os cirurgiões. Pressionou-os, deu ordens, usou todo o peso do quartel-general, mas nenhuma novidade surgiu. Um deles tinha tratado de um oficial com ferimento de bala, e o sujeito havia sobrevivido, um tenente do Exército português, mas eles tinham certeza de não terem visto nenhum oficial britânico ferido a bala.

— Tivemos alguns soldados.

— Santos Deuses! Um oficial fuzileiro! O capitão Sharpe!

— Ele? — O último cirurgião deu de ombros. — Teriam nos contado sobre ele. O que aconteceu?

— Levou um tiro. — Hogan manteve a paciência.

O cirurgião balançou a cabeça. Seu bafo fedia ao vinho que tinha tomado durante toda a longa tarde.

— Se ele tivesse levado um tiro aqui, nós o teríamos visto, senhor. A única explicação é que ele não resistiu. — O homem deu de ombros. — Sinto muito, senhor.

— Quer dizer, morreu?

O cirurgião deu de ombros outra vez.

— O senhor procurou na ala dos oficiais? Ele não está lá?

Hogan balançou a cabeça. O cirurgião indicou o pátio, apontando com a faca ensanguentada.

— Tente com o pessoal dos corpos.

Na lateral do colégio ficava um pequeno pátio onde os serviçais haviam morado em tempos melhores, quando o Colégio dos Irlandeses estava cheio de rapazes estudando para o sacerdócio irlandês banido pelos ingleses. No pátio, Hogan encontrou o pessoal dos corpos. Estavam trabalhando, pregando caixões grosseiros, costurando mortalhas rústicas para os mortos franceses, e não se lembravam de Sharpe. O cheiro no pequeno pátio era avassalador. Havia corpos caídos onde tinham sido largados, o pessoal dos corpos parecia viver à base de uma dieta de rum, e Hogan encontrou o homem mais sóbrio possível.

— Diga o que vocês fazem aqui.

— Senhor? — O sujeito tinha apenas um olho, com parte da bochecha faltando, mas era compreensível. Parecia orgulhoso por um oficial se interessar. — A gente enterra eles, senhor.

— Eu sei. Quero saber o que acontece. — Se Hogan pudesse ao menos encontrar o corpo de Sharpe, a pior pergunta seria respondida.

O homem fungou. Estava segurando uma agulha com uma linha rústica.

— A gente amortalha os franceses, senhor, a menos que sejam oficiais, claro, e eles ganham um caixão. Um belo caixão, senhor.

— E os britânicos?

— Ah, um caixão, claro, senhor, se a gente tiver suficiente, se não eles são costurados que nem esses. A menos que não tenha mortalhas, aí a gente só espeta eles e enterra.

— Espeta?

O homem piscou com seu olho bom, estava gostando de explicar. Junto aos seus joelhos estava um soldado francês, o rosto morto já parecendo de cera, e a mortalha estava meio fechada, com grandes pontos grosseiros. O homem pegou a agulha e a fincou no nariz do francês.

— Viu, senhor? Não sangra. Significa que não tá vivo, se é que me entende, senhor. Se tivesse provavelmente ia se mexer. A gente teve um tem quatro dias. — Ele olhou para um dos seus colegas asquerosos. — Tem quatro dias, Charlie? Que aquele sujeito de Shropshire se sentou e vomitou? — E olhou de novo para Hogan. — Não é legal ser enterrado vivo, senhor. — Ele indicou a agulha. — Na verdade, é uma espécie de consolo saber que a gente tava aqui, senhor, cuidando do senhor e garantindo que tinha morrido mesmo.

A gratidão de Hogan pareceu menos que sincera. Ele apontou para uma pilha de caixões rústicos.

— Vocês os enterram?

— Pelo amor de Deus, não, senhor. Bom, os franceses, a gente pode jogar no buraco, ou pelo menos o destacamento de enterro faz isso, senhor. Quero dizer, não adianta fazer um estardalhaço por causa deles, senhor, vendo o que eles estavam tentando fazer com a gente, se é que me entende. Já os oficiais deles são outra coisa. Eles podem receber...

Hogan o interrompeu.

— Os britânicos, seu idiota! O que acontece com eles?

O perfeccionista que havia no homem dos corpos ficou ofendido. Ele deu de ombros.

— Os colegas pegam eles, não é? Quero dizer, o batalhão, senhor, faz um serviço fúnebre adequado, com um sacerdote. Eles tão ali. Esperando o enterro, senhor. — Ele apontou para a pilha.

— E se você não souber quem são?

— Joga na vala, senhor.

— O que aconteceu com os corpos que você pegou hoje?

— Depende, senhor. Uns foram embora, uns tão esperando, e outros, que nem esse aqui, tão sendo cuidados. — Ele investiu dignidade na fala.

Sharpe não estava em nenhum dos caixões. O sargento Huckfield levantou as tampas, mas todos os rostos eram de estranhos. Hogan suspirou, olhou as andorinhas, depois olhou para Price.

— Provavelmente já foi enterrado. Não entendo. Ele não está aqui, não está nas enfermarias. — Hogan não acreditava nas próprias palavras.

— Senhor? — Huckfield estava revirando a pilha de fardas que tinham sido cortadas, revistadas e depois jogadas num canto do pátio pequeno. Levantou o macacão de Sharpe, o característico macacão verde que Sharpe havia tirado de um oficial francês da Guarda Imperial morto. Hogan, como Huckfield, o reconheceu imediatamente.

Ele se virou para o homem de um olho só, cujos pontos de costura, agora que um oficial estava presente, eram mais cuidadosos e detalhados.

— De onde são essas roupas?

— Dos mortos, senhor.

— Você se lembra do homem que usava isso aqui?

O homem franziu o olho único.

— Em geral a gente recebe eles nus e as roupas vêm depois. — Ele fungou. — Os patifes já revistaram elas. A gente só queima tudo. — Ele olhou o macacão. — Deve ter sido de um francês.

— Vocês sabem quais corpos são de franceses?

— Claro que sim, senhor. Os patifes contam para a gente quando trazem.

Hogan se virou para Huckfield e apontou para a pilha de franceses mortos e amortalhados.

— Abra-os, sargento. — Ele notou, quase pela primeira vez, a enorme mancha de sangue no macacão. Era vasta. Nenhum homem poderia ter sobrevivido àquilo.

Os homens dos corpos protestaram enquanto Huckfield começava a cortar as mortalhas cinzentas, mas Hogan gritou para que se calassem. Ele e Price ficaram olhando enquanto um rosto atrás do outro era revelado. Nenhum era de Sharpe. Hogan se virou para o homem dos corpos outra vez.

— Algum já foi enterrado?

— Por Deus, sim. Duas carroças, esta tarde, senhor.

Então Sharpe estava enterrado numa sepultura comum, junto com seus inimigos. Hogan sentiu um princípio de choro e engoliu em seco, bateu os pés como se estivesse com frio e olhou para Price.

— Agora a companhia é sua, tenente.

— Não senhor.

A voz de Hogan estava gentil.

— Sim. É melhor marcharem de manhã. Vocês encontrarão o batalhão em San Cristóbal. Terá de contar ao major Forrest.

Price balançou a cabeça, obstinado.

— Não deveríamos encontrá-lo, senhor? Quero dizer, o mínimo que podemos fazer é cavar uma sepultura decente.

— Quer dizer, desenterrar os mortos franceses?

— Sim senhor.

Hogan balançou a cabeça.

— Dispare uma saraivada de tiros sobre a sepultura amanhã de manhã. Isso vai bastar.

Era só isso que Sharpe teria desejado, pensou Hogan enquanto voltava lentamente ao quartel-general. Não, isso não estava certo. Ele não sabia o que Sharpe desejava, a não ser o sucesso e provar que um homem vindo da sarjeta poderia competir com qualquer um, ser tão competente quanto os mais privilegiados, e talvez fosse melhor que ele encontrasse paz agora do que tendo de lutar por aquele sonho distante. Então Hogan dispensou esse pensamento também. Não era melhor. Sharpe foi um homem turbulento, ambicioso, mas um dia, supôs Hogan, essa inquietude teria encontrado satisfação. Então, curiosamente, Hogan se pegou ressentido com Sharpe, ressentido por ele ter sido morto, negando assim sua amizade aos que ainda viviam. Hogan não conseguia se imaginar sem Sharpe. Quando a vida parecia chegar a um ponto de equilíbrio, podia-se contar com o fuzileiro para revirar as coisas, agitá-las, transformar a monotonia em empolgação, e agora tudo isso tinha chegado ao fim. Um amigo estava morto.

Hogan subiu cansado os degraus do quartel-general. Os oficiais vinham da sala de jantar enquanto ele seguia para o corredor. Wellington viu o rosto de Hogan e parou.

— Major?

— Richard Sharpe morreu, senhor.

— Não.

Hogan assentiu.

— Sinto muito, senhor. — E contou o que sabia.

Wellington ouviu em silêncio. Lembrava-se de Sharpe como um sargento. Tinham percorrido muitos quilômetros, passado muito tempo juntos. Viu o tormento na expressão de Hogan, entendeu-o, mas não soube o que dizer. Balançou a cabeça.

— Sinto muito, Hogan. Sinto muito.

— Sim senhor. — De repente, Hogan percebeu que dali em diante a vida pareceria anticlimática, inadequada e monótona. Richard Sharpe estava morto.

CAPÍTULO XIV

Os cirurgiões não mentiram para o major Hogan. Eles se lembravam de Patrick Harper, desmaiado pela queda, e sondaram, apalparam e não descobriram nada quebrado, por isso ele foi posto numa enfermaria onde poderia roncar até recuperar a consciência. Havia outro homem envolvido na luta do claustro superior. Quando ele chegou ao cirurgião ainda estava respirando, mas era uma respiração fraca, e felizmente o estado de inconsciência o tinha liberado da dor. Um enfermeiro tirou a bainha vazia e o cinto da espada, cortou a camisa pelas costas do sujeito e viu as velhas cicatrizes de açoitamento. O corpo foi posto na mesa manchada.

O cirurgião, sujo de sangue recente que brilhava sobre as manchas duras e coaguladas das operações da semana, segurou o macacão de Sharpe, cortou-o com uma tesoura enorme e viu o ferimento na parte inferior direita do abdômen de Sharpe. Meneou a cabeça e xingou. O sangue verteu do pequeno buraco de bala e escorreu para a coxa e para a cintura do ferido, e o cirurgião nem se deu o trabalho de pegar uma faca. Inclinou-se para perto do peito musculoso e notou que a respiração estava fraca, fraca a ponto de ser quase inaudível, então segurou o pulso. Por um instante não encontrou a pulsação, esteve prestes a desistir, então a sentiu; um latejar débil de um batimento cardíaco fraquíssimo. Assentiu para o enfermeiro, depois para o ferimento.

— Feche-o.

Não havia muito que pudesse fazer, a não ser impedir que o sujeito sangrasse até a morte, e às vezes achava que isso seria mais misericordioso, com esse tipo de ferimento. Um enfermeiro agarrou os pés de Sharpe, segurou-os com força, e o segundo beliscou a pele acima do ferimento, puxando carne, sangue e fiapos da farda presos e mantendo os dedos longe do buraco sangrento. O cirurgião foi até o braseiro, pegou o atiçador e cauterizou o furo. O ferido se sacudiu, ofegou e gemeu, mas o estado de inconsciência o reteve e o sangramento parou. A fumaça pairou acima do abdômen sangrento, o fedor de carne queimada nas narinas do cirurgião.

— Ponha uma bandagem. Leve-o embora.

O enfermeiro que tinha fechado o ferimento assentiu.

— Não há esperança, senhor?

— Não.

A bala estava alojada. O cirurgião era capaz de amputar uma perna em noventa segundos, de sondar procurando uma bala e arrancá-la de perto de um osso da coxa em sessenta, podia colocar no lugar membros quebrados, até tirar uma bala do peito de um homem se ela não tivesse perfurado um pulmão. Mas ninguém no mundo, nem mesmo o famoso cirurgião-geral de Napoleão, Larrey, era capaz de remover uma bala alojada na parte inferior direita do abdômen. Este era um homem morto. A respiração já estava fraca, a pele ficando pálida e a pulsação desaparecendo. Quanto antes ele morresse, melhor, já que o resto da vida seria de dor. Seria uma vida curta. O ferimento viraria um abscesso, a podridão iria se estabelecer e ele seria enterrado em menos de uma semana. O cirurgião, irritado consigo mesmo pela própria meticulosidade, levantou a cintura de Sharpe e viu que não havia ferimento de saída. Em vez disso, percebeu as cicatrizes de açoitamento. Um encrenqueiro que teve um final ruim.

— Leve-o para baixo. Próximo!

Puseram uma bandagem nele, despiram-no totalmente, e suas roupas, se é que podiam ser chamadas assim, foram jogadas num canto onde poderiam ser revistadas com calma. Muitos homens escondiam moedas nas costuras das roupas e os enfermeiros conseguiam uma boa recompensa pelo trabalho. Um deles olhou o rosto pálido.

— Quem é ele?

— Não sei. Francês, acho. — O macacão de Sharpe era francês.

— Não seja idiota. Os patifes franceses não são açoitados.
— São, sim!
— Não são, não!
— Não importa. Ele está morrendo. Entregue a Connelley. Foi o que o doutor disse.

O sargento Harper poderia ter contado a eles que Sharpe era um oficial britânico, mas estava inconsciente numa enfermaria, e Sharpe não tinha nenhuma indicação de posto, só as cicatrizes de um açoitamento infligido por Obadiah Hakeswill num povoado da Índia anos antes. Ele parecia um soldado, foi tratado como soldado e carregado pelos degraus úmidos até o porão, onde os médicos deixavam seus casos sem esperança para morrer. A sala da morte.

O sargento Michael Connelley, morrendo de envenenamento alcoólico, por sua vez, ouviu os passos e virou seu corpanzil enorme e gordo.

— O que vocês têm aí?

— Não sei, sargento. Pode ser um francês, pode ser um dos nossos, mas não está falando.

Connelley olhou o rosto, a bandagem, e fez um rápido sinal da cruz no peito.

— Pobre diabo. Pelo menos está em silêncio. Certo, rapazes, lá nos fundos. Temos pouco espaço sobrando. — Connelley se sentou em seu banco, virou a garrafa de rum e observou o novo homem ser carregado para a escuridão do úmido porão de tijolos. — Algum dinheiro nele?

— Não, sargento. Pobre que nem a porcaria de um irlandês.

— Olha como fala! — rosnou Connelley. Em seguida cuspiu no chão.

— Deviam ter me colocado com os oficiais lá em cima. Tem um bocado de dinheiro por lá. — E bebeu de novo.

Encostaram Sharpe na parede, colocando-o num fino colchão de palha cheio de calombos, e sua cabeça estava no espaço baixo onde o arco de tijolos encontrava o chão. Havia uma pilha de cobertores sujos sob a única janela, uma pequena grade no topo do arco, e o enfermeiro abriu um deles sobre o corpo nu com as pernas dobradas em posição fetal.

— Aí está, sargento, é todo seu.

— E está em boas mãos. — Connelly não era um homem indelicado. Poucos invejavam seu trabalho, mas ele não se importava. Tentava tornar as últimas horas de seus moribundos o mais tranquilas que podia, mas mesmo na morte esperava que os homens tivessem padrões. Especialmente se houvesse franceses morrendo em sua sala. Então repreendia os feridos britânicos, insistindo em que deveriam morrer como homens, e não se desgraçar diante do inimigo. "Você vai receber um velório decente, não vai?", dizia. "Com o regimento todo e armas apresentadas, as honras devidas, e está se lamuriando feito uma menininha. Que vergonha, homem, e você não vai morrer bem?"

Ele indicou a outra ponta da sala e falou com os enfermeiros.

— Tem um morto ali.

Fazia frio na sala da morte. Connelley bebia sem parar. Alguns homens faziam muito barulho ao respirar, alguns gemiam e outros falavam. O grande sargento percorria o corredor central de vez em quando, carregando um balde de água e uma concha, e segurava os pés dos pacientes para ver se tinham morrido. Foi até Sharpe e se ajoelhou ao lado dele. A respiração estava fraca, ele gemia baixinho, e Connelly pôs a mão no ombro nu, que estava frio.

— Ah, pobre homem. Você vai encontrar a sua morte! — Foi bamboleando até a janela, encontrou mais um cobertor, sacudiu-o como se pudesse livrá-lo dos piolhos que infestavam as costuras e o colocou em cima do que já cobria Sharpe. Um homem na outra ponta gritou, sentindo uma dor súbita, e Connelley se retorceu. — Ei, você aí, garoto! Epa! Calma aí! Morra bem, morra bem.

Um francês gritou, e Connelley se agachou ao lado dele, segurou sua mão e falou da Irlanda. Contou da beleza de Connaught ao francês que não entendia nada, das mulheres, dos campos tão fartos que os cordeiros viravam adultos em uma semana, dos rios tão densos que os peixes imploravam para serem apanhados. O francês se aquietou e Connelly lhe deu um tapinha no cabelo e disse que ele era corajoso, que sentia orgulho dele. Do outro lado da pequena grade o céu escureceu no crepúsculo, e os enfermeiros desceram e arrastaram o francês, que tinha morrido, com a cabeça batendo nos degraus.

A dor era como um sonho para Sharpe. Às vezes ele flutuava pelas camadas de dor e gritava, e em outras ocasiões ficava enfiado em suas dobras sufocantes e o sonho se retorcia por dentro, separado, mas fazendo parte dele, preso a ele como a lança nas mãos do soldado indiano que o havia prendido à árvore perto de Seringapatam. Aqui era escuro, escuro, no entanto, e ele gritou, chorando por causa da dor.

— Ei, você aí, garoto! — Connelley parou com a garrafa a meio caminho dos lábios. — Você é corajoso, claro que é. Seja corajoso, garoto.

Sharpe estava deitado de lado. Era uma criança de novo, sendo espancado, amarrado ao banco no lar dos enjeitados, o braço baixando de novo e de novo, a vara de bétula se lascando dentro dele, e o rosto do supervisor se transformou no de Wellington, rindo dele.

Sonhou. Teresa estava lá, mas ele não se lembrou daquele sonho, e não sabia se tinha sonhado com *la marquesa*. O crepúsculo se tornou escuridão, noite em Salamanca, e deveria ter sido sua última noite na grande cama com dossel preto. Gemeu no colchão de palha, e Connelley, meio bêbado, gritou em sua voz cantarolada que ele morresse bem.

Dormiu. Sonhou que os ratos estavam comendo a pasta de farinha e água grudada no cabelo de um soldado. Os recrutas eram obrigados a deixar o cabelo crescer, e, quando estava suficientemente comprido, ele era puxado para trás e torcido em volta de uma tira de couro, puxado com tanta força que alguns recrutas gritavam enquanto o cabelo era arrancado e torcido. O cabelo puxado era arrumado no rabicho de doze centímetros, um rabo de cavalo sólido, grudado com uma pasta de farinha e água de modo a ficar rígido e branco. E às vezes, durante a noite, os ratos mastigavam o rabicho. Então, chegando à superfície da dor, ele se lembrou de que não tinha pasta de farinha no cabelo havia doze anos, que o Exército tinha abandonado esse hábito, mas que os ratos eram reais, correndo pelos cantos do porão. Tossiu para eles, cuspiu debilmente, encolheu-se de dor e gritou.

— Morra bem, garoto, morra bem. — Connelley tinha acordado. Deveria ter sido dispensado horas antes, mas isso raramente acontecia. Deixavam-no beber em paz com os moribundos. O sargento irlandês se levantou, gemeu quando a dor o atacou e gritou de novo para Sharpe: — São só os ratos, garoto, eles não vão tocar em você enquanto estiver vivo.

Então Sharpe soube que a dor era real, que isso não era sonho, e desejou estar sonhando de novo, mas não conseguia. Abriu os olhos para a escuridão úmida, a dor pulsando dentro dele, fazendo-o soluçar. Forçou os joelhos para cima e se retesou, mas a dor era terrível e engolia tudo.

A luz fraca da tocha na escada tremeluzia na parede do porão. Os tijolos reluziam úmidos, curvando-se escuros na direção da cabeça de Sharpe, e ele soube que estava neste lugar para morrer. Lembrou-se de Leroux, de *la marquesa*, e soube que estivera confiante demais, mas que agora tudo havia acabado. Tinha percorrido um caminho muito longo desde o lar dos enjeitados até o posto de capitão no Exército britânico, mas neste momento estava tão impotente quanto aquela criança amarrada ao banco enquanto a vara de bétula a açoitava. Ia morrer e estava impotente, como uma criança. Soluçou, e a dor era como ganchos de pendurar carne, rasgando-o, e sonhou de novo.

O padre irlandês zombava dele, cravando uma lança comprida na sua cintura, e Sharpe soube que estava sendo mandado para o inferno. Sonhou que estava num prédio vasto, tão alto que o teto era oculto pela névoa, preso pela lança comprida bem no centro do piso. Ele era minúsculo, e o grande espaço ecoava com gargalhadas, gargalhadas insanas que trovejavam e ecoavam na enorme construção. Sabia que num segundo o chão iria se abrir e ele cairia eternamente, até os poços do inferno. Lutou para sair daquele sonho e voltar à dor. Não iria para o inferno, não iria, e não morreria, mas a dor o fazia querer dormir ou gritar.

Os tijolos brilhavam acima de seu rosto. A água fria pingava lentamente no colchão fino. Sabia que era o meio da noite, o reino da morte, e os ratos passavam rente à parede. Tentou falar, forçando as palavras através das garras da dor, e sua voz era como o vento agitando espinheiros.

— Onde estou?

Connelley estava bêbado, dormindo, e não houve resposta.

Nenhum sinal de Harper. Sharpe se lembrava do corpo na escada, seu amigo, e do sangue empoçado no degrau, e chorou porque estava sozinho, morrendo, e não havia ninguém ali. Não havia ninguém. Nem Harper, nem Teresa, nem sua mãe, nem família, só um porão úmido com ratos, frio no reino da morte. Toda a glória de bandeiras carregadas para a fumaça das batalhas, do orgulho de um soldado, das baionetas ondulando ao sol e das botas avançando através das fagulhas em direção à vitória terminavam aqui. Numa sala da morte. Sem Harper. Sem um sorriso lento, sem pensamentos compartilhados sem palavras, sem gargalhadas.

Chorou, e em seu choro jurou que não iria morrer.

A dor estava em toda parte. Sharpe forçou a mão direita a baixar e encontrou as pernas nuas, então moveu a mão esquerda e encontrou a bandagem, tateou em volta dela, até a parte de baixo da barriga, e a dor gritou por dentro dele num enorme jorro vermelho de agonia que o lançou de novo ao estado de inconsciência.

Sonhou que sua espada estava quebrada, pedaços cinza lascados, inúteis. Sonhou.

Um homem gritou na sala, um grito agudo e entrecortado que espantou os ratos e acordou Connelley.

— Ei, você aí, garoto! Está tudo bem, está sim, e eu estou aqui. Ei, garoto, garoto! Calma, agora. Morra bem!

— Onde estou? — A voz de Sharpe não foi ouvida no meio do barulho. Mas ele soube. Tinha visto salas da morte antes.

O homem que havia gritado estava chorando, pequenos ganidos que chegavam ao auge em soluços patéticos. O sargento Connelley engoliu rapidamente um pouco de rum, jogou a garrafa num bolso enorme e foi bamboleando pela sala com seu balde de água. Outros homens estavam se mexendo, pedindo água, pedindo as mães, luz, ajuda, e Connelley se dirigiu a todos:

— Estou aqui, garotos, estou aqui, e vocês são corajosos, não são? Agora sejam corajosos! Nós temos os franceses, temos, sim, e vocês vão querer que eles achem que nós somos fracos?

A respiração de Sharpe estava curta e superficial, e ele jurou que não iria morrer. Tentou bloquear a dor, mas não conseguiu, então tentou se lembrar de homens que tinham saído vivos da sala da morte. Não conseguiu. Só conseguia pensar em seu inimigo, o sargento Hakeswill, que havia sobrevivido a um enforcamento, e Sharpe jurou que não iria morrer.

Connelley silenciava os homens com sua ternura ríspida. Andou pela sala, parando junto de alguns, descobrindo que alguns estavam mortos, reconfortando outros. Sharpe estava à deriva na dor; ela era como uma coisa viva, prendendo-o, lutando contra ele. Connelley se ajoelhou ao seu lado, falou com ele, e Sharpe escutou a voz irlandesa.

— Patrick?

— Você se chama Patrick? E a gente pensando que era francês. — Connelley acariciou o cabelo escuro.

— Patrick?

— E é um belo nome, garoto. Meu nome é Connelley, e vim de Kilkieran Bay. Você e eu vamos andar nos penhascos de lá.

— Morrendo. — A intenção de Sharpe era que a palavra saísse como uma pergunta, mas veio como declaração.

— Claro que não! Você ainda vai perseguir as mulheres por aí, Paddy, vai, sim. — Connelley pegou sua garrafa de rum, levantou delicadamente a cabeça de Sharpe e derramou uma quantidade minúscula entre os lábios. — Agora durma, Paddy, ouviu?

— Não vou morrer. — Cada palavra saía fraca, quase com uma borda de soluço.

— Claro que não vai! — Connelley baixou a cabeça. — Eles não podem matar a nós, irlandeses.

Em seguida, recuou para o corredor e se levantou. A sala estava mais silenciosa, porém Connelley sabia que o barulho poderia recomeçar. Os moribundos eram como cachorrinhos. Assim que um se agitava, toda a ninhada começava a latir, e um homem merecia um pouco de silêncio para beber e morrer. Cantou para eles, andando para lá e para cá pelo corredor, cantou a Canção do Cabo, que falava da vida de soldado, repetindo o refrão várias vezes como se quisesse conduzi-los suavemente a uma morte de soldado.

— *É uma vida alegre, não o negue, é uma vida boa. É uma vida alegre, não o negue, é uma vida boa.*

CAPÍTULO XV

Na manhã seguinte, o tenente Price fez a companhia marchar para o campo, a oeste da cidade, onde uma sepultura comum tinha sido cavada para os franceses. A companhia estava em choque, sem acreditar. Pararam perto da vala. Price olhou para o buraco. Parecia que cães tinham cavado a parte onde os corpos amortalhados já haviam sido cobertos de terra. Uma sentinela deu de ombros.

— Nós pegamos a porcaria de um maluco aqui mais cedo, senhor. Estava tentando desenterrar os corpos.

Estavam em duas fileiras. Price assentiu para McGovern.

— Vá em frente, sargento.

Parecia terrivelmente inadequado. As ordens foram dadas, mosquetes e fuzis foram para os ombros, a saraivada ecoou nas casas. Tudo parecia seco demais, errado demais, inadequado demais.

Quando a saraivada e seu eco morreram, houve um repentino toque de sinos na cidade, sinos dobrando, vitoriosos e em júbilo, e a companhia marchou para longe deles, indo para o norte, deixando uma pequena nuvem de fumaça que pairava acima da sepultura.

Hogan escutou a saraivada, muito distante, e em seguida vieram os sinos clamando. Ajeitou a farda, tirou o chapéu bicorne e entrou na catedral. Era domingo. Um *Te Deum* seria cantado pela libertação de Salamanca, pela destruição dos fortes, mas era uma comemoração meio desanimada. A catedral estava cheia, apinhada de fardas espalhafatosas, cidadãos sombrios e padres de batina. O órgão trovejava no grande espaço, mas Hogan só sentia uma imensa tristeza. A congregação cantava e respondia, repetia os movimentos, mas sabia que a libertação de Salamanca era temporária, que o exército de Marmont ainda precisava ser destruído. Algumas pessoas, mais bem informadas, sabiam ainda que havia outros quatro exércitos franceses na Espanha e que nenhuma cidade estaria livre até que todos fossem derrotados. E o preço seria alto. Grande parte de Salamanca já fora destruída para abrir espaço em torno das fortalezas. A cidade tinha perdido claustros, pátios, faculdades e casas; tudo transformado em entulho.

Depois do serviço religioso, Wellington parou sob os entalhes fantásticos das grandes portas a oeste, diante do palácio do bispo, e recebeu os aplausos da multidão. Passou pelas pessoas, assentindo e sorrindo, às vezes acenando com o chapéu simples, mas seus olhos corriam pelos rostos procurando alguém. Viu Hogan, e o chapéu fez um gesto para o irlandês.

— Milorde?
— Está feito?
— Sim, milorde.

Wellington assentiu.

— Marchamos hoje à noite.

Hogan foi deixado para trás pelo general, que seguiu em frente. O que estava feito era colocar uma guarda discreta para El Mirador. Não foi uma decisão fácil. Proteger El Mirador implicava dizer à guarda escolhida quem era a pessoa guardada e por que ela era importante, mas, com Leroux livre, só restava esse caminho. Foi lorde Spears, com o braço se recuperando, mas ainda não totalmente em condições de assumir os serviços normais, quem recebeu a tarefa. A princípio ficou relutante, mas, quando disseram que El Mirador não deveria ser vigiado de perto, em casa, só em locais públicos, cedeu. Ao que parecia, ainda teria tempo para sua jogatina implacável. Então, quando lhe contaram a identidade de El Mirador, balançou a cabeça, incrédulo.

— Que Deus abençoe minha alma, senhor! Jamais adivinharia!

Ninguém no quartel-general, a não ser o próprio Wellington e Hogan, sabia qual era a nova tarefa de lorde Spears. Hogan sabia que Leroux tinha uma fonte no quartel-general britânico.

Então tudo o que podia ser feito estava feito, e com pesar, com relutância, porque para Hogan ainda não havia caído a ficha de que Sharpe estava morto. Duas vezes naquela manhã viu oficiais fuzileiros andando pela rua e nas duas vezes seu coração disparou, pensando ser Sharpe. Então se lembrou. Richard Sharpe estava morto, e o exército continuaria marchando sem ele. Hogan deixou a multidão se dispersar e andou lentamente, desconsolado, pelas ruas.

— Senhor! Senhor! — gritaram para ele, a voz vinda da parte de baixo da ladeira. — Major Hogan!

Hogan olhou para a parte de baixo da rua íngreme que percorria. Um grupo de prisioneiros acorrentados era levado por prebostes, um dos quais bateu com a coronha de um mosquete num homem algemado. Hogan tinha reconhecido a voz. Correu.

— Pare com isso! Pare com isso!

Os prebostes deram meia-volta. Eram a força policial do Exército, por quem todos sentiam aversão, e acompanharam a aproximação de Hogan com silenciosa truculência. O sargento Harper, que havia gritado, ainda estava no chão. Olhou para Hogan.

— Pode mandar essa escória me soltar, senhor?

Hogan sentiu um alívio imenso ao ver Patrick Harper. Havia algo tranquilizador em seu colega irlandês, e Harper era tão inseparável de Sharpe que Hogan sentiu uma esperança súbita, louca, de que, se Harper estava vivo, Sharpe também devia estar. Agachou-se ao lado do sargento que esfregava o ombro onde o preboste o havia acertado.

— Achei que você estava no hospital.

— E estava. Dei o fora. — Harper estava com raiva. Cuspiu no chão. — Acordei hoje de manhã, senhor, cedo, com uma dor de cabeça que parecia obra do próprio diabo. Fui procurar o capitão.

Hogan se perguntou se Harper ainda não sabia. E se perguntou como o grande sargento tinha sido preso. Os prebostes se remexeram, carrancudos, e um deles sugeriu ao outro que fosse procurar seu capitão. O homem partiu. Hogan suspirou.

— Acho que ele morreu, Patrick.

Harper balançou a cabeça, teimoso.

— Não morreu, senhor. — As correntes tilintaram quando ele ergueu a mão para silenciar Hogan. — O guarda no portão disse que ele tinha morrido, que foi enterrado com os franceses.

— Isso mesmo. — Foi o que Hogan avisou ao sargento no portão do Colégio dos Irlandeses. — Sinto muito, Patrick.

Harper balançou a cabeça de novo.

— Ele não está lá, senhor.

— Como assim?

— Eu olhei. Ele não está lá.

— Você olhou? — Hogan notou pela primeira vez que a calça de Harper estava suja de terra.

Harper se levantou, elevando-se acima dos outros prisioneiros.

— Eu cortei mais de vinte mortalhas, senhor, até as que fediam. Sharpe não estava lá. — Ele deu de ombros. — Achei que o homem merecia ao menos um enterro decente.

— Quer dizer... — Hogan parou. A esperança surgiu, mas ele a reprimiu. Virou-se para o preboste. — Solte-o.

— Não posso fazer isso, senhor. São as regras.

Hogan era um homem pequeno, em geral afável, mas podia ser levado a uma fúria espantosa. Lançou-a sobre o preboste, ameaçou-o com as mesmas algemas, ameaçou-o com batalhões de castigo nas Ilhas da Febre, e o preboste, encolhendo sob o ataque, tirou os parafusos das algemas. Harper esfregou os pulsos enquanto o outro preboste, com o capitão, voltava. O capitão deu uma olhada no prisioneiro libertado, prestou continência a Hogan e se lançou numa explicação.

— O prisioneiro foi encontrado esta manhã, senhor, violando os mortos...

— Silêncio. — A raiva transparecia na voz de Hogan. Olhou para Harper. — Onde estão suas armas?

Harper virou a cabeça para os prebostes.

— Estão com esses filhos da mãe, senhor.

Hogan olhou para o capitão.

— As armas do sargento Harper devem ser entregues a mim, major Hogan, no quartel-general do Exército, em menos de uma hora. Devem estar limpas, polidas e lubrificadas. Entendido?

— Sim senhor.

Harper pisou no pé do sujeito que o havia acertado com o mosquete. Hogan viu o rosto do homem se encolher de agonia, Harper comprimiu o pé com mais força, então se afastou com ar de surpresa.

— Desculpe. — E olhou para Hogan. — Devemos procurá-lo, senhor?

Hogan tinha visto o calombo e o sangue na cabeça de Harper. Apontou para ele.

— Como está?

— Terrível, senhor. Parece que algum desgraçado arrancou meus miolos. Mas vou sobreviver. — Harper foi andando pela rua.

Hogan o alcançou.

— Não tenha esperança demais, Patrick. — Não queria dizer isso, mas precisava. — Ele levou um tiro e os cirurgiões não o viram. — Hogan precisou correr para acompanhar o enorme sargento. — Provavelmente foi enterrado com os britânicos, Patrick.

Harper balançou a cabeça.

— Ele não foi enterrado, senhor. Provavelmente está sentado em alguma cama berrando e pedindo o desjejum. Ele sempre teve uma língua terrível de manhã.

Hogan balançou a cabeça.

— Você não ouviu. Eles não trataram nenhum oficial britânico com ferimento de bala. — Odiava acabar com as esperanças de Hogan, mas o sargento irlandês parecia não se abalar.

— O senhor procurou?

— Procurei. Na ala dos oficiais, na ala de cirurgia, entre os mortos no pátio.

— Na ala das outras patentes?

Hogan deu de ombros.

— O sargento Huckfield procurou você, não viu Sharpe. Por que Sharpe estaria lá?

Harper franziu o rosto com a dor na cabeça.

— Eles não trataram nenhum oficial?

Hogan sentiu pena de Harper. Enfim a verdade havia se assentado.

— Sinto muito, Patrick. Não.

— Pode ser que não. O patife estava sem a jaqueta, e sem dúvida viram as cicatrizes nas costas dele.

— Ele o quê? — Hogan se desviou de um vendedor de água que balançava o bico de couro do odre na esperança de que o major comprasse.

Harper deu de ombros.

— Ele deixou a jaqueta com o tenente, não foi? Estava quente demais lá fora. E os cirurgiões devem ter visto as costas dele. Como as minhas. — Tanto Sharpe quanto Harper tinham sido açoitados, e as cicatrizes jamais sumiram.

Hogan xingou o distraído tenente Price, que nem pensou em mencionar a jaqueta de Sharpe. Começou a correr, a esperança subitamente vertiginosa, e eles subiram os degraus do colégio de dois em dois. A esperança permaneceu ao entrarem na ala dos soldados rasos. Hogan imaginou o rosto de Sharpe ao vê-los, o alívio, as piadas dizendo que tinha sido confundido com um soldado raso, até mesmo com um francês, mas Sharpe não estava lá. Procuraram em cada sala, duas vezes, e os rostos no chão permaneciam os mesmos. Harper deu de ombros.

— Talvez ele tenha acordado e dito quem era, não é?

Os enfermeiros disseram que não. Não tinham visto nenhum oficial, nenhum paciente reclamando por estar naquela enfermaria. Nada de Sharpe. A esperança se foi. Até Harper pareceu resignado.

— Posso desenterrar os britânicos, senhor.

— Não, Patrick.

Um dos enfermeiros tinha se envolvido na busca. Ele continuava andando, esperançoso, no meio dos feridos apinhados. Olhou para Hogan e pareceu relutante em falar.

— O tiro foi feio, senhor?

Hogan assentiu.

— Foi.
— Será que ele está no reino de Connelley, senhor?
— O quê?

O enfermeiro apontou pela janela para uma portinha do outro lado do pátio.

— A sala da morte, senhor. O porão.

Atravessaram o gramado, passaram por baixo dos toldos ainda estendidos em volta do poço, e Harper abriu a porta. Um fedor saiu à luz do sol, um fedor de pus, sangue, vômito, imundície e morte. Havia uma luz na base da escada, uma luz de tocha frágil e tremeluzente, e o corpanzil enorme de um homem espiou para cima na luz fraca.

— Quem é?
— Amigos. Quem é você?
— Connelley, meritíssimo. Sargento. O senhor veio me dispensar, por gentileza?
— Não. — Harper desceu a escada, pisando com cuidado porque estava escorregadia, e o fedor de doença e morte piorou. A sala estava cheia de gemidos, gritos fracos, mas os corpos estavam absolutamente imóveis, como se, na escuridão, estivessem ensaiando para a sepultura. — Estamos procurando um homem com uma cicatriz no rosto e cicatrizes nas costas. Levou um tiro ontem.

Connelley balançou ligeiramente, o fedor de bebida no hálito.

— O senhor seria irlandês?
— Eu sou, sim. Sabe alguma coisa do homem?
— Uma cicatriz, o senhor disse? Todos têm cicatrizes. São soldados, e não donzelas leiteiras. — Connelley gemeu e se sentou com todo o seu peso no banco. Balançou uma das mãos indicando a pequena janela com grades. — Recebemos um rapaz irlandês ontem, levou um tiro. Ele diz que se chama Patrick. Estava vivo uma hora atrás, mas não vai durar. Eles nunca duram. — Hogan tinha descido a escada e o sargento gordo e bêbado olhou a farda do oficial. — Ai, meu Deus, é um oficial, com certeza. — Ele se levantou com dificuldade e sua mão oscilou numa saudação. A saudação se transformou num aceno expansivo pela sala. — E todos são bons

rapazes. Sabem morrer como homens, sabem, sim, e não há necessidade de o senhor ser rude, senhor, eles estão cumprindo com o dever.

Harper empurrou Connelley delicadamente de volta ao banco. Pegou a tocha no suporte e partiu para examinar a sala. Hogan olhou para ele e sentiu a esperança se encolher a nada. Os corpos estavam imóveis demais, irremediáveis. A sala parecia uma sepultura.

Harper se agachou sob o teto de tijolos e segurou a tocha acima dos corpos. Foi primeiro para a esquerda, para a parte mais escura do porão, e viu rostos pálidos. Alguns dormiam, alguns estavam mortos, e outros observavam a luz passar, com uma esperança terrível nos olhos de que ela pressagiasse alguma ajuda, algum milagre. Muitos tremiam embaixo dos cobertores. A febre iria matá-los, se os ferimentos não o fizessem antes.

Harper não conseguia imaginar que um homem pudesse estar naquela sala e sobreviver; era a sala da morte, e eles estavam ali para morrer. O sargento gordo, Connelley, parecia bastante honesto. Alguns funcionários de salas da morte simplesmente sufocavam os homens postos sob seus cuidados ou enfiavam uma adaga entre as costelas, porque não suportavam os choros intermináveis, os gemidos, os modos impotentes e infantis dos agonizantes. Harper se virou junto à parede dos fundos e levou a tocha para o outro lado. Parou algumas vezes, puxou cobertores úmidos de cima de rostos escondidos e viu a febre e sentiu o cheiro da morte. Passou pela escada onde Hogan estava, junto ao banco de Connelley.

— Alguma coisa, sargento? — O sussurro de Hogan era uma expressão de preocupação. Harper não respondeu.

Parou ao lado de outro homem de rosto escondido, as pernas encolhidas, e puxou o cobertor que estava levantado até o cabelo escuro. Havia um segundo cobertor por baixo, e o homem o agarrava, escondendo o rosto, e Harper teve de abrir os dedos do sujeito à força para puxá-lo.

Os olhos estavam vermelhos. As bochechas já pareciam afundadas. O rosto estava pálido, o cabelo encharcado de suor e água. Harper não conseguia detectar nenhuma respiração, mas os dedos não estavam frios, e o irlandês enorme pôs um dedo na cicatriz comprida. Os olhos não se mexeram. Encaravam o vazio, o espaço onde os ratos estiveram à noite. A voz de Harper saiu muito suave.

— Seu patife idiota. O que está fazendo aqui?

Os olhos de Sharpe se moveram lentamente para o rosto que tremeluzia à luz da tocha.

— Patrick? — Não havia força na voz.

— Isso. — Harper olhou para Hogan. — Ele está aqui, senhor.

— Vivo? — A voz de Hogan mal passava de um sussurro.

— Sim senhor. — Mas por pouco, pensou Harper, por um triz, mas vivo.

CAPÍTULO XVI

Marmont havia marchado para o norte, para longe do rio Tormes, sessenta quilômetros até o vale do rio Douro. A poeira da retirada francesa espiralava alto acima das rodas, das botas e dos cascos do exército; poeira que se espalhava ao sol sobre os campos de trigo. Era como a fumaça fina de um incêndio inimaginavelmente grande num capinzal. Ela se esvaía, levada para o leste por uma brisa vinda do distante Atlântico, e a planície de Leon ficou vazia, a não ser por falcões pairando, por lagartos, papoulas e centáureas que espalhavam cor na terra desbotada.

Na segunda-feira, 29 de junho, dia de são Pedro e são Paulo, o exército britânico foi engolido pela névoa da imensa planície. Ele seguia para o norte, atrás de Marmont, e tudo que vinha da frente eram boatos. Num dia o povo de Salamanca dizia que houvera uma grande batalha, que o céu havia se iluminado com os clarões dos grandes canhões, mas era apenas uma tempestade de verão cobrindo de prata o horizonte escuro, e no dia seguinte tinha outro boato. Diziam que Wellington tinha sido derrotado e decapitado, e em seguida eram os franceses que tinham perdido, que haviam deixado o Douro vermelho com seu sangue, envenenado o rio com seus cadáveres. Eram apenas boatos.

O dia da Visitação da Santa Virgem Maria passou batido, depois o dia de são Martinho, e uma jovem camponesa em Barbadillo disse que um anjo havia lhe aparecido em sonho. O anjo tinha uma armadura de ouro e carregava uma espada escarlate com duas lâminas. O anjo dissera que a última batalha seria travada em Salamanca, que os exércitos do norte atormentariam a cidade, derramariam sangue em suas ruas, profanariam as catedrais, pisoteariam a hóstia até que, em desespero, a terra iria se abrir e engolir tanto os maus quanto os bons. O padre de sua aldeia, um homem preguiçoso e sensato, mandou trancafiá-la. Já havia problemas suficientes no mundo sem mulheres histéricas, mas o boato se espalhou e os camponeses olhavam suas jovens oliveiras e se perguntavam se viveriam para ver uma colheita de outono.

No norte, para além do Douro, para além da Galícia, do outro lado dos Pireneus e da própria França, um homem pequeno comandava um exército vasto que seguia para a Rússia. Era um exército como o mundo não via desde que os cascos dos bárbaros vieram da alvorada. A guerra se tornara inconcebível, tão vasta que os sonhos de uma camponesa de Barbadillo não estavam tão distantes dos temores de estadistas mais sóbrios. Do outro lado do Atlântico, para além da crista revolta das ondas, os americanos preparavam suas forças para invadir o Canadá Britânico. Esta era uma guerra mundial, travada desde os Grandes Lagos até o oceano Índico, das estepes da Rússia até a planície de Leon.

Sharpe estava vivo. Uma mensagem foi enviada para o South Essex, no norte, e outra mais para o norte, até La Aguja, "a agulha", contando sobre o ferimento de seu marido e pedindo a ela que viesse para o sul. Hogan não tinha esperança de que seu mensageiro alcançasse Teresa; a jornada era longa e os guerrilheiros usavam trilhas secretas e esconderijos.

Sharpe foi transportado para o andar de cima. Tinha seu próprio quarto, pequeno e vazio, e Harper e Isabella separaram o cômodo ao meio com uma cortina e moravam com ele. Os médicos diziam que Sharpe ia morrer. A dor, afirmavam, o acompanharia, até aumentaria, e o ferimento iria virar um abscesso com sangue e pus constantes. A maior parte do que eles disseram se provou verdade. Hogan havia ordenado que Harper ficasse, uma ordem desnecessária, mas às vezes o grande soldado irlandês tinha dificuldade em suportar a dor, o fedor e o desamparo de seu capitão. Ele e Isabella lavavam Sharpe, limpavam o pus, cobriam o ferimento e ouviam os boatos que chegavam até a pequena força britânica deixada na cidade.

Veio uma carta do batalhão, escrita pelo major Forrest e assinada com dezenas de nomes. A Companhia Ligeira escreveu sua própria, pela mão do tenente Price, enfeitada com as cruzes e as assinaturas dos homens, e às vezes Sharpe estava lúcido e ficava contente com as cartas.

De algum modo ele aguentou firme. A cada manhã Harper esperava encontrar seu capitão morto, mas ele sobrevivia, e até os médicos davam de ombros e admitiam que às vezes, muito raramente, um homem se recuperava daquele tipo de ferimento. Então, Sharpe ficou com febre. O ferimento ainda estava infeccionado, e o curativo era trocado duas vezes por dia, mas agora Harper e Isabella precisavam secar o suor de Sharpe e ouvir as arengas que ele murmurava dia e noite.

Isabella encontrou as calças de um fuzileiro, tiradas de um morto tão alto quanto Sharpe, e as pendurou na parede embaixo da jaqueta e acima das botas de Sharpe, que Harper tinha encontrado abandonadas no pátio pequeno. A farda esperava por ele, mas os médicos tinham mais uma vez desistido. A febre iria matá-lo. Harper quis saber como tratariam uma febre, e os médicos tentaram fazer com que ele desistisse, mas o irlandês ouvira falar de uma cura milagrosa, uma cura nova, algo que tinha a ver com a casca de uma árvore sul-americana. Os médicos tinham muito pouco dessa substância, mas Harper os intimidou e eles cederam, de má vontade. Harper deu a substância a Sharpe. Isso pareceu ajudar, mas os médicos tinham muito pouco dessa preciosidade. Só passaram a conhecê-la no ano anterior, era cara, e eles a faziam durar mais misturando o quinino em pó com pimenta-do-reino. Quando o quinino acabou, deram casca de quássia a Sharpe, mas a febre continuava alta. Nem mesmo o remédio da Marinha, sugerido por lorde Spears, que consistia em pólvora misturada com conhaque, funcionou.

Havia um remédio do Exército, e Harper decidiu usá-lo. Carregou Sharpe para baixo num dia de manhã, despiu-o completamente e o deixou na grama do pátio, ao lado do claustro. O sargento já havia tirado um balde de água depois do outro do poço e carregado até o claustro de cima, onde tinha enchido dois barris destinados a recolher água da chuva. Preferiria estar mais alto, no mínimo a três andares de altura, mas o claustro superior era o melhor que conseguiria. Olhou para o corpo nu e trêmulo e derramou o primeiro barril num choque frio e brilhante que explodiu em cima de Sharpe. Ele gritou, curvando-se ao meio, e o segundo barril veio em seguida numa cascata que achatou Sharpe, engasgou-o. Então Harper desceu a escada correndo, enrolou Sharpe num cobertor seco e carregou o corpo emaciado de volta para a cama. Os médicos disseram que Harper certamente havia matado Sharpe com aquele tratamento, mas naquela noite a febre baixou e Harper voltou da catedral e encontrou Sharpe lúcido outra vez.

— Como está se sentindo, senhor?

— Uma porcaria. — E parecia mesmo. Os olhos estavam afundados no rosto pálido.

Harper sorriu para ele.

— O senhor logo vai ficar de pé.

Harper e Isabella se revezavam rezando. Ela usava a capela do Colégio dos Irlandeses, fechada e linda, mas Harper achava que Deus poderia estar mais próximo da grande catedral. Subia o morro duas vezes por dia e rezava com intensidade infantil. Seu rosto largo e forte se franzia em concentração como se a própria força dos pensamentos pudesse impelir a oração para cima, para além das estátuas, do teto glorioso, até chegar a um céu onde tantas outras preces clamavam por respostas. Acendia velas para são Judas, patrono das causas impossíveis, e rezava a ele, implorava a ele, e de novo os médicos começaram a sugerir, cautelosamente, que existia uma chance; que às vezes os homens se recuperavam do ferimento, e Harper continuava rezando. Mas sabia que faltava alguma coisa. Davam remédios a Sharpe quando podiam, orações sobre as quais não lhe contavam, e Harper sabia que havia outra coisa; algo que poderia convencer Sharpe a viver. Faltava uma coisa.

As armas de Sharpe estavam desaparecidas. O fuzil fora roubado no hospital, a espada, quebrada por Leroux. Harper precisou de três dias e um suborno, mas no fim um almoxarife que trabalhava para o oficial encarregado da cidade abriu um pequeno armazém e remexeu nas prateleiras.

— Espadas — murmurou consigo mesmo. — Espadas. Pode pegar esta.

— Ele ofereceu um sabre a Harper.

— Isso é uma porcaria. Está cheia de cupim. Quero uma espada pesada, não esse lixo amassado.

O cabo almoxarife deu uma fungada. Encontrou outra espada, desta vez reta.

— Vinte libras?

— Quer que eu teste a lâmina em você? Já paguei.

O cabo deu de ombros.

— Preciso prestar contas desse lote.

— Coitadinho. E como você presta conta das coisas que rouba? — Harper foi até as prateleiras, examinou as armas e encontrou uma espada reta, de cavalaria pesada. — Vou levar esta. Onde estão os seus fuzis?

— Fuzis? O senhor não disse nada sobre fuzis.

— Bom, agora estou dizendo. — O sargento enorme tirou o almoxarife do caminho e passou. — E aí?

O cabo olhou de relance para a porta aberta.

— É mais do que vale a porcaria do meu trabalho.

— O seu trabalho é bosta de vaca. E aí, cadê os fuzis?

Relutante, o cabo abriu uma caixa.

— É só isso que temos. Não pegue muitos.

Harper escolheu um. Era novo, lindo, o fecho lubrificado, mas não serviria.

— Todos são assim?

— São. — O cabo estava nervoso.

— Pode ficar com ele. — Harper o colocou de volta. Gostaria de ter um daqueles, além de arrumar um para Sharpe, mas eram os fuzis novos com cano de carabina, menores que os antigos, e ele sabia que jamais conseguiriam uma fonte confiável de munição. O fuzil precisaria esperar. Sorriu para o almoxarife. — Agora uma bainha.

O homem balançou a cabeça.

— Bainha é difícil.

Harper apontou a espada para o pescoço do almoxarife.

— Você tem dois dólares meus. Isso significa que é fácil arranjar uma bainha. Agora me dê uma.

Ele deu. A espada não era como a antiga de Sharpe. Não tinha sido bem cuidada, estava cega, mas era uma espada de cavalaria pesada, e Harper começou a trabalhar nela. No primeiro dia refez a guarda. Era uma guarda fina no botão que se alargava, de modo que cobria o punho do homem e terminava num círculo largo que protegia contra uma lâmina inimiga que deslizasse pela espada para cortar a mão do cavalariano. Era uma guarda confortável se o homem passasse a vida na sela, mas o círculo de aço pesado cortaria as costelas de quem carregasse a espada como Sharpe a carregaria. A lâmina era longa demais para ficar pendurada confortavelmente na cintura. As alças da bainha precisariam ser encurtadas, de modo que o cabo e a guarda ficassem na base das costelas esquerdas de Sharpe. Harper pegou uma serra de metal emprestada, algumas limas e trabalhou na guarda. Cortou o lado direito da parte de trás do círculo, para além dos buraquinhos que podiam receber borlas para enfeite, até ficar a dois centímetros e meio da lâmina. Fez um gume grosseiro, torto e feio, mas o limou obsessivamente até que a forma da guarda nova estivesse lisa e com um bom acabamento. Em seguida, poliu o aço até parecer que tinha acabado de sair da fábrica de Wolley & Deakin, em Birmingham.

O cabo da espada era preso bem firme na lâmina, mas a empunhadura de madeira era áspera na palma da mão. Harper tirou a peça e limou a empunhadura, depois envernizou com óleo e cera de abelha até que o cabo estivesse marrom-escuro e brilhoso.

No segundo dia refez a lâmina. O gume de trás da espada era reto, e a ponta era feita curvando o gume da frente até encontrá-lo. Não era o tipo de ponta que agradava a Sharpe. O fuzileiro gostava de lâminas com dois gumes, ambos afiados, e uma ponta simétrica. Harper revirou as oficinas do colégio e encontrou a roda que os jardineiros usavam para afiar suas foices. Pôs óleo na roda, girou-a com o pedal e depois encostou a lâmina na pedra, fazendo-a ressoar. Ela guinchou e as fagulhas voaram do aço como fogo vivo. Trabalhou no gume de trás, curvando os últimos cinco centímetros até que o gume de trás e o da frente estivessem iguais. Conseguiu fazer uma ponta equilibrada. Em seguida, poliu a espada, colocando a lâmina na luz até garantir que as marcas da pedra estivessem regulares. O aço brilhava.

Por fim, enquanto a tarde se esvaía, afiou a lâmina. Deu um gume que Sharpe jamais tivera. Trabalhou e trabalhou na arma, e o perfeccionista que havia nele não queria desistir até que o gume da frente e os dezessete centímetros finais da parte de trás estivessem afiados como navalha. Deixou a roda desacelerar até parar.

Pegou um trapo e derramou azeite na espada. Poliu-a de novo, passou óleo, e era impossível reconhecer nesta a espada que havia pegado com o almoxarife. Não era nenhuma Klingenthal, mas também não era uma espada comum. Ele havia refeito a espada de Sharpe, com cuidado e amizade, e tinha posto em seu trabalho toda a magia celta que pôde reunir. Era como se, ao trabalhar na espada, estivesse trabalhando no próprio Sharpe. Ergueu a arma finalizada ao sol do oeste e ela reluziu com uma luz branca num raio ofuscante. Estava pronta.

Levou a espada para o andar de cima, ansioso para ver o rosto de Sharpe, e Isabella o encontrou. Ela corria pelo claustro, e a princípio Harper ficou alarmado, depois viu a expressão em seu rosto e ela se lançou para ele. Falava tão depressa que ele precisou fazer com que se acalmasse, então Isabella deu a notícia. Uma mulher tinha vindo, e que mulher! Cabelo como ouro e uma carruagem de quatro cavalos! Tinha visitado o hospital e distribuído presentes aos feridos, e depois — os olhos de Isabella ainda brilhavam com a lembrança — a mulher tinha ido ao quarto de Sharpe, visitado o capitão, e estava com raiva.

Harper pediu que explicasse mais devagar.

— Com raiva?

O capitão era um herói, não era? *La marquesa* havia gritado com os médicos, dito que era nauseante um herói viver num lugar assim e que no dia seguinte mandaria uma carruagem para que levasse Sharpe a uma casa fora da cidade, uma casa junto ao rio, e o melhor — e nesse momento Isabella ficou saltitando ao lado do enorme irlandês, agarrando sua jaqueta, empolgada — era que a aristocrata havia falado com ela, Isabella! Ela e Harper iriam com o capitão. Teriam serviçais, cozinheiros, e Isabella girou no claustro dizendo que *la marquesa* tinha sido gentil com ela, grata, e, por sinal, o capitão estava se sentindo melhor.

Harper sorriu com a alegria contagiosa dela.

— Repita tudo isso.

Ela repetiu, e desta vez queria saber onde ele estivera. Ele tinha deixado de conhecer *la marquesa*, a pessoa mais graciosa que Isabella já conhecera, uma rainha! Bom, quase uma rainha, e Harper não a havia conhecido, e amanhã todos iriam se mudar para uma casa perto do rio e teriam serviçais! E, por sinal, o capitão está muito melhor.

— Como assim, melhor?

— Eu troquei a bandagem, *si*? Ela estava aqui! Achei que ela podia nos visitar. Ela visita todo mundo. Por isso eu troco a bandagem, e nada de gosma. Patrick! Nada de gosma!

— Nada de pus?

— Nada de nada. Nem gosma nem sangue.

— Onde ele está agora?

Ela arregalou os olhos, porque sua história era dramática.

— Ele senta na cama, *si*? Senta! Muito feliz porque *la marquesa* o viu! — Ela deu um soco em Harper. — E você não a conheceu! Quatro cavalos! E seu amigo estava aqui.

— Meu amigo?

— O lorde inglês. Lorde Spears. — Ela suspirou. — Ele tem uma farda azul e prata, toda brilhosa, e não tem mais braço! A bandagem saiu!

— Quer dizer que o braço não está mais na tipoia?

— Foi o que eu disse. — Ela sorriu. — Você ia ficar bonito de azul e prata.

— É. Seria uma mudança do azul-hematoma. — Ele riu. — Pode ficar aqui, mulher? Quero falar com ele.

Harper abriu a porta do quarto de Sharpe e, como Isabella disse, ele estava sentado. Havia uma expressão de êxtase em seu rosto, como se esperasse que a dor insuportável retornasse a qualquer momento. Ele olhou para Harper e sorriu.

— Está melhor que antes. Não entendo.

— Os médicos disseram que era possível.

— Os médicos disseram que eu ia morrer. — Ele viu a espada na mão de Harper. — O que é isso?

— Só uma espada velha, senhor. — Harper tentou manter um tom casual, mas não conseguiu esconder o sorriso. Deu de ombros. — Achei que o senhor poderia querer.

— Mostre. — Sharpe esticou o braço, e Harper viu como o pulso do seu capitão estava desesperadamente magro. Harper estendeu a espada ao contrário, e Sharpe segurou o cabo. O irlandês puxou a bainha, deixando a espada na mão de Sharpe, que quase foi parar no chão com o peso. Sharpe teve de usar toda a sua força debilitada para levantar a lâmina comprida e desajeitada. Ela brilhava à luz fraca que entrava pela janela. Sharpe mantinha o olhar na espada, e sua expressão era tudo o que Harper poderia querer. A lâmina se virou lentamente, o braço terrivelmente fraco ensaiando a torção que a espada necessitava ao estocar um inimigo. Sharpe olhou para Harper. — Foi você que fez?

— É, bom, sabe como é, senhor. Eu não tinha muito o que fazer. Serviu para passar o tempo.

Sharpe girou a lâmina de volta e a luz correu pelo aço.

— É linda.

— É só o velho modelo de 1796, senhor. Padrão. Nada especial. Tirei as fissuras do gume, senhor. É verdade, senhor, que vamos nos mudar amanhã? Para círculos mais elevados, pelo que ouvi dizer?

Sharpe assentiu, mas não estava escutando direito as palavras de Harper. Observava a espada, deixando o olhar percorrer a lâmina de cima a baixo, desde a ponta nova até o lugar onde o aço se enterrava na guarda remodelada. Era peso demais para ele, e ela baixou, lentamente, até que a ponta pousou no colchão de palha. Ele olhou para Harper.

— Obrigado.

— De nada, senhor. Achei que o senhor poderia precisar.

— Vou matar o filho da mãe com ela. — Sharpe fez uma careta com o esforço, mas levantou a lâmina de novo. — Vou trucidar o filho da mãe.

Patrick Harper abriu um grande sorriso. Richard Sharpe iria viver.

TERCEIRA PARTE

De terça-feira, 21 de julho,
a quinta-feira, 23 de julho de 1812

CAPÍTULO XVII

Às vezes o rio estava prateado, uma camada de prata martelada, e às vezes verde-escuro como veludo. No crepúsculo podia parecer ouro derretido, pesado e lento, correndo generoso em direção à ponte romana, seguindo até se juntar ao rio Douro e depois ao mar distante. Às vezes estava liso feito um espelho, de modo que se via a margem oposta perfeitamente de cabeça para baixo na superfície, e em outras ocasiões ficava cinzento e agitado, mas Sharpe jamais se cansava de se sentar no abrigo com colunas que um marquês anterior havia construído à beira da água. Era um local privado, com apenas uma porta, e, quando estava trancada, os sons da casa e do jardim se esvaíam.

Ele se exercitava durante horas no abrigo, reforçando o braço que empunhava a espada, e a cada dia andava uma distância maior, de modo que, após a sexta noite de estada na casa, já conseguia caminhar o quilômetro e meio até a cidade e voltar. A única dor era uma coisa indistinta, repuxando. Comia prodigiosamente, devorando a carne que, como um verdadeiro inglês, sabia ser a única fonte de força. O capitão Lossow, da Legião Alemã do Rei, conseguiu lhe mandar um caixote cheio de cerveja em garrafas de cerâmica. Havia uma carta pregada no caixote. Era bem curta. "Os franceses não puderam matá-lo, portanto beba até morrer. Seu amigo, Lossow." Sharpe não conseguia imaginar como Lossow havia encontrado um caixote de cerveja inteiro na Espanha, mas sabia como o presente era generoso e se sentiu emocionado.

No quinto dia, disparou com o fuzil de Harper, deixando a coronha escoicear o ombro, forçando os braços cansados a manter o cano firme, e no décimo despedaçou uma das garrafas de cerâmica vazias e ficou satisfeito. Estava ganhando forças. Tinha escrito a Hogan no primeiro dia sem a dor cruel, e o escritório do oficial encarregado da cidade entregou a resposta. Hogan estava maravilhado com a notícia. O restante da carta era soturno. Falava de marchas e contramarchas infrutíferas pela planície, do descontentamento do exército porque os franceses pareciam estar superando as estratégias britânicas, derrotando-os sem travar uma batalha, e Hogan sugeriu que em breve o exército poderia recuar para Salamanca.

Na carta Hogan se desculpava por ainda não ter conseguido se comunicar com Teresa. A mensagem, ele sabia, tinha chegado a Casatejada, mas a esposa de Sharpe não estava lá. Estava mais ao norte, assolando as tropas do general francês Caffarelli, e Hogan não sabia quanto tempo iria se passar até que ela recebesse a notícia. Esperava que fosse logo. Sharpe se sentiu culpado por não compartilhar da esperança de Hogan. Assim que Teresa estivesse em Salamanca ele seria obrigado a abrir mão da companhia de *la marquesa*. Ela o visitava em quase todas as tardes, vindo ao abrigo junto do rio, e Sharpe se via ansioso pelas visitas, precisando da sua companhia. Harper escondia o espanto.

Na carta, o major Hogan mencionou Leroux. "Você não deve se preocupar, Richard, nem se sentir responsável pelo que aconteceu." Isso era gentileza da parte de Hogan, pensou Sharpe, porque ele era responsável. O fracasso o incomodava, deprimia, e ele se torturava imaginando o que o francês faria com *la marquesa* para que ela falasse. Ela achava que Leroux devia estar na cidade, e Hogan concordava. "Ele vai agir com discrição, achamos, até Salamanca estar de volta às mãos dos franceses (pois temo que esta seja uma possibilidade, caso não consigamos atrair Marmont para a batalha), e devemos torcer para que seus planos sejam frustrados. Se lutarmos contra Marmont e vencermos, Leroux terá de sair de Salamanca. Talvez já tenha saído, não sabemos, mas, enquanto isso, colocamos uma guarda para El Mirador. Você não precisa se preocupar com nada, a não ser com a recuperação completa."

A menção a uma guarda deixou Sharpe intrigado. *La marquesa* tinha vindo sozinha, a não ser pelo cocheiro, por um lacaio e por uma acompanhante. O cocheiro e o lacaio esperavam nos aposentos dos serviçais, a acompanhante era mandada para ler um livro na biblioteca comprida e escura da casa, enquanto *la marquesa* ia sozinha com Sharpe até o abrigo com colunas perto do rio. Ele mostrou a carta para *la marquesa*, que deu risada.

— Seria um pouco óbvio, Richard, não seria? Se eu viesse para cá com um homem armado cavalgando ao meu lado. Pare de se preocupar.

Na noite seguinte, lorde Spears a acompanhou, e os dois não puderam se esconder no pequeno abrigo. Andaram pelo jardim, conversando, e Sharpe teve de fingir — mesmo supondo que Spears soubesse a verdade — que mal conhecia *la marquesa*, que ela o havia tirado do hospital por um ato de caridade, e a chamava de "senhora" e "Milady". Sentia-se desajeitado e com língua presa, como havia acontecido no primeiro encontro dos dois. Em certo momento da noite, quando o sol era de um carmim glorioso no oeste, *la marquesa* foi até o muro baixo junto ao rio e jogou migalhas de pão para os patos. Sharpe ficou sozinho com Spears. O fuzileiro se lembrou de como o cavalariano quisera desesperadamente saber a identidade de El Mirador, de como ele tinha interrogado Sharpe na Plaza Mayor, na manhã depois do primeiro ataque às três fortalezas. Sharpe sorriu para Spears.

— Quer dizer que você descobriu?

— Sobre você e Helena? Você não foi nem um pouco discreto, meu caro Richard, vindo para cá, para o covil dela.

Sharpe balançou a cabeça.

— Não. Sobre El Mirador.

Uma notável expressão de alarme cruzou o rosto de Spears. Foi seguida por raiva e uma pergunta quase sibilada para Sharpe.

— Você sabe?

Sharpe assentiu.

— Sei.

— O que raios você sabe?

Sharpe tentou falar com calma, aplacar a raiva de Spears.

— Sei que pusemos uma guarda para El Mirador, e presumi que você estivesse fazendo isso.

— Como soube?

— Hogan me escreveu. — Não era toda a verdade. Hogan tinha escrito que El Mirador estava sob guarda, mas não havia citado nomes. O resto fora dedução de Sharpe, e ele não esperava essa reação quase violenta. Tentou acalmar Spears de novo. — Desculpe. Não quis ofender.

— Tudo bem, não fiquei ofendido. — Spears ajeitou o cabelo para trás. — Meu Deus! Nos disseram que este era o maior segredo desde que transformaram água em vinho, e então Hogan escreveu para você! Quantas pessoas mais sabem? — Spears olhou para *la marquesa*, depois de volta para Sharpe. — Sim, sou eu, mas, pelo amor de Deus, não conte a ninguém.

— Eu não contaria.

— É, acho que não.

Sharpe queria não ter mencionado isso. Tinha difamado Hogan ao sugerir que o major irlandês havia escrito tudo na carta, mas a raiva de Spears fez Sharpe decidir não se lançar numa explicação tortuosa.

La marquesa voltou e olhou para Spears.

— Você parece positivamente perturbado, Jack.

Spears sorriu para ela.

— Foi uma vespa, Helena, ameaçando minha virtude.

— Uma coisa tão pequena para ameaçar! — Ela se virou para Sharpe. — Está feliz aqui, capitão?

— Estou, sim, senhora.

Ela manteve uma conversa educada por causa de Spears.

— A casa é bem bonita. Foi o tio-avô do meu marido que a construiu. Ele era leproso, por isso foi obrigado a viver fora da cidade. A casa foi construída aqui para ele poder apodrecer feliz, sozinho. Dizem que tinha uma aparência pavorosa, e por isso os muros são tão altos.

Spears sorriu.

— Espero que você tenha lavado o lugar antes de colocar o Sharpe aqui.

Ela olhou para Spears, sorriu, depois encostou o leque no rosto dele.

— Que homem encantador você é, Jack. Diga ao meu cocheiro que se prepare, está bem?

Spears fez meia reverência.

— Você vai estar em segurança com Sharpe?

— Vou me arriscar, Jack. Agora vá.

Ela ficou observando Spears ir até a casa, então puxou Sharpe para a sombra de alguns arbustos. Havia um banco de pedra numa pequena clareira, onde ela se sentou.

— Me desculpe, eu não deveria tê-lo trazido.

— Acho que deveria.

Ela pareceu não se abalar.

— Por quê?

— Ele é seu guarda. É o serviço dele.

La marquesa o observou por alguns segundos.

— Como deduziu isso, Richard?

Sharpe ficou confuso. Primeiro Spears havia reagido quase com violência, e agora *la marquesa* o estava interrogando como se ele estivesse revelando a contabilidade de suas propriedades. Então pensou que ela devia estar com medo. Se Spears tinha contado a Sharpe, significava que ele não era de confiança. Sharpe sorriu.

— Primeiro, ele está aqui com você. Segundo, eu perguntei a ele. Ele não ofereceu a informação; na verdade, ficou com raiva por eu saber.

Ela assentiu.

— Bom. O que ele disse?

— Que era o guarda de El Mirador. — Sharpe sorriu. — La Miradora.

Ela retribuiu o sorriso.

— Não existe essa palavra, eu já disse. Em espanhol, "mirador" é masculino, não pode ser feminino. Jack é de confiança?

— Ele ficou com bastante raiva.

La marquesa suspirou, depois espantou uma mosca com o leque.

— Ele é um tolo, Richard. Não tem dinheiro, apostou tudo e perdeu, mas às vezes é divertido. Você tem ciúme?

— Não.

— Mentiroso. — Ela sorriu. — Não vou deixar que ele venha de novo. Esta noite ele insistiu. — Ela gargalhou. — Hoje você me lembrou de quando nos conhecemos. Ficou na defensiva com sua dignidade, pronto para se sentir ofendido.

— E você, pronta para ofender.

— E para outra coisa, Richard.

— É. — Sharpe se sentou ao seu lado. *La marquesa* conseguia ver a cor voltar ao rosto dele.

Ficou sentada em silêncio por um instante, a cabeça inclinada como se tentasse ouvir um som distante, depois relaxou.

— Não há tiros de canhões hoje.

— Não. — Não havia batalha, o que significava que os franceses tinham escapado de Wellington de novo, que os exércitos estavam chegando perto da cidade e que talvez estivesse se aproximando a hora em que Sharpe precisaria deixar Salamanca. Olhou para ela. — Venha conosco.

— Talvez você não vá.

— Talvez. — Mas seu instinto lhe dizia o contrário.

La marquesa se encostou nele, de olhos fechados, então Spears gritou da casa, anunciando que a carruagem estava pronta. Ela olhou para Sharpe.

— Amanhã virei mais cedo.

— Por favor.

Ela beijou-o.

— Exercitou-se hoje?

— Sim, senhora. — Ele sorriu.

Ela prestou continência, brincando.

— Não desista, capitão.

— Jamais.

Sharpe a acompanhou até a casa e ficou olhando a carruagem passar pelo portão alto, com o cavalo de Spears atrás, depois se virou de novo para a construção. Era sua última noite com Harper, até Deus sabe quando, pois no dia seguinte o sargento iria para o norte, levando Isabella, voltando ao South Essex. Harper marcharia com um grupo de homens que se recuperaram dos ferimentos, e, para marcar a última noite, o irlandês grandalhão e Isabella comeram com Sharpe na sala de jantar formal, e não na cozinha.

Sharpe passou os dias seguintes sozinho, exercitando-se e caminhando, recebendo notícias cada vez piores do norte. Um oficial que tinha sido mandado de volta para Ciudad Rodrigo parou na casa para beber água e se sentou no jardim com Sharpe, falando da raiva dos soldados por não terem permissão de lutar. Wellington parecia estar cedendo terreno, sempre recuando para longe dos franceses, e a cada dia chegavam mais reforços para o exército de Marmont. O oficial disse que Wellington estava sendo cauteloso demais, que perderia a campanha, e Sharpe não compreendia. O exército havia marchado de Portugal cheio de esperança, e agora essas esperanças tinham sido desperdiçadas. A campanha estava sendo perdida sem uma batalha sequer, e as manobras de cada dia traziam os exércitos mais para perto da cidade, uma promessa de que logo Leroux teria liberdade para caçar de novo. Sharpe se perguntou onde o francês estaria, o que estaria fazendo, e treinava com a espada grande na esperança remota de ver Leroux outra vez.

Um mês depois do ferimento de Sharpe, todas as más notícias foram confirmadas. O dia havia trazido nuvens de poeira para o leste, e à noite Sharpe soube que os exércitos tinham chegado ao Tormes, a leste da cidade, e que Salamanca trocaria de mãos outra vez. Hogan enviara outra carta, entregue em mãos por um irritado cavalariano que tinha ido primeiro ao Colégio dos Irlandeses, depois ao oficial encarregado da cidade, e por fim encontrara Sharpe. A carta era breve, a mensagem, grave. "Essa noite atravessamos o rio e amanhã marchamos para o oeste. Os franceses estão marchando mais depressa que nós, por isso precisamos nos apressar. Receio que será uma corrida até a fronteira portuguesa, e não tenho certeza se podemos vencer. Você deve ir embora. Arrume a bagagem agora! Se não tiver cavalo, tente encontrar o quartel-general. Vou lhe emprestar minha montaria de reserva. Despeça-se e vá, antes do alvorecer de amanhã." O "antes" estava sublinhado. "No ano que vem talvez possamos torcer o rabo de Marmont, mas infelizmente não neste. Com pressa, Michael Hogan."

Sharpe tinha pouca bagagem para arrumar. Parou no jardim olhando o rio e viu as cabras que viviam nas colinas distantes descendo até o terreno baixo. Era um sinal certo de que uma chuva forte estava a caminho, mas o sol ainda brilhava. Sharpe olhou para cima e, sem dúvida, havia nuvens chegando do norte. O rio estava prateado, salpicado de verde.

Colocou suas poucas coisas na mochila. Duas camisas de reserva, dois pares de meia de reserva, uma marmita de lata, a luneta, uma navalha, e encheu a mochila de couro de boi até em cima com comida que pegou na cozinha. Embrulhou dois pães, uma peça de queijo e uma grande de presunto. A cozinheira lhe deu garrafas de vinho, que ele enfiou na mochila e depois derramou uma terceira no cantil de reserva. Não tinha fuzil para carregar, só a espada grande na alça curta.

Voltou para o jardim. O céu estava mais escuro, quase preto, e ele decidiu esperar a manhã antes de partir. Disse a si mesmo que tinha ficado preguiçoso, que estava ficando mole porque queria se poupar de uma noite ao relento, mas sabia que esperava pela manhã na esperança de que *la marquesa* viesse esta noite. Talvez fosse a última noite dos dois. Pensou em ir até a cidade, ao *palacio* Casares, mas então ouviu o som de cascos, do portão sendo aberto, e soube que ela estava chegando. Esperou.

Existia algo curiosamente belo na paisagem. O sol ainda brilhava, inclinando-se atrás das nuvens, e dava à terra uma luminescência que o céu havia perdido. Acima havia escuridão, cinza e preto; abaixo, uma cena reluzente de colinas verdes, construções brancas e luminosas, e o rio que parecia seda oleada. O ar estava pesado. As nuvens faziam pressão como se o peso da água as estivesse baixando. Sharpe esperava que a chuva começasse a qualquer segundo, mas ela se segurou; estava conservando a força. As cabras, como sempre, estavam certas. Haveria um enorme aguaceiro esta noite. Ele foi até o abrigo com colunas, construído, segundo *la marquesa*, como imitação de um pequeno templo grego. Parou no degrau mais alto, junto à porta, e subiu no lintel, de onde conseguia enxergar a cidade por cima do muro alto. Talvez fosse seu último vislumbre de Salamanca à noite. O sol desenhava a silhueta das pedras elegantes, cercava a grande catedral de ouro vermelho. Então, ele abriu a porta e esperou *la marquesa*. O rio estava quase preto, com redemoinhos, esperando a pancada de chuva.

De manhã ele partiria. Iria embora desta cidade, e a poeira das estradas teria sido revirada e transformada em lama. Neste verão tinha fracassado. Prometera capturar um homem, e o homem quase o havia matado, mas Sharpe não via isso como seu maior pesar. Tinha traído a esposa, e isso o entristecia, mas também não era o seu pesar. Sentiria falta de *la marquesa*. Sentiria falta dos cabelos dourados, da boca, dos olhos, do riso e da beleza, do mundo mágico de uma mulher que ele tinha vislumbrado, desejado, e jamais pensara poder possuir. Esta era a última noite. Ela ficaria para trás, em perigo, e ele voltaria para o exército. Poderia recuperar toda a força em Ciudad Rodrigo, e o tempo todo iria pensar nela, lembrar-se dela e temer que seu inimigo a tivesse destruído.

A primeira gota de chuva, pesada e plangente, golpeou o parapeito de mármore voltado para o rio. Deixou uma marca do tamanho de uma moeda. Sharpe já havia sonhado uma vez com uma noite final em Salamanca, e essa esperança terminara na sala da morte. Agora o destino havia lhe dado a noite outra vez, ainda que tingida de derrota. Sabia que estava obcecado por ela e precisava abandoná-la, e com frequência era assim que acontecia com mulheres e soldados. Mas ainda havia esta noite.

Ouviu os passos na grama e não se virou. De repente, estava supersticioso. Virar-se era tentar o destino, mas sorriu ao ouvir os pés nos degraus, então notou o estalo pesado de uma pederneira sendo puxada na mola.

— Boa noite, capitão. — Era a voz de um homem, um homem com um fuzil, um fuzil apontado para a barriga de Sharpe enquanto ele se virava para encarar a porta.

O primeiro trovão rompeu no céu.

CAPÍTULO XVIII

O reverendo doutor Patrick Curtis, conhecido como *don* Patricio Cortes, reitor do Colégio dos Irlandeses e professor de astronomia e história natural na Universidade de Salamanca, segurava o fuzil como se fosse uma cobra venenosa que poderia, a qualquer segundo, se virar e picá-lo. Sharpe se lembrou de como Leroux havia corrido para a sala daquele homem, de como Spears tinha descrito Curtis se oferecendo para lutar contra os ingleses, e agora o padre alto encarava Sharpe. O rastilho que cobria a caçoleta do fuzil estava levantado, e o irlandês idoso o colocou no lugar com um estalo. Sorriu.

— Está vendo? Ainda funciona. É o seu fuzil, capitão.

O trovão ecoou no céu. Parecia uma bala de canhão de cerco pesada sendo rolada em gigantescas tábuas de assoalho. A chuva sibilava constante na superfície do rio. Sharpe estava a cinco passos do sujeito. Pensou em se lançar sobre ele, esperando que o padre hesitasse antes de puxar o gatilho, mas sabia que o ferimento iria retardá-lo. Olhou para a mão direita de Curtis e levantou a voz acima do som da chuva:

— É preciso estar com um dedo no gatilho para a arma funcionar.

As sobrancelhas fartas subiram com surpresa.

— Não está carregado, capitão. Estou meramente devolvendo-o. Aqui. — Ele estendeu o fuzil. Sharpe não se mexeu, e o padre irlandês apenas deu de ombros e deixou o fuzil encostado na parede.

Sharpe indicou a arma com a cabeça.

— É ruim deixá-lo engatilhado. Enfraquece a mola.

— Todo dia um novo aprendizado. — Curtis pegou o fuzil, puxou o gatilho e se encolheu quando a fagulha bateu na caçoleta vazia. Pousou a arma de novo. — O senhor não parece muito feliz em me ver.

— E deveria estar?

— Poderia estar agradecido a mim. Eu me esforcei para lhe devolver a arma. Precisei conseguir seu endereço com o oficial encarregado da cidade e depois escondê-lo embaixo da batina. Seria ruim para minha reputação ser visto andando armado pelas ruas. — Curtis deu um sorriso de desaprovação.

— O senhor poderia tê-lo devolvido antes. — Sharpe manteve a voz fria. Queria que aquele padre enxerido fosse embora. Queria *la marquesa*.

— Eu gostaria de ter devolvido antes. Foi roubado por um dos pedreiros do Colégio dos Irlandeses. A mulher dele me contou e eu o recuperei para o senhor. — Ele apontou para a arma. — E aqui está, devolvido. — O padre esperou que Sharpe falasse, mas o fuzileiro estava mal-humorado. Curtis suspirou, foi até a beira do abrigo e olhou para a chuva. — Minha nossa. Que tempo é esse! — A superfície do rio estava resplandecente sob a chuva. O sol, perversamente, ainda surgia no oeste por baixo da enorme quantidade de nuvens. Curtis levantou a bainha e se sentou. Abriu um sorriso amistoso. — O senhor se importa se eu me sentar? Houve um tempo em que eu cavalgava em qualquer clima, mas completarei 72 anos em breve, Sr. Sharpe, e o bom Deus pode não ser gentil se eu me resfriar.

Sharpe não estava se sentindo cortês. Queria ficar sozinho enquanto *la marquesa* não chegava, queria pensar nela, chafurdar no sofrimento da ansiedade da separação. Esta última noite era preciosa para ele, algo para guardar para os tempos ruins, e agora esse padre maldito estava se acomodando para uma conversa íntima. Sharpe manteve a voz ríspida.

— Estou esperando visita.

Curtis o ignorou. Balançou a mão expansiva indicando o abrigo pequeno e bonito.

— Conheço bem este lugar. Eu era confessor do marquês, e ele sempre foi gentil comigo. Permitia que eu usasse o abrigo como posto de observações. — Ele se virou até olhar para Sharpe. — Observei o cometa do ano passado daqui. Extraordinário. O senhor o viu?

— Não.

— Pois perdeu uma coisa incrível, perdeu mesmo. O marquês era da opinião de que o cometa afetava a colheita de uvas, que era responsável pela boa safra. Não entendo isso, mas sem dúvida o vinho do ano passado foi excelente. Excelente.

Uma trovoada retumbante poupou Sharpe da necessidade de responder. Ecoou pelo céu, ficou mais alta e foi sumindo, e a chuva pareceu cair com mais força.

— Tsc-tsc. Presumo que esteja esperando *la marquesa*.

— Pode presumir o que quiser.

— Verdade. — Curtis assentiu. — Isso me preocupa, Sr. Sharpe. O marido dela é um homem que considero um amigo. Sou um sacerdote. Sei que o senhor é um homem casado. Acho que estou falando com sua consciência, Sr. Sharpe.

Sharpe gargalhou.

— O senhor vem aqui, nesse tempo, me fazer uma porcaria de um sermão? — Ele se sentou no banco curvo que acompanhava toda a parede interna do abrigo. Estava preso ali, enquanto a chuva durasse, mas de jeito nenhum deixaria que um padre começasse a mexer com sua alma. — Esqueça, padre. Não é da sua conta.

— É da conta de Deus, meu filho. — Curtis falava afavelmente. — *La marquesa* não se confessa comigo. Ela usa os jesuítas. Eles têm uma visão muito complicada do pecado. Tenho certeza de que deve ser muito confusa. Eu tenho uma visão bem simples do pecado, e sei que adultério é errado.

Sharpe falou baixinho, a cabeça encostada na parede:

— Não quero ofender, padre, mas o senhor está me aborrecendo.

— E...?

Sharpe esticou a cabeça para a frente.

— E eu me lembro de Leroux correndo para sua sala, me lembro de ter ouvido dizer que o senhor lutou contra os ingleses, e sei que os franceses têm espiões nesta cidade. Eu levaria dois minutos para jogá-lo nesse rio e me pergunto quantos dias iriam se passar até que o encontrassem.

Curtis o encarou.

— O senhor está falando sério, não está?

— Estou.

— A solução simples, não é? À maneira do soldado. — Curtis zombava dele, imitando uma voz firme. — Sempre que os seres humanos não sabem o que fazer, chamam os soldados. A força acaba com tudo, não é? Foi o que fizeram com Cristo, Sr. Sharpe, chamaram os soldados. Não sabiam o que fazer com ele, por isso chamaram homens como o senhor, e não creio que tenham pensado duas vezes no que estavam fazendo, simplesmente martelaram os pregos. O senhor teria feito o mesmo, não teria?

Sharpe não respondeu. Bocejou. Olhava as ondulações rápidas onde a chuva golpeava o rio. O céu estava preto, o horizonte oeste num dourado escuro, e ele se perguntou se *la marquesa* esperaria o fim da tempestade antes de sua carruagem ir até a casa junto ao rio.

Curtis olhou para trás, vendo os tapetes e as almofadas que *la marquesa* havia posto no abrigo junto ao rio.

— Do que o senhor tem medo, Sharpe?

— De mariposas.

— Estou falando sério.

— Eu também. Odeio mariposas.

— Do inferno?

Sharpe suspirou.

— Padre, não quero ofender, não tenho nenhuma intenção de jogar o senhor na porcaria do rio, mas não quero ficar aqui sentado ouvindo um sermão sobre minha alma. Entendeu?

Um trovão ressoou no céu, tão súbito que Curtis deu um pulo, e o relâmpago fez um risco acima do rio, com o cheiro de ozônio pungente no ar. O som do trovão pareceu rolar para o oeste em direção à cidade e ricochetear de volta, então havia apenas a chuva batendo forte na água. Curtis olhou para o rio.

— Amanhã haverá uma batalha. — Sharpe não disse nada. Curtis falou mais alto: — Haverá uma batalha amanhã, e vocês vão vencer.

— Amanhã nós vamos fugir dos franceses. — A voz de Sharpe era de tédio.

Curtis se levantou. Sua batina era preta em contraste com a penumbra lá fora. Ficou o mais perto possível do rio sem deixar cair chuva nele. Continuou falando para a água, de costas para Sharpe.

— Vocês, ingleses, têm uma crença antiga de que suas grandes vitórias vêm no dia seguinte a uma noite de trovões. — O cabelo branco do padre contrastava com as nuvens pretas. — Amanhã vocês terão sua batalha, sua solução de soldados, e vão vencer. — O trovão soou meio desanimado e, para Sharpe, o padre parecia um mago antigo que havia conjurado essa tempestade das profundezas. Quando o som do trovão morreu, Curtis olhou para Sharpe. — Os mortos serão legião.

Sharpe se perguntou se tinha ouvido o tilintar de arreios atrás da casa. Inclinou a cabeça, prestou atenção, mas só conseguiu ouvir a chuva no jardim, o vento nas árvores. Olhou para Curtis, que tinha se sentado de novo.

— E quando o mundo acaba?

— Isso é com Deus. Os homens fazem batalhas. O senhor não gostaria de uma batalha amanhã?

Sharpe não respondeu. Encostou-se na parede. Curtis abriu as mãos, resignado.

— O senhor não queria falar sobre sua alma, então decido conversar sobre uma batalha e o senhor continua não querendo falar! Por isso, eu vou falar com o senhor. — O padre idoso olhou para baixo como se reunisse os pensamentos, depois as sobrancelhas fartas subiram de novo na direção de Sharpe. — Vamos supor que os trovões estejam contando a verdade. Vamos supor que haverá uma batalha amanhã e os ingleses vencerão. O que acontece? — Ele ergueu a mão para impedir que Sharpe falasse. — O que acontece é o seguinte: os franceses terão de recuar, esta parte da Espanha estará livre, e o coronel Leroux ficará encurralado aqui. — Agora ele tinha a atenção de Sharpe. O fuzileiro havia se empertigado. — O coronel Leroux — continuou — quase com certeza está dentro da cidade.

Está esperando a saída dos britânicos. Assim que eles saírem, Sr. Sharpe, ele vai reaparecer, e não tenho dúvida de que as mortes e as torturas vão continuar. Estou certo?

— Sim. — Curtis não tinha dito nada que qualquer outra pessoa não pudesse deduzir. — E...?

— E, se Leroux precisa ser impedido, se as mortes precisam parar, o senhor deve lutar e vencer uma batalha amanhã.

Sharpe se recostou de novo. Curtis era meramente um estrategista de sala de estar.

— Wellington está esperando uma batalha há um mês. É improvável que consiga uma amanhã.

— Por que ele tem esperado?

Sharpe fez uma pausa enquanto um trovão ressoava. Olhou para o rio e viu que a chuva continuava forte. Estava quase escuro. Desejou que a chuva parasse, desejou que Curtis fosse embora. Obrigou-se a conversar.

— Ele tem esperado porque quer que Marmont cometa um erro Quer pegar os franceses no contrapé.

— Exato! — Curtis assentiu vigorosamente, como se Sharpe fosse um aluno que tivesse entendido um argumento sutil. — Agora, me acompanhe, Sr. Sharpe. Amanhã, estou certo em achar que Wellington estará ao sul do rio e depois vai se virar para o oeste, em direção a Portugal? Sim?

Sharpe assentiu. Curtis estava inclinado para a frente, falando com urgência.

— Suponha que ele não vire para o oeste. Suponha que ele tenha decidido esconder seu exército no exato local onde viraria para o oeste, e que os franceses não saibam disso. O que aconteceria?

Era muito simples. No dia seguinte os dois exércitos atravessariam o rio e virariam à direita. Era como a curva de uma pista de corrida de cavalos, e os britânicos estavam na parte interna. Se quisessem ficar à frente de Marmont e vencer a corrida até a fronteira portuguesa, teriam de sair da curva rápido e continuar marchando. Mas, se Curtis estivesse certo, se Wellington se escondesse na curva, os franceses passariam por ele, com o exército estendido numa linha de marcha, e seria fácil fazê-lo tropeçar. Não seria mais uma corrida. Seria como um pastor estendendo o rebanho na frente de uma matilha de lobos famintos. Mas isso era apenas conjectura. Sharpe deu de ombros.

— Os franceses seriam derrotados. Só há um detalhe errado.

— O quê?

Sharpe pensou na carta de Hogan.

— Amanhã vamos marchar para o oeste, o mais rápido que pudermos.

— Não vão, não, Sr. Sharpe. — A voz de Curtis era cheia de certeza. — O seu general está escondendo o exército numa aldeia chamada Arapiles. Ele não quer que Marmont saiba disso. Quer que os franceses achem que ele simplesmente deixou uma retaguarda em Arapiles e que o restante do exército marcha o mais rápido que pode.

Sharpe sorriu.

— Com todo o respeito, padre, duvido que os franceses sejam enganados. Afinal de contas, se o senhor ouviu falar dessa trama, um bocado de gente também ouviu.

— Não. — Curtis deu um sorriso. A chuva continuava caindo forte lá fora, agora escondida pela escuridão. — Eu passei a tarde em Arapiles. Só existe um problema.

Sharpe estava inclinado para a frente de novo, tendo esquecido a chuva.

— Qual?

— Como vamos dizer aos espiões de Marmont que Wellington vai mesmo marchar amanhã?

Sharpe balançou a cabeça.

— O senhor está falando sério, não é?

— Estou.

O fuzileiro se levantou, foi até a porta e olhou para o jardim. Não havia nada para ver, a não ser as árvores se sacudindo na tempestade. Virou-se, intrigado com a conversa.

— Como assim, "nós"?

— Estou falando do nosso lado, capitão.

Sharpe voltou para seu banco, pegando o fuzil no caminho, e sentiu como se o chão sob seus pés estivesse desmoronando. A princípio Curtis o havia provocado, depois zombado dele, agora estava fazendo Sharpe se sentir muito idiota. Deixou os dedos passarem pelo fecho do fuzil, gostando da solidez, e olhou para o padre.

— Vá direto ao ponto.

Curtis levou a mão ao peito da batina e pegou um pedaço de papel. Estava dobrado numa tira estreita.

— Isso veio até mim hoje, motivo pelo qual fui ver Wellington. Veio a mim, capitão, costurado na lombada de um volume de sermões. Veio de Paris.

Sharpe passou o dedo na borda áspera da pederneira do fuzil. Não percebia a dor do ferimento, só ouvia o padre idoso, que subitamente havia assumido uma grande autoridade.

— Leroux é um homem perigoso, capitão, muito perigoso, e queríamos saber mais sobre ele. Perguntei para um dos meus correspondentes, um amigo, um homem que trabalha num ministério em Paris. Esta é a resposta. — Ele desdobrou o papel. — Não vou ler tudo, porque você já ouviu boa parte do major Hogan. Só vou ler a última linha. "Leroux tem uma irmã, tão hábil em línguas quanto ele, e não consigo descobrir o paradeiro dela. Ela foi batizada de Hélène."

Sharpe fechou os olhos e balançou a cabeça.

— Não.

— Sim.

— Não, não, não. — Um trovão abafou seu protesto. Ele abriu os olhos e o padre estava escuro na noite. — O senhor é El Mirador.

— Sou.

Sharpe detestou acreditar nisso.

— Não. Não.

Curtis foi inexorável.

— O senhor pode não gostar, capitão, mas a resposta ainda é "sim".

Sharpe continuava se recusando a acreditar.

— Então onde está o seu guardião?

— Lorde Spears? Acha que estou ouvindo confissões na catedral, o que costumo fazer nas noites de terça. Ele está se despedindo de *la marquesa*,

Sharpe, e é isso que a está retendo. Metade dos oficiais de cavalaria da cidade está fazendo a corte a ela neste momento.

— Não! Os pais dela foram mortos pelos franceses! Ela morava em Saragoça!

— Sharpe! — Curtis o interrompeu. — Ela conheceu o marido em Paris há apenas cinco anos. Ele fazia parte de uma embaixada do governo espanhol enviada a Napoleão. Ela diz que o pai foi executado durante o Terror, mas como se pode ter certeza? Tantos morreram! Milhares! E não foram mantidos registros, Sharpe, nenhum livro com anotações! Não é difícil para os homens de Napoleão arranjar uma linda jovem e dizer que ela é filha de *don* Antonio Huesca e sua esposa inglesa. Jamais saberíamos se não tivéssemos perguntado sobre Leroux.

— O senhor ainda não sabe. Há milhares e milhares de Hélènes e Helenas.

— Capitão Sharpe, por favor, reflita.

Ela havia afirmado que era El Mirador, mas não era. Pensou na luneta no mirante, a luneta que apontava para a fortaleza de San Cayetano, onde havia uma segunda luneta. Teria sido fácil demais ela sinalizar para Leroux, falar com ele usando um sistema parecido com o telégrafo do exército. Sharpe ainda detestava acreditar nisso. Gesticulou para o abrigo ao redor.

— Mas tudo isso! Ela tem cuidado de mim!

— Sim. — Curtis se levantou e andou de um lado para o outro. A chuva havia diminuído, os trovões estavam mais ao sul. — Acho, Sharpe, que ela está mais que um pouquinho apaixonada pelo senhor. É isso que lorde Spears tem dito, e Deus sabe que ele teria pecado com a mulher, se ela desejasse. Acho que ela está apaixonada pelo senhor. Está solitária, longe de casa. Como padre eu desaprovo, como homem sinto inveja, e como El Mirador quero usar esse amor.

— Como?

— O senhor deve mentir para ela hoje à noite, capitão. Diga que Wellington vai deixar uma retaguarda em Arapiles e que ele tentará convencer Marmont de que a retaguarda é todo o seu exército. Diga a ela que Wellington quer enganar Marmont para que ele fique parado, para que ele enfrente a retaguarda enquanto o grosso do exército britânico escapa. Diga isso a ela, capitão, e ela acreditará, porque o senhor nunca a enganou. Ela vai contar a Marmont, e amanhã o senhor poderá ver os frutos de seu trabalho.

Sharpe deu risada, tentando descartar a ideia.

— Ela vai contar a Marmont? Assim?

— Ninguém na Espanha impediria a passagem de um mensageiro que carregue o sinete da casa de Casares el Grande y Melida Sadaba.

Sharpe balançou a cabeça.

— Não. — Ele queria vê-la, abraçá-la, ouvir sua voz, rir com ela.

Curtis se sentou de novo, perto de Sharpe, e falou enquanto a chuva caía no rio, enquanto a tempestade se movia para o sul. Falou das cartas que chegavam para ele, cartas escondidas, cartas em código. Falou dos homens que as mandavam e dos ardis empregados para que as mensagens chegassem ao seu destino. Parecia a Sharpe que Curtis era um mágico. Conjurava a imagem de seus correspondentes que temiam pela vida, que só trabalhavam pela liberdade, que tinham estendido uma teia através do império de Napoleão, levando a esse padre idoso.

— Não me lembro exatamente de quando isso começou, talvez há quatro anos, mas descobri as cartas chegando e escrevi de volta, então comecei a esconder as cartas, a colocá-las dentro de encadernações de livros. Então, quando o exército inglês chegou, pareceu sensato repassar o material, e foi o que fiz. E agora descubro que sou o espião mais importante de vocês. — Curtis deu de ombros. — Não queria ser. Formei padres durante anos, Sharpe. Muitos ainda me escrevem, frequentemente em latim, às vezes em grego, e só perdi um homem. Tenho medo de Leroux. — Sharpe se lembrou de *la marquesa* dizendo como temia Leroux. Ela era irmã dele.

O fuzileiro olhou para Curtis.

— O senhor acha que Leroux está na cidade?

— Acho. Não sei, mas parece lógico ele se esconder lá até a volta dos franceses. Ou ficar lá para continuar me procurando. — Curtis riu consigo mesmo. — Eles me prenderam uma vez. Pegaram todos os meus livros, todos os meus papéis, mas não encontraram nada. Eu os convenci de que, como padre irlandês, tinha pouca simpatia pelos ingleses. Não tenho muita. Mas amo este país, Sharpe, e tenho medo da França.

Quase havia parado de chover. Os trovões ressoavam ao sul. Sharpe se sentiu completamente sozinho.

Curtis olhou para o fuzileiro.

— Sinto muito.

— Por quê?

— Porque acho que o senhor gosta dela. — Sharpe assentiu, e Curtis suspirou. — Michael Hogan disse que gostaria. Ele não sabia se o senhor era amante dela, por isso o sondei para ver como reagia. Lorde Spears afirmou que era, mas aquele jovem gosta de escândalos. Talvez eu inveje o senhor.

— Por quê? — Sharpe estava péssimo, sentindo que sua vida fora dissecada. Tinha sido usado.

— Sou um capão profissional, Sharpe, mas isso não quer dizer que não perceba as éguas.

— Ela é muito notável.

Curtis sorriu na escuridão.

— De ficar de pernas bambas.

Sharpe colocou o fuzil no banco ao lado.

— O que acontece se houver uma batalha amanhã?

— Vamos procurar Leroux no fim da tarde. Acho que teremos de revistar o *palacio* Casares.

— E o que acontece com ela?

Curtis sorriu.

— Nada. Ela é membro da aristocracia espanhola, está acima de qualquer censura, de qualquer castigo. — O vento tinha esfriado com a passagem da chuva. Curtis olhou para a noite. — Preciso ir. Se ela me encontrasse aqui, eu teria a desculpa do fuzil, mas é melhor que não me encontre. — Ele se levantou. — Convença-a esta noite, Sharpe, e eu o absolvo. Por esta noite. Por este ato.

Sharpe não queria absolvição, queria Helena, ou Hélène, se esse era o nome dela; no entanto, temia vê-la porque *la marquesa* poderia notar alguma diferença nele. Ela o havia usado, e talvez ele jamais devesse ter acreditado que uma aristocrata teria um propósito genuíno na amizade com um homem como ele. Mas não conseguia acreditar que tudo fora fingimento. A princípio ela precisara dele porque era um homem à caça de seu irmão, e ele lhe contara tudo, por isso ela havia contado a Leroux. Mas voltou para ele, resgatou-o do hospital, e esta noite ele a desejava, e pouco importava o que pudesse eclodir da escuridão.

Curtis atravessou a porta e saiu num jardim pesado de chuva. As árvores gotejavam depois da tempestade.

— Boa sorte, Sharpe.

— Para o senhor também.

Curtis foi embora. Sharpe se sentiu tolo e solitário. Desejava-a, queria se deitar com ela, e estava sozinho. Esperou. Ao sul, acima da aldeia de Arapiles, o trovão ressoou.

CAPÍTULO XIX

O morro se estendia de norte a sul. Tinha sido podado por ovelhas, cabras e pelos coelhos cujo esterco se espalhava como minibalas de mosquete no capim fino e espetado. O topo cheirava a tomilho selvagem.

O dia havia nascido com um céu pálido, lavado. Os únicos resquícios da forte tempestade com trovões eram algumas nuvens altas, esgarçadas, e um fardo de água no solo que prometia ser evaporado até o meio-dia. O topo da montanha já estava secando quando Sharpe chegou.

Ela implorou que ele ficasse. Implorou que a protegesse de Leroux, e ele entrou na mentira implorando que ela se retirasse com o exército, que fosse para Ciudad Rodrigo, mas ela não quis.

Voltou para a cidade de manhã cedo, quando ainda estava escuro, e prometeu mandar um cavalo para Sharpe, um presente, e ele protestou, mas o cavalo veio. Um serviçal o entregou e ficou observando em silêncio o fuzileiro partir em direção aos vaus a leste da cidade. Ela havia lhe dado um cavalo, uma sela, arreios, e ele não conseguia imaginar quanto valia o presente. Logo *la marquesa* descobriria que Sharpe a havia traído, assim como ela o traíra, e ele devolveria o presente. Agora cavalgava encosta abaixo, seguindo para a planície. Era ali que ficava a curva que os exércitos pegavam para seguir para o oeste, e a cumeada era como o marcador na parte interna da curva. Ele explicou tudo a ela, no escuro. Disse que os franceses poderiam marchar mais depressa que os britânicos, por isso Wellington planejava roubar uma marcha. Ele deixaria uma divisão em

Arapiles e mandaria o restante do exército em marcha acelerada, oitenta quilômetros para oeste. Permanecendo com a retaguarda, Wellington convenceria Marmont de que todo o exército ainda estava em Salamanca. Ela ouviu, fez perguntas, e Sharpe se afeiçoou à mentira.

Deitaram-se juntos no abrigo, e, quando chegou a hora de se separarem, ela tocou a cicatriz do rosto dele.

— Não quero ir.

— Então fique.

— Preciso ir. — Ela deu um sorriso triste. — Eu me pergunto se vou vê-lo de novo.

— Você estará cercada por oficiais da cavalaria e eu vou sentir ciúme.

La marquesa beijou o rosto dele.

— Você vai ficar bem irritado, como na primeira vez em que foi ao mirador.

Ele a beijou também.

— Vamos nos reencontrar. — As palavras ecoavam em sua cabeça enquanto seu cavalo, o cavalo dela, trotava no cume do morro.

A leste ficava um vale amplo onde o trigo maduro tinha sido achatado pela chuva e algumas árvores escuras mostravam o curso de um riacho. Do outro lado do vale havia uma escarpa, com o lado íngreme virado para Sharpe, e ele sabia que atrás daqueles penhascos de rocha vermelha e escarpada o exército francês marchava. O longo cume e a escarpa terminavam numa grande planície ondulada, e era nessa planície que Marmont viraria para oeste, direto para seu objetivo: a corrida a fim de bloquear a estrada para Portugal.

Na extremidade sul do morro o terreno descia íngreme, e a oeste, a uma curta caminhada da crista, havia um povoado. Era igual a outros milhares de povoados espanhóis. As casas eram baixas, feitas de pedras rústicas, a maioria delas baixa demais para acomodar um homem de pé. Elas se amontoavam, formando um labirinto de becos minúsculos que circundavam a singela igreja, menor que um depósito. A igreja tinha um pequeno arco de pedra construído na extremidade do telhado, que servia como campanário para um sino com contrapeso. Um ninho de cegonha se agarrava ao topo do arco.

Os camponeses mais ricos, e havia poucos deles, pintaram suas casas de branco. Rosas cresciam nas paredes. Havia currais perto de algumas casas, agora vazios porque os aldeões temiam o exército que a noite trouxera para trás do morro alongado. Os aldeões tinham levado seu gado para longe, para outra aldeia, e as choupanas e os becos foram deixados para Deus e para os soldados. A aldeia, que nunca foi famosa, chamava-se Arapiles.

Se um homem estivesse na base da encosta, perto do povoado, e olhasse para o sul, veria uma planície aparentemente vazia e quase nivelada. Era coberta de trigo e capim. O horizonte era escuro com árvores e irregular, porque, para além da planície, o terreno era inóspito e duro. Se o homem se virasse para a direita veria a aldeia de Arapiles e, logo depois dela e tão perto que parecia que suas rochas cresciam das casas pequenas, ficava um morro: o Teso de San Miguel. Entre a extremidade sul do morro e o Teso de San Miguel ficava um vale pequeno, com menos de duzentos metros de largura no ponto mais estreito, e, se o homem fosse até o centro do vale, mantendo o cume do morro à direita e o Teso de San Miguel à esquerda, poderia enxergar bem à frente, seis quilômetros ao norte, a grande torre da nova catedral de Salamanca. Se o pequeno vale estivesse envolto em fumaça de canhão, entrecortado por fumaça de mosquetes, o homem ficaria grato por aquele marco no terreno.

A leste se encontrava a escarpa, depois o vale amplo, em seguida a cumeada que cheirava a tomilho e lavanda, enfeitada com borboletas brancas, então o pequeno vale, em seguida o Teso de San Miguel com Arapiles ao pé, e após a aldeia e o pequeno morro a planície se estendia para o oeste. Entretanto, nenhuma dessas coisas era estranha nessa paisagem. Sharpe parou o cavalo na extremidade sul do morro, e sua mente de soldado absorveu a escarpa, os vales e a aldeia, mas seu encanto era com a planície que se estendia até a linha das árvores ao sul. A planície, pálida com o trigo maduro, era como um grande mar cujas ondas quebravam na escarpa, no morro alongado e no Teso de San Miguel, e naquele mar existiam duas ilhas estranhas. Duas colinas, e, para um soldado, as duas colinas eram a chave para a planície.

A primeira colina era pequena, mas alta. E, sendo pequena e alta, era íngreme, íngreme demais para ser cultivada, por isso foi deixada para as ovelhas, para os coelhos, para os escorpiões que viviam nas pedras espalhadas nas encostas e para os falcões que se aninhavam em seu cume plano. A colina pequena ficava logo ao sul do morro alongado, tão perto que o vale entre os dois era como uma sela. De cima, o morro comprido e a colina pequena pareceriam um ponto de exclamação.

Se uma cegonha voasse direto para o sul a partir de seu ninho na nova catedral de Salamanca, por cima do rio e em direção à área agrícola, atravessaria o morro pequeno. E, se continuasse voando para o sul, na grande planície, atravessaria o segundo morro a apenas pouco mais de um quilômetro do primeiro. Esse morro ficava realmente isolado no trigal. Era maior que o primeiro, porém mais baixo, e parecia uma laje de topo plano que ficava, como um traço, embaixo do ponto de exclamação. Era tão íngreme quanto o primeiro, de topo igualmente plano, e os falcões e os corvos viviam ali sem ser perturbados, porque ninguém tinha um bom motivo para subir as encostas íngremes. Nenhum motivo, a não ser que tivesse um canhão. Então, a pessoa teria todos os motivos, porque nenhuma infantaria teria esperança de desalojar uma força que estivesse no topo plano do morro que parecia uma grande plataforma de canhão no mar de trigo. Os dois morros eram chamados pelos aldeões de "los Hermanitos", que significa "os irmãozinhos". Seu nome de verdade era tirado da própria aldeia. Eram os Arapiles; o Pequeno Arapile e, na planície, o Grande Arapile.

Quando Deus criou o mundo, criou aquela grande planície para a cavalaria. Era firme, ou seria quando o sol tivesse secado a chuva da noite, e quase totalmente nivelada. Os sabres poderiam baixar como foices no trigo. Os Arapiles, o Grande e o Pequeno, Deus criou para os artilheiros. Dos cumes, convenientemente planos para que a artilharia tivesse uma plataforma estável, seus canhões poderiam dominar a planície. Deus não havia criado nada para a infantaria, a não ser um solo fácil de ser cavado para sepulturas, mas a infantaria estava acostumada com isso.

Tudo isso Sharpe viu em alguns segundos, porque era sua especialidade ver o terreno e entender seu uso para matar homens. Sabia também que, se havia enganado *la marquesa*, este seria o terreno da matança. Alguns homens já haviam morrido ali. No vale amplo entre o morro dos britânicos e a escarpa dos franceses, fuzileiros estavam travando uma batalha desconexa contra escaramuçadores franceses. Os fuzileiros empurraram os inimigos de volta para a crista da escarpa, matando um punhado deles, mas ninguém levou essa batalha muito a sério. O segundo surto de batalha foi sério. Tropas portuguesas foram mandadas para tomar o Grande Arapile, na planície, e a infantaria francesa apostou corrida com elas e chegou primeiro ao cume, depois derramou fogo de mosquete pela encosta íngreme, e assim os portugueses fracassaram. Os franceses haviam tomado uma das duas plataformas de canhão que dominavam o terreno de matança, e Sharpe já podia ver os canhões deles no cume. Dois canhões britânicos estavam silenciosos no Pequeno Arapile. Suas equipes deixavam as fardas secarem após a chuva da noite e se perguntavam o que o dia traria. Provavelmente, pensavam, mais uma marcha desesperada para se afastar dos franceses. Eles queriam lutar, mas dias demais dessa campanha terminaram num recuo frustrado.

Cavalgou perto da pequena casa de fazenda construída na extremidade sul do morro, que estava movimentada com oficiais do Estado-Maior. Sharpe parou o cavalo e deslizou desconfortável para o chão. Uma voz fez com que se virasse.

— Richard! Richard!

Hogan foi até ele de braços abertos, quase como se quisesse abraçá-lo. O major parou e balançou a cabeça.

— Não pensei que voltaria a vê-lo. — Ele pegou a mão de Sharpe e a sacudiu para cima e para baixo. — De volta dos mortos! Você parece melhor. E o ferimento?

— Um mês, segundo os médicos, senhor.

Hogan abriu um sorriso alegre.

— Achei que você estava morto! E quando tiramos você daquele porão... — Ele balançou a cabeça. — Como está se sentindo?

— Cinquenta por cento. — A satisfação de Hogan deixou Sharpe sem graça. — E o senhor?

— Estou bem. É bom ver você, é mesmo. — Ele olhou para o cavalo e seus olhos se arregalaram de surpresa. — Andou ganhando dinheiro?

— Foi um presente, senhor.

Hogan, que adorava cavalos, puxou os beiços do garanhão para olhar os dentes. Tateou as patas, a barriga, e sua voz era só admiração:

— É uma beleza. Presente?

— De *la marquesa de Casares el Grande y Melida Sadaba*.

— Hum. — Hogan enrubesceu. — Ah. — Deu um tapinha no pescoço do garanhão e olhou para Sharpe. — Sinto muito por isso, Richard.

— Por quê? Acho que eu banquei o idiota.

— Eu gostaria de poder bancar o idiota com ela. — Hogan abriu um sorriso largo. — Você contou a ela?

— Contei.

— E ela acreditou?

— Sim.

Hogan sorriu.

— Que bom, que bom. — Ele não conseguia resistir à alegria que sentia. Dançou alguns passos ridículos no capim e sorriu para Sharpe. — Ah, que bom! Precisamos contar ao par. Já tomou o café da manhã?

— Já, senhor.

— Então tome mais! Vou mandar meu serviçal levar seu cavalo para o estábulo. — Ele parou e olhou para Sharpe. — Foi difícil?

— Foi.

Hogan deu de ombros.

— Sinto muito. Mas, se funcionar, Richard...

— Eu sei.

Se funcionasse, haveria uma batalha. A grande planície secando ao sul da aldeia, em volta dos morros, iria se tornar um terreno de matança, gerado numa noite escura de trovões, traição e amor. Sharpe foi tomar outro café da manhã.

CAPÍTULO XX

O sol subiu mais, o calor ficou mais intenso, secou o terreno de matança e assou as pedras até que não podiam mais ser tocadas. Enevoou o horizonte e fez o ar tremeluzir acima dos cumes planos das rochas dos dois Arapiles. Os artilheiros cuspiam no cano das armas e viam o cuspe sibilar e ferver, isso antes mesmo de os canhões dispararem. Insetos se ocupavam no capim e no trigo, borboletas saltitavam acima das papoulas e das centáureas, e as últimas nuvens esgarçadas da tempestade morriam e desapareciam. A terra agachada sob o calor parecia vazia. Do morro ou da escarpa, de qualquer uma das colinas, não era possível enxergar mais que um centésimo dos cem mil homens que tinham se reunido nos Arapiles naquele dia. Quarta-feira, 22 de julho de 1812.

Auguste Marmont tinha 36 anos. Era duque de Ragusa, o que significava pouco para ele, comparado a ser o mais jovem marechal da França, e estava impaciente. O inglês, Wellington, tinha derrotado todos os generais franceses que se opuseram a ele, mas não tinha derrotado Marmont, nem derrotaria. Auguste Marmont, filho de um ferreiro, superara as estratégias do inglês, fora mais rápido que ele, e tudo o que restava era chegar a Portugal mais depressa que o inimigo. Mas agora, enquanto a manhã se encerrava, ele estava incerto.

Foi com seu cavalo até a parte de trás do Grande Arapile, apeou e subiu a pé a encosta íngreme. Usou a roda de um canhão como apoio para a luneta e olhou com atenção para o Pequeno Arapile, para a aldeia e para as construções de fazendas na extremidade sul do morro alongado. Existiam outros oficiais usando lunetas, e um deles, um oficial do Estado-Maior, apontou para a fazenda no cume do morro alongado.

— Ali, senhor.

Marmont semicerrou os olhos quando o sol se refletiu no latão de sua luneta. Apontou-a, e ali, nítido no círculo da lente, encontrou um homem de casaca azul comprida, calça cinza e um chapéu escuro e simples. Marmont grunhiu. Wellington estava no morro.

— O que ele está fazendo?

— Almoçando, senhor? — Os oficiais do Estado-Maior gargalharam.

Marmont franziu a testa diante da sugestão.

— Vai embora ou vai ficar?

Ninguém respondeu. Marmont girou a luneta para a esquerda e viu dois canhões britânicos no Pequeno Arapile, e depois mais canhões, talvez quatro, na colina atrás da aldeia. Não eram muitos, e ele não os temeu. Empertigou-se e olhou para o oeste.

— Como está o terreno?

— Seco, senhor.

A planície se estendia convidativa a oeste. Estava vazia; uma grande estrada dourada que poderia levá-lo à frente de Wellington. Marmont ansiava por se mover, para ultrapassar os britânicos, bloquear a estrada e obter a vitória que diria à França, à Europa, ao mundo, que Auguste Marmont havia destruído o exército britânico. Já sentia o gosto da vitória. Escolheria o campo de batalha, forçaria a infantaria de casacas-vermelhas a atacar subindo alguma encosta impossível onde ele iria enfileirar sua querida infantaria, e já conseguia ver as balas sólidas e a metralha golpeando as impotentes linhas britânicas. Neste momento, no entanto, no Grande Arapile, sentia a dúvida na mente. Podia ver casacas-vermelhas na aldeia, canhões nos morros, mas aquilo era só uma retaguarda ou algo mais?

— Ele vai embora ou vai ficar?

Ninguém respondeu. Um marechal da França estava em um ótimo posto, abaixo apenas do imperador, e usava a farda azul-escura com acabamento em folhas douradas, o colarinho e os ombros pesados com enfeites folheados a ouro. Um marechal francês recebia privilégios, riquezas e honra, mas tudo isso precisava ser conquistado respondendo a perguntas difíceis. Ele iria embora ou ficaria?

Marmont andou pelo topo do Grande Arapile. Estava pensando. Suas botas estavam apertadas e isso o incomodava. Qualquer homem que levasse cento e cinquenta pares de botas para a guerra tinha o direito de encontrar um que servisse. Fez a mente voltar para os britânicos. Eles marchariam, não? Wellington não travava nenhuma batalha havia um mês, então por que faria isso neste dia? E por que Wellington deveria esperar? Marmont voltou ao canhão e olhou de novo pela luneta. Podia ver a figura sem adornos do inimigo falando com um homem alto, com jaqueta verde de fuzileiro. Os fuzileiros. As tropas ligeiras dos britânicos. Marchadores rápidos, mais ainda que os franceses. E se Wellington tivesse deixado sua Divisão Ligeira nessa aldeia? E se o restante do exército já estivesse na estrada, marchando para oeste, escapando da vingança dos canhões Gribeauval franceses? Marmont se colocou no lugar do inimigo. Ele iria querer roubar esse dia de marcha. Iria querer que os franceses ficassem ali, pensando que o exército britânico os ameaçava, e como faria isso? Deixaria suas melhores tropas na aldeia e ficaria com elas, porque, quando o general está presente, o inimigo presume que o exército também está. Ainda assim, Marmont sabia que precisava tomar uma decisão. Malditas botas!

Fazer alguma coisa era melhor que não fazer nada. Virou-se para seu estado-maior e ordenou um ataque à aldeia. Sabia que era um movimento de contenção. Desencorajaria a retaguarda britânica de se aventurar na planície e formaria uma tela atrás da qual ele poderia marchar para oeste. Mas sabia que ainda precisava tomar a decisão, a grande escolha, e estava com medo dela. Seu serviçal abriu no capim uma toalha de mesa feita de linho, arrumando com os talheres de prata que viajavam para toda parte com o marechal e seus cento e cinquenta pares de botas. Marmont decidiu que a guerra teria de esperar até depois de um almoço cedo. Esfregou as mãos.

— Pato frio! Excelente, excelente!

Um cavaleiro desceu a encosta sul da escarpa, passou pelas tropas que esperavam as ordens que iriam mandá-las a oeste ou mantê-las esperando por um dia. Seu cavalo espirrou água num vau raso, passou por uma antiga passarela que atravessava o riacho com lajes de pedra plana, depois esporeou, indo na direção do estranho monte Arapile onde tinham lhe dito que Marmont esperava. Carregava uma carta na bolsa presa à cintura. Guiou o cavalo para a encosta, instigou-o a subir o mais alto que pôde, depois apeou, jogou as rédeas para um soldado de infantaria e subiu os últimos metros íngremes. Correu até o marechal, prestou continência e entregou o papel dobrado e lacrado.

Marmont sorriu ao ver o lacre de cera. Conhecia aquele sinete, sabia que era de confiança, rasgou a dobra para abri-lo e chamou o major Berthon.

— Decodifique. Depressa!

Olhou de novo para as colinas dominadas pelo inimigo. Se ao menos pudesse ver o que havia do outro lado! Talvez a carta lhe dissesse, ou talvez — seus pensamentos se tornaram pessimistas — fossem meramente notícias políticas, ou um informe sobre a saúde de Wellington, e se agitou enquanto Berthon trabalhava com os números escritos no papel. Fingiu estar calmo. Ofereceu um pouco de vinho ao cavalariano que tinha trazido a mensagem no último trecho da jornada. Elogiou a farda dele. E enfim Berthon lhe trouxe o papel. "Os britânicos marcham hoje para oeste. Uma única divisão permanece para convencer o senhor de que eles planejam lutar por Salamanca. Eles estão com grande pressa e temem ser ultrapassados."

Ele sabia disso! A mensagem meramente confirmava seu instinto, mas ele sabia disso. E então, como uma confirmação da certeza súbita, viu a nuvem de poeira reveladora que subia no céu a oeste. Estavam marchando! E ele iria ultrapassá-los! Rasgou o bilhete de *la marquesa* em pedacinhos cada vez menores, espalhou-os no topo da colina e sorriu para os oficiais.

— Nós o pegamos, senhores! Finalmente o pegamos!

A oito quilômetros dali, a 3ª Divisão Britânica, que fora deixada para proteger Salamanca na margem norte do Tormes, marchou pela cidade e atravessou a ponte romana. Era uma marcha desconfortável. Os cidadãos de Salamanca zombavam deles, acusavam-nos de fugir, e os oficiais e os sargentos controlavam seus homens com rédeas curtas. Marcharam sob a pequena fortaleza na ponte e viraram à direita na estrada para Ciudad

Rodrigo. Fora do campo de visão da cidade saíram da estrada, à esquerda, e foram mais para o sul até chegarem a um povoado chamado Aldea Tejada. Estavam perto da grande planície de trigais que ainda podia se tornar um terreno de matança.

A 3ª Divisão levou mais de duas horas para passar por um único ponto na estrada. Os homens estavam cansados, desanimados por mais um recuo e com vergonha por abandonarem a cidade. Alguns, no cansaço, arrastavam os pés. A poeira começou a se mover. A estrada havia secado e a poeira subia, era agitada, e o ar acima da estrada para Ciudad Rodrigo estava coberto por uma névoa de pó fino e branco. As bagagens do exército, mandadas à frente para o caso de os britânicos precisarem mesmo bater em retirada, faziam aumentar a névoa que manchava o horizonte a oeste.

Marmont tinha a mensagem, vira a poeira, e já esquecera as botas apertadas. Ele teria sua vitória!

Não havia a mesma empolgação no morro ocupado pelos britânicos. A espera tinha deixado os oficiais de Wellington irritados. Sharpe havia dormido um tempo, porque tivera pouco descanso na noite anterior, e agora observava a grande planície vazia sob os falcões que deslizavam contra o céu azul metálico. Não havia sinal de que Marmont tivesse estendido sua esquerda, de que houvesse caído na armadilha, e Sharpe sabia que já devia passar do meio-dia. Tinha sido acordado pelos canhões disparando no ataque francês à aldeia. Ficara observando enquanto as balas sólidas britânicas rasgavam as fileiras dos batalhões inimigos, enquanto os escaramuçadores se encontravam para sua guerra particular entre as hastes de trigo, mas o ataque francês foi parado nos arredores da aldeia. Marmont, no entanto, teve um sucesso. Seus canhões no Grande Arapile expulsaram os canhões britânicos do cume do Pequeno Arapile. Sharpe viu os artilheiros, ajudados pela infantaria, trazerem as grandes armas pela encosta íngreme. Um ponto para a França.

O ataque francês não foi pesado. Cerca de cinco mil homens vieram de trás do Grande Arapile e avançaram sobre a aldeia. Sharpe ouvia o som mais agudo dos fuzis Baker na planície e sabia que os escaramuçadores franceses estariam xingando os fuzileiros britânicos, que *voltigeurs* estariam morrendo no trigal, e tudo aquilo parecia distante demais, como uma batalha infantil com soldadinhos de brinquedo, vista de uma janela de um andar alto. As fardas azuis avançaram, pararam, e as nuvens de fumaça branca mostravam onde as saraivadas de mosquetes eram disparadas, sopros de fumaça mostravam onde as granadas explodiam sobre o inimigo, e o som vinha segundos depois do surgimento da fumaça.

O ataque parou do lado de fora da aldeia. Essa não era uma batalha de verdade, ainda não. Se os franceses tivessem atacado a sério, se realmente quisessem capturar as choupanas miseráveis, poderiam ter colocado suas grandes colunas em marcha, com as Águias brilhando acima, e os canhões em massa os teriam impelido, a artilharia abriria um caminho à frente e o ruído teria aumentado até um grande crescendo no calor da tarde, enquanto a onda francesa varria a aldeia e subia pelo pequeno vale. Só então haveria uma batalha. Sharpe cochilou de novo.

Hogan o acordou oferecendo almoço; duas coxas de frango frias e vinho diluído. Sharpe comeu à sombra do muro de uma casa de fazenda e ouviu os sons distantes dos escaramuçadores brigando perto da aldeia. A grande planície continuava vazia a oeste, os franceses ainda não haviam engolido a isca e Hogan admitiu, carrancudo, que dentro de duas horas o par provavelmente ordenaria uma retirada completa. Outro dia perdido.

Wellington estava andando de um lado para o outro em frente à fazenda. Tinha descido à aldeia uma vez, visto que os defensores não estavam com problema, e agora se atormentava enquanto comia frango frio e esperava Marmont pôr as cartas na mesa. Havia notado Sharpe, tinha lhe dado as boas-vidas "ao mundo dos vivos", mas o par não estava no clima para conversa fiada. Andava de um lado para o outro, observava e se preocupava.

— Senhor! Senhor! — Um cavaleiro esporeava a montaria subindo a encosta, vindo do oeste, com o animal coberto de suor. Ele saltou da sela, prestou continência e ofereceu um pedaço de papel ao general. Era um ajudante de campo do general Leith e não esperou que Wellington lesse o papel. — Senhor! Eles estão estendendo a esquerda!

— O diabo que estão! Dê-me uma luneta! Depressa!

Existia um terreno morto na planície ondulada, depressões no trigal que se escondiam da crista do morro, e os franceses estavam nessas depressões. O general Leith, a oeste, tinha percebido o movimento primeiro, mas agora os franceses podiam ser vistos subindo uma trilha a partir do terreno morto. Sharpe, também com sua luneta estendida, viu que o inimigo marchava. As ovelhas estavam no terreno do lobo. Wellington fechou a luneta com força, jogou por cima do ombro a coxa de frango que estivera comendo e seu rosto ganhou uma expressão de júbilo.

— Por Deus! Isso é o bastante!

Seu cavalo estava pronto. Ele montou no animal e o esporeou para oeste, indo à frente dos oficiais do Estado-Maior, e a poeira subiu atrás do cavalo. Sharpe continuou olhando para o sudoeste, para a grande planície que se estendia de modo tão convidativo à frente dos franceses, e notou as tropas saírem do terreno morto e entrarem no campo de visão. Era uma vista linda. Batalhão após batalhão inimigo tinha se colocado em ordem de marcha e seguia para oeste no calor de rachar. O ataque à aldeia não queria nada além de conter a retaguarda britânica, enquanto a esquerda francesa, certa de que seus inimigos já haviam marchado, agora tentava ansiosamente ultrapassá-los. O calor fazia o ar tremeluzir acima da planície, mas os franceses estavam cheios de ânimo, cheios de ambição, e fizeram a curva nas trilhas de terra entre os cardos e o trigo. Carregavam as armas penduradas no ombro e as esperanças elevadas. Marcharam mais e mais para oeste, esticando o exército francês até ficar mais e mais fino, e nenhum deles tinha como saber que o inimigo aguardava, pronto para a batalha, escondido ao norte.

Hogan estava tomado pela felicidade.

— Nós o pegamos! Finalmente, Richard, nós o pegamos!

CAPÍTULO XXI

Batalhas raramente começam depressa. Elas se alastram como fogo no capim. Um pedaço de bucha de mosquete, incandescente, é cuspido no capim, torna-se brasa, que é soprada pelo vento, e uma centena de outras fagulhas minúsculas cai no terreno seco. Algumas se apagam, outras se incendeiam e podem ser pisoteadas por um escaramuçador irritado, mas de repente duas se juntam e o vento pega o fogo, sopra, faz a fumaça subir agitada e então, subitamente, as pequenas fagulhas da bucha se transformam em chamas furiosas que assam os feridos e se alimentam dos mortos. Por enquanto não havia batalha nos Arapiles. Existiam fagulhas que ainda poderiam se transformar num inferno, mas a tarde foi passando e os oficiais que olhavam da fazenda na extremidade sul do morro sentiram a empolgação se transformar em tédio. As baterias francesas continuavam disparando contra a aldeia acima da cabeça de seus soldados que tinham se acomodado no capim e no trigo, mas o canhoneio era mais lento, quase desanimado, e os britânicos usaram a calmaria para levar dois canhões de volta ao topo do Pequeno Arapile.

A tarde estava muito quente. Passou das três horas, depois das quatro, e, para os homens no morro alongado, para os batalhões atrás dele, o som da batalha era como uma tempestade distante que não tinha efeito sobre eles. A ala esquerda dos franceses, um quarto do exército, marchava para oeste, ouvia os canhões atrás e achava que não passava de uma briguinha da retaguarda.

Os artilheiros britânicos da Real Artilharia Montada, que tinham arrastado e empurrado dois canhões para o alto do Pequeno Arapile, trabalhavam em seus monstros corcoveantes no suor grudento do calor. Os canhões escoiceavam nas conteiras, lascavam pedras no outro monte Arapile, e depois de cada tiro os artilheiros precisavam reposicionar as conteiras, o monstro tinha de ser alimentado e a fumaça ardia nos olhos e intoxicava seu hálito. Um dos artilheiros enfiou uma granada esférica no cano. Era a arma secreta britânica, inventada vinte e oito anos antes pelo tenente Shrapnell, e por enquanto nenhum outro país havia conseguido copiar o projétil. Era uma granada pequena porque a arma, de seis libras, era a maior que podia ser levada pela encosta íngreme. A bala de ferro oca da invenção de Shrapnell tinha sessenta balas de mosquete socadas em volta da carga central de pólvora. O pavio tinha sido cortado de modo que a bala explodisse acima do Grande Arapile. O socador a empurrou pela goela da arma, recuou, e o sargento que comandava esse canhão verificou sua equipe, encostou o fogo no pavio e as rodas do canhão saltaram da pedra, a conteira golpeou para trás, a fumaça foi lançada para a frente e a bala trovejou acima da planície.

A batalha estava em brasas. Poderia pegar fogo a qualquer momento, e o Destino, que é o deus dos soldados, estava se interessando pelas fagulhas que saltavam e ameaçavam os homens ao redor dos Arapiles. Um oficial de artilharia no Pequeno Arapile viu a granada sair do meio da fumaça, observou-a como um traço finíssimo de lápis cinza no ar, então ela explodiu, logo acima da borda mais distante do Grande Arapile, uma explosão cinza-escura misturada com vermelho profundo. O chão embaixo e à frente da explosão foi salpicado de balas de chumbo e de pedaços do invólucro. A maior parte atingiu inofensivamente o chão, algumas ricochetearam nas pedras, mas duas balas, com a perversidade do Destino, acertaram a lateral da cintura de Auguste Marmont e levaram o mais jovem marechal da França ao chão. Não foi morto, mas não comandaria seu exército de novo neste dia, um exército que ele já havia apontado para a destruição.

Wellington estava longe. Cavalgara até a 3ª Divisão e a apontara para outra direção, para o leste, e os homens tinham começado sua marcha.

Os franceses marchavam para oeste, achando que estavam numa corrida para ultrapassar os britânicos, que na verdade vinham na direção deles, esperando atrás deles, e eles não tinham como saber disso. Os britânicos, ressentidos por semanas de marchas e contramarchas, de recuos, queriam lutar.

Entre a 3ª Divisão e os Arapiles, escondidos numa depressão funda do terreno, havia mais britânicos. Cavalarianos. A Cavalaria Pesada, recém-chegada da Inglaterra e ansiosa por experimentar suas montarias e espadas longas e retas, de noventa centímetros, espadas que eles diziam ser pesadas demais para aparar rapidamente, mas maravilhosas para matar soldados de infantaria.

O sol tinha desbotado a planície. O terreno de matança estava começando a se encher, como um palco, mas ainda esperava a fagulha que provocaria a batalha. Ela chegou ao oeste quando a 3ª Divisão golpeou a dianteira da coluna francesa. E, para os homens no topo do morro, perto da casa de fazenda, veio como o som distante e abafado dos mosquetes, que parecia um incêndio distante em arbustos. Fumaça vinha do oeste, junto do som e da poeira que se somava a ela. Então as lunetas puderam ver um pouco do que acontecia. A coluna francesa estava sendo esmagada, empurrada para trás. E a batalha, que havia começado no oeste, vinha para o leste, de volta para os Arapiles.

Os batalhões franceses retrocederam. Estavam em menor número, com menos canhões e menos generais. Tinham achado que eram a vanguarda de uma marcha, mas descobriram que se tratava da linha de frente de uma batalha, e sua derrota estava prestes a se tornar um desastre.

Sharpe assistiu a tudo. Odiava a cavalaria, assim como todo soldado de infantaria, e estava acostumado a ver a cavalaria britânica ser mal comandada e ineficaz. Mas o Destino foi caprichoso com os franceses naquela tarde quente na Espanha. Os dragões pesados britânicos, alguns da própria guarda pessoal do rei, vieram do norte contra os franceses. Queriam lutar. Saíram de seu terreno morto em duas fileiras, trotando para manter a ordem, e as crinas de cavalo pretas nos elmos reluzentes ondulavam enquanto eles se moviam. Olhando através da luneta, Sharpe viu um tremeluzir, um brilho, e as espadas foram erguidas. Os cavaleiros estavam lado a lado, joelho com joelho.

Não ouviu a corneta que os colocou a meio-galope, mas viu a linha avançar mais depressa. Eles mantinham a disciplina, e ele sabia o que deviam estar sentindo. Todo homem teme o momento de entrar na batalha, mas os cavalarianos estavam em suas grandes montarias, sentindo cheiro de pólvora, a corneta fazendo o sangue ferver e de espadas empunhadas e famintas. Os franceses não estavam preparados. A infantaria pode entrar em formação de quadrado, e os manuais dizem que nenhuma cavalaria no mundo consegue romper um quadrado bem formado, mas os franceses não sabiam do perigo e não estavam em quadrados. Estavam recuando de um violento ataque de infantaria, atirando e recarregando, xingando seu general, quando a terra tremeu.

Mil cavalos, os melhores cavalos do mundo, e mil espadas surgiram da poeira. As cornetas instigaram os cavaleiros na investida final, o momento em que o cavalo é liberado para correr feito o diabo e a linha oscila e se dobra, o que já não importa, porque o inimigo está perto demais. E os cavaleiros, que tinham recebido um alvo com o qual todo cavalariano sonhava, abriram as bocas num grito de triunfo enquanto as espadas grandes, pesadas e afiadas caíam sobre os franceses com todo o peso de homem e cavalo. O medo havia se transformado em raiva, em loucura, e os britânicos matavam e matavam, partiam os batalhões, perseguiam os franceses, as lâminas enormes baixavam, os cavalos mordiam e empinavam. E os franceses, que não podiam fazer outra coisa, rompiam fileiras e corriam.

Os cavalos galopavam atrás deles. As espadas vinham de trás. Os dragões pesados abriam caminhos de sangue e poeira através dos fugitivos, e não existia dificuldade em matar. Os franceses estavam de costas para os cavalos, de modo que as espadas podiam acertá-los no pescoço ou no crânio, e os cavaleiros adoravam isso, rosnavam para os inimigos, as espadas tinham alvos de sobra. O som de mosquetes havia parado. Foi substituído pelo trovão de cascos, por gritos e pelo som de cutelo num cepo de açougue.

Alguns franceses corriam para a infantaria britânica para se protegerem. As fileiras vermelhas se abriram, ajudaram-nos a entrar, porque toda infantaria temia o momento em que não estava em quadrados e a cavalaria a atacava com força total. Os soldados britânicos gritavam para os franceses, diziam para correrem em direção às linhas britânicas, e os homens de casaca vermelha viam com espanto o que os dragões pesados faziam. Sabiam que o Destino poderia ter decretado algo diferente, por isso ajudavam os inimigos a escapar do inimigo comum a toda infantaria. A fagulha se transformara em uma trilha de chamas.

Sharpe olhava de cima do morro, privilegiado como espectador, e viu a ala esquerda dos franceses ser mastigada entre os cavalos e a 3ª Divisão. Percebeu os dragões pesados, comandados de modo soberbo, se reorganizarem de novo e de novo, atacarem de novo e de novo, e eles lutaram até os cavaleiros estarem cansados demais para segurar as espadas pesadas.

Oito batalhões franceses tinham sido rompidos. Uma Águia fora perdida, cinco canhões capturados, e centenas de prisioneiros, com o rosto enegrecido de pólvora e cortes na cabeça e nos braços desferidos por espadas, foram tomados. A esquerda francesa havia sido partida, despedaçada e massacrada. Os cavaleiros estavam exaustos. O destino não se mostrou totalmente do lado britânico. Tinha decretado a morte do general dos dragões pesados, que jamais poderia mostrar de novo à cavalaria britânica como lutar, mas seu trabalho fora feito. Suas lâminas estavam cobertas de sangue, eles haviam cavalgado para a glória e se lembrariam para sempre dos momentos em que tudo que um homem precisava fazer era se inclinar à direita, cortar com a espada e esporear o cavalo.

Wellington lançava seus ataques, um a um, do oeste para o leste. A 3ª Divisão havia marchado, depois a cavalaria, e agora mais homens eram mandados para a grande planície. Vinham dos dois lados do Teso de San Miguel e iam para o sul, apontando para a dobradiça da linha francesa, para o centro, dominado pelo Grande Arapile. Sharpe observava. Viu a infantaria se espalhar, partindo do pequeno vale entre o morro e o Teso de San Miguel, e passar marchando pela aldeia. Suas bandeiras tinham sido tiradas dos invólucros de couro e tremulavam acima dos batalhões. Sharpe sentiu a pontada de orgulho que a visão das bandeiras dá a todo soldado.

Os canhões no Grande Arapile mudaram a mira, dispararam, e as primeiras brechas foram abertas nas linhas britânicas. Os sargentos gritaram para os homens cerrarem fileiras, e eles marcharam atacando em linha. Sharpe viu a bandeira amarela do South Essex.

Era a primeira vez que não lutava com eles e sentiu uma culpa profunda enquanto olhava para seus homens, os escaramuçadores, correrem à frente no meio do trigo. Observou-os, temendo por eles, ciente de que o ferimento ainda doía, de que os médicos tinham dito que poderia se abrir de novo e sangrar e de que na próxima vez poderia infeccionar e provocar sua morte.

Tropas portuguesas marchavam para o Grande Arapile. A 4ª Divisão, sobrevivente da brecha principal em Badajoz, como o South Essex de Sharpe, marchava à direita da colina francesa. Os disparos continuavam. Os franceses dispuseram canhões na planície ao lado da colina, e as baterias trovejavam contra as linhas britânicas e portuguesas. As brechas apareciam, eram preenchidas, e pequenos grupos de homens de casaca vermelha ou azul eram deixados para trás no trigo pisoteado. As tropas francesas que tinham atacado a aldeia recuaram diante da 4ª Divisão, que seguiu marchando com bandeiras erguidas, ameaçando os canhões franceses na planície, as tropas que recuavam à frente e as que voltavam da carnificina no oeste. Sharpe apoiou a luneta no ombro de Hogan e descobriu seus homens em pares no meio do trigo. Quando viu Harper, manteve-o no foco da luneta. O sargento gesticulava para a companhia, mantendo-a espalhada, mantendo-a em movimento, e Sharpe sentiu uma culpa terrível por não estar lá. Precisariam lutar sem ele, que não suportava a ideia de que poderia ter salvado os que morreriam. Sabia que não havia muito que pudesse fazer que o tenente Price e os sargentos já não estivessem fazendo, mas isso pouco servia de consolo.

Até agora, sabia, a batalha estava a favor dos britânicos. A esquerda francesa havia sumido e o centro estava sendo atacado. Sharpe não conseguia ver como o centro se sustentaria contra os ataques. Sem dúvida a 4ª Divisão tomaria o terreno à direita do Grande Arapile, e os canhões franceses iriam se desembaraçar e ir embora. Parecia a Sharpe, olhando do topo do morro que cheirava a tomilho, que de algum modo os franceses haviam perdido a vontade de lutar. O trigo e o capim tinham uma camada de fumaça, o ar trovejava com balas sólidas, metralha e granadas, e os milhares e milhares de homens marchavam na planície. Os casacas-vermelhas, em toda parte, obrigavam os franceses a recuar. Parecia que neste dia os homens de Wellington eram implacáveis, invencíveis, e que só o anoitecer salvaria alguns franceses. O sol já descia para o fim de tarde, ainda brilhante, mas a noite ia chegar.

Marmont não sabia o que estava acontecendo. Havia sido levado embora, tratado pelos cirurgiões, e seu segundo em comando estava ferido. Um terceiro homem, o general Clausel, assumiu o exército. Ele podia ver o que estava acontecendo e não tinha perdido a vontade de lutar. Ainda era jovem e fora soldado durante metade da vida. Não pretendia perder esta batalha. Sua esquerda havia sumido, surpreendida e partida, e o centro estava ameaçado, mas ele jogava seu próprio jogo. Aprendera a lutar com um mestre, o próprio Napoleão, e Clausel se contentou em deixar o centro lutar enquanto recolhia suas reservas, reunia-as e as levava para trás do abrigo do Grande Arapile. Comandava uma força enorme, milhares de baionetas, e a conteve, esperando o momento em que iria soltá-la como um enorme contragolpe apontado para o coração do exército de Wellington. A batalha ainda não estava perdida, qualquer lado poderia vencer.

Os portugueses subiram a encosta íngreme do Grande Arapile enquanto Clausel os observava e marcava o tempo de seu contra-ataque, para que eles fossem os primeiros a sofrer. O sinal foi dado. A crista do morro estava com a infantaria alinhada, os mosquetes não podiam errar à distância de poucos passos, e os portugueses, impotentes diante dos últimos metros íngremes, foram empurrados para trás. Nenhuma dose de coragem poderia compensar aqueles últimos metros. Os portugueses foram expulsos pelos mosquetes franceses, e nem mesmo sua derrota teria importado se a 4ª Divisão tivesse sido capaz de atacar para além da colina e cercá-la, porque então os franceses no Grande Arapile teriam fugido.

A 4ª Divisão não conseguiu passar da colina. De trás dela, à direita de Sharpe, o contra-ataque saiu do pequeno trecho de terreno morto perto da extremidade oeste da colina. As colunas francesas avançaram. Mil e duzentos homens, com as Águias no alto, as baionetas densas como o trigo que eles pisoteavam, e Sharpe ouviu, por entre os canhões, os tambores dos franceses tocando o *pas-de-charge*. Esta era a guerra como os franceses haviam ensinado ao mundo. Era o ataque em massa, a força irresistível, impelida por baquetas ágeis, o conjunto de homens transformado num grande aríete humano que marcharia contra o inimigo, para esmagar seu centro e fazer um buraco através do qual a cavalaria iria se lançar e rasgar os flancos.

Em geral, a linha britânica, com duas filas de profundidade, seria capaz de deter a coluna. Sharpe já viu isso acontecer dezenas de vezes, e existia uma fria lógica matemática no processo. Uma coluna era um grande retângulo preenchido de soldados, e só os homens das bordas podiam usar os mosquetes. Cada homem na linha britânica podia disparar e, ainda que a coluna tivesse mais homens que a linha, a linha sempre venceria a luta de disparos. O fator que assustava na coluna era seu tamanho, e isso amedrontava tropas inseguras, deixava-as espantadas, mas ela era vulnerável a boas tropas. A coluna recebeu o castigo, como Sharpe tinha visto outras vezes, e de novo ele ficou pasmo com os soldados franceses, que permaneciam tão firmes sob um bombardeio terrível. Balas de canhão golpeavam as colunas e fileiras sucessivas absorviam a passagem das balas, as granadas explodiam sobre suas cabeças, mas ainda assim a coluna continuava em movimento. Os tambores jamais paravam de tocar.

Este era o poder da França, o orgulho da França, a tática do primeiro exército com alistamento obrigatório do mundo. Esta coluna, o contra-ataque de Clausel, ignorou a fria lógica matemática. Não foi derrotada pela linha.

Ela empurrou a 4ª Divisão para trás. Os britânicos haviam disparado suas saraivadas cronometradas, os mosquetes relampejando ritmados através da nuvem de fumaça, e Sharpe tinha visto as companhias ligeiras voltando para seus batalhões, formando linhas e se juntando à luta dos mosquetes. A 4ª Divisão ficou pasma com a coluna. Talvez os britânicos tivessem visto sangue em excesso em Badajoz, tivessem pensado que qualquer homem que sobrevivesse àquele fosso não tinha o direito de morrer num campo de verão, e deram um passo atrás antes de recarregar as armas. Um passo se tornou dois, e as colunas continuavam chegando, os oficiais gritavam, os sargentos tentavam organizar as fileiras, mas as linhas recuavam.

Os tambores fizeram uma pausa para deixar os milhares de vozes soltarem seu grito de guerra: *"Vive l'Empereur!"* E então recomeçaram, o antigo ritmo que Sharpe conhecia tão bem. Bum-bum, bum-bum, bururum, bururum, bum-bum. Esse ritmo havia soado do Egito à Rússia, tinha impelido as colunas a dominar a Europa, e entre cada frase os tambores paravam, o grito ecoava, e a coluna seguia em frente, enquanto os meninos dos tambores, no centro da coluna, deixavam as baquetas baixar de novo. A cada grito as baionetas eram erguidas e partiam a luz do sol que chegava inclinada em mil e duzentos raios. À esquerda da coluna, no espaço entre os dois morros estranhos, a cavalaria francesa retalhava os restos dos portugueses.

— Não — disse Sharpe consigo mesmo. Hogan viu sua mão direita apertando repetidamente o cabo da espada.

A 4ª Divisão estava derrotada. Alguns homens subiram as encostas mais baixas do Pequeno Arapile, alguns, as encostas do Teso de San Miguel, enquanto outros buscaram refúgio na aldeia. A coluna atravessou os batalhões derrotados, ignorando-os, marchando firme para o pequeno vale que levava ao coração da linha britânica. Parte da 4ª Divisão, como o South Essex, ainda recuava diante da coluna, mas eles estavam derrotados. A coluna chegou ao pequeno vale, e os canhões, dos dois lados dos franceses, derramaram a morte em suas fileiras. As balas sólidas britânicas se lançavam na coluna, as granadas explodiam em cima dela, mas os franceses continuavam cerrando as brechas, marchando, passando por cima dos mortos, deixando para trás uma trilha de corpos mutilados, rasgados pelas balas dos canhões, como uma gosma de sangue por baixo da fumaça.

Aquele era o som da vitória francesa. Os tambores, os gritos de comemoração, os canhões que não conseguiam detê-los, e o ruído encheu o vale enquanto os batalhões franceses avançavam em direção ao distante marco da maior torre da nova catedral. As Águias brilhavam acima das cabeças.

Os mensageiros de Wellington galopavam encosta abaixo numa velocidade alarmante. Dirigiam-se à 6ª Divisão, a nova divisão, a divisão que havia demorado tanto para tomar as fortalezas, e agora era a única divisão entre Clausel e a vitória. A 4ª Divisão fora derrotada e agora a 6ª precisava vencer, caso contrário Clausel arrancaria uma vitória de uma situação que antes lhe fora bastante desfavorável.

Batalhas raramente começam depressa. Às vezes era difícil saber quando uma escaramuça havia se tornado uma batalha, porém o auge de uma batalha era facilmente distinguível. Quando as Águias voavam e os tambores soavam, quando os canhões dos dois lados disparavam num frenesi, a batalha estava completa. Ela ainda não fora vencida, e Sharpe, que tinha visto o South Essex recuar pelo vale rasgado de fumaça, não suportava a ideia de que ela poderia ser vencida ou perdida sem sua presença. Soltou-se do braço de Hogan, pediu seu cavalo e desceu para a fumaça.

CAPÍTULO XXII

Da crista do morro alongado foi possível ver um padrão na batalha, frequentemente disfarçado, sempre amortalhado pela fumaça, mas um padrão reconhecível. A esquerda francesa fora partida, o centro havia cedido e depois feito um contra-ataque feroz, enquanto a direita francesa, como a esquerda britânica, continuava na reserva. Wellington lançava seus ataques em gancho partindo do oeste, um a um, mas Clausel havia forçado um novo padrão e mesmo a essa altura ousava esperar uma vitória. Assim que chegava ao vale, não havia mais padrão. Isso era familiar, pois Sharpe estivera em muitos campos de batalha, mas, para os homens que recarregavam e atiravam, que procuravam desesperadamente algum sinal de perigo nas nuvens de fumaça, o vale era um lugar sem padrão nem razão. Os homens não tinham como saber que a esquerda francesa estava partida, não saberiam que o sangue estava secando a ponto de formar uma crosta nos flancos dos cavalos dos dragões pesados. Só sabiam que esse vale era seu lugar de luta; o terreno onde deveriam matar ou ser mortos.

Era um lugar confuso, mas tinha a simplicidade de que Sharpe necessitava. Ele fora enganado por *la marquesa*, e sua tolice havia levado à fuga de seu inimigo. Fora suplantado pelas pessoas espertas da guerra secreta, mas neste vale tinha um serviço simples a ser feito. Ele sabia que *la marquesa* estaria ouvindo os canhões como um eco dos trovões da noite anterior. Sabia que ela deveria saber que ele tinha virado a mesa, mentido através de seu amor assim como ela havia mentido através do dela, e se perguntou se ela pensaria nele. Política, estratégia, esperteza e malícia haviam provocado esta batalha. Agora estava por conta dos soldados.

Via à direita a 6ª Divisão marchando em pequenas colunas em direção à grande coluna francesa. Iriam se passar talvez dois minutos até que a nova divisão formasse sua linha dupla e os mosquetes pudessem tentar deter o enorme ataque francês outra vez, e ele sabia que havia um trabalho para o South Essex nesse curto intervalo. O batalhão estava na extremidade do vale, a Companhia de Granadeiros pressionada contra o Teso de San Miguel, atuando como uma dobradiça. As outras nove companhias se moviam para trás diante dos franceses, e a Companhia Ligeira, à esquerda da linha, era a que se movia mais rápido e recarregava mais devagar. Sharpe viu o major Leroy, que comandava as cinco companhias da esquerda, xingando e gesticulando para elas. Entendeu o motivo. Se a pequena linha do batalhão recuasse totalmente para a encosta, a coluna poderia se lançar no terreno aberto da retaguarda britânica. Leroy queria segurar o South Essex, forçar a coluna a se desviar para a direita, indo assim direto para os mosquetes da 6ª Divisão. O South Essex era como um quebra-mar desesperadamente frágil que precisava deslocar um maremoto para longe do terreno aberto, em direção a um canal preparado para ele.

O espaço atrás do batalhão estava cheio de feridos, e os músicos os puxavam para trás, para longe dos calcanhares das companhias que recuavam. Sharpe cavalgou até lá e chamou um menino que tocava o tambor. O garoto o olhou boquiaberto enquanto ele descia do cavalo.

— Senhor?

— Segure o cavalo! Entendeu? Me encontre quando isso acabar. E não vá perdê-lo!

Conseguia ouvir os tambores, os gritos dos franceses; os estalos dos mosquetes pareciam abafados pela barulheira. O ataque estava no vale, avançando, e o South Essex achava que era o último obstáculo entre os franceses e Salamanca. Os homens lutavam, mas recuavam um passo depois de cada disparo, e o major Leroy galopava atrás da linha fina. Sua voz rasgou os ouvidos de Sharpe:

— Parados, seus filhos da mãe! Fiquem parados!

O major estava se aproximando da Companhia Ligeira, que recuava mais depressa do que os outros, e xingou os homens, amaldiçoou-os. Mas, enquanto ele continha a Companhia Ligeira, os outros recuavam, e Leroy estava explodindo de raiva. Quando viu Sharpe, não houve tempo para um cumprimento, uma surpresa. O major americano apontou para a companhia.

— Mantenha-os no lugar, Sharpe! — E galopou para a direita, para as outras companhias. Sharpe desembainhou a espada.

O presente de Harper. Era a primeira vez que a segurava em batalha, e a lâmina brilhava na penumbra do vale. Agora descobriria se ela dava sorte.

Ele passou pelo flanco da companhia. Os homens estavam de olhos vermelhos, os rostos manchados de preto por causa da pólvora, e a princípio ninguém notou sua presença. Sabiam que Leroy tinha ido embora e começaram a recuar, com as varetas desajeitadas nas mãos. De repente, uma voz que conheciam, uma voz que temiam nunca mais escutar, gritava com eles.

— Parados! — Eles se contiveram, surpresos, começaram a sorrir, então viram a raiva no rosto de Sharpe. — Fila da frente! De joelhos! — Isso faria os desgraçados pararem. — Sargento Harper!

— Senhor!

— Atire no próximo filho da mãe que der um passo atrás.

— Sim senhor.

Eles o encaravam como se fosse um fantasma. Congelaram, as balas socadas até a metade do cano, e ele gritou para recarregarem, para se apressarem. Era a primeira vez que gritava em um mês, e a tensão repuxou a imensa e sensível cicatriz na barriga. Harper viu o rosto do capitão se repuxar. Agora a fila da frente estava ajoelhada, com mais medo da raiva de Sharpe que dos franceses, e os fuzileiros recarregavam as armas com pressa, sem se incomodar com os retalhos de couro que se prendiam aos sulcos dos canos. Sharpe sabia que era um desperdício de uma arma boa.

— Fuzis! — Ele apontou para a extremidade aberta da linha, mais próxima dos franceses. — Andem! Carreguem direito!

O barulho dos franceses estava próximo, avassalador, e ele queria se encolher, se virar e apenas observar, mas não ousava. Seus homens estavam recarregando outra vez, o treinamento superando o medo, e ele olhou enquanto as varetas saíam dos canos e eram encostadas no corpo dos homens. Os mosquetes estavam apontados para os franceses. Olhou para a esquerda e viu que a Companhia número 5 já havia disparado. Tinha de confiar que nenhum homem daquela companhia sentia aversão suficiente para mirar de propósito nele.

— Fogo!

As balas passaram com força.

— Carregar! — Observou os homens, desafiando-os a se mexer. Os fuzileiros estavam num pequeno grupo na extremidade aberta da linha, e Sharpe olhou para eles. — Matem os oficiais. Pensem antes de atirar. — Voltou a olhar para os homens. — Vamos ficar aqui. Mirem no canto da coluna. — De repente, sorriu para eles. — É bom estar de volta. — Virou-se de costas para a companhia, e agora tudo o que podia fazer era ficar imóvel e negar esse minúsculo trecho de pasto aos franceses. Ficou de pé com as pernas abertas, a espada pousada no chão, enquanto a grande coluna gritava e batia os tambores em sua direção.

As pequenas saraivadas do South Essex golpeavam o canto mais próximo da coluna, derrubando homens de modo que as fileiras atrás tinham de se desviar para a direita a fim de evitar os corpos, e as saraivadas das companhias continuavam partindo do South Essex. Os franceses, que tinham sido rasgados por granadas e metralha, atingidos por balas sólidas, mudaram o ângulo da marcha de modo a passar pelo batalhão único. O quebra-mar estava se sustentando. Os franceses atiravam contra eles enquanto marchavam, mas era difícil carregar um mosquete e continuar andando; mais difícil ainda mirar no ritmo da marcha, e a coluna não vencia através do poder de fogo. Era projetada para vencer pelo puro peso, pelo medo, pela glória. Os tambores hipnotizavam o vale e impeliam os franceses, que passavam a apenas cinquenta metros de Sharpe. Ele observava as fileiras compactas, via as bocas se abrindo ritmadamente quando os tambores paravam, e o grito ressoava: "*Vive l'Empereur!*" Outra saraivada acertou o canto e mais homens caíram. Então, um oficial tentou arrastar um grupo de homens da coluna para disparar contra a Companhia Ligeira, e Daniel Hagman colocou uma bala no pescoço do sujeito. Sharpe viu a infantaria inimiga despir o oficial morto enquanto passava marchando, fileiras sucessivas se abaixando para revirar os bolsos e as bolsas do oficial. Os tambores continuavam instigando-os e o grito preenchia o vale. Sharpe se perguntou onde se encontraria a 6ª Divisão e o que estaria acontecendo no restante do campo.

Olhava os soldados inimigos, tão próximos. E, a não ser por gostarem de usar bigodes, eram pouco diferentes dos seus próprios homens. Às vezes um francês atraía o olhar de Sharpe e havia um momento curioso de reconhecimento, como se o rosto inimigo fosse o de um velho camarada meio esquecido. Viu as bocas se abrindo de novo. "*Vive l'Empereur!*" Um francês chamou a atenção de Sharpe enquanto entoava as palavras, deu de ombros, e Sharpe não conseguiu evitar sorrir em resposta. Era ridículo.

— Fogo! — gritou a voz do tenente Price.

A companhia puxou os gatilhos e a coluna se jogou com um espasmo para longe das balas. Sharpe ficou satisfeito ao ver que o homem que tinha dado de ombros para ele continuava vivo. Virou-se.

— Parem de atirar!

Não fazia mais sentido atirar. Poderiam matar alguns nomens nos flancos, mas seu trabalho, que era empurrar a pesada coluna alguns metros para a direita, fora cumprido. Podiam guardar os mosquetes carregados para a retirada da coluna, caso ela recuasse, e Sharpe assentiu para Price.

— A companhia pode se retirar até a colina, tenente.

Agora a retaguarda da coluna estava passando, e Sharpe viu os feridos mancando atrás dela, tentando acompanhar os colegas. Alguns caíam, acrescentando-se aos largados pelo grande ataque. Olhou para o sul, para a fumaça, e ainda não conseguia ver nenhuma cavalaria, nem canhões, mas eles poderiam vir. Virou-se e andou até sua companhia. Os homens sorriram para ele, chamaram seu nome, e Sharpe sentiu vergonha por ter temido que um deles pudesse mirar nele. Assentiu.

— Como vocês estão?

Eles deram tapas nas suas costas, gritaram para ele, e todos pareciam ter um sorriso idiota no rosto, como se tivessem obtido uma grande vitória. Sharpe andou entre os homens, notando como o hálito deles estava ruim depois de seu mês passado longe das tropas, mas era bom voltar. O tenente Price o saudou.

— Bem-vindo de volta, senhor.

— É bom voltar. Como estão as coisas?

Price olhou para os homens mais próximos, depois sorriu para Sharpe.

— Ainda é a melhor companhia do batalhão, senhor.

— Sem mim?

— Eles tinham a mim, senhor. — Os dois riram para disfarçar o prazer mútuo. Price olhou para a barriga de Sharpe. — E o senhor?

— Os médicos afirmam que preciso de mais um mês.

— Harps disse que foi um milagre.

Sharpe sorriu.

— Nesse caso, o milagre foi dele.

Virou-se para olhar a coluna se afastando. Era como uma máquina insensata que abria caminho para o norte, em direção à cidade, e ele sabia que logo o vale estaria cheio de canhões e cavalarianos franceses, a não ser que pudessem deter a coluna. Um dos seus homens gritou mais alto que os tambores e os gritos franceses:

— Harps falou que o senhor estava morando num palácio com uma duquesa!

— Harps é a porcaria de um mentiroso! — Sharpe abriu caminho pelo grupo e sorriu para o grande sargento. — Como você está?

— Estou bem. E o senhor?

— Tudo bem. — Sharpe olhou para o norte, onde o vale estava atulhado de corpos. — Baixas?

Harper balançou a cabeça. Parecia enojado.

— Dois feridos. Voltamos rápido demais. — Ele assentiu para o ombro de Sharpe. — Conseguiu o fuzil de volta?

— Sim. Mas preciso de munição.

— Vou resolver isso para o senhor.

Harper se virou quando um novo som preencheu o vale. Era como uma centena de crianças arrastando varas nas grades de uma praça, o som das saraivadas que a 6ª Divisão disparava contra a frente da coluna. A 6ª jurou que nesse dia restauraria sua reputação, manchada pelo tempo que demorou para capturar as três fortalezas. Os homens tinham se aproximado da grande coluna em colunas pequenas, e então, na cara do inimigo, moveram-se para formar uma linha e esperaram os franceses chegarem ao alcance dos mosquetes.

A linha com duas fileiras de profundidade se dobrou em volta da dianteira da coluna. Os homens lutavam como autômatos, mordendo os cartuchos, carregando, socando, disparando sob a ordem, de modo que as chamas das saraivadas corriam pela face da linha, de novo e de novo, as balas agitavam a fumaça de pólvora e atingiam os franceses. As saraivadas britânicas transformaram a frente da coluna numa pilha de mortos e feridos. Franceses que se consideravam em segurança na quarta ou na quinta fileira subitamente precisaram engatilhar os mosquetes e disparar em desespero contra a fumaça. A coluna parou. Os tambores continuavam tocando, mas não paravam mais para o grito. Os meninos dos tambores batucavam como se pudessem forçar os homens a investir por cima da barricada de mortos contra a 6ª Divisão. Mas os franceses na frente da coluna estavam se encolhendo diante do fogo assassino. Os de trás pressionaram, a coluna se comprimiu e se curvou, e os meninos dos tambores hesitaram. Alguns oficiais, excedendo as expectativas de seu dever, tentaram levar homens adiante, mas era inútil. Os mais corajosos morreram, os outros se encolheram para fugir do fogo inglês, e a coluna arfou e se sacudiu como um gigantesco animal aprisionado.

Houve uma pausa nas saraivadas britânicas. O espaço foi preenchido por um novo som, um raspar e estalar de centenas de baionetas longas sendo tiradas das bainhas nos cintos e fixadas nos mosquetes. Então soou um grito coletivo, o grito britânico, e a linha comprida avançou com as lâminas apontadas. A grande coluna, que quase havia provocado uma reviravolta na batalha, se transformou numa multidão em pânico. Correram.

Os franceses tinham tentado mandar canhões puxados a cavalo pelo pequeno vale, para disparar contra a 6ª Divisão, mas eles foram derrubados pela artilharia britânica. Os artilheiros franceses ainda vivos acabaram com a agonia de seus cavalos feridos usando as carabinas curtas. O vale estava tomado pelos resquícios da batalha. Corpos, armas, cantis, bolsas, mochilas, balas de canhão disparadas, cavalos mortos, homens feridos. Homens feridos por toda parte. A coluna francesa era uma massa de fugitivos correndo, tentando escapar da linha firme da 6ª Divisão, que avançava para o pequeno vale, coberto por um fino toldo de fumaça. O sol tingiu de vermelho a camada de fumaça. A 4ª Divisão se reorganizou, sacou baionetas e seguiu junto com a 6ª. Os britânicos avançaram, os franceses recuaram, e o centro de Clausel se foi. Ele havia cobrado um preço pela derrota, um preço alto, mas estava tudo acabado. As Águias voltaram, deixaram o Grande Arapile, os franceses estavam fugindo do campo. Sua esquerda fora destruída, completamente destruída, em apenas quarenta minutos. O centro havia tentado e fracassado, e agora tudo o que podia ser feito era a direita francesa formar uma barreira na borda da planície para impedir a perseguição britânica.

O sol se punha numa almofada de ouro e escarlate, tingia o terreno de matança em carmim e prometia luz suficiente por um pouco mais de tempo. Tempo bastante para mais sangue ser derramado sobre uma terra já tomada pelo seu fedor.

CAPÍTULO XXIII

Para os espectadores na crista do morro alongado a batalha pareceu algo como a maré invadindo um lugar acima do nível máximo da água. A maré tinha vindo do oeste, correndo rapidamente pela planície, então bateu nos obstáculos dos Arapiles. A luta fervilhou. Por um momento, pareceu que o centro francês fluiria sem resistência para a cidade, atravessando o pequeno vale, mas foi contido. As duas divisões em coluna foram partidas e a luta recuou, passou pelos Arapiles, e agora se esgotava a sudoeste, longe da cidade.

A batalha não havia terminado, mas os rapineiros já estavam no campo. As mulheres e as crianças dos britânicos despiam cadáveres inimigos. Quando escurecesse mais, eles fariam o mesmo com os homens do próprio país, cortando o pescoço dos feridos que resistissem. Mas no momento saqueavam os franceses, enquanto músicos cuidavam dos feridos britânicos. O South Essex seguiu a 6ª Divisão por uma curta distância, mas depois vieram ordens para descansarem, e os homens se deixaram cair onde estavam.

O menino que tocava tambor, com a intensidade preocupada de uma criança que recebeu uma grande responsabilidade, tinha se agarrado ao cavalo de Sharpe, e o fuzileiro se sentiu agradecido pela sela. O ferimento latejava, ele estava cansado e se forçou a responder aos cumprimentos de Leroy, Forrest e dos outros oficiais, que o provocavam por ele ter um cavalo. Estava cansado, mas continuava inquieto.

Sons de mosquetes vinham do sul. A luta continuava. Sharpe ficou montado em seu cavalo, no cavalo dela, e olhou, sem ver de verdade, uma criança pequena puxando o anel do dedo de um cadáver nu. A mãe da criança estava despindo outro francês ali perto, cortando as costuras, e gritou para a criança se apressar porque havia outros saqueadores competindo por cadáveres. A criança, vestindo apenas uma saia cortada que já fora da mãe, pegou uma baioneta francesa largada e começou a cortar o dedo do anel. Prisioneiros eram arrebanhados, desarmados e levados para a retaguarda.

Os franceses foram derrotados. Não só derrotados, tinham levado uma surra. Metade do exército fora partido, e os sobreviventes fugiam para a estrada que levava até o leste, através dos bosques ao sul. Apenas uma retaguarda impedia que as vingativas cavalarias britânica e alemã retalhassem os fugitivos, mas essa perseguição poderia esperar. Os franceses corriam aos tropeços, sem disciplina, voltando pelos bosques de sobreiros e carvalhos até a cidade de Alba de Tormes. A batalha fora travada numa enorme curva do rio, e Alba era a única cidade com uma ponte que poderia levar os franceses para a segurança a leste. Muitos homens usariam os vaus, porém a maioria, com toda a bagagem, os canhões, os baús de pagamento e os feridos, iria até a ponte medieval em Alba de Tormes. E lá pararia. Os espanhóis tinham uma guarnição na cidade, uma guarnição que dominava a ponte, e os franceses estavam encurralados na grande curva do rio. A cavalaria poderia ir de manhã e arrebanhar os fugitivos. Era uma grande vitória.

Sharpe olhou para a fumaça que se derramava em longos fiapos rosados sobre o campo de batalha. Devia estar sentindo a empolgação desse dia. Aguardaram uma batalha o verão inteiro, desejaram-na, e ninguém ousara esperar que ela fosse tão decisiva. Neste ano haviam tomado Ciudad Rodrigo, Badajoz, e agora tinham derrotado o chamado Exército de Portugal. Ainda assim, Sharpe se sentia assombrado pelo fracasso. Protegera *la marquesa*, que era sua inimiga, e fracassara em capturar Leroux. Fora derrotado pelo francês. Leroux havia colocado Sharpe na sala da morte, quebrado sua espada, e Sharpe ansiava por vingança. Existia um homem vivo que podia se gabar de tê-lo derrotado, e isso doía; latejava como o ferimento. Sharpe desejava que a dor fosse embora. Estava inquieto. Queria mais uma chance de enfrentar a Klingenthal, de possuí-la, e tocou o punho da espada nova como se fosse um talismã. Ela ainda não vira sangue.

O South Essex estava empilhando suas armas, indo para a aldeia roubar portas e móveis que pudessem ser quebrados e transformados em fogueiras, e Sharpe não queria descansar. Havia negócios inacabados, e se frustrava porque não imaginara como terminá-los. Perguntou-se se o *palacio* Casares estaria sendo revistado em busca de Leroux neste exato momento. Poderia voltar a Salamanca, mas não poderia encarar *la marquesa*.

O major Forrest andou até o cavalo de Sharpe e olhou para cima.

— Você parece uma estátua, Sharpe. — E levantou uma garrafa de conhaque capturado. — Quer se juntar a nós?

Sharpe olhou para a extremidade sul do campo de batalha, onde subia a fumaça da luta ainda.

— O senhor se importa se eu vir o fim disso?

— Fique à vontade. — Forrest sorriu para ele. — Cuide-se. Não quero perder você de novo.

— Vou me cuidar, senhor.

Ele deixou o cavalo encontrar o próprio caminho entre as chamas no capim e os feridos. O sol havia quase sumido, uma lua pálida já estava alta no céu noturno e ele conseguia ver onde a retaguarda francesa fazia o crepúsculo cintilar com seus mosquetes. Um cachorro ganiu ao lado do corpo morto de seu dono, latiu quando o cavalo de Sharpe chegou perto demais, depois correu de volta para sua vigília.

Sharpe estava deprimido. Sempre soube que não poderia possuir *la marquesa*, mas sentia falta dela e estava triste porque os dois enganaram um ao outro. Muita coisa ficou não dita. Isso também era um negócio inacabado. Cavalgou lentamente na direção dos tiros.

A última divisão francesa tinha se posicionado numa pequena colina íngreme que bloqueava as trilhas que seguiam para o bosque. A crista da colina permitia que seis, às vezes sete, fileiras de homens disparassem contra os britânicos, cada uma atirando por cima das cabeças das fileiras da frente, e o crepúsculo era apunhalado pelas chamas francesas.

A 6ª Divisão, que já derrotara as corajosas esperanças de Clausel, avançava contra esse obstáculo. Ela já havia obtido uma grande vitória, e agora os homens achavam que essa retaguarda, essa linha leviana, se dissolveria diante de seus tiros de mosquete no crepúsculo. O duelo de mosquetes começou. Linha contra linha, os cartuchos eram abertos com os dentes, a pólvora era derramada, as pederneiras saltavam para a frente e a linha francesa se sustentava. Lutava gloriosamente, sem esperanças, sabendo que, se desmoronasse e corresse para a estrada que levava para o leste através do bosque, seria perseguida pela cavalaria. A escuridão era sua esperança, sua salvação, e a última divisão francesa se mantinha na pequena crista íngreme importunando a 6ª Divisão, açoitando-a, e os batalhões foram encolhendo, homem a homem.

A artilharia britânica retiniu ao atravessar a planície, virou-se e se posicionou nos flancos da 6ª Divisão. Os cavalos foram levados para longe, as conteiras dos canhões, desacopladas dos armões, e a munição em sacolas vermelhas foi empilhada ao lado das armas. Metralha. Os artilheiros olhavam para os franceses impassivelmente; a essa distância não teriam como errar.

Cada bala das latas estourando contaria na colina dos franceses. Os canhões saltaram para trás, a fumaça irrompendo, e Sharpe viu os franceses caírem de lado como trigo atingido por chumbinho de espingarda. Ainda assim, eles continuaram lutando. Surgiram focos de incêndio no capim, fazendo aumentar a fumaça, e as chamas eram sinistras por baixo da fumaça da batalha pairando em camadas sobre os mosquetes que cuspiam balas. Os franceses sustentavam a posição, os mortos caíam na encosta, os feridos lutavam para continuar atirando. Deviam estar aterrorizados, pensou Sharpe enquanto os observava, porque sabiam que a batalha estava perdida, que em vez de marchar até os portões de Portugal teriam uma retirada longa e importunada até o centro da Espanha. Mas continuavam lutando, e sua disciplina sob o ataque furioso de mosquetes e metralha era espantosa. Estavam ganhando tempo com a própria vida, tempo para que seus companheiros despedaçados fossem para o leste em direção à ponte de Alba de Tormes. E lá, os britânicos sabiam, uma guarnição espanhola aguardava para terminar a destruição.

A luta não duraria muito mais, não importava a coragem dos franceses, e o fim foi sinalizado quando a 5ª Divisão, que mais cedo havia atacado a esquerda francesa ao lado da cavalaria, marchou para o flanco da retaguarda francesa. Duas divisões britânicas lutavam contra uma única divisão francesa. Mais canhões vieram numa confusão de poeira e correntes, e sua metralha se despedaçava no coração das grandes chamas dos canhões. Mais focos de incêndio começaram no capim, as chamas lançando sombras pretas à medida que o crepúsculo virava noite, e o fim tinha de chegar. Houve uma pausa nos tiros de mosquetes da 6ª Divisão, uma ordem foi repetida de companhia em companhia, então se ouviu o ruído alto do raspar de baionetas sendo desembainhadas. A linha tremeluziu com os reflexos das lâminas de quarenta e três centímetros.

— Avançar! — As últimas luzes se esvaíam no oeste acima de Portugal, os ingleses soltaram um grito coletivo e a linha avançou sobre os franceses sofridos, mas restava uma surpresa na batalha.

Sharpe ouviu os cascos atrás dele e não deu atenção. Então, a urgência do som e a velocidade do único cavalo fizeram com que se virasse. Um oficial de cavalaria solitário, resplandecente em azul e prata, com o sabre desembainhado, galopava até a linha francesa. Gritava feito um maníaco:

— Esperem! Esperem!

A companhia mais próxima de Sharpe ouviu o som, parou, e um sargento abriu espaço nas fileiras. Oficiais gritavam para o cavalariano, mas ele não ligou, apenas instigou o cavalo que estava se esfalfando, rasgado pelas esporas, e torrões de terra voavam atrás dos cascos.

— Esperem! Esperem!

O oficial se dirigiu para o espaço aberto nas fileiras. Os franceses, na encosta, eram apenas sombras enquanto se viravam e corriam para a segurança do bosque escuro.

O cavaleiro atravessou o espaço na infantaria britânica e continuou gritando em desafio para os franceses, que desapareciam. Chegou com o cavalo à base da encosta, começou a subir, e seu sabre se agitava feito um chicote enquanto ele forçava o cavalo a ir atrás do inimigo. Sharpe instigou o próprio cavalo. O cavaleiro era lorde Spears.

Spears tinha desaparecido entre as árvores escuras, e Sharpe, sacando sua desajeitada espada da bainha, deu a volta no flanco da linha britânica, na frente dos canhões silenciosos ainda soltando fumaça. A encosta da pequena colina estava horrenda com mortos franceses. Oficiais da 6ª Divisão gritaram com ele, xingaram-no, porque ele entrou na linha de tiro, mas então seu cavalo atravessou a crista e ele foi cavalgando para as sombras profundas. Ouviu gritos à frente, depois tiros de mosquete, e baixou a cabeça quando o cavalo de *la marquesa* entrou no meio das árvores.

Spears estava numa pequena clareira, travando uma batalha ensandecida e solitária contra fugitivos franceses, e Sharpe chegou tarde demais. O cavalariano tinha percorrido toda a extensão da clareira, golpeando com o sabre, e, quando Sharpe chegou, ele estava virando o cavalo, golpeando, mas havia um sargento francês do lado oposto com o mosquete apontado. Sharpe viu o clarão, viu Spears ficar rígido, então o francês escapou por entre as árvores. A boca de Spears se abriu em silêncio, ele pareceu se sacudir, depois o corpo despencou na sela. O sabre pendia ao lado do corpo, o braço frouxo, a respiração ofegante.

Sharpe cavalgou até ele. A mão direita de Spears apertava o prata e azul de sua farda e, entre os dedos, o sangue escuro manchava o tecido. Ele olhou para Sharpe.

— Quase cheguei tarde demais.

— O senhor é um idiota.

— Eu sei. — Spears olhou para além de Sharpe, para os três corpos que tinha matado na clareira. — Foi um belo trabalho com uma espada, Richard. Você sabe disso, não sabe?

— Sim, milorde.

— Me chame de Jack. — Spears se esforçava para controlar a respiração. Olhou incrédulo para o sangue que manchava a mão e a jaqueta. Balançou a cabeça. — Ai, meu Deus.

Sharpe ouvia a infantaria da 6ª Divisão entrando no meio das árvores.

— Venha, milorde. Um médico.

— Não. — Os olhos de Spears brilhavam. Ele piscou rapidamente e pareceu sentir vergonha. — Deve ser a fumaça dos mosquetes, Richard.

— É.

— Me tire daqui.

Sharpe embainhou a espada pela segunda vez naquele dia, a segunda vez que ela não havia sido coberta de sangue. Pegou as rédeas do cavalo de Spears e o levou para fora das árvores. Desviou-se da infantaria, que avançava, não querendo levar um tiro de algum homem nervoso, e saíram na pequena colina a menos de cem metros de onde a última luta do dia tinha acontecido.

— Pare aqui, Richard. — Estavam no topo do barranco. Os pequenos focos de incêndio e a escuridão do campo de batalha se estendiam à frente.

Sharpe ainda segurava as rédeas do cavalo de Spears.

— O senhor precisa de um médico, milorde.

— Não. — Spears balançou a cabeça. — Não, não, não. Ajude-me a desmontar.

Sharpe amarrou os dois cavalos numa árvore torta e mirrada. Depois tirou Spears da sela e o deitou no barranco. Fez um travesseiro para ele com o próprio sobretudo. Conseguia ouvir a 6ª Divisão cortando galhos com podões e baionetas, fazendo suas fogueiras. Enfim a batalha estava de fato acabada. Abriu a jaqueta de Spears, a camisa, e precisou puxar o tecido para soltá-lo do ferimento. A bala havia empurrado alguns fios para dentro do peito, e eles se destacavam, sujos e obscenos, como pelos grossos. O buraco parecia muito pequeno. O sangue estava empoçado nele, brilhava preto ao luar, depois se derramou na pele clara de Spears, que retraiu o rosto.

— Está doendo.

— Por que raios o senhor fez aquilo?

— Não queria perder a batalha. — Spears encostou os dedos no sangue, levantou-os e olhou para as pontas, horrorizado.

— Foi loucura. A batalha estava terminada. — Sharpe cortou a camisa de Spears com seu canivete, rasgando o pano limpo para dobrar e fazer uma compressa para o ferimento.

Spears deu um sorriso torto.

— Todos os heróis são loucos. — Ele tentou rir, e o riso virou uma tosse. Encostou a cabeça de novo no travesseiro. — Estou morrendo. — Ele disse isso com muita calma.

Sharpe encostou o pano dobrado no ferimento, apertou suavemente e Spears se encolheu, porque a bala havia quebrado uma costela. Sharpe afastou a mão.

— O senhor não vai morrer.

Spears virou a cabeça e olhou para o rosto de Sharpe. Sua voz ainda tinha um pouco do antigo charme malicioso.

— Na verdade, Richard, com o risco de parecer assustadoramente heroico e dramático, eu prefiro morrer. — Os olhos marejados de lágrimas contradiziam as palavras. Ele fungou e virou a cabeça, olhando para cima. — Isso é tremendamente embaraçoso, eu sei. Desculpe. — Sharpe não disse nada. Olhou para as chamas espalhadas no campo de batalha, pequenos incêndios no capim, e os calombos misteriosos que eram os corpos caídos. Um vento veio do campo e trouxe o cheiro da vitória: fumaça, pólvora, sangue e carne queimada. Sharpe conheceu outros homens que desejavam morrer, mas jamais um lorde bonito, charmoso e que agora se desculpava outra vez. — Deixei você sem graça. Esqueça o que falei.

Sharpe se sentou ao lado dele.

— Não estou sem graça. Não acredito no senhor.

Por um instante, nenhum dos dois falou. Sons de mosquete chegavam secos por cima do campo de batalha; eram saqueadores sendo desencorajados ou homens acabando com o sofrimento de outros homens. Spears virou a cabeça de novo.

— Nunca dormi com *la marquesa*.

Sharpe ficou pasmo com a confissão súbita, estranha. Deu de ombros.

— Isso importa?

Spears assentiu devagar.

— Agradeça.

Sem entender, Sharpe fez o que ele pedia.

— Obrigado.

Spears levantou os olhos de novo.

— Eu tentei, Richard. Por Deus, tentei. Não foi muito decente da minha parte. — Sua voz estava baixa, dirigida às estrelas.

Parecia uma culpa estranha, e Sharpe ainda não entendia por que Spears tinha puxado esse assunto.

— Não creio que ela tenha se sentido ofendida.

— Não, não se sentiu ofendida. — Spears fez uma pausa. — Jack, o Louco.

Sharpe recolheu os pés, como se fosse se levantar.

— Deixe-me arranjar um médico.

— Não. Nada de médico. — Spears colocou a mão no braço dele. — Nada de médico, Richard. Você consegue guardar segredo?

Sharpe assentiu.

— Sim.

Spears afastou a mão. Estava com a respiração pesada. Parecia estar decidindo se falaria ou não, mas por fim disse. Sua voz estava muito amarga.

— Eu tenho o Leão Preto. Deus do céu! O Leão Preto.

CAPÍTULO XXIV

— Ai, meu Deus. — Sharpe não sabia o que dizer.

Os dois estavam na borda do campo de batalha, na borda de uma enorme vastidão de sofrimento. Sombras passavam na frente das chamas intermitentes, cães uivavam para a meia-lua que prateava os calombos no campo que eram os mortos e feridos. Os canhões que tinham devastado a retaguarda francesa foram deixados onde haviam disparado, e seus canos esfriavam no vento noturno. De longe, da outra ponta do campo escuro, vinha o som de pessoas cantando. Um grupo de homens em volta de uma fogueira comemorava a sobrevivência. Sharpe olhou para Spears.

— Há quanto tempo o senhor sabe?

Spears deu de ombros.

— Dois anos.

— Ai, meu Deus. — Sharpe sentiu a desesperança disso. Todos os homens temiam a doença, claro, que espreitava nas sombras como a fera escura que o exército usou para apelidá-la. Leão Preto, o pior tipo de sífilis, a sífilis que matava o homem através da senilidade, da cegueira e da loucura incoerente. Certa vez Sharpe pagou algumas moedas para caminhar pelo Bedlam, o hospício em Moorfields, Londres, e viu os pacientes sifilíticos em suas pequenas jaulas imundas. Eles recebiam ninharias, moedas atiradas, dando cambalhotas e se exibindo. Os Insanos do Bedlam eram um dos pontos turísticos de Londres, mais populares até mesmo que as execuções públicas. Spears estaria diante de uma morte lenta, imunda e agonizante. Sharpe olhou para ele. — Foi por esse motivo que o senhor fez isso?

O belo rosto assentiu.

— Foi. Você não vai contar?

— Não.

A bolsa de cavalaria de Spears estava caída no barranco. Ele tentou pegá-la, não conseguiu e balançou a mão.

— Há charutos ali. Você poderia pegá-los?

Sharpe levantou a aba da bolsa. Havia uma pistola em cima, que ele pôs do lado, e embaixo charutos embrulhados e um isqueiro. Ele soprou o pano chamuscado até criar uma pequena chama, acendeu dois charutos e entregou um a Spears. Era raro Sharpe fumar, mas esta noite, nessa tristeza, quis um charuto. O cheiro o fez se lembrar de *la marquesa*. A fumaça se espalhou na brisa que vinha dos mortos.

Spears emitiu um leve ruído que talvez tenha sido uma risada.

— Eu nem precisava estar aqui.

— Na batalha?

— Não. — Ele deu um trago no charuto, fazendo a ponta brilhar. — No exército. — Ele suspirou, ajeitou-se. — Meu irmão mais velho recebeu a herança. Era um sujeito tão tedioso, Richard, um tédio completo. Nós tínhamos um ódio mútuo, fraterno. Então, duas semanas antes de ele se casar, Deus atendeu às minhas preces. Ele caiu da porcaria de seu pangaré e quebrou o pescoço gordo. E eu recebi tudo. Dinheiro, propriedades, casas, tudo. — Sua voz estava baixa, quase rouca. Parecia querer falar. — Eu já estava aqui e não quis voltar. — Ele se virou para Sharpe e sorriu. — Há júbilo demais nesta guerra. Isso faz sentido?

— Faz. — Sharpe conhecia o júbilo da guerra. Nada era tão empolgante ou cobrava um preço tão alto. Olhou para as chamas no capim que queimavam a carne dos mortos e feridos. A guerra havia trazido a Sharpe promoções, uma esposa, *la marquesa* e ainda poderia matá-lo, como estava matando Spears. Destino caprichoso.

Spears tossiu, e desta vez enxugou sangue dos lábios.

— Eu apostei tudo e perdi. Meu Deus! Até o último centavo.

— Tudo?

— Duas vezes. Você não joga, certo?

— Não.

Spears sorriu.

— Você é muito tedioso para um herói. — Ele tossiu e virou a cabeça para cuspir sangue no capim. A maior parte caiu no sobretudo de Sharpe. — É como estar no topo de um penhasco e saber que pode voar. Não há nada igual, nada. A não ser a guerra e as mulheres.

Agora o vento estava mais fresco, esfriando a pele do rosto de Sharpe. Ele puxou a jaqueta de Spears por cima do ferimento. Desejou ter conhecido melhor esse homem; Spears tinha oferecido sua amizade, mas Sharpe fora cauteloso. Agora se sentia muito próximo de Spears, enquanto o sangue se infiltrava nos pulmões dele.

Spears deu um trago no charuto, tossiu de novo, e o sangue salpicou as bochechas. Ele virou o rosto para Sharpe.

— Você faria uma coisa por mim?

— Claro.

— Escreva para a minha irmã. Hogan tem o endereço. Diga a ela que eu morri bem. Que morri como herói. — Ele sorriu com autodepreciação. — Promete?

— Prometo. — Sharpe olhou para cima. As estrelas eram as fogueiras de acampamento de um infinito exército celestial. Abaixo delas, as fogueiras dos britânicos vitoriosos eram fracas. Os mosquetes soavam distante enquanto homens despachavam os feridos.

Spears soltou um bocado de fumaça.

— O nome dela é Dorothy. Nome feio. Gosto dela. Quero que ela saiba que morri bem. É o mínimo que posso fazer agora.

— Vou dizer a ela.

Spears pareceu ignorar as palavras de Sharpe.

— Eu arruinei a vida dela, Richard. Dorothy não tem dinheiro, nem herança, nem dote. Terá de se casar com algum comerciante maldito para pegar seu dinheiro, e em troca ele terá o corpo dela e um pouco de sangue nobre. — Sua voz estava muito amarga. — Pobre Dorothy.

Ele respirou fundo, com um som arranhado na garganta.

— Estou falido, com sífilis e desgracei minha família. Mas, se morrer como herói, pelo menos ela terá isso. Muita gente não vai cobrar as promissórias que escrevi à mão. É malvisto quando um sujeito acabou de morrer pelo rei e pelo país. — Spears gargalhou, o sangue estava escuro em sua pele. — Você pode viver sendo tão mau quanto quiser, Richard, enquanto puder, mas, se morrer pelo país, será perdoado por tudo. Por tudo.

Spears se virou para o outro lado, para olhar a imensidão da tristeza do campo de batalha.

— Eu costumava ser arrastado para a porcaria da igreja todo domingo. Seguíamos para o banco particular e todos os camponeses eram obsequiosos. Então a porcaria do pastor se levantava e nos alertava sobre o jogo, a bebida e a fornicação. Ele me deu todas as ambições na vida. — Spears tossiu de novo, pior desta vez, e houve uma pausa enquanto ele forçava ar para dentro dos pulmões. — Só quero que Dorothy saiba que fui um herói. Eles podem colocar uma placa de mármore na igreja. O último da família Spears, morto em Salamanca.

— Vou escrever. — Sharpe tirou a barretina e passou a mão nos cabelos. — Tenho certeza de que o par também vai.

Spears virou a cabeça para olhá-lo de novo.

— E diga a Helena que ela partiu meu coração.

Sharpe sorriu. Não sabia se veria *la marquesa* de novo, mas assentiu com a cabeça.

— Vou dizer a ela.

Spears suspirou, deu um sorriso pesaroso e olhou para o campo de batalha.

— Eu poderia ter feito minha parte pela Inglaterra. Passado sífilis para ela.

Sharpe sorriu por educação. Supunha que deviam ser quase onze horas. Muitas pessoas na Inglaterra estariam indo para a cama, ignorantes do fato de que na hora do chá a 3ª Divisão tinha esmagado a esquerda francesa, e que, na hora em que a louça estava sendo retirada, os franceses haviam perdido um quarto do exército. Mas dentro de alguns dias os sinos tocariam em todos os povoados, e os párocos agradeceriam a Deus como se a divindade fosse algum tipo superior de general de divisão. Os nobres pagariam por barris de cerveja e fariam discursos sobre o Tirano Derrotado por Ingleses Honestos. Haveria uma nova safra de placas nas igrejas, para os que podiam pagar por isso, mas no todo a Inglaterra não demonstraria muita gratidão pelos homens que tinham cumprido com seu dever nesse dia. Então, ele se lembrou do que Spears disse. Sobre passar sífilis para ela e fazer sua parte pela Inglaterra, e de repente sentiu um frio na barriga. Spears sabia que ela era francesa, e tinha revelado isso sem querer porque não pôde resistir à piada. Sharpe manteve a voz calma.

— Há quanto tempo o senhor sabia a verdade sobre ela?

Spears se virou para olhá-lo.

— Você sabe?

— Sei.

— Santo Deus. As coisas que as pessoas dizem na cama. — Ele limpou o sangue do rosto.

Sharpe encarou a escuridão.

— Há quanto tempo o senhor sabia?

Spears jogou o charuto encosta abaixo.

— Há um mês.

— Contou a Hogan?

Houve uma pausa. Sharpe olhou para Spears. O cavalariano olhava para ele, percebendo subitamente que tinha dado com a língua nos dentes. Lentamente, Spears assentiu.

— Claro que contei. — E sorriu de repente. — Quantos você acha que morreram hoje?

Sharpe não respondeu. Sabia que Spears estava mentindo. Hogan só descobrira que *la marquesa* fora Hélène Leroux no dia anterior. Curtis havia recebido a carta de manhã, tinha visto Hogan à tarde, e depois ido falar com Sharpe. Spears não contara a Hogan, e não sabia que Curtis encontrara Sharpe.

— Como descobriu?

— Não importa, Richard.

— Importa, sim.

Spears teve um acesso de raiva.

— Eu sou a porcaria de um oficial explorador, lembra? Meu trabalho é descobrir coisas.

— E contar a Hogan. O senhor não contou.

Spears respirou fundo. Olhou para Sharpe, depois balançou a cabeça. Sua voz estava cansada.

— Meu Deus! Agora não importa mais.

Sharpe se levantou, alto contra o céu noturno, e odiou o que precisava fazer, mas agora importava, independentemente do que Spears achasse. A espada sibilou ao sair da bainha, soltou-se, o aço pálido na meia-lua.

Spears franziu a testa.

— Que diabo você está fazendo?

Sharpe enfiou a lâmina embaixo de Spears, empurrou para longe um braço que protestava, depois usou o aço como alavanca para deitá-lo de lado, de costas para Sharpe. Então, o fuzileiro pôs um pé na cintura de Spears e a lâmina da espada nas costas dele. Havia raiva na voz de Sharpe, uma raiva fria, de dar medo.

— Heróis não têm costas marcadas. Conte a verdade, milorde, ou vou retalhar suas costas. Vou dizer à sua irmã que o senhor morreu como um covarde sifilítico com ferimentos atrás.

— Eu não sei de nada!

Sharpe se apoiou na espada, o suficiente para a ponta afiada penetrar no tecido. Sua voz saía alta e forte.

— Você sabe, seu desgraçado. Sabia que ela era francesa, ninguém mais sabia. Sabia que ela era irmã de Leroux, não sabia? — Houve silêncio. Ele empurrou a espada.

— Sabia. — Spears engasgou, cuspiu sangue. — Pare com isso, pelo amor de Deus, pare.

— Então fale. — Houve silêncio de novo, a não ser pelo vento agitando as folhas das árvores atrás deles, o estalar das chamas das fogueiras da 6ª Divisão e os disparos entrecortados e distantes dos mosquetes. Sharpe baixou a voz. — Sua irmã será desgraçada. Não terá nada. Nem dinheiro, nem perspectivas, nem mesmo um herói morto como irmão. Precisará se casar com algum ferreiro barrigudo de mãos sujas e vai se prostituir pelo dinheiro dele. Quer que eu salve a porcaria de sua honra, milorde? Fale.

Spears falou. Suas palavras foram pontuadas pela tosse, pelas cuspidas de sangue. Às vezes lamuriava, tentava se retorcer, mas a espada estava sempre perto e, de detalhe tenebroso em detalhe tenebroso, Sharpe arrancou a história dele. Era deprimente, de entristecer. Spears implorou compreensão, até mesmo perdão, mas era uma história de honra vendida. Spears tinha contado a Sharpe, semanas antes, que quase havia sido capturado por Leroux. Tinha contado que escapara por uma janela, rasgando o braço, mas isso não era verdade.

Lorde Spears não tinha escapado de Leroux. Foi capturado e assinou sua palavra de honra. Disse que Leroux conversou com ele durante uma noite inteira, bebeu com ele e encontrou o ponto fraco. Os dois fizeram uma barganha. Informações em troca de dinheiro. Spears vendeu Colquhoun Grant, o melhor oficial explorador do exército, e Leroux lhe deu quinhentos napoleões, que foram todos perdidos no jogo.

— Pensei que pelo menos poderia conseguir de volta a casa na cidade.

— Continue.

Ele tinha vendido a lista roubada dos papéis de Hogan; a lista de homens pagos pela Inglaterra em troca de informações. Havia ganhado dez moedas de ouro por cabeça, depois perdeu tudo nas mesas de jogo. E então, disse, Sharpe estragou tudo. Perseguiu Leroux até as fortalezas, e Spears achou que seu financiador estava perdido, preso. Então Helena perguntou por ele, falou com ele, e o dinheiro começou a entrar de novo. E o tempo todo Leroux tinha a palavra de honra de Spears, o pedaço de papel que provava que ele era mentiroso, que já fora prisioneiro, e o papel era usado contra Spears. Disse que, se ele os traísse, Leroux mandaria o papel para Wellington. Leroux havia feito de Spears um escravo, um escravo bem pago, e quem suspeitaria de um lorde inglês? Os escriturários, os cavalariços, os serviçais, os cozinheiros, as pessoas inferiores do quartel-general estavam todas sob suspeitas, mas não lorde Spears, Jack, o Louco, o homem que animava festas e usava a espirituosidade e o charme para fascinar o mundo, o tempo todo atuando como espião.

Havia mais. Sharpe sabia que haveria mais. Tinha afastado a espada, estava sentado ao lado de Spears, e o cavalariano confessou tudo, quase feliz em desembuchar. Mas houve uma reticência no fim da história. As chamas no capim estavam morrendo. Os gemidos e os tiros de mosquete eram mais baixos e em menor número no campo de batalha, o vento havia adquirido uma frieza noturna. Sharpe olhou para a lâmina cinza que se estendia à sua frente.

— El Mirador?

— Está em segurança.

— Onde?

Spears deu de ombros.

— Hoje está num mosteiro. Fazendo reverências e rapapés.

— Você não o vendeu?

Spears gargalhou, e o som saiu áspero e borbulhando por causa do sangue na garganta. Engoliu-o e retraiu o rosto.

— Não precisei. Leroux já havia descoberto.

Como Hogan suspeitara.

— Santo Deus. — Sharpe encarou o campo depois da batalha. Um dia temera pelo corpo de *la marquesa* sob a tortura de Leroux, agora se encolhia ao pensar no padre idoso retalhado numa mesa encharcada de sangue. — Mas você disse que ele estava em segurança?

Curtis estava em segurança, mas era velho. Velhos, disse Spears, temem a possibilidade de morrer antes de terminar seu trabalho, por isso Curtis havia escrito os nomes e os endereços de todos os seus correspondentes num caderninho com capa de couro. Estava disfarçado como um dos seus cadernos de anotações astronômicas, cheio de gráficos de estrelas e nomes em latim, mas os códigos podiam ser decifrados.

Leroux tinha esperado por uma oportunidade. Havia planejado pegar Curtis quando os britânicos tivessem ido embora, mas então vieram as notícias de uma grande vitória britânica, e ele exigiu que Spears pegasse o padre. A voz de Spears estava fraca:

— Não fui capaz. Assim, em vez disso, peguei o caderno para ele.

Leroux não precisava mais de El Mirador. Com o caderno em mãos, poderia encontrar todos os correspondentes que escreviam fielmente de toda a Europa, e poderia pegá-los um a um, matá-los, e a Grã-Bretanha ficaria cega. Sharpe balançou a cabeça, incrédulo.

— Por que você simplesmente não mentiu? Por que tinha de entregar o caderno? Eles não sabiam dele!

— Achei que iriam me recompensar. — Lorde Spears estava patético.

— Recompensar? Mais dinheiro à custa de vidas?

— Não. — O sangue estava escuro no rosto dele. — Eu queria o corpo dela só uma vez. Só uma. — Ele emitiu um som de engasgo que podia ter sido uma risada ou choro. — Não consegui. Em vez disso, Leroux me devolveu minha palavra de honra. Devolveu minha honra. — A amargura era forte em sua voz.

O volume escuro do Grande Arapile estava encimado por duas pequenas fogueiras. Bloqueava a visão das luzes de Salamanca.

— Onde Leroux está agora?

— Cavalgando para Paris.

— Por onde?

— Ele vai a Alba de Tormes.

Sharpe olhou para Spears, morrendo no chão.

— Você não contou que os espanhóis estão lá?

— Ele pareceu não se importar.

Sharpe xingou baixinho. Precisava ir. Xingou de novo, mais alto, porque gostava de Spears e detestou essa fraqueza súbita, esse colapso de um homem, essa venda de honra.

— Você vendeu todos os nossos agentes em troca de uma palavra de honra?

Não. Por dinheiro, também, disse Spears, mas o dinheiro seria pago quando Leroux chegasse a Paris, e iria para Dorothy na Inglaterra. Um dote, o último presente traiçoeiro de Spears. E implorou a Sharpe, disse que Sharpe não era capaz de entender; família era tudo, e Sharpe se levantou.

— Estou indo embora.

Spears ficou caído no chão, derrotado, fragilizado.

— Uma última promessa?

— O quê?

— Se você o encontrar, ela não vai receber o dinheiro.

— Isso.

— Então mantenha minha honra para ela. — A voz estava rouca, quase embargada. — Diga a ela que eu fui um herói.

Sharpe levantou a espada, pôs a ponta na bainha e a guardou.

— Vou dizer a ela que você morreu como herói. Os ferimentos na frente.

Spears rolou de lado, porque era mais fácil liberar o sangue.

— E mais uma coisa.

— Estou com pressa. — Sharpe precisava encontrar Hogan. Primeiro acordaria Harper, porque o sargento iria querer se juntar a ele nessa caçada final, nessa última chance contra seu inimigo. Leroux tinha matado Windham e McDonald, havia chegado perto de matar Sharpe, tinha torturado padres espanhóis e tirado a honra de lorde Spears. Sharpe recebeu mais uma chance nos destroços depois da batalha.

— Também estou com pressa. — Spears balançou uma mão débil na direção do campo de batalha. — Não quero que as porcarias daqueles saqueadores me matem, Richard. Faça isso por mim. — Ele piscou. — Dói, Richard, dói.

Sharpe se lembrou de Connelley. Morra bem, garoto, morra bem.

— Você quer que eu o mate?

— O último serviço de um amigo? — Era um apelo.

Sharpe pegou a pistola de Spears, engatilhou-a e se agachou ao lado do cavalariano deitado.

— Tem certeza?

— Dói. Diga a ela que eu morri bem.

Sharpe tinha gostado desse homem. Lembrou-se do frango arremessado como uma bala de morteiro no baile, lembrou-se do grito na grande *plaza*, na manhã seguinte à primeira noite no mirador. Esse homem fez Sharpe rir, compartilhou vinho com ele, e agora era um homem sofrido, acabado, que deu sua honra primeiro a Leroux e agora a Sharpe.

— Vou dizer a ela que você morreu bem. Que você foi um herói. Vou transformá-lo em Sir Lancelot. — Spears sorriu. Seu olhar estava fixo em Sharpe. O fuzileiro levou a pistola para perto do pescoço de Spears. — Vou dizer para ela construir uma igreja nova, grande o suficiente para a porcaria da placa.

Spears abriu ainda mais o sorriso e a bala entrou embaixo do seu queixo, subiu pelo crânio e saiu pelo topo da cabeça. Era o tipo de ferimento que um herói a cavalo poderia sofrer. Morreu instantaneamente, sorrindo, e o ferimento respingou no sobretudo de Sharpe. Virou-se e arremessou a pistola entre as árvores, ouviu-a bater em galhos e gravetos, e houve silêncio. Olhou para Spears e se xingou por ter se envolvido nisso. Spears tinha falado do júbilo que a guerra podia trazer, da irresponsabilidade da juventude sem amarras, porém havia pouco júbilo nessa guerra secreta.

Abaixou-se, pegou o sobretudo, sacudiu-o e foi até os cavalos. Montou no seu, guiou o de Spears pelas rédeas e desceu o barranco. Parou na base e olhou para trás. O corpo era uma sombra escura no capim. Disse a si mesmo que as lágrimas no canto dos seus olhos eram só irritação causada pela fumaça da batalha; algo que qualquer homem poderia esperar.

A vingança estava em Alba de Tormes. Seus calcanhares roçaram nos flancos do cavalo. O relógio da catedral, acima do *palacio* Casares, deu o toque da meia-noite.

CAPÍTULO XXV

Alba de Tormes era uma cidade numa colina a leste do rio Tormes. A colina era coroada por um castelo antigo e coberta de telhados amontoados que desciam até um convento magnífico, onde o corpo de santa Teresa de Ávila era reverenciado pelos peregrinos. Ao lado do convento ficava uma ponte.

Os franceses precisavam da ponte para levar seu exército devastado à segurança relativa da margem leste e para longe da perseguição que eles sabiam que viria, com sabres ao alvorecer. Mas Wellington tinha lhes negado a ponte. Semanas antes, quando seu exército chegou a Salamanca, ele pôs uma guarnição espanhola no castelo e nas obras de defesa no lado leste da ponte. Os canhões espanhóis podiam alcançar toda a extensão da ponte, golpear suas pedras com metralha, portanto os franceses estavam encurralados na grande curva do rio.

A partir de Alba de Tormes o rio corria quinze quilômetros para o norte, e depois, numa grande curva, virava para o oeste e seguia por dezesseis quilômetros antes que suas águas passassem sob os arcos da ponte romana de Salamanca. Ao longo dessa grande curva os franceses fugiam para o leste noite adentro. Centenas atravessaram o vau, porém a maioria seguiu na direção da cidade que tinha a única ponte que eles poderiam usar. Os canhões franceses, a bagagem, os baús de pagamento, os feridos, todos foram para Alba de Tormes, para a ponte guardada pelos canhões espanhóis.

Só que os espanhóis não estavam lá. Tinham fugido três dias antes; fugiram sem ver o inimigo. Sabiam que os franceses vinham para o sul, temiam uma derrota britânica, e assim a guarnição espanhola fez as malas e marchou rumo ao sul. Abandonou o posto. A ponte ficou livre para os franceses, e durante toda a noite os homens de Marmont seguiram para o leste. Uma grande vitória fora desvalorizada. Os retardatários do exército derrotado foram recolhidos na margem leste e formados em fileiras, então marcharam para longe. Uma retaguarda, que não tinha lutado no dia anterior, barrava a estrada para o leste pouco depois da cidade e de sua ponte vazia.

A notícia chegou ao quartel-general de Wellington ao mesmo tempo que Sharpe estava persuadindo Hogan de que o círculo de espiões britânicos tinha sido traído. Um caderno, apenas isso, e centenas de portas seriam arrombadas, de Madri a Estetino. Os correspondentes de El Mirador seriam arrastados e os esquadrões de fuzilamento franceses ficariam bastante ocupados. Hogan balançou a cabeça.

— Mas como você sabe?

— Lorde Spears descobriu que ele tinha sumido, senhor. — Sharpe já havia descrito uma morte heroica para Jack Spears.

Hogan o encarou com suspeitas.

— Só isso? Nada mais?

— Não basta, senhor? Ele morreu antes que pudesse dar mais detalhes.

Hogan assentiu lentamente.

— Precisamos contar ao par.

Então, houve uma explosão de raiva, de palavrões, porque, na sala ao lado, Wellington descobria por uma patrulha de cavalaria que os franceses estavam atravessando a ponte em Alba de Tormes. O exército derrotado estava escapando, não fora encurralado como ele havia pensado, porque os espanhóis tinham fugido. A porta entre as duas salas foi escancarada.

Sharpe já tinha visto a raiva de Wellington. Era uma raiva fria, escondida pela tranquilidade, expressa com uma gentileza amarga. Não esta noite. O par bateu com o punho na mesa.

— Malditos sejam! Malditas sejam suas almas desgraçadas! Suas almas desgraçadas, podres, imundas! — Ele olhou para Hogan. — Eles abandonaram Alba de Tormes. Por que não sabíamos disso?

Hogan deu de ombros.

— Porque eles não nos contaram, senhor.

— Alava! — Wellington berrou o nome do general espanhol que era o oficial de ligação com os britânicos. Os oficiais do Estado-Maior estavam completamente parados diante da raiva do general. Ele bateu de novo na mesa. — Eles acham que lutamos pela porcaria do país deles porque o amamos? Eles merecem perdê-lo, maldição! — Saiu da sala com passos pesados, bateu a porta, e Hogan soltou a respiração lentamente.

— Acho que o par não está no clima para sua notícia, Richard.

— E o que vamos fazer, senhor?

Hogan se voltou para um oficial do Estado-Maior.

— Qual é a cavalaria mais próxima?

— A ligeira da Legião Alemã do Rei, senhor.

Hogan se virou para pegar o chapéu.

— Vá atrás deles. — Ele olhou para Sharpe. — Você, não, Richard. Você não está em condições.

Sharpe cavalgou, apesar do que Hogan tinha dito, e Harper foi ao seu lado no cavalo de Spears. O capitão Lossow e sua tropa eram a escolta, e o oficial alemão cumprimentou Sharpe com evidente prazer. O prazer foi dissipado pela longa e dolorida cavalgada. Hogan ficava à vontade num cavalo, montado de costas eretas e com estribos longos, e Harper fora criado num vale das charnecas de Donegal, na infância costumava cavalgar em pôneis sem sela, e se acomodou com facilidade no cavalo de Spears. Sharpe estava num pesadelo: cada osso doía, o ferimento latejava e três vezes quase caiu quando o sono tentou dominá-lo. Agora, ao alvorecer, sofria montado acima do Tormes e observava uma paisagem cinzenta através da qual o rio serpenteava, esguio e prateado, passando pela cidade silenciosa com seu castelo, seu convento e sua ponte vazia. Os franceses tinham ido embora.

E Leroux? Sharpe não sabia. Talvez o coronel francês tivesse mentido para lorde Spears. Talvez Leroux planejasse ficar em Salamanca até que os britânicos se movessem de novo, desta vez para o leste, mas por algum motivo Sharpe duvidava. Leroux queria levar seu tesouro de volta a Paris, decodificá-lo, e então soltar os homens cruéis para que fossem atrás dos nomes no caderno. Leroux havia partido a cavalo, Sharpe tinha certeza, mas para onde? Alba de Tormes? Ou teria ido direto para o leste, de Salamanca para Madri? Hogan duvidava. Leroux, segundo ele, certamente tentaria encontrar a segurança do exército francês, cercar-se de mosquetes e sabres, e a grande dúvida na mente de Hogan era se Leroux tinha uma vantagem muito grande sobre eles. Esporearam os cavalos morro abaixo na direção do rio que corria gélido sob a ponte que parecia zombar deles, vazia.

Sharpe tivera sua última chance. Havia cavalgado por ela durante toda a noite, e nesse amanhecer suas esperanças estavam no nível mais baixo. Queria que sua espada, sua espada que não tivera o batismo de sangue, encontrasse a Klingenthal. Queria Leroux, porque Leroux o havia derrotado. E, se alguém achasse que esse era um motivo ruim, então esse alguém não tinha orgulho. Mas como poderiam encontrar um cavaleiro solitário neste território imenso, coberto pela névoa matinal? Sharpe queria vingança pela morte dos espanhóis crucificados, pela morte de Windham e McDonald, pelo tiro de pistola no claustro superior e por Spears, que Sharpe havia matado, de quem Sharpe gostara e cuja honra tinha protegido.

Hogan se virou na sela. Parecia cansado e irritadiço.

— Acha que nós o ultrapassamos?

— Não sei, senhor. — Não havia certeza no alvorecer.

Atravessaram a ponte com os cascos dos cavalos ressoando, os sabres dos alemães de Lossow desembainhados para o caso de os franceses terem deixado uma retaguarda na cidade, então as ruas estreitas foram preenchidas pelo eco do estrépito das ferraduras. Enquanto subiam o morro da cidade viram o horizonte, que até então estivera cinzento e tocado com um rosa que se espalhava, subitamente se iluminar com a borda superior do sol nascente. Era de um dourado escarlate, ofuscante, e a parede oeste da torre de menagem do castelo foi colorida de rosa. O novo dia.

— Senhor! — Harper estava apontando, exultante. — Senhor!

No nascer do sol, na glória do novo dia, as dúvidas foram esclarecidas. Um cavaleiro, sozinho, ia para o leste, e pela luneta, através da claridade do dia, Sharpe viu um macacão verde e preto, botas, uma casaca vermelha e um inconfundível chapéu de pele preto. Um *chasseur* da Guarda Imperial de Napoleão, sozinho, trotando para o leste. Tinha de ser Leroux! A figura solitária ficou escura e turva contra o alvorecer, depois desceu uma depressão da estrada. Não tinha olhado para trás.

Seguiram-no, instigando os cavalos num trote rápido para que a força deles fosse preservada, ainda que todos os cavaleiros quisessem dar o toque de perseguição, partir num galope e levar os sabres contra o fugitivo. Viram o *chasseur* em outros dois momentos, cada vez mais perto, e no segundo vislumbre Leroux se virou e viu os perseguidores. A caçada teve início. O corneteiro de Lossow tocou o desafio, as esporas se cravaram nas montarias, e Sharpe tentou tirar a espada enorme de sua bainha desajeitada.

Foi ultrapassado rapidamente pelos alemães, todos bons cavaleiros, e xingou enquanto sua bainha balançava e batia na coxa. Sacudiu-se, desequilibrado pelo galope súbito, então a lâmina se soltou, brilhando ao alvorecer, e ele viu Leroux mais uma vez. O francês estava a menos de um quilômetro à frente, o cavalo cansado, e Sharpe se esqueceu das coxas feridas, da bunda dolorida, e bateu os calcanhares para persuadir o cavalo a aumentar a velocidade.

Os alemães ainda estavam à sua frente. Cavalgaram por um pequeno povoado, onde Leroux, misteriosamente, tinha virado à esquerda. Seguiram seu curso para o norte, os cavalos descendo um barranco raso até um riacho, espirrando a água prateada no alvorecer, depois penetrando nos campos da margem oposta. Havia colinas adiante, morros baixos, e Sharpe se perguntou se Leroux esperava encontrar um esconderijo. Parecia uma esperança vã.

Então, Lossow gritou, ergueu a mão e sinalizou uma parada. A tropa virou para a esquerda, diminuiu a velocidade, Sharpe a alcançou e seu protesto por abandonar a perseguição morreu na garganta. Os cavalos foram diminuindo o passo até parar. Leroux estava em segurança.

Ele chegaria a Paris, o caderno seria decodificado e os franceses venceriam. Se eles tivessem mais três quilômetros, poderiam alcançá-lo, mas, agora, não.

Leroux trotava com seu cavalo diante de um morro baixo que subia do vale amplo. Enfileirada no vale estava a retaguarda francesa, mil cavalarianos, e Lossow cuspiu enojado.

— Não há nada que possamos fazer. — Pareceu pedir desculpas, como se Sharpe pudesse mesmo esperar que ele atacasse mil inimigos com apenas cento e cinquenta homens. Deu de ombros para Sharpe. — Sinto muito, amigo.

Sharpe estava observando Leroux.

— O que ele está fazendo?

O francês não estava se juntando à cavalaria. Trotou diante das fileiras, e Sharpe viu que ele levantou a espada numa saudação aos comandantes do esquadrão francês. Leroux ainda seguia para o norte, passando pela cavalaria, e Sharpe instigou o cavalo a seguir o francês. Levou a tropa de Lossow para o norte, até pouco menos de um quilômetro a oeste da linha francesa, e ficou olhando enquanto Leroux continuava cavalgando, para além de sua cavalaria, e descia um vale no fim da colina. Leroux agora se encontrava em terreno morto, invisível para eles, e Sharpe pressionou seu cavalo cansado a seguir em meio-galope.

À frente deles havia um morro de onde era possível ver todo o terreno morto, e eles subiram a encosta, com o orvalho brilhando onde os cascos batiam no solo. Então foi a vez de Sharpe levantar a mão, diminuir a velocidade e xingar. Tinha torcido para que Leroux planejasse continuar cavalgando, indo para o leste de novo e deixando sua própria cavalaria para trás, mas o francês havia chegado à verdadeira segurança. No pequeno vale estava a infantaria francesa. Três batalhões em formação de quadrado e, um pouco atrás, mais dois batalhões que compunham a retaguarda do morro onde a cavalaria da França barrava a estrada para o leste.

Leroux estava a pé conduzindo o cavalo até os batalhões formados em quadrados. Sharpe xingou de novo, enfiou a espada na bainha e afundou na sela.

Hogan se apoiou no arção da sela.

— É isso.

Um dos quadrados franceses abriu as fileiras e Leroux entrou com seu cavalo. Para Sharpe, era como se Leroux já estivesse em Paris.

Patrick Harper exibiu seu sabre emprestado e balançou a cabeça.

— Eu estava começando a ficar ansioso por uma investida da cavalaria.

— Hoje, não. — Hogan espreguiçou os braços e bocejou.

Mais para o leste, talvez a uns cinco quilômetros, a estrada estava cheia de soldados em retirada. Indo para a segurança. Leroux tinha alcançado a retaguarda, estava em segurança e logo seria escoltado por essa infantaria até o restante do exército francês. Lossow tinha apenas cento e cinquenta homens. A retaguarda francesa era composta de pelo menos dois mil e quinhentos, entre infantaria e cavalaria, e a última esperança de Sharpe se esvaiu como a névoa que sumia da paisagem.

Aquele prometia ser outro lindo dia. As campinas dos morros suaves estavam luxuriantes, cheias de flores silvestres, e a primeira onda de calor do sol que subia estava estampada no rosto de Sharpe. Ele odiava ter de abandonar essa perseguição, porém o que mais poderia fazer? Poderiam cavalgar de volta para Alba de Tormes, sentar-se à beira do rio e beber o vinho tinto rascante até que todo o desapontamento fosse afogado na safra do cometa do ano anterior. Haveria outros dias para lutar, outros inimigos, e os homens de Curtis não eram os únicos corajosos que mandavam mensagens para a Inglaterra. Havia esperança, e, se ela não era luminosa, sempre existia vinho em Alba de Tormes.

Claro que era inútil pensar no que poderia ter sido, mas Sharpe xingou por não terem deixado o campo de batalha uma hora antes. Imaginou o que poderia fazer se tivesse uma única bateria de canhões de nove libras. Conseguiria abrir aqueles quadrados com um disparo depois do outro, e com apenas dois bons batalhões britânicos poderia acabar com eles! Hogan devia ter pensado a mesma coisa, porque olhou carrancudo para os três quadrados franceses.

— Não teremos canhões nem infantaria até o fim dessa tarde. No mínimo!

— Até lá eles terão ido embora há muito tempo, senhor.

— Pois é.

Esta retaguarda ficaria só por tempo suficiente para segurar a perseguição da cavalaria, enquanto o restante do exército de Marmont marchava para longe dos britânicos. Sem canhões nem infantaria, os quadrados não podiam ser rompidos. Leroux estava em segurança.

Os homens de Lossow deixaram os cavalos descansar. Agora estavam ao norte do inimigo, numa colina que fornecia uma visão ampla do campo. A cavalaria inimiga se encontrava em outra colina pouco menos de um quilômetro ao sul, a infantaria mais perto, no pequeno vale escondido, enquanto à direita de Sharpe se estendia o vale amplo onde as duas estradas se encontravam, vindo do rio. A estrada mais distante era a que Leroux tinha percorrido à frente deles, vinda de Alba de Tormes, e no ponto onde ela passava pelo pequeno povoado encontrava a mais próxima, que vinha dos vaus do outro lado do rio. O inimigo dominava as duas estradas, bloqueando a perseguição. Leroux estava em segurança.

Houve movimento na estrada de Alba de Tormes. Dragões ligeiros britânicos, trezentos sabres, trotavam na direção dos franceses, viram-nos e pararam. Os cavalos curvaram o pescoço e pastaram o capim. Formavam uma linha única, virados para a cavalaria francesa, e Sharpe imaginou seus oficiais semicerrando os olhos contra o sol nascente para o inimigo em superioridade numérica.

Então, do noroeste, dos vaus, chegaram mais cavalarianos. Quatrocentos e cinquenta homens vieram com seus cavalos para o vale atrás dos britânicos, e os recém-chegados pareciam estranhos. Usavam casaca vermelha, como a infantaria, e na cabeça tinham os antiquados chapéus bicornes pretos, presos por tiras com placas de latão. Era como ver um regimento de coronéis da infantaria. Cada homem estava armado com uma espada longa e reta como a que descansava na cintura de Sharpe. Eram cavalaria pesada, os dragões pesados da Legião Alemã do Rei. Pararam atrás dos dragões ligeiros britânicos, um pouco à esquerda. Hogan olhou para eles, depois para o inimigo, e balançou a cabeça.

— Eles não podem fazer nada.

Estava certo. A cavalaria não podia romper um quadrado de infantaria bem formado. Era uma regra da guerra, provada inúmeras vezes, de que, enquanto a infantaria estivesse em fileiras sólidas, os mosquetes com baionetas caladas, os cavalos não atacavam. Sharpe já estivera em quadrados e vira a cavalaria atacar, vira sabres erguidos e bocas abertas, então os mosquetes disparavam, os cavalos caíam e os sobreviventes da cavalaria que se afastava pelas laterais do quadrado eram atingidos pelos mosquetes. Os quadrados não podiam ser rompidos. Sharpe já os vira serem rompidos, mas nunca quando estavam bem formados. Vira um batalhão ser atacado enquanto formava um quadrado, vira o inimigo penetrar na parte não fechada e trucidar as fileiras por dentro, mas isso jamais aconteceria se a abertura estivesse fechada. Vira um quadrado se romper, quando os homens entraram em pânico e fugiram, mas nesse caso era culpa da própria infantaria. O South Essex se rompera uma vez, três anos antes, em Valdelacasa, e na ocasião fora porque os sobreviventes de outro esquadrão haviam corrido na direção deles, abrindo à força as fileiras cerradas, e a cavalaria francesa viera junto com os fugitivos. Mas esses quadrados franceses abaixo dele não iriam se romper. Cada um tinha quatro fileiras, a da frente ajoelhada, e todos estavam sólidos, calmos e cercados de baionetas. Leroux estava em segurança.

Leroux estava em segurança porque havia se abrigado com a infantaria. A cavalaria inimiga, virada para o oeste na colina, estava vulnerável a uma perseguição britânica. Sua segurança era sustentada pela superioridade numérica, mas os homens de Wellington tinham o moral maior. Sharpe ouviu o som distante de uma corneta, olhou para a direita e viu os dragões ligeiros britânicos começarem sua investida. Trezentos homens contra mil, uma investida morro acima, e o capitão Lossow bradou para eles, cheio de alegria.

A cavalaria estava atacando.

CAPÍTULO XXVI

Uma investida de cavalaria começa devagar. Os cavalos andam. Os cavaleiros têm tempo de ver o anúncio de "GARANTIA DE JAMAIS FALHAR" gravado nos sabres e de sentir o medo de que a mesma garantia não se aplique aos homens.

A poeira subia atrás dos cavalos que andavam. Pairava sobre o vale luxuriante. A sombra dos dragões ligeiros era longa atrás deles, os sabres erguidos, curvos, cortando a luz do sol nascente. O vale estava silencioso, o inimigo, imóvel.

Uma segunda corneta. Os cavalos passaram a trotar, e os homens continuaram joelho a joelho. Os estandartes triangulares, os guiões, erguiam-se altos acima da linha de fardas azul e prata. O leve tamborilar dos cascos chegava ao topo da colina de onde Sharpe observava. A cavalaria francesa não se moveu.

Lossow queria levar seus homens ao vale, para se juntar à investida, mas o major Hogan balançou a cabeça.

— Precisamos vigiar Leroux. Ele pode tentar fugir. — Sabia que era improvável. Leroux estava no local mais seguro: no centro de um quadrado.

Vozes roucas chegavam fracas do vale: ordens. Sharpe olhou para a direita e viu quatrocentos e cinquenta espadas pesadas e desajeitadas serem desembainhadas à luz. Os dragões pesados alemães estavam em seis esquadrões, três na frente e três atrás, e cada esquadrão dividia-se em duas fileiras. As fileiras estavam separadas por quarenta metros, de modo que, se atacassem, a segunda linha teria espaço suficiente para se desviar ou pular por cima dos mortos da primeira. Os alemães estavam atrás e à esquerda dos dragões ligeiros britânicos, que trotavam para a cavalaria inimiga no morro.

Uma corneta soou, muito mais perto, e os cavalos de Lossow se moveram impacientes. Os esquadrões alemães avançavam a passo. Sharpe franziu a testa e olhou para a esquerda.

— Eles não conseguem vê-los!

— O quê? — Hogan olhou para Sharpe.

— A infantaria! — Sharpe apontou. — Eles não conseguem vê-los! — Era verdade. Os quadrados franceses estavam à sombra no pequeno vale, escondidos por uma encosta, e a cavalaria pesada alemã não sabia da presença deles. Os alemães cavalgavam para uma emboscada. Sua linha de investida contra a cavalaria francesa iria levá-los para além do pequeno vale, ao alcance das armas, e eles só saberiam da presença da infantaria francesa pelas chamas dos mosquetes.

Hogan xingou. Estavam longe demais dos esquadrões alemães para avisar, só podiam ficar observando enquanto os cavalarianos seguiam para um desastre.

Os dragões ligeiros britânicos seguiam à frente, trotando para o morro, e seu avanço estava muito distante do alcance da infantaria. Sharpe desembainhou a espada.

— Não podemos ficar aqui parados!

Hogan sabia que não tinham como avisar à cavalaria pesada, mas não fazer nada era pior que uma tentativa inútil. Deu de ombros.

— Vão.

O corneteiro de Lossow deu o toque de investida total, sem tempo para uma decorosa caminhada que acelerasse gradualmente até o galope pleno. Os homens de Lossow se lançaram num imprudente galope morro abaixo. Se seus colegas pesados ao menos os vissem, se ao menos se perguntassem por que eles vinham tão depressa e acenavam tão freneticamente, talvez pudessem evitar o desastre. Mas os seis esquadrões da cavalaria pesada alemã continuaram impassíveis, a corneta soou e eles passaram ao trote. Sharpe sabia que era tarde demais.

Outra corneta soou, bem adiante, e os dragões ligeiros britânicos passaram ao meio-galope. Ficariam assim até os últimos metros, quando poderiam avançar a galope pleno. Uma investida de cavalaria funciona melhor quando todos os cavalos chegam ao mesmo tempo; uma parede sólida de homens, cavalos e aço. Os britânicos chegaram à base do morro e começaram a subir, e ainda assim os franceses não se mexiam.

A cavalaria pesada alemã seguia trotando, ainda ignorante da emboscada que a aguardava cinquenta metros à frente. Alguns dos rostos sob aqueles estranhos bicornes pretos olharam com curiosidade para os homens de Lossow. Sharpe se sacudia na sela, rezando para não cair, e empunhava a espada na mão direita e desejava que não houvesse quadrados, que pudesse enfrentar Leroux em batalha aberta, mas Leroux estava em segurança.

A corneta britânica soltou os dragões ligeiros. Lançou-os à frente, gritando, no galope final que colocava o peso da investida de um cavalo atrás do sabre. Estavam em menor número, atacando morro acima, mas instigaram os cavalos. Finalmente, os franceses se moveram.

Fugiram. Fugiram sem lutar. Talvez nenhum homem quisesse morrer depois da carnificina do dia anterior. Havia pouca glória em derrotar aquela perseguição de cavalaria. Nenhum homem ganharia sua medalha da Legião de Honra hoje, por isso os franceses deram meia-volta, esporearam os cavalos para o leste. Os dragões britânicos os perseguiram, xingaram para eles lutarem, mas não existia vontade de lutar na cavalaria francesa. Eles fugiriam para combater em outro dia.

Os dragões pesados alemães viram os franceses fugirem, viram sua chance de ter luta sumindo, por isso as cornetas os colocaram a meio-galope. As notas do toque soaram perto para Sharpe então foram abafadas pelo som que ele estivera temendo, o de uma saraivada de infantaria. Os rostos mais próximos dos quadrados desapareceram em meio à fumaça, os primeiros esquadrões alemães tombaram na poeira, cavalos caíram e espadas deram cambalhotas no ar. Homens morriam embaixo dos cavalos, esmagados, homens gritavam. A emboscada tinha funcionado.

Já não havia mais necessidade de avisá-los. Os quadrados franceses transformaram um esquadrão numa carnificina, feriram mais dois, e os outros alemães deviam saber que estavam derrotados. De repente, haviam deparado com uma infantaria, uma infantaria bem formada, e uma cavalaria não é capaz de romper quadrados bem formados.

Os chapéus bicornes pretos viraram à esquerda, a cavalaria viu os quadrados com horror e as cornetas tocaram acima da investida derrotada. Sharpe sabia que os esquadrões estavam sendo chamados para bater em retirada, que cavalgariam para longe dos quadrados. Olhou para Harper e deu um sorriso pesaroso.

— Sem investida de cavalaria hoje, Patrick.

O irlandês não respondeu. Bateu os calcanhares, gritou com alegria ensandecida e Sharpe virou a cabeça de volta para os alemães. Eles estavam puxando as rédeas, mas não para ir embora. Voltavam-se para os quadrados, iam atacá-los, e as cornetas os instigavam. Era loucura.

Sharpe puxou as rédeas, bateu os calcanhares na montaria e deixou o cavalo seguir com os outros. A sensação da espada na mão era boa. Viu a infantaria francesa recarregando os mosquetes, calma e profissional, e soube que essa investida estava condenada.

Os esquadrões alemães ainda estavam a meio-galope. Viraram para a esquerda, alinharam as fileiras e a loucura baixou sobre eles. As cornetas os impeliram.

Lossow, seus homens, Sharpe e Harper foram atrás dos esquadrões pesados quando eles deram início à investida final. Sharpe sabia que era loucura, sabia que o ataque estava condenado, mas era irresistível. A espada era longa em sua mão, o sangue cantava com o desafio da corneta, e eles foram em frente; galopando na investida impossível.

CAPÍTULO XXVII

Os dragões pesados alemães estavam com inveja. No dia anterior a cavalaria pesada britânica havia feito uma investida gloriosa, tinha coberto de sangue as espadas até o cabo contra a infantaria francesa, que não tivera tempo de formar um quadrado. Os alemães não gostavam da ideia de os britânicos ficarem com toda a glória.

Além disso, eram disciplinados, os mais disciplinados de toda a cavalaria de Wellington. Eles não tinham o hábito britânico de atacar uma vez e depois entrar em frenesi numa perseguição louca que deixava os cavalos exauridos e os cavaleiros vulneráveis às reservas do inimigo. Os alemães eram de uma eficiência fria na guerra. Mas não agora. Agora estavam subitamente enfurecidos, o bastante para tentar o impossível. Quatrocentos e cinquenta homens, exceto os que já haviam morrido, faziam uma investida contra mil e quinhentos soldados de infantaria em boa formação. A corneta os instigou ao galope.

Não tinham chance, Sharpe sabia, mas a loucura estava tirando o tino de sua cabeça. A artilharia era capaz de romper um quadrado, a infantaria podia romper um quadrado, mas a cavalaria, não. Havia uma lógica matemática provando isso. Um homem a cavalo precisava de cerca de um metro e vinte de distância para atacar. Diante dele, em quatro fileiras, havia oito homens. Um soldado de infantaria só precisava de sessenta centímetros, um pouquinho menos, e assim o cavaleiro atacava por um corredor estreito no fim do qual aguardavam oito balas e oito baionetas. E, mesmo se a infantaria estivesse com armas descarregadas, se só tivesse as baionetas, a investida ainda fracassaria. Um cavalo não conseguiria atacar aquela parede sólida de homens e aço. Iria até certo ponto e desviaria. Sharpe já estivera em quadrados suficientes para saber como eles eram seguros. Esta era uma investida impossível.

Havia terror e loucura no ar. Os alemães tinham começado a investida numa súbita explosão de raiva. Suas espadas longas e pesadas estavam erguidas para o primeiro golpe, os cascos levantavam grandes torrões de solo, e o quadrado francês mais próximo da investida disparou de novo. Faltavam uns setenta metros.

Gritos vieram da frente de Sharpe. Ele teve um vislumbre de um cavalo deslizando de barriga, cabeça levantada e dentes amarelos à mostra para o céu. Um homem rolou vários metros, sangue voando do pescoço, a espada estendida para cima e quicando no chão. A corneta de novo, desafios incoerentes, e em toda parte o martelar de cascos que preenchia o vale.

Um cavalo se debatia no chão de terra, morrendo de lado, o sangue espumando enquanto ele sacudia o pescoço e relinchava de dor. A segunda fileira se preparou, saltou, e os franceses tinham guardado os mosquetes de uma fileira para esse momento. Fumaça voou do quadrado, balas golpearam a investida e um homem foi atingido no meio do salto. Caiu para trás, de cima do cavalo, com um halo de sangue em volta do rosto, e o cavalo seguiu sozinho. Um porta-estandarte tinha caído, seu cavalo estava morto, e ele correu com o estandarte, segurando-o no alto. Outro alemão se inclinou para a esquerda na sela e em galope pleno pegou o estandarte, que de novo estava erguido, levando-os na investida impossível.

A terra tremia com os cavalos pesados, com o martelar dos cascos. As fileiras tinham se afrouxado nessa loucura, de modo que o vale parecia preenchido por enormes homens em enormes cavalos, a luz do sol se refletindo nas espadas, as tiras dos bicornes com placas de latão e os cascos reluzentes que os impeliam. Os cascos levantavam terra, que ardia no rosto de Sharpe. Os cavalos pareciam se esforçar para avançar até o inimigo, os olhos loucos, os dentes à mostra, e Sharpe deixou a loucura fluir dentro dele para dominar o pavor. Passou por um cavalo morto, cujo cavaleiro se agachava em busca de segurança atrás do cadáver do animal, e isso era algo que Sharpe jamais havia feito. Nunca havia estado numa investida de cavalaria, e existia um esplendor nisso com o qual nunca poderia ter sonhado. Este era o momento em que um homem se tornava um deus, quando o ar era feito de barulho, quando a velocidade emprestava sua força à espada, uma sensação gloriosa naqueles minutos antes que uma bala transformasse o deus em carne morta.

Um cavalariano ferido era arrastado pelo estribo. Ele gritou.

A cinquenta metros, outra fileira do quadrado apontou os mosquetes, olhou para a tempestade de raiva e disparou. Um cavalo e seu cavaleiro tombaram, os cascos para o alto ao sol, caindo, e o sangue espirrou inacreditavelmente longe no capim. Depois a fila seguinte ficou para trás, crinas ao vento, e os franceses tinham ainda mais uma fileira carregada.

Do quadrado brotou fumaça. Uma bala passou por Sharpe, mas ele não ouviu. Só conseguia escutar os cascos. Um oficial à sua frente foi atingido. Sharpe viu o homem se sacudir de dor, imaginou o grito que não podia escutar nesse vale de ruídos e notou a espada longa pender inútil pela tira do pulso. O cavalo do sujeito foi atingido também, sacudindo a cabeça com a dor súbita, mas continuou em frente. Um homem agonizante num cavalo agonizante comandando a investida.

A corneta os lançava ao inimigo. Um corneteiro havia caído, as pernas quebradas, mas continuou tocando, repetindo o toque de investida de novo e de novo, as notas que podiam impelir um homem à glória desvairada. Aqueles gritos no vale, de cavalos e homens, gritos de dor abafados pelas cornetas. Os guiões estavam abaixados como lanças. Era o momento final, e o fogo cruzado os acertou vindo de outro quadrado. Um guião caiu, de ponta para a terra, e o homem que o segurava pareceu tombar lentamente; então, de súbito, estava rolando e gritando, sujando o capim com seu sangue. E a investida continuava liderada por um homem agonizante num cavalo agonizante. O homem morreu primeiro. Caiu para a frente no pescoço do cavalo, mas o animal continuou obedecendo à última ordem. Avançou. Usou o sangue, o grande coração bombeando-o para os membros agonizantes, e tombou de joelhos. Mesmo assim tentou continuar enquanto deslizava no capim escorregadio com o sangue que bombeava do peito. Deslizou com seu fardo morto e morreu também. E, enquanto morria e não conseguia se virar, deslizou feito um grande projétil de carne morta até a face dianteira do quadrado. Homem e cavalo, na morte, chocando-se com as fileiras, abrindo a brecha, e a fileira seguinte de alemães viu isso acontecer.

Os cavaleiros viram a luz do dia. Moveram as rédeas, gritaram, e os franceses tentaram desesperadamente refazer a linha. Tarde demais. Um cavalo entrou, e a primeira espada desceu soluçando. Então o cavalo foi atingido por uma bala de mosquete, caiu, abriu mais espaço, e outros dois cavalos estavam na brecha. Espadas sibilaram, os cavalos saltaram a pilha de mortos e estavam dentro do quadrado. Os franceses eram homens mortos.

Uns correram, outros se renderam, alguns lutaram. Os alemães partiram para cima deles com suas espadas longas, e os cavalos lutaram como foram treinados a fazer. Matavam com os cascos, martelando crânios, davam mordidas capazes de arrancar o rosto de um homem num segundo horrendo capaz de fazer qualquer um se cagar de medo. A poeira subia junto com os gritos enquanto os últimos esquadrões alemães puxavam as rédeas para a direita e iam para outro quadrado.

Sobreviventes do primeiro abriram caminho à força no segundo quadrado, penetraram em suas fileiras, e os cavaleiros foram junto. Harper estava lá, o sabre rápido nas mãos, e o cavalo de Spears era treinado para isso. Movia-se constantemente, impedindo que algum soldado de infantaria cortasse seus jarretes, e alinhava os alvos para o sabre. O irlandês soltava seus gritos de guerra gaélicos, com a loucura da matança. O vale estava cheio de cavaleiros, espadas e infantaria condenada.

O segundo quadrado se desfez, partiu-se, e os alemães grunhiam enquanto baixavam as espadas pesadas em golpes mortais. O corneteiro de pernas quebradas continuava instigando-os à fúria, embora agora as notas fossem de puro triunfo. O cavalo de Sharpe, que não era treinado para a guerra, se afastou do caos, e ele xingou o animal, puxou as rédeas. Então um oficial de infantaria francês, montado, veio até ele empunhando a espada como se fosse uma lança. Sharpe o golpeou com sua grande espada, errou e xingou o cavalo que não queria levá-lo para o alvo. Leroux?

Onde, em nome de Jesus, estava Leroux?

Conseguia ver Harper. O irlandês estava no meio dos fugitivos do segundo quadrado. Um homem foi até o sargento com a baioneta calada, e Harper o chutou, se defendeu da lâmina e o golpeou com o sabre. O homem caiu, e sua barretina ficou presa na espada de Harper, uma cena ridícula. Ficou ali durante mais dois golpes, depois se soltou quando o sargento enorme matou um oficial francês.

Sharpe conseguia ver Hogan. O major, sem sequer desembainhar a espada, estava circulando no meio da infantaria, gritando para se renderem. Os mosquetes eram jogados no chão, as mãos se levantando, mas Sharpe ainda não via Leroux.

O terceiro quadrado recuava encosta acima. Lá atrás, em algum lugar, Sharpe sabia da existência de mais dois batalhões franceses. Um novo toque de corneta soou, reorganizando dois esquadrões, então Sharpe viu Leroux. Estava no terceiro quadrado. Estivera a pé, mas neste momento montou em uma sela. Sharpe bateu os calcanhares nos flancos do cavalo e partiu para o quadrado intacto. Os franceses estavam nervosos, em pânico com o cheiro de sangue e medo. Enquanto Sharpe cavalgava, a corneta lançou os esquadrões reorganizados ao quadrado.

Os dois primeiros quadrados não existiam mais. A maioria dos homens havia se rendido, muitos estavam mortos, e os alemães, que tinham feito um trabalho excepcional, queriam mais. Cavaleiros solitários esporeavam a montaria em direção ao quadrado intacto.

O quadrado atirou, não contra a cavalaria, mas contra os sobreviventes dos dois primeiros que queriam penetrar em suas fileiras. A infantaria estava num frenesi de medo, cambaleando enquanto o quadrado recuava aos poucos. Os primeiros alemães chegaram e foram arrancados das selas, enquanto um homem cavalgava diante da face do quadrado, o rosto numa máscara de sangue. Sua espada longa batia inutilmente nas baionetas, retinia nos mosquetes, então um tiro o jogou no chão.

Mais alemães chegaram, as espadas baixaram, e não existiu motivo para o quadrado se romper. Mas seus homens estavam aterrorizados com o destino dos companheiros. Alguns jogaram o mosquete no chão, levantaram as mãos, e Sharpe viu os oficiais montados no interior do quadrado rasgando seu estandarte. Esse batalhão não carregava a Águia do regimento, mas sim uma bandeira que eles rasgaram em tiras para esconder nas fardas. O quadrado estava morrendo, e Sharpe viu a rendição, mas continuou atacando, querendo romper as fileiras para chegar ao seu inimigo, Leroux.

Leroux ainda não tinha desistido. Não esperava isso — quem poderia esperar? Tinha cavalgado a noite inteira, desviando-se para longe, ao sul, com o objetivo de evitar as patrulhas de cavalaria britânicas. E em Alba de Tormes, no alvorecer, havia tirado a batina pesada que fora seu disfarce. Achara que estava em segurança dentro do quadrado. Nunca vira um quadrado ser rompido, nem mesmo quando havia atacado um junto com o próprio imperador. E agora isso!

Leroux via os cavaleiros alemães em volta do quadrado que se rendia, mas não eram muitos. A maioria tinha cavalgado para os dois batalhões franceses na retaguarda. Ainda era possível escapar cavalgando para o norte por um quilômetro e meio e virando para o leste em seguida. Foi para o norte do quadrado, gritou para as fileiras se abrirem, então notou Sharpe vindo direto para ele. Aquele maldito fuzileiro! Tinha pensado que Sharpe estava morto, desejava que estivesse, guardara como um tesouro a lembrança dos gritos no claustro superior. Mas sua irmã idiota havia se interessado pelo sujeito, tinha-o protegido, e o desgraçado estava de volta. Desta vez Leroux iria matá-lo. Sacou a pistola do coldre do peito, a mortal pistola de cano estriado, e mirou por cima das fileiras do quadrado. Não tinha como errar. Apertou o gatilho.

Sharpe puxou as rédeas, inclinou-se para trás, e o cavalo de *la marquesa* empinou, os cascos se sacudindo, e a bala acertou o pescoço do animal. Sharpe chutou os estribos para se soltar, empurrou-se desesperadamente para fora da sela e logo estava rolando no capim enquanto o cavalo caía sobre as fileiras francesas. Os homens se encolheram, recuaram. Sharpe rosnou para eles, pegou sua espada e mergulhou no meio das fileiras.

Eles poderiam tê-lo matado, qualquer um deles, mas só queriam se render. Deixaram Sharpe passar, os rostos soturnos. Ele arrancou um mosquete de um homem na última fileira. Os soldados franceses viram o fuzileiro alto, sentiram medo, e nenhum levantou um dedo contra ele.

Leroux gritava com a outra face do quadrado, batendo com a parte chata de sua Klingenthal. Sharpe apoiou a própria espada na perna, verificou a caçoleta estranha do mosquete e mirou. Seu fuzil estava às costas, ainda sem munição, e esse mosquete pesado e estranho teria de bastar. Puxou o gatilho.

A pólvora ardeu em seu rosto, o coice acertou seu ombro, a fumaça o cegou. Sharpe jogou o mosquete no chão, pegou a espada e viu que Leroux fora atingido! Apertava com as duas mãos a perna esquerda, o sangue surgindo, e a bala devia ter atravessado a carne da coxa, a sela, e acertado o cavalo. O animal empinou com a dor súbita e Leroux precisou agarrar a crina para tentar controlá-lo, mas o cavalo empinou de novo e o francês estava caindo.

O quadrado havia se rendido. Alguns alemães já abriam caminho para o centro; um deles pegou uma tira do pano dourado com borlas que servira de estandarte francês e o balançou no alto, gritando para os colegas. Os soldados franceses se sentaram, com os mosquetes ao lado, resignados ao destino.

Leroux caiu no chão, sem fôlego, e a dor na perna o fez se encolher. Tinha largado a Klingenthal e não conseguia enxergar, porque o grande chapéu redondo, de pele, havia escorregado sobre os olhos. Ajoelhou-se, empurrou o chapéu para trás e viu a Klingenthal no chão. Uma bota pisava na lâmina. Leroux ergueu o olhar lentamente, passando pela calça preta, pela jaqueta verde e puída, e viu a própria morte nos olhos do fuzileiro.

Sharpe viu o medo nos olhos claros. Deu um passo atrás, soltando a Klingenthal, e sorriu para Leroux.

— Levante-se, seu desgraçado.

CAPÍTULO XXVIII

Os dois batalhões franceses na retaguarda não foram abalados pelo rompimento dos quadrados. Dispararam friamente, com toda a disciplina, e os cavaleiros alemães foram derrubados pelas saraivadas.

No pequeno vale, os quadrados tinham sido rompidos. Prisioneiros eram arrebanhados, muitos com os pavorosos cortes na cabeça e nos ombros causados pelas grandes espadas sendo baixadas. Os cavalos arfavam recuperando o fôlego. Cavalarianos permaneciam imóveis, sem acreditar no que tinham feito. Suas espadas estavam baixadas, com sangue pingando da ponta. Haviam realizado o impossível. Alguns homens riam de alívio, uma risada quase selvagem, e os prisioneiros franceses, agora que a paixão estava exaurida, ofereciam vinho dos cantis aos vitoriosos.

Patrick Harper abriu caminho até o terceiro quadrado e olhou para Sharpe e Leroux. O francês ainda estava de joelhos, a Klingenthal continuava no chão. Harper se dirigiu a Sharpe.

— Qual é o problema dele?

— Não quer lutar. — A espada de Sharpe ainda estava limpa.

Leroux se levantou, encolhendo-se com a dor do ferimento na perna esquerda.

— Eu me rendo.

Sharpe o xingou, depois indicou a espada.

— Pegue-a.

— Eu me rendo. — Os olhos claros de Leroux se viraram para a direita, em busca de ajuda, mas Harper bloqueava sua visão.

Sharpe tentou ver alguma semelhança entre esse homem e *la marquesa*, mas não conseguiu. O que nela era belo havia se tornado severo no irmão.

— Pegue a espada.

Leroux espanou o capim do acabamento de pele da casaca vermelha.

— Eu me rendi.

Sharpe bateu com a parte chata da espada no chapéu de pele, derrubando-o.

— Lute, seu filho da mãe. — Leroux balançou a cabeça. Sharpe não aceitaria a rendição. — Você se rendeu antes, lembra? Desta vez, não, capitão Delmas.

Leroux sorriu, indicou a Klingenthal.

— Você tem a minha espada.

Sharpe se agachou, o olhar ainda em Leroux, e pegou a Klingenthal com a mão esquerda. Era linda, perfeitamente equilibrada, uma arma feita por um mestre. Jogou-a para Leroux.

— Lute.

O francês deixou a espada cair.

— Sou seu prisioneiro.

— Mate o filho da mãe, senhor — rosnou Harper.

— É o que vou fazer.

Sharpe apontou sua espada, encostou-a no peito de Leroux e empurrou. O francês recuou. Sharpe parou e pegou a Klingenthal de novo. Estendeu-a com o cabo na direção do francês e avançou de novo. E de novo Leroux recuou. Os soldados franceses observavam.

Então, Leroux não podia mais recuar. Estava imprensado num canto do quadrado. Sharpe levantou sua espada de modo que a ponta estava no pescoço de Leroux. O fuzileiro sorriu.

— Vou matar você. Não dou a mínima se você lutar ou não.

Ele pressionou a espada, a cabeça de Leroux foi para trás, e de repente os olhos claros mostraram preocupação. Ele de fato ia morrer. Seu braço subiu, agarrou a Klingenthal, e Sharpe deu um passo atrás.

— Agora lute, desgraçado.

Leroux lutou. Lutou porque achava que, se vencesse essa luta, poderia se render. Sabia que Sharpe iria matá-lo, tinha identificado a intenção nele, portanto precisava matar Sharpe. E, se tivesse sucesso em eliminar o fuzileiro, havia esperança. Poderia escapar outra vez, voltar à França, e sempre seria possível dar um jeito de capturar Curtis. Lutou.

A sensação da Klingenthal na mão era boa. Ele deu dois golpes curtos e fortes que soltaram o pulso. Sentiu o choque das lâminas se encontrando e então se estabeleceu num ritmo, sondando os pontos francos do fuzileiro, deixando a Klingenthal provocar a lâmina mais velha para um lado, preparando a estocada. A ponta sempre vence o gume.

Sharpe foi para trás, deixando Leroux sair do canto, e Harper cavalgou junto dele, como se fosse um juiz num torneio de luta. Alguns franceses gritavam torcendo por Leroux, mas não muitos, e alguns alemães vieram assistir.

Sharpe olhava nos olhos claros de Leroux. O sujeito era forte e mais rápido do que Sharpe se lembrava. As lâminas ressoavam como bigornas. Sharpe se contentou em deixar a espada longa e reta trabalhar por ele, permitindo que o peso da arma absorvesse os ataques enquanto planejava a morte desse homem. *La marquesa*, irmã de Leroux, tinha perguntado uma vez se ele gostava de matar, até mesmo o havia acusado de gostar, mas não era verdade. De algumas mortes é possível gostar. Da morte de um inimigo, por exemplo, e Sharpe era pago para ter inimigos. Mas não queria a morte dos franceses. Havia mais satisfação em ver um exército rendido, um inimigo derrotado, que em ver um inimigo trucidado. Um campo depois da batalha era um lugar mais horrendo que qualquer coisa que o povo da Inglaterra, que logo estaria comemorando a vitória em Salamanca, poderia imaginar. A morte fazia com que a guerra deixasse de ser um jogo, conferia glória e horror, e os soldados não podiam ser melindrosos com relação à morte. Podiam se arrepender do momento em que a fúria domina o medo, quando bane toda a humanidade e transforma um homem num assassino, mas essa fúria podia impedir que um homem fosse morto, por isso o pesar se misturava com o alívio e o conhecimento de que, para ser um bom soldado, a fúria teria de voltar um dia.

Sharpe aparou uma estocada, torceu a espada por cima da Klingenthal de modo que as duas lâminas rasparam uma na outra, e estocou, parou, estocou de novo e viu a dor nos olhos claros quando Leroux foi obrigado a se apoiar no pé de trás. Sharpe mataria esse homem e gostaria disso. Gostaria da retribuição, assim como era possível gostar da morte de um assassino de crianças em Tyburn ou do fuzilamento de um desertor depois da batalha. Às vezes a morte era pública porque as pessoas precisavam da morte, precisavam de retribuição, e os cadafalsos de Tyburn eram uma fonte maior de prazer que de dor. Isso podia ser ruim, mas assim é o povo. A ponta da espada de Sharpe acertou a guarda da Klingenthal, forçou-a para o lado e se livrou quando o braço de Leroux perdeu o equilíbrio, então Sharpe trouxe a lâmina de volta num movimento de foice, passando na frente do peito de Leroux. Depois repetiu o movimento, cortando o antebraço de Leroux. E Sharpe soube que esse homem iria morrer.

Ele morreria por McDonald, por Windham, pelos espanhóis anônimos, por Spears, por El Mirador, pelo próprio Sharpe, e Leroux soube disso, porque ficou desesperado. Seu braço direito estava ferido, então segurou o pulso com a mão esquerda e brandiu a Klingenthal num golpe em arco, reluzente, cantando no ar. Sharpe deu um passo atrás, deixou a lâmina passar, depois gritou em exultação enquanto estocava com a espada, escolhendo o ponto. Não ouviu Hogan gritar com ele nem o berro de aclamação de Harper, porque a lâmina estava entrando no corpo de Leroux no ponto exato em que Leroux tinha ferido Sharpe. Leroux soltou a Klingenthal, sua boca se abriu e as mãos apertaram a espada, que ainda o furava, como um gancho de pendurar carne que o torturava, que atravessava pele e músculo e arrancava um grito de dentro dele.

Caiu. Ainda não estava morto. Os olhos claros estavam arregalados. Dobrou as pernas, como Sharpe havia dobrado, ofegou tentando colocar ar nos pulmões de modo que o grito pudesse lutar contra a dor com a qual ele fizera Sharpe lutar durante duas semanas. Então Sharpe soltou a espada torcendo-a, manteve a ponta acima do pescoço de Leroux e acabou com ele.

Deixou a espada balançando acima do francês sem vida e deu um passo para trás. Leroux estava morto.

BERNARD CORNWELL

Hogan tinha percebido a raiva de Sharpe. Raramente via o fuzileiro lutar. Havia ficado pasmo com sua habilidade, perturbado pela violência do amigo, e notou a aversão que passou pelo rosto dele quando tudo acabou. Leroux não era mais o inimigo, não era mais o homem de Napoleão. Era um cadáver patético, encolhido. A voz de Hogan saiu afável.

— Ele não quis se render?

— Não, senhor. — Sharpe balançou a cabeça. — Era um filho da mãe teimoso.

Sharpe pegou a Klingenthal, a espada que tanto quisera, e ela poderia ter sido feita para ele. Acomodava-se na sua mão direita como se fosse parte dele. Era uma arma linda e mortal.

Soltou o cinto de Leroux com a fivela em forma de cobra, soltou as alças da espada do corpo e prendeu a bainha sobre a sua. Enfiou a Klingenthal nela. Sua Klingenthal.

A bolsa preta de Leroux estava suja de sangue. Sharpe levantou a aba, e ali, em cima, estava um pequeno caderno com capa de couro. Abriu-o, viu um mapa de estrelas cercado por uma linguagem estranha e o jogou para Hogan.

— Era isso que nós queríamos, senhor.

Hogan olhou os mortos no vale, os prisioneiros e os sobreviventes dos dragões pesados da Legião Alemã do Rei, que vinham a passo com seus cavalos de volta do ataque malsucedido contra os dois batalhões franceses que restavam. Os alemães obtiveram uma grande vitória, a um grande custo, e o vale estava fedendo a sangue. Hogan olhou para o caderno, depois para Sharpe.

— Obrigado, Richard.

— O prazer foi meu, senhor.

Sharpe estava tirando o macacão de Leroux. Tinha usado um macacão exatamente igual até a luta no Colégio dos Irlandeses. Agora havia matado outro coronel *chasseur*. O macacão de Leroux ainda tinha os botões de prata descendo pelas pernas e Sharpe sorriu ao levantá-lo. Limpou a espada nele.

Certa vez a irmã de Leroux perguntou se Sharpe gostava de matar, e ele não respondeu. Poderia ter respondido que algumas vezes era terrível, que frequentemente era triste, que geralmente acontecia sem nenhuma emoção, mas que às vezes, raramente, como neste dia, não havia arrependimento. Pegou sua espada, a espada grosseira que tinha vencido a luta, e sorriu para Harper.

— Desjejum?

EPÍLOGO

Salamanca estava banhada a ouro e mel ao sol. Uma cidade construída como Roma, em colinas acima de um rio.

O sol da manhã criava sombras compridas na Plaza Mayor. Os feridos, dois dias depois da grande batalha em Arapiles, ainda morriam no hospital.

Sharpe parou na ponte romana e encarou as algas verdes e sinuosas abaixo. Sabia que era idiotice estar ali, talvez fosse perda de tempo, mas esperou.

Uma companhia de soldados espanhóis marchou pela ponte. O oficial sorriu para ele, balançou um charuto. Os homens olhavam com curiosidade para as duas espadas que pendiam à cintura do fuzileiro sério.

Um fazendeiro passou por ele conduzindo vacas. Dois padres seguiram na direção oposta, discutindo violentamente, e Sharpe foi andando devagar atrás deles, parou junto à pequena fortaleza que fazia um arco sobre a pista e voltou lentamente.

O relógio na colina marcou dez horas.

Um sargento da cavalaria guiou doze montarias de reserva para o rio. Os animais beberam enquanto ele os esfregava. A beira do rio era muito rasa. Crianças brincavam ali, correndo facilmente até uma ilhota, e suas vozes chegavam à ponte.

Ela talvez nem passasse por ali, pensou, mas ela passou.

Primeiro dois serviçais com libré, a cavalo, depois a caleça azul-escura com seus quatro cavalos brancos, e depois dela outra carruagem que ele presumia ser para bagagem ou serviçais.

Encostou-se na pedra do parapeito, viu os serviçais passarem montados, depois os quatro cavalos brancos, então a caleça com o toldo levantado estava diante dele.

Ela o viu.

Sharpe precisou dar alguns passos até a caleça, que havia parado. Levantou os olhos.

— Tentei encontrá-la.

— Eu sei. — Ela estava abanando o rosto.

Ele estava sem jeito. O sol estava quente em sua nuca. Sentia o suor escorrendo embaixo da axila.

— Está bem, madame?

Ela sorriu.

— Estou. Sou uma figura temporariamente impopular em Salamanca. — Ela deu de ombros. — Talvez Madri esteja mais receptiva.

— Talvez a madame encontre nosso exército em Madri.

— Então posso ir para o norte.

— Um longo caminho?

Ela sorriu.

— Um longo caminho. — Seu olhar baixou para as duas espadas, depois de volta para o rosto de Sharpe. — Você o matou?

— Numa luta justa. — Ele ficou sem graça de novo, como estivera no primeiro encontro dos dois. Ela não parecia diferente. Ainda era linda, insuportavelmente linda, e parecia impossível ser inimiga. Sharpe deu de ombros. — Seu cavalo morreu.

— Você o matou?

— Seu irmão.

Ela deu um sorriso breve.

— Ele matava com muita facilidade. — Seu olhar voltou para a espada, depois para Sharpe. — Nós não gostávamos muito um do outro. — Supôs que ela se referia à relação com o irmão, mas não podia ter certeza de que não estivesse falando dele mesmo. *La marquesa* balançou a cabeça. — Você esperou por mim?

Ele assentiu.

— Esperei.

— Por quê?

Sharpe deu de ombros. Para dizer que sentia falta dela? Para dizer que não importava que ela fosse francesa, espiã, liberada somente porque era uma aristocrata espanhola e Wellington não podia se dar ao luxo do escândalo? Para dizer que, em meio a todas as mentiras, houvera alguma verdade?

— Para lhe desejar tudo de bom.

— E eu lhe desejo tudo de bom. — Ela zombou dele gentilmente. Para Sharpe ela parecia intocável, inalcançável. — Adeus, capitão Sharpe.

— Adeus, madame.

Ela falou com o cocheiro, olhou de volta para Sharpe.

— Quem sabe, Richard? Talvez outro dia.

A carruagem partiu com um solavanco, e a última coisa que ele viu foi o cabelo dourado voltando para as sombras do veículo. Pensou que não tinha nada dela como lembrança, apenas a memória, que era o pior suvenir.

Tateou a nova bolsa de munição e pescou a mensagem que fora mandada pelo próprio Wellington, de manhã, agradecendo a ele. Supôs que Napoleão teria escrito mensagens semelhantes para Leroux e *la marquesa*, se Sharpe não tivesse arrancado o caderno dos quadrados desfeitos em Garcia Hernandez. Após a batalha, tinham descoberto que esse era o nome da aldeia perto da colina e do vale.

Durante o almoço o major Hogan estava expansivo. Sharpe ficaria no antigo alojamento de Hogan, seria alimentado pela senhoria, e Hogan bebeu bastante antes de partir.

— Você vai ficar e se recuperar, Richard! Ordens do general! Queremos você com força total de novo.

— Sim senhor.

— Forrest vai esperar por você, não se preocupe. Sua companhia está em segurança.

— Alguma notícia de um novo coronel?

Hogan balançou a cabeça, arrotou e deu um tapinha na barriga.

— Ainda não. Acho que Lawford gostaria de ocupar o cargo de novo, mas não sei. — Ele deu de ombros. — Forrest pode ganhar o posto. Não sei, Richard. — Cutucou a cintura de Sharpe com um dedo. — Você deveria considerar.

— Eu! Sou capitão. — Sharpe sorriu e comeu um pedaço de carne fria.

Hogan serviu mais vinho.

— Pense nisso! Major, em seguida. Depois tenente-coronel. Pode acontecer, Richard. Vai ser uma guerra tremendamente longa. Acabamos de ouvir que os americanos entraram nela, e pelo que sabemos podem já estar em Quebec. — Hogan tomou um gole de vinho. — Você pode pagar por um posto de major?

— Eu! — Sharpe gargalhou. — São duas mil e seiscentas libras. Onde o senhor acha que posso conseguir esse dinheiro?

Hogan sorriu.

— Você não costuma conseguir o que quer, Richard?

Sharpe deu de ombros.

— Eu consigo o arco-íris, senhor. Nunca os potes de ouro.

Hogan girou seu copo nas mãos.

— Tem mais uma coisa, Richard, uma coisa pequenina. Andei falando com o padre Curtis e ele disse uma coisa estranha. Disse que o caderno estava bem escondido, muito bem escondido, e não consegue imaginar como Leroux pode tê-lo encontrado.

— Leroux era um homem inteligente, senhor.

— É, talvez. Mas Curtis tinha certeza de que ele estava muito bem escondido. Só lorde Spears, segundo ele, sabia onde.

Seus olhos astutos estavam voltados para Sharpe.

— Verdade, senhor? — Sharpe se serviu de mais vinho.

— Isso lhe parece estranho?

— Spears está morto, senhor. Ele morreu bem.

Hogan assentiu.

— Ouvi dizer que o corpo dele estava meio longe dos outros. A uma boa distância da luta, na verdade. Estranho?

Sharpe balançou a cabeça.

— Ele pode ter se arrastado para longe, senhor.

BERNARD CORNWELL

— É. Com um buraco na cabeça. Tenho certeza de que você está certo, Richard. — Hogan virou o vinho em sua taça. Sua voz continuava neutra. — O único motivo para eu perguntar é que tenho a responsabilidade de descobrir quem era o espião no nosso quartel-general. Eu posso me tornar desagradável, acho. Posso revirar algumas pedras, mas tenho certeza de que você me entende.

— Não creio que o senhor precise ser desagradável.

— Que bom, que bom. — Hogan sorriu para Sharpe e levantou a taça. — Parabéns, Richard.

— Pelo quê, senhor?

— Nada, nada. — Mesmo assim Hogan brindou a ele.

Hogan partiu naquela tarde, indo para o leste em direção ao exército que agora marchava para Madri. Harper partiu com ele, montado num dos cavalos de reserva de Hogan, e pela segunda vez naquele dia Sharpe se encontrou na ponte romana. Olhou para Harper.

— Boa sorte.

— Vou ver o senhor em breve?

— Muito em breve. — Sharpe pôs a mão na barriga. — Quase não dói.

— O senhor precisa tomar cuidado. Quero dizer, isso matou aquele francês.

Sharpe gargalhou.

— Ele não tomou cuidado.

Hogan se curvou e apertou a mão de Sharpe.

— Demore quanto quiser, Richard! Não haverá outra batalha.

— Sim senhor.

Hogan sorriu para ele.

— E por quanto tempo você vai usar duas espadas, hein? Você está ridículo!

Sharpe sorriu e soltou a Klingenthal. Ofereceu-a a Hogan.

— Quer?

— Santo Deus, não! Ela é sua, Richard. Você a ganhou.

Mas um homem só precisa de uma espada. Harper olhou para Sharpe, sabia o quanto Sharpe tinha desejado a Klingenthal, vira Sharpe segurar aquela espada na noite anterior. A Klingenthal havia sido forjada para um gênio, moldada por um mestre, uma arma de beleza contida. Olhar para ela era temê-la, vê-la nas mãos de um homem que sabia usá-la, como Sharpe, era entender a mente que fizera essa espada. Ela não parecia pesar na mão de Sharpe, tão perfeitamente equilibrado era o aço, e o fuzileiro a desembainhou lentamente, de modo que o aço brilhou como seda oleada ao sol.

A espada em sua cintura, a espada que Harper tinha lhe dado, era grosseira e pouco equilibrada. Era comprida demais para um soldado de infantaria, desajeitada, feita junto com centenas de outras numa fábrica escura em Birmingham. Ao lado da Klingenthal, era rudimentar, barata e grosseira.

Mas Harper tinha trabalhado na espada barata como um talismã contra a morte de Sharpe. Algo mais que amizade havia entrado na lâmina. Não importava que fosse barata. A espada barata havia derrotado a Klingenthal, a espada cara, e havia sorte nela. Dezenas de espadas semelhantes foram abandonadas em Garcia Hernandez depois da investida, não valendo o trabalho de serem apanhadas, e os camponeses iriam transformá-las em facas compridas. Mas a espada de Sharpe tinha sorte. Existia um deus dos soldados e o nome dele era Destino. O Destino havia gostado da espada que Harper fizera para Sharpe. A Klingenthal estava manchada com o sangue de amigos, com a tortura de padres açoitados, e a bela espada não continha sorte, mas sim maldade.

Harper ficou olhando Sharpe levar o braço atrás, parar por um segundo e em seguida arremessá-la. A Klingenthal girou ao sol, descrevendo círculos, ofuscando com rápidos clarões enquanto o aço refletia a luz. Pareceu pairar por um segundo no alto do arco do arremesso, lançando luz nos três homens, e caiu. Caiu seguindo para a parte mais funda do Tormes, ainda girando, e o sol a deixou, de modo que o aço ficou cinzento. Então, ela bateu na superfície da água, rompeu-a e sumiu.

Harper pigarreou.

— O senhor vai assustar os peixes.

— Isso é mais do que você já fez na vida.

Harper gargalhou.

— Já peguei alguns.

As despedidas foram ditas outra vez, os cascos ressoaram nas pedras da ponte, e Sharpe voltou lentamente para a cidade. Não queria que essa licença fosse longa. Queria estar de volta com o South Essex, na linha de escaramuça que era o seu lugar, mas esperaria uma semana, comeria sua comida e descansaria como fora ordenado.

Abriu a porta do pequeno pátio da casa que era seu novo endereço, registrada com o oficial encarregado da cidade, e parou. Levantou os olhos.

— Achei que você estava morto.

— Achei que você estava perdida.

Ele estivera certo. A memória era o pior suvenir. A memória lhe dizia que o cabelo dela era comprido e preto, o rosto como o de um falcão, um corpo esguio e musculoso devido aos dias de cavalgada nos altos morros da fronteira. A memória esquecia o movimento do rosto, a vida da pessoa.

Teresa pôs o gato no chão, sorriu para o marido e foi até ele.

— Desculpe. Estava longe ao norte. O que aconteceu?

— Depois eu conto. — Sharpe a beijou, abraçou, e beijou novamente. Havia culpa dentro dele.

Ela o encarou perplexa.

— Você está bem?

— Estou. — Ele sorriu. — Cadê Antónia?

— Lá dentro. — Ela virou a cabeça para a cozinha, onde a "velha alma materna" de Hogan estava cantando. Teresa deu de ombros. — Antónia encontrou outra pessoa que quer cuidar dela. Talvez não tenha sido uma boa ideia trazê-la, mas achei que ela deveria estar perto da sepultura do pai.

— Ainda não. — Os dois riram, sem graça.

A espada raspou no chão e ele a tirou, colocou na mesa, e em seguida abraçou Teresa de novo.

— Me desculpe.

— Pelo quê?

— Por preocupar você.

— Você achava que esse casamento seria tranquilo? — Ela sorriu.

— Não.

Sharpe a beijou de novo, e desta vez deixou o alívio fluir. Ela o apertou com tanta força que o ferimento doeu, mas não importava. O amor importava, mas isso era difícil de aprender, e ele a beijou de novo e de novo até que ela se afastou.

Teresa sorriu para ele com felicidade no olhar.

— Olá, Richard.

— Olá, esposa.

— Fico feliz por você não estar morto.

— Eu também.

Ela riu, depois olhou para a espada.

— Nova?

— Sim.

— O que aconteceu com a velha?

— Ficou muito gasta.

Não que isso importasse. De agora em diante, essa espada velha, com a bainha opaca, seria a sua espada e a arma do Destino; a espada de Sharpe.

NOTA HISTÓRICA

Parece ser propositado, até mesmo perverso, da minha parte, apresentar mais personagens irlandeses nas aventuras de Sharpe, mas Patrick Curtis e Michael Connelley existiram, e, em *A espada de Sharpe*, representam os mesmos papéis que representaram em 1812. O reverendo doutor Patrick Curtis, conhecido pelos espanhóis como *don* Patricio Cortes, foi reitor do Colégio dos Irlandeses e professor de história natural e astronomia na Universidade de Salamanca. Além disso, aos 72 anos, era o espião chefe de sua própria rede que se estendia por toda a Espanha dominada pelos franceses e seguia até o norte dos Pireneus. Os franceses suspeitavam de sua existência, queriam destruí-lo, mas só descobriram sua identidade depois da batalha de Salamanca. Como acontece nos romances de espionagem modernos, o disfarce de Curtis foi descoberto, e, quando os franceses fizeram um breve reaparecimento na cidade, ele foi obrigado a fugir em busca da proteção britânica. Em 1819, após o fim da guerra, passou a receber uma pensão do governo britânico. Finalmente deixou a Espanha para se tornar arcebispo de Armagh e primaz de toda a Irlanda e morreu em Drogheda com a boa idade de 92 anos.

O arcebispo Curtis morreu de cólera. O sargento Michael Connelley, do hospital dos soldados em Salamanca, morreu de embriaguez pouco depois da batalha. Não tenho provas de que Connelley esteve no hospital (que era situado no Colégio dos Irlandeses) antes da batalha. Inclusive, duvido disso, mas certamente ele esteve ali após os acontecimentos de 22 de julho de 1812. Traí sua memória colocando-o encarregado da sala da morte, quando na verdade ele foi nomeado sargento de todo o hospital. O fuzileiro Costello, ferido em Salamanca, escreveu sobre Connelley em suas memórias, e eu roubei desavergonhadamente a descrição do seu livro. Ele de fato demonstrava atenção pelos feridos. Como Costello diz, ele "bebia feito uma baleia", mas sua principal distinção era a ansiedade para que os britânicos morressem bem, diante dos feridos franceses. Costello o cita dizendo: "Deus misericordioso! O que mais você quer? Você vai ser enterrado numa mortalha e num caixão, não vai? Pelo amor de Deus, morra como um homem diante desses franceses."* O sargento Connelley era tremendamente popular. Segundo Costello, o enterro do próprio duque não atrairia mais enlutados do que o de Connelley. Um dos que o carregaram, um ventríloquo do leste de Londres, bateu no caixão e imitou a voz dele: "Me deixem sair, tá? Ai, Jesus misericordioso, estou sufocando." O cortejo parou, baionetas foram desembainhadas e a tampa foi aberta, revelando o sargento ainda morto. O incidente foi considerado extremamente engraçado, uma piada de bom gosto, e não parece fugir à característica dos homens de Wellington.

Colquhoun Grant, o oficial explorador, também foi um personagem real, capturado pouco antes da Batalha de Salamanca. Ele escapou de seus captores na França e passou algumas semanas estonteantes em liberdade nas ruas e nos salões de Paris. Continuou usando farda britânica completa, e, quando era interpelado, dizia que se tratava da farda do Exército americano. Sua história, mais incrível que a ficção, pode ser encontrada em *The First Respectable Spy* [O primeiro espião respeitável], de Jock Haswell (Hamish Hamilton, 1969).

Os franceses realmente usavam códigos, e o capitão Scovell, mencionado no capítulo IV, era o homem que decifrava os códigos inimigos. Qualquer leitor que deseje saber como os códigos funcionavam pode encontrar todos os detalhes no apêndice XV do volume V de *A History of the Peninsular War* [Uma história da guerra peninsular], de Oman. Para os detalhes do pano

---

* COSTELLO, E.; BRETT-JAMES, A. (coord.). *The Peninsular and Waterloo Campaigns'* [As campanhas peninsular e de Waterloo]. Archon Books: Londres, 1967, p. 109.

de fundo de espionagem de *A espada de Sharpe*, eu tenho uma dívida para com o livro de Jock Haswell e, para isso e muito mais, à história vasta e brilhante de Oman.

Salamanca continua sendo uma das cidades mais lindas do mundo. A *plaza* praticamente não sofreu mudanças desde que a 6ª Divisão desfilou por ela em 17 de junho de 1812 (ainda que as touradas tenham sido transferidas para uma arena moderna). A praça é simplesmente magnífica. A área onde os franceses criaram uma terra arrasada em volta de suas três fortalezas foi reconstruída, infelizmente de um modo feio, mas uma parte suficiente da cidade velha permanece e compensa uma visita. A ponte romana atualmente é reservada apenas a pedestres. As ameias e a pequena fortaleza foram removidas no meio do século XIX, devolvendo a aparência original da ponte, mas o touro de pedra ainda está lá, acima do décimo primeiro arco. Ele marca o local onde a ponte foi quebrada nas enchentes de 1626. Apenas os quinze arcos mais próximos da cidade são romanos, os outros onze são reconstruções feitas no século XVII. O Colégio dos Irlandeses não foi modificado desde os dias em que serviu como hospital do exército em 1812.

O campo de batalha é um local especialmente agradável de visitar, pois o terreno praticamente não mudou desde 22 de julho de 1812. Algumas árvores sumiram nos anos desde então e agora uma via férrea passa entre o Grande e o Pequeno Arapiles e penetra no pequeno vale onde a 6ª Divisão parou o contra-ataque de Clausel. Há um punhado de casas modernas ao sul de Arapiles, mas não o suficiente para estragar o terreno. Para encontrar o campo de batalha, pegue a estrada que sai da cidade para o sul, a N630, até Caceres, e o povoado de Arapiles está sinalizado à esquerda. A estrada secundária até o povoado marca aproximadamente o limite esquerdo do avanço da 3ª Divisão, e a cavalaria pesada deve ter atacado mais ou menos onde fica a placa da aldeia na estrada principal. Vale a pena levar um bom relato da batalha, com bons mapas. Simplifiquei um pouco a história da batalha, concentrando-me nos acontecimentos ao redor de Arapiles, e qualquer pessoa interessada em visitar o local seria bem recompensada lendo um dos muitos relatos esplêndidos que estão disponíveis como não ficção. Assim que se chega aos Arapiles o terreno se torna óbvio, graças às colinas, e há um obelisco memorial, agora tristemente desgastado, no topo do Grande Arapile. Subir ao memorial nos faz pensar nos soldados portugueses que fizeram a mesma subida, com equipamento completo, contra um topo bem defendido. Sua tarefa era mesmo impossível.

Passei mais de uma semana andando pelo campo de batalha e, como sempre, recebi muita ajuda do povo do local.

Salamanca foi uma grande vitória. Wellington sofreu perto de 5 mil baixas (das quais cerca de mil homens foram mortos no campo, e ninguém sabe quantos outros morreram mais tarde por causa dos ferimentos). Marmont, temeroso da fúria de Napoleão, tentou esconder as baixas. Contou ao imperador que tinha perdido cerca de seis mil homens. Na verdade, perdeu 14 mil, um estandarte de Águia, seis outros estandartes e vinte canhões. Foi uma derrota esmagadora, que demonstrou ao mundo que um exército francês podia ser completamente vencido. A derrota expulsou os franceses do oeste da Espanha, e teria sido mais esmagadora ainda se a guarnição espanhola em Alba de Tormes tivesse obedecido às ordens e tomado suas posições aos seus canhões. A deserção da guerra permitiu que os 34 mil soldados restantes de Marmont escapassem, e também levou à estranha e "impossível" vitória em Garcia Hernandez. Os alemães perderam 127 homens na investida. Os franceses, incluindo todo um batalhão aprisionado, perderam entre 1.100 e 2.400 homens. O primeiro quadrado rompeu-se mais ou menos como é descrito no romance.

Para encontrar Garcia Hernandez, siga a estrada de Salamanca para Alba de Tormes. Ela é bem sinalizada, porque Alba de Tormes (graças a santa Teresa de Ávila) ainda é um local de peregrinação movimentado. Atravesse a cidade e siga as placas até Penaranda, e o povoado fica cerca de sete quilômetros depois de Alba de Tormes. Hoje ele se chama "Garcihernandez", e a estrada passa ao largo, mas vire à esquerda entrando no povoado, atravesse a única ponte que cruza um riacho, e a trilha (que serve para carros) leva para perto do morro onde a Legião Alemã do Rei fez sua investida magnífica, extraordinária.

BERNARD CORNWELL

Tenho uma enorme dívida para com Thomas Logio, médico e amigo, que me forneceu um ferimento "adequado" para Richard Sharpe. Ele me salvou de minha ignorância médica, mas temo que eu possa ter enfeitado a informação, para embaraço dele. Por isso, peço perdão. Os detalhes corretos com relação ao ferimento, ao tratamento e à recuperação de Sharpe pertencem ao Dr. Logio.

O resto é tudo ficção. Nada de Leroux, nem lorde Spears, nem o codinome "El Mirador", nem mesmo, infelizmente, *la marquesa* de Casares el Grande y Melida Sadaba. Sharpe e Harper são apenas sombras dos homens reais que marcharam e marcharam e enfim lutaram naquele dia quente de julho no vale junto aos Arapiles. Foi uma grande vitória, e os sobreviventes devem ter ficado aliviados e talvez um pouco apreensivos, porque sabiam, certamente, que a guerra que em 1812 estava se espalhando pelo mundo precisaria de muitas outras "grandes" vitórias para terminar. Sharpe e Harper marcharão de novo.

A HISTÓRIA DE SHARPE

Frequentemente me perguntam de onde veio Sharpe; se eu o modelei a partir de alguma pessoa real cujas memórias encontrei ou se ele é baseado em algum amigo, mas a verdade é que ele é inteiramente fictício. Lembro-me de ter escrito uma antiga história a seu respeito,
5. porém ele ainda não se chamava Sharpe. Na época eu era produtor de televisão e gostava do que fazia, mas sempre quis ser escritor, e desde que li Hornblower na infância tentei encontrar uma série de livros que fizesse pelo exército de Wellington o que C. S. Forester tinha feito pela marinha de Nelson. Ninguém escreveu a série, por isso, num dia úmido em Belfast,
10. comecei. Não cheguei a lugar nenhum.

Então, em 1979, conheci Judy, uma americana. A flecha do Cupido me acertou com a precisão de uma bala de fuzil disparada por Daniel Hagman. Judy, por diversos bons motivos, não podia se mudar dos Estados Unidos, por isso decidi abandonar a televisão, desistir de Belfast e ir para a América.
15. O problema era que o governo americano, em sua sabedoria, me recusou uma permissão de trabalho, por isso, levianamente, prometi a Judy que ganharia a vida como escritor, e a única coisa que eu queria escrever era a tal série de Hornblower como soldado. Por isso coloquei uma máquina de escrever numa mesa da cozinha em Nova Jersey e comecei de novo.
20. Dessa vez, diferentemente da primeira tentativa em Belfast, a situação era mais desesperadora. Se Sharpe me falhasse ou, mais provavelmente, se eu falhasse com Sharpe, o caminho do amor verdadeiro se depararia com um gigantesco bloqueio rodoviário. O pouco dinheiro que eu tinha

não iria durar muito, de modo que a velocidade era essencial, e *A águia de Sharpe* foi escrito rápido. O que eu sabia sobre meu herói? Que ele seria um fuzileiro, porque o fuzil só era usado pelas tropas de Wellington e isso lhe daria uma vantagem sobre o inimigo. Sabia que ele não poderia ficar com seu amado 95º Regimento de Fuzileiros porque eu estaria limitado a descrever apenas as ações do 95º, e queria a liberdade de tê-lo em todas as ações possíveis. Sabia que ele era um oficial que tinha subido a partir da base, porque isso lhe acarretaria alguns problemas em seu próprio exército, mas afora isso não havia muita coisa. Eu o descrevi no início do livro como alto e de cabelos pretos, o que estava ótimo até Sean Bean aparecer. Depois disso tentei não mencionar de novo a cor dos cabelos. Dei a ele uma cicatriz na bochecha, mas jamais consigo lembrar qual bochecha tem a marca e suspeito de que isso mude de livro para livro. O que não lhe dei foi um nome, porque estava procurando algo tão memorável e curioso como Horatio Hornblower. Dias se passaram, mais páginas se empilharam na cozinha, e ele continuava sendo chamado de tenente XXX. Fiz uma lista de nomes, nenhum funcionava, e isso começou a me incomodar, até a travar a escrita, por isso decidi dar um nome temporário a esse fuzileiro. Chamei-o de Richard Sharpe por causa do grande jogador de rúgbi da Cornualha e da Inglaterra, Richard Sharp, e achei que iria mudá-lo quando surgisse o nome certo. Mas, claro, o nome pegou. Em um ou dois dias eu já estava pensando nele como Sharpe, e assim permaneceu.

O nome de Patrick Harper foi mais fácil de dar. Eu tinha morado em Belfast nos anos anteriores a escrever Sharpe e havia adquirido um carinho pela Irlanda que nunca diminuiu. Eu tinha um amigo em Belfast chamado Charlie Harper, com um filho chamado Patrick. O problema era que a família Harper não gostava dos ingleses, e não tinha motivos para gostar, e me preocupei com a possibilidade de eles se ofenderem caso eu desse o nome de seu filho a um soldado do exército britânico. Pedi a permissão deles, que foi dada de boa vontade, e assim Harper marchou com Sharpe desde então.

O livro ficou pronto em cerca de seis meses, e eu não fazia ideia se ele era bom, mas descobri um agente literário em Londres que encontrou um editor. E assim *A águia de Sharpe* foi lançado em 1981. Nunca o reli, mas não faz muito tempo que um leitor me contou sua reação àquele primeiro livro de Sharpe. "Achei que seria um livro como um outro qualquer, mas quando Sharpe matou Berry eu soube que era diferente. Outros heróis jamais teriam feito isso. Todos são oficiais e cavalheiros, mas não Sharpe", disse ele. Assim, desde o início Sharpe era um patife. Berry era outro oficial britânico que conseguiu incomodar Sharpe, o que nunca é algo sensato a se fazer, talvez porque Sharpe seja tão alimentado pela raiva. É a raiva de uma infância infeliz, de um homem obrigado a lutar para obter cada vantagem que outros receberam, e essa raiva sempre impeliu Sharpe. Ela o torna muito diferente de Hornblower, que é bem justo e honrado. Sharpe é um patife, e perigoso, mas é um patife que está do nosso lado.

"Ele jamais poderia andar com aquela espada", disse-me um especialista após a publicação de *A águia de Sharpe*. "Aquela espada" era a espada padrão da Cavalaria Pesada de 1796, uma lâmina brutal, com péssimo equilíbrio e ineficaz, mas eu gostava da ideia de Sharpe, um homem alto, carregar aquela arma de açougueiro. Gastei algum dinheiro do qual não poderia abrir mão na compra de uma espada de cavalaria (o vendedor me garantiu que ela foi usada em Waterloo e gosto de achar que é verdade) e descobri que ela podia ser usada. Pendurei-a num cinto e ela ficou bem, de modo que estava ótimo, e a partir desse dia Sharpe carregou a espada.

A história do cerco de Badajoz em 1812 é uma das grandes narrativas da guerra. Era a história que eu realmente queria contar no primeiro livro de Sharpe, mas achei que talvez não tivesse capacidade para fazer isso como autor estreante, por isso comecei com Sharpe em 1809. A história de Badajoz, com todo o seu horror e heroísmo, vem no terceiro livro de Sharpe, *A companhia de Sharpe*. Esse livro também apresenta o maldoso sargento Obadiah Hakeswill. Não faço ideia de onde ele veio. Um dia eu estava andando de carro e o nome simplesmente saltou na minha mente. Hakeswill. É um nome maravilhosamente vilanesco, e ele se mostrou um vilão terrível. Mas por que o pescoço "obscenamente mutilado" de Hakeswill? Porque ele havia sobrevivido a um enforcamento judicial. Lembro-me de ter escrito isso e feito uma pausa. Será que alguém acreditaria? Será que eu estava esticando não somente o pescoço de Obadiah mas também a verossimilhança? Quase cortei isso, achando que receberia cartas cheias de escárnio, mas de algum modo pareceu absolutamente certo que Obadiah tivesse sido enforcado e sobrevivido, portanto deixei assim. Até que, dois meses depois, descobri que tantas pessoas sobreviveram a enforcamentos judiciais que o Royal College of Surgeons possuía um estatuto legal sobre o modo como esses sobreviventes deveriam ser tratados pelos membros da instituição. Os corpos dos criminosos enforcados eram vendidos aos cirurgiões para dissecação, e um número suficiente estava vivo ao chegar aos hospitais a ponto de tornar o estatuto necessário (eles eram ressuscitados e, na maioria, enviados para a Austrália). Longe de improvável, parecia que a história de Obadiah era quase um lugar-comum. Obadiah, tão maravilhosamente retratado por Pete Postlethwaite na série de TV, foi um daqueles personagens que saem de lugar nenhum para animar um livro, e outro foi Lucille, a francesa com quem Sharpe irá passar o resto da vida. De todas as coisas que Sharpe já fez, estabelecer-se na França foi a que mais me surpreendeu! Eu sabia que seu casamento com Jane Gibbons estava indo bem, porém presumi que ele encontraria outra mulher e iria se estabelecer no interior da Inglaterra. Sempre pretendi que Lucille fosse um prêmio de consolação para o amigo de Sharpe, William Frederickson, que havia suportado muita coisa por ele, mas nunca tinha sido feliz no amor. Pensei que Lucille Castineau seria perfeita para o "Doce William", mas, de maneira perversa, Sharpe se apaixonou por ela. Tentei impedir isso, mas, quando um personagem assume vida própria assim, há muito pouco que o escritor possa fazer, e desse modo Sharpe e Lucille se apaixonaram perdidamente, e o pobre Frederickson é ofendido e posto de lado.

 Fiquei atônito quando Sharpe foi morar na França, mas agora isso parece inevitável. Sharpe sempre foi um deslocado e jamais poderia ficar contente na Inglaterra depois da guerra. Mas, como soldado britânico vivendo no meio dos ex-inimigos, ele é tão feliz como quando era um soldado raso sobrevivendo no refeitório dos oficiais. Ele gosta de ser aquele que não se encaixa. E ama Lucille. Sorte de Sharpe, porém duvido de que ele acreditasse que estava com sorte quando, do nada, o imperador escapou de

Elba e Sharpe se viu lançado inesperadamente na campanha de Waterloo. O drama dessa campanha é tamanho que nenhuma trama ficcional pode se igualar. Não somente o drama do dia propriamente dito quando, até o último instante, parecia que os franceses venceriam, mas o drama humano dos dois maiores soldados da era se encontrando finalmente num campo de batalha.

Ninguém questionaria o lugar de Napoleão no panteão dos grandes líderes militares, no entanto, em meu entendimento, Wellington é um general muito maior no campo de batalha. Wellington, claro, jamais foi um "líder guerreiro" como Napoleão. Não jogava dados com nações. Ele atuava num nível mais modesto, como líder de um exército, e é notável que, diferentemente do imperador, jamais tenha sofrido uma derrota num campo de batalha. Ele possuía um grande talento militar, um olhar límpido, a mente decidida e uma percepção ampla do que seus homens eram capazes de fazer. Seus soldados gostavam dele. Não o amavam como os soldados franceses amavam Napoleão, porém o imperador era um político que sabia captar o afeto dos homens. Em troca, eles o adoravam. Mas Wellington? Ele não queria ser adorado. Dizia que não tinha conversa fiada. Não sabia conversar com soldados comuns — na verdade era um esnobe desavergonhado —, mas seus homens gostavam dele porque sabiam que não arriscava suas vidas sem necessidade. Na batalha, ele os protegia, em geral colocando-os numa encosta reversa onde estavam fora do campo de visão do inimigo, e os soldados de seu exército sabiam que ele não jogava fora suas vidas com leviandade. Depois de Austerlitz, um general francês lamentou o vasto número de franceses mortos no campo de batalha e recebeu um olhar de desprezo de Napoleão. "As mulheres de Paris podem substituir esses homens em uma noite", disse o imperador. Wellington jamais diria isso.

Somente nos cercos Wellington perdia sua capacidade de manter o mínimo de baixas, mas ele nunca foi bom em sitiar fortalezas. Na batalha, porque sabia como era difícil substituir mortos e feridos, esforçava-se para manter os homens em segurança até o momento de expô-los. Uma vez lhe perguntaram qual era o maior elogio que já havia recebido, e ele disse que tinha visitado os feridos depois da batalha de Albuera. Foi uma batalha pavorosa em que os britânicos eram comandados pelo general Beresford e quase terminou em desastre. As baixas britânicas foram terrivelmente altas. "O inimigo foi derrotado", disse o comandante francês, "mas não ficou sabendo." A batalha foi vencida, porém a um preço altíssimo, e dois dias depois Wellington visitou os feridos. Como sempre, ele ficou sem palavras quando teve de falar com os soldados comuns. Chegou a um cômodo grande no convento, onde dezenas de casacas-vermelhas estavam deitados, sofrendo com dores. Declarou que não sabia o que dizer, por isso pigarreou e, debilmente, falou que lamentava ver tantos deles ali. "Milorde", disse um cabo entre os feridos, "se o senhor tivesse sido vencido na batalha, não seríamos tantos aqui." De fato, foi um ótimo elogio.

Por trás de quase todos os livros da série está o relacionamento entre Wellington e Sharpe. Eles não são homens que instintivamente gostariam um do outro. O duque, como ele se tornou, é frio e taciturno. Não aprovava homens como Sharpe. Não gostava de ver oficiais promovidos a partir da base; "eles sempre passam a beber", dizia em tom superior. Sharpe, por outro lado, despreza homens como Wellington, que nasceram com os privilégios do posto, do dinheiro e dos contratos. Sharpe não pode pagar para subir a escada de promoções do Exército, mas foi assim que Wellington obteve suas primeiras promoções. Porém, os dois estão ligados inextricavelmente porque um dia Sharpe salvou a vida de Wellington. O general sabe que deveria ser agradecido, e é, de modo relutante. Sharpe, que deveria sentir aversão pelo general, em vez disso o admira. Sabe reconhecer um bom soldado. O nascimento e o privilégio não têm nada a ver com isso, a eficiência é tudo. Os dois jamais serão amigos, sempre serão distantes, mas precisam um do outro. Acho que até gostam um do outro, porém nenhum dos dois sabe como cobrir a distância para expressar esse apreço. E Sharpe está sempre fazendo coisas exageradamente dramáticas, que o duque desaprova. Ele gostava de oficiais constantes, discretos, que cumpriam o dever em silêncio, e estava certo em aprovar esse tipo de homem. Sharpe não é nem um pouco silenciosamente obediente. Ele se destaca, mas mesmo assim é muito útil no campo de batalha.

BERNARD CORNWELL

Sempre achei que Waterloo marcaria o fim da série de Sharpe. Tinha escrito onze romances, o mesmo número da série de Forester sobre Hornblower, e havia levado Sharpe de Talavera a Waterloo, e agora seu mundo estava em paz. Sharpe poderia retornar à Normandia e a Lucille, enquanto eu tentaria escrever outros livros. Sharpe estava encerrado.

As coisas se complicaram. Na verdade, tinham se complicado dois anos antes, quando uma empresa de produção de TV anunciou que desejava fazer uma série sobre Sharpe. Claro que fiquei animado, mesmo não acreditando que os filmes seriam feitos. Mas havia a chance de uma empresa de produção espanhola investir no projeto. O que os produtores precisavam, portanto, era de uma nova história situada no início da carreira de Sharpe, que incluísse um herói espanhol. Eu ainda não achava que o projeto chegaria a algum lugar, porém seria idiotice ignorar a chance de que pudesse chegar, por isso escrevi *Os fuzileiros de Sharpe*, tendo Blas Vivar como o espanhol que poderia gerar o cheque desejado. O livro foi publicado, no entanto não ouvi mais falar sobre nenhuma série de televisão e deduzi que os filmes propostos foram um clarão na caçoleta. Um clarão na caçoleta é quando uma pederneira de mosquete aciona a pólvora da caçoleta, mas não dispara a carga principal no cano. Porém, eu estava errado, os filmes seriam feitos, uma equipe estava na Ucrânia, atores estavam lá, e então, de modo igualmente súbito, tudo recomeçou. O ator que faria o papel de Sharpe teve um acidente grave jogando futebol contra os figurantes ucranianos e não poderia trabalhar durante seis meses, e todo o projeto parecia condenado. De algum modo, eles o resgataram, mas agora precisavam de um novo ator para fazer Sharpe, e precisavam dele muito rápido. Não havia tempo para testes, e o único ator disponível era Sean Bean, que inesperadamente se viu num avião para Simferopol (conhecido por toda a equipe de filmagem como *Simply-Awful* — Simplesmente Medonho). Esse foi um acidente de sorte, porque não consigo imaginar nenhuma outra pessoa como Sharpe; ouço a voz de Sean quando escrevo Sharpe. É uma maravilhosa coincidência entre ator e personagem.

Antes disso, tendo abandonado qualquer esperança de ver a série de televisão, eu havia começado os livros de Nathaniel Starbuck, a história de um jovem nortista que se vê lutando pela Confederação na Guerra Civil Americana. Eu estava gostando desses livros, mas assim que a filmagem de Sharpe começou ficou claro que eu deveria voltar a escrever livros sobre ele, e que isso implicava levar Sharpe de volta à Índia.

A Índia sempre havia feito parte do passado de Sharpe. Mesmo no primeiro livro, *A águia de Sharpe*, ela é mencionada. Isso ajudava a explicar muito sobre o fuzileiro; como ele havia aprendido a ler e, de modo crucial, como tinha salvado a vida de Wellington e fora recompensado com uma patente. Portanto, a Índia havia sido útil para mim, mas eu nunca tivera intenção de contar as histórias lá ocorridas. Eu sabia muito pouco sobre o lugar, e as fontes sobre as campanhas indianas de Sir Arthur Wellesley — como Wellington se chamava na época — eram muito escassas comparadas com a vasta quantidade de escritos sobre suas campanhas peninsular e de Waterloo. Também tinha a convicção de que não poderia escrever de modo convincente sobre qualquer batalha a não ser que tivesse visitado o local, e eu nunca havia ido à Índia e era cauteloso com relação a isso porque imaginava que os campos de batalha tivessem mudado a ponto de não serem reconhecíveis. Mas por acaso esses campos de batalha indianos eram os locais menos alterados que já visitei. Seringapatam, onde se passa *O tigre de Sharpe*, era uma cidade considerável quando os ingleses a sitiaram em 1799. Eu suspeitava de que teria de me revirar em becos ocultos para encontrar ao menos algo remanescente da cidade que Sharpe conhecia, mas descobri que Seringapatam tinha encolhido até virar um povoado, de modo que as fortificações impressionantes cercam uma vasta área de terreno vazio. É um lugar maravilhoso.

Uma das alegrias de escrever romances históricos é "explicar" os pequenos cantos inexplicáveis da história real. Um desses mistérios é o que causou a explosão terrível em Almeida, descrita em *O ouro de Sharpe*, e outra é como o sultão Tipu morreu em Seringapatam. Sabemos que ele levou um tiro na Comporta, um túnel que passava através das muralhas, porém o soldado britânico que o matou jamais foi descoberto. Ele seria recompensado, mas nunca revelou sua ação, provavelmente porque Tipu, ao morrer, estava coberto de joias. Esse soldado desconhecido ficou muito rico naquele dia e sem dúvida temeu que seu saque fosse confiscado. Assim, Sharpe toma seu lugar.

Sharpe começa *O tigre de Sharpe* como soldado e termina como sargento. Além disso, aprendeu a ler nas masmorras de Tipu, de modo que agora tem duas das qualificações necessárias para ser promovido. Essa promoção ocorre na segunda aventura na Índia, *O triunfo de Sharpe*, que conta a história extraordinária da batalha de Assaye, e no coração dessa batalha está outro desses pequenos mistérios. Sabemos que Sir Arthur Wellesley, enquanto galopava pelo campo de uma ponta de seu exército à outra, ficou na linha dos tiros inimigos. Seu cavalo, Diomed, havia sido ferido no peito por uma lança, o general escorregou da sela e foi cercado por seus inimigos maratas. Ele sobreviveu, mas sempre relutou em descrever exatamente o acontecido. Numa carreira notável pela proximidade constante com o perigo mortal e pelo fato de ter evitado todo tipo de ferimentos, a não ser os mais superficiais, essa sobrevivência foi o contato mais próximo do duque com a morte. Porém, o que aconteceu? Ele não quis dizer, no entanto eu precisava de um acontecimento que catapultasse Sharpe para o alojamento dos oficiais. Esse evento precisava ser uma demonstração de bravura extraordinária, e a sobrevivência milagrosa de Wellesley me deu a oportunidade perfeita. Esse é o momento crucial de toda a carreira de Sharpe. Leva-o a ser percebido por Wellesley, torna-o um oficial e dá início a sua reputação.

Sharpe, claro, precisava retornar da Índia, e me ocorreu, um tanto maliciosamente, que essa viagem para casa deveria levá-lo inevitavelmente não muito longe do cabo de Trafalgar e, como sua última luta na Índia foi em 1804 e como a Batalha de Trafalgar foi travada em 1805, pareceu uma travessura irresistível de minha parte. Afinal de contas, Hornblower jamais chegou a Trafalgar, mas por que Sharpe não deveria lutar lá? E lutou, um dos poucos homens — descobri outros dois — que estiveram presentes em Trafalgar e Waterloo.

Com frequência me perguntam quantos romances a mais serão escritos sobre Sharpe, e sempre respondo que são cinco. Disse isso quando havia apenas cinco romances publicados, de novo quando eram seis, e continuei dizendo. Digo cinco porque é uma resposta mais fácil que tentar dizer a verdadeira: não sei. Só sei que haverá mais histórias, e algumas, como a vigésima primeira da série, irão me surpreender. Judy e eu fomos convidados a um casamento em Jerez de la Frontera, uma cidade não muito longe de Cádis, no sul da Espanha, e bem distante de qualquer lugar onde Wellington tinha lutado. Mas perto de Cádis fica Barrosa, um pequeno balneário à beira-mar, e foi em Barrosa que os britânicos, sob o comando de Sir Thomas Graham, capturaram a primeira das muitas águias francesas que eles tomariam durante as guerras. Achei que seria interessante ver o campo de batalha, mesmo não tendo nada a ver com Sharpe ou Wellington, e assim, sob a influência de uma ressaca gigantesca — os casamentos na Espanha são espetaculares —, fomos a Barrosa. Não resta quase nada do campo de batalha, mas fiquei no morro onde o batalhão improvisado do major Browne marchou para a morte certa e olhei para além das gruas de construção no terreno mais baixo, onde os irlandeses do major Gough tomaram a águia do 8º Regimento francês e pensei: Sharpe precisa estar aqui. Não fazia ideia de como levá-lo a Cádis, mas o pensamento em escrever sobre Barrosa era incrível, e assim nasceu *A fúria de Sharpe*.

Haverá mais livros sobre Sharpe (mais cinco, talvez?). Agora não sei que histórias eles contarão, mas sei que serão uma homenagem ao heroísmo do soldado britânico. Há uma ideia estranha — ouvi-a sendo divulgada por um professor na Radio Four, não faz muito tempo — de que o exército de Wellington era uma massa de escória humana nascida na sarjeta, comandada por aristocratas e disciplinada pela brutalidade. Isso é pura bobagem. Não é possível vencer guerras com um instrumento assim. Havia pouquíssimos aristocratas, a maioria dos oficiais era o que chamaríamos de classe média, e no fim da guerra muitos, como Sharpe, foram promovidos ascendendo de postos inferiores. O moral do exército era elevado e um livro de memória após o outro revela o respeito mútuo entre oficiais e soldados. Eles brincavam, sobreviviam, suportavam castigos terríveis, mas lutavam como demônios e venciam batalha após batalha. Sharpe é um deles. Sempre pensei nele como um patife, mas isso pode não ser ruim. Uma vez falei com um suboficial reformado que fazia um programa para adolescentes viciados em drogas e ele me disse que "um soldado trava batalhas pelos que não podem lutar por si mesmos". Acho que é o resumo mais brilhante do objetivo de um soldado que já ouvi, e o usei nos livros de Sharpe mais de uma vez. Sharpe luta pelos que não podem lutar por si mesmos, e luta de modo sujo, motivo pelo qual é tão eficiente. Também é por isso que gosto dele, e um dia Sharpe e Harper marcharão de novo.

Bernard Cornwell

Este livro foi composto na tipologia ITC New
Baskerville Std, em corpo 10,5/16, e impresso em
papel off-white no Sistema Cameron da Divisão
Gráfica da Distribuidora Record.